Willi Schäferdiek

Rebell in Christo

WILLI SCHÄFERDIEK

REBELL IN CHRISTO

EIN THOMAS MÜNZER ROMAN

LANGEN MÜLLER

Holzschnitt auf S. 2: Urs Graf
»Der Tod und die Landsknechte« (1524)

Schutzumschlaggestaltung: H + C Waldvogel, Zürich
Umschlagmotiv: Archiv für Kunst und Geschichte, Berlin
Druck: Jos. C. Huber KG, Dießen
Binden: Thomas Buchbinderei, Augsburg
Printed in Germany
ISBN 3-7844-2240-3

ERSTER TEIL

Der Botenläufer Gottes

1.

Ein lauerndes Schweigen stand mit geradezu körperhafter Eindringlichkeit über dem rauchgeschwärzten Raum. Die schmale, sommersprossige Magd, durch die Gegenwart des Fremden mit den herrisch fordernden und von seltsamem Licht überflackerten Augen und seinen geheimnisvollen Reden den ganzen Tag über schon bedrückt und innerlich geängstet, hatte in ihrer unbeholfenen Verwirrung zu den Eimern gegriffen und war nach einigen stotternden, unverständlichen Worten durch die Tür zum Stall hinausgegangen. Ihr zögerndes Hinaustreten ließ einen breiten Schwaden warmen Stallbrodems hereinwehen.

Markus Thomä sog ihn begierig ein. Er roch kräftig und gesund und beruhigte ihn, so daß für eine Weile alle Spannung von ihm abfiel und sein lauschend zusammengekniffenes Gesicht sich auseinanderfaltete. Doch gleich wieder horchte er angestrengt hinaus in die Nacht, die sich mit klirrendem Frost weit und grenzenlos hinter den eichenen Fensterläden erhob.

„Wie ein sprungbereites Tier!" hatte er vorhin gedacht, als er einen der Läden zurückgeschlagen hatte und angstvoll den mondüberflossenen und schneeblinkenden Bergpfad nach den Umrissen einer heraufschreitenden Mannesgestalt abzusuchen sich mühte, und war dabei zunächst mit einem frostigen Erschauern zurückgefahren.

Ja, wie ein sprungbereites Tier war ihm die Nacht erschienen. Und der heftige Windsturz, der ihn spitz und beißend von draußen anfuhr, kam ihm vor wie der von eisigen Lefzen gekühlte wilde Atem dieses Tieres.

Er hatte danach lange Zeit am offenen Fenster gestanden, die Schultern in seinem Tuchrock frierend hochgezogen, bis ihm die Augen vom unentwegten Hinausstarren auf die weiße Fläche schmerzten und die Haut rissig sich spannte unter dem Anhauch der Kälte, so daß er mit enttäuschtem Seufzer den Laden schließlich wieder zugezogen hatte.

Nun hockte er mit all seiner Unruhe auf dem rohgezimmerten Schemel vor den knisternden Buchenscheiten des Kamins und horchte hinaus in die Stille.

Mit einem Male traf, von ganz fernher, ein langgezogener Heulton sein Ohr. Sein Herz, eisig angeweht, krampfte sich bang zusammen.

Das war nicht die Nacht, welche so schrie. Das war der beängstigende Schrei hungriger und beutegieriger Wölfe!

Markus Thomä atmete hastiger und horchte angestrengter in die Weite jenseits der bohlenen Hüttenwände.

Doch nun blieb draußen alles wieder still, unheimlich still, so daß er in der Angespanntheit seines Lauschens das eigene Blut hinter den fiebrig erregten Schläfen hämmern hörte.

Er mußte lächeln darüber – ein huschendes, verwehendes Lächeln – und beruhigte sich dabei. Dann sah er hinüber zum Knecht.

Mit breiten, eckigen Gliedern, wie ein urweltliches Wesen, tapsig und gutmütig, hockte er unter dem sirrenden Öllicht an der Längsseite des Tisches. Er hatte beide Arme auf die schrundige Tischplatte gestützt und seinen runden Kopf mit dem Gewölk dunklen Haares in die beinahe tellergroßen Hände gelegt. Massig und schwer wölbte sich sein Rücken unter dem grobzwirnigen Kittel und sah im rötlichen Abglanz des Kaminfeuers noch gewaltiger aus als gemeinhin.

„So könnte Christophorus ausgesehen haben, als er das Heilandkind trug", dachte Markus Thomä, von diesem Anblick gleichnishaft angerufen.

„Wenn der lebendige Glaube viel solcher breiter und bereiter Rücken findet", sann er weiter, „dann wird er ungefährdet an fruchtbare Ufer gelangen!"

Dieser tröstliche und verheißungsvolle Gedanke ließ ihn für einige Zeit seine zerrende Sorge vergessen. Aber dann fachte die Gelassenheit des Knechtes seine Besorgnis um den erwarteten Freund wieder an, so daß er von seinem Schemel aufsprang und unruhig an der Fensterseite des Hüttenraumes auf und nieder schritt.

„Thomas Münzer!" gingen in jagender Unrast seine aufgescheuchten Gedanken. „Wo bleibt er nur?"

Mit jedem seiner ruhelosen Schritte maß er die Frage neu aus und fühlte sie wie einen kreisenden Wirbel in sich, der ihn immer wieder in seinen Strudel hineinzwang. Doch es war nichts, was ihm Antwort gab. Und wäre nicht die stiernackige Ruhe des Knechtes gewesen, der mit kindhafter Spannung dem huschenden Spiel seines Schattens an der Wand folgte, ohne dabei den gebogenen Körper zu bewegen — Markus Thomä hätte es nicht in der Hütte ausgehalten; er wäre blindlings hinaus in die Nacht gelaufen, um dort nach dem Erwarteten Ausschau zu halten. So aber zwang es ihn immer wieder in die Ruhe des Raumes, die vom sanften Glosen und Knistern der Buchenscheite und vom sirrenden Sington der Öllampe nur noch eindringlicher wirkte.

„Hinter allen Verkündern des lebendigen Gottes steht als ewige Drohung das Kreuz! Und vielleicht bedarf Gott sogar solcher Blutzeugenschaft als Hostie seines eigenen Glaubens."

Markus Thomä blieb mitten in seinem gequälten Auf und Ab überrascht stehen.

Er wußte nicht zu sagen: war es seine eigene Stimme, die diesen Satz in die Stille des Raumes gesprochen hatte? War er nur aus der Unruhe und Aufgescheuchtheit seines Herzens als ein plötzliches und dunkles Wissen über ihn hergefallen? Oder war gar aus der schattenschwarzen Finsternis der Stallecke irgendeine unfaßliche Stimme aufgestanden und hatte ihn derart angerufen?

Fragend und mit vornübergeneigtem Körper sah er den Knecht an. Doch der saß nach wie vor unbeweglich und mit der Gelassenheit eines zottigen Hundes an der Längsseite des Tisches, die Hände in demütiger Einfalt um das Gesicht gelegt.

Markus Thomä fuhr wie ein Traumbedrückter mit der Hand über die Stirn und nahm sein ruheloses Umherwandern wieder auf.

Schließlich aber hielt es ihn nicht mehr in seinem Schweigen. Mit einer heftigen Bewegung trat er auf den ungerührt Dasitzenden zu und griff wie hilfesuchend dessen starke Arme.

„Wo er nur bleibt?“ stieß er heiser hervor. „Er müßte längst schon hier sein, wenn er bei aufsteigendem Mond aufgebrochen wäre!“

Seine Worte klangen wie beschwörend in die Gelassenheit des Knechtes.

Der aber neigte nur ein wenig den Kopf, ohne ihn dabei aus der Hut seiner umschließenden Hände zu nehmen.

„Er wird es vorgezogen haben, die Nacht unten im Dorf zu bleiben.“

Der Antwortende sprach es halblaut vor sich hin, mit dehnender Stimme, als ginge in ihr der gleichmäßige Schritt seiner Arbeit.

Markus Thomä fuhr unwillig auf.

Der Einwand des Knechtes war schon häufig auch durch seine Gedanken gegangen. Aber es konnte nicht sein. Es wäre gegen alle Verabredung gewesen, die er mit Thomas Münzer getroffen hatte.

„Nein!“ herrschte er den Sitzenden an.

Es klang ungewohnt hart und barsch, weil er durch die Lautheit seiner Worte die eigene Unsicherheit niederzwingen mußte.

„Nein!“ wiederholte er. „Er kann nicht unten im Dorf geblieben sein. Er hätte es mir gesagt.“

Nach einer dumpfen, bedrängenden Pause fügte er mit heftiger Stimme hinzu, als wolle er den Fernen und Ausbleibenden damit anrufen und unter seinen Willen zwingen: „Er darf es nicht! Es brächte ihn in die Gefahr, den nachgeschickten Spürhunden in die Hände zu fallen.“

Der Knecht nahm langsam die Hände vom Gesicht und sah den Sprechenden groß und erstaunt an.

„Sie sind hinter ihm her?“ fragte er.

„Die von Zwickau — ja!“ erwiderte Markus Thomä und starrte verloren in das Flammenspiel des Kamins. „Der Rat will ihn in seine Gewalt bringen und vor ein Gericht stellen. Darum muß er noch morgen in der Frühe über den Kamm des Gebirges in das Land Böhmen.“

„Unmöglich!“

Der Knecht richtete sich auf.

„Nein, es ist unmöglich", fuhr er dann gelassen und mit den eigentümlich mahlenden Bewegungen seiner Kiefer fort, als Markus Thomä ihn mit fragenden Blicken ansah. „Ich kenne von Kind auf im Gebirge jeden Weg und jeden Steg. Aber selbst ich würde es nicht wagen, in diesen Tagen ins Böhmische hinüberzugehen. Vergeßt nicht – die Wege sind mannshoch verschneit und tückisch vor Glätte. Und überall – selbst bei lichtem Tag – streichen die Wölfe umher. – Nein, es wäre ein Weg in den Tod!"

Wie zur Bekräftigung des Gesagten legte er seine Hände auf den Tisch, zwei kräftige, zupackende Arbeitsfäuste.

Markus Thomä sah lange zu ihnen nieder.

Sie schienen ihm zwei Gebirge voll ungebärdiger Kraft, aus denen er unerwartet Stärkung zog.

„Nein", sagte er endlich versonnen vor sich hin und von einer unbeirrbaren Gewißheit erfüllt. „Für ihn ist es kein Weg in den Tod. Er geht seinen Weg im Auftrage eines Mächtigeren."

Dann sah er noch einmal die Hände auf dem Tisch an, ihm hingelegt wie ein Zeichen, und wandte sich langsam um, seine beklemmende Wanderung durch den Raum wieder aufnehmend.

Seit dem frühen Nachmittag wartete er nun auf die Einkehr Thomas Münzers, seines Freundes und Lehrers. Die Erzgebirgshütte nahe dem Kamm, der hinüber ins Böhmische reichte, war als Treffpunkt verabredet worden, als sie sich nach ihrer gemeinsamen Flucht vor den Nachstellungen des Zwickauer Rates voneinander getrennt hatten. Von hier aus wollte er sich ins Süddeutsche wenden, um Fühlung mit der Bauernbewegung des Bundschuh aufzunehmen, während Münzer selbst Verbindung zu hussitischen Gemeinden in Böhmen suchte.

Spätestens mit Aufgang des Mondes wollte Münzer heute von den Brüdern im Tal Abschied nehmen. So hatte er es ihm zugesagt. Wenn ihm nun etwas zugestoßen wäre auf seinem Wege?

Es gab schroffe Abstürze und schneeüberwehte Klüfte, die den schreitenden Fuß täuschen und ihn überraschend in ein unerwartetes Grab ziehen konnten. Und dann – war das nicht Wolfsgeheul gewesen, das plötzlich abgebrochen war? Wie nun, wenn die Wölfe — —

Mit einem Male, in all seinem schmerzhaften Nachsinnen, war es Markus Thomä, als dringe aus der Weite der Nacht ein hergewehter Ruf an sein Ohr.

Betroffen blieb er stehen und verhielt den Atem.

Wieder glaubte er — unendlich weit! — den Ruf zu vernehmen.

„Rief da nicht einer?"

Er flüsterte seine Frage mit stockender Stimme, als fürchte er, mit ihr den fernen Ruf zu überdecken.

Der Knecht wandte seinen Kopf schwerfällig zum Fenster hin und legte die Hände lauschend hinter die Ohrmuscheln. Als er aber nichts zu hören vermochte, stand er bedachtsam von seinem Platz auf, machte in leisem Tappen einige Schritte zum Fenster hinüber und horchte erneut in das Schweigen der Nacht.

„Nein — ich höre nichts", sagte er nach einer Weile des Lauschens und ließ müde die Hände sinken.

Markus Thomä war unbeweglich stehengeblieben, den ganzen Körper horchend vorgebeugt. Aber er vernahm jetzt nichts anderes als das Wogen und Rauschen seines Blutes.

Er konnte sich doch nicht getäuscht haben! —

Vor Ungeduld und zerrender Spannung biß er sich auf die Lippen, daß sie zu schmerzen begannen.

Da! Klang der Ruf nicht noch einmal durch die Nacht?

Er machte einen hastigen Schritt zum Knecht hinüber und faßte ihn mit erregt zuckenden Händen bei den breiten Schultern.

„Da, wieder!" stieß er mit verhaltener Bestimmtheit hervor. „Ganz entfernt!"

Und mit heimlichem Triumph fügte er hinzu: „Seine Stimme! Ich höre sie klar und deutlich durch die Nacht zu uns herüberdringen!"

Der Knecht stand jedoch unerschüttert wie ein Baum. Nur sein Gesicht schob sich in angespanntem Horchen vor.

Dann wehrte er mit einem Kopfschütteln ab.

„Nein", sagte er ruhig und begütigend. „Es ist nichts — nur der Wind."

Markus Thomä ließ sich aber nicht beirren.

„Er ist's! Wirklich – er ist's!"

Er rief es erlöst in die Dämmerung des Raumes, der ihn so lange bedrückt hatte, und rüttelte den Knecht in freudiger Ergriffenheit an den Schultern.

Eine wirre Geschäftigkeit war plötzlich über ihn gekommen.

„Ich muß ihm entgegengehen!" sagte er hastig. „Mach mir ein Licht zurecht!"

Der Knecht wandte sich erschreckt um und stellte sich breitbeinig vor Markus Thomä hin, als müsse er ihn vor einer plötzlich aufsteigenden Gefahr bewahren.

„Herr, Ihr seid toll!" stammelte er. „Es wird Euer Tod sein!"

„Laß!"

Markus Thomä schob den Abwehrenden beiseite wie einen unbequemen Gedanken.

„Es ist die Stimme Gottes, die mich durch ihn anruft", erklärte er gebieterisch. „Da gibt es kein Ausweichen und keine Angst."

„Die Nacht!" kam es verwirrt von den Lippen des Knechtes, „die Wölfe!" – –

Markus Thomä lächelte nachsichtig und hob zuredend einen Arm.

„Der Herr, der Daniel in der Löwengrube und in den feurigen Öfen erhielt, wird auch Nacht und Wind und Wölfe von mir fernhalten!" sagte er, und es klang trotz seines Lächelns wie ein Verweis.

Dann ging er mit weit ausholenden Schritten – plötzlich ein aus allen bangen Ängsten Befreiter! – hinüber zur Wand, nahm Umhang, Kappe und Stock vom Haken und machte sich marschbereit.

„Nun denn, wenn Ihr es wagen wollt!"

In fassungslosem Staunen trat der Knecht an den Tisch, holte die zurechtgestellte Öllampe und brachte sie am Kamin zum Brennen.

„Soll ich nicht mit Euch gehen?" fragte er zaghaft, als er Markus Thomä das Licht herüberreichte.

„Bleib!" gab ihm der Befragte Bescheid.

Markus Thomä war mit einem Male ein Gewandelter.

Seine Stimme hatte die Heiserkeit der Unruhe und Sorge verloren. Sie klang jetzt gestrafft und beinahe herrisch. Der Blick hatte alle Verschleierung abgetan und trug unerwartet einen frohen Widerschein.

Geradezu belustigt sah er in das offene Gesicht des vor ihm Stehenden, aus dem ihn ehrliche Befürchtung ansprach, so daß er einen Ton zutraulicher Besänftigung in seine Worte legte.

„Mond und Schnee werden die Nacht erhellen", sagte er. „Aber unser Licht hier könnte ihm als tröstlicher Stern winken und den Weg weisen, damit er nicht in die Irre geht. Sei also unbesorgt und stelle ihm inzwischen die Milch warm; er wird hungrig sein, wenn er kommt."

Der Knecht schluckte hilflos an einer Entgegnung. Es ging seiner bäuerlichen Geradheit nicht ein, daß er diesen schmalgesichtigen Mann mit der hohen Stirn, dem er sich seit ihrem langen Gespräch am Nachmittag brüderlich verbunden fühlte, allein in die gefährliche Winternacht hinausgehen lassen sollte.

Markus Thomä spürte die unausgesprochene Besorgnis des Knechtes mit dankbarer Rührung.

„Es ist gut", murmelte er und schlug dem Gefährten seines Wartens anerkennend und begütigend auf den breiten Rücken. Dann wandte er sich schnell um und verließ den Raum, ehe der Knecht sich auf eine Antwort besonnen hatte. Er konnte dem Hinausgehenden nur noch erstaunt nachsehen.

Nicht begreifend schüttelte er den Kopf und stapfte zum Kamin hinüber, um neue Scheite in das Feuer zu werfen und die Milch warm zu stellen.

2.

Es war weit im Nachmittag, als Thomas Münzer von seinen Brüdern in dem kleinen Erzgebirgsdorf Abschied nahm. Die meisten unter ihnen hatten zu seiner Zwickauer Gemeinde gehört. Sie waren dann, als der Rat sich gegen seine Lehren wandte, in die Abgeschiedenheit des Gebirges gezogen und hatten hier eine eigene Gemeinde gegründet. Einige Male war er auch schon bei ihnen gewesen, um zu ihnen zu sprechen. Nun hatte er für lange Zeit ein letztes Mal bei ihnen Einkehr gehalten.

Obwohl im blaugespannten Mittagshimmel ein zaghaftes Ahnen des nahen Frühlingsauferstehens bemerkbar zu sein schien, hatte mit der halben Dämmerung schneidender Frost eingesetzt und den stellenweise angeschmolzenen Schnee schnell wieder verharscht. Die allmählich aufziehenden Sterne, glitzernd im Sammetmantel der Nacht, schienen im Gewoge des Frostes auf und ab zu schwingen. Und der volle Mond, kurz zuvor rund über den Gebirgskamm rollend, schob sich wie ein scharfumrandetes Stück Eis den schnell nächtig werdenden Himmel hinan.

Münzer, die wärmende Kopfbedeckung bis über die Ohren gezogen und die niederfallende Pelzschaube eng um den Körper gelegt, ging mit bäuerlich ausholenden Schritten in den steigenden Abend, ohne seiner sonderlich zu achten.

Die zurückgelassenen Brüder hatten ihn immer wieder darum gebeten, ihm über ein längeres Stück Weg Geleit geben zu dürfen. Aber er hatte es fest und bestimmt abgelehnt. Man hatte ihm den Weg hinauf zu der Viehstätte so genau beschrieben, daß er ihn nicht verfehlen konnte. Außerdem wollte er mit seinen Gedanken allein sein.

So stieg er denn, in sein Nachsinnen wie in einen Mantel gehüllt, den in sachten Windungen emporklimmenden Bergpfad hinan, seine Schritte beschleunigt setzend, da er sich länger als vorgesehen aufgehalten hatte und er Markus Thomä in banger Sorge auf sich wartend wußte.

Er hatte mit den Brüdern im Tal viel über Zwickau gesprochen.

Sie hatten ihn nach ihrer Art bedächtig angehört, manche ernsthafte Zwischenfrage an ihn gerichtet und seinen ausführlich begründeten Entschluß, seine Lehre vom lebendigen Gottestum und einer neuen Ordnung unter den Menschen von Prag aus weiterzutreiben, gebilligt.

Nun gingen seine Gedanken noch einmal den Gesprächen nach und prüften – wie schon so oft auf dieser Flucht! –

seine Absichten und prüften, ob er denn auch wirklich aus aller Wirrnis die Stimme des lebendigen Gottes heraushöre.

Die Stadt Zwickau war für ihn eine Stätte der Entscheidung geworden, stärker vielleicht und nachhaltiger, als er es gut vor einem Jahr bei seinem Amtsantritt als Prediger an der Kirche von St. Marien erwartet hatte.

Mit einer verhaltenen Heiterkeit gedachte er seiner ersten Predigten, darin er die reichen und weltverlorenen Bettelmönche des Zwickauer Klosters nach aller ihnen zukommenden Gebühr mit derb zupackenden Worten gebeutelt hatte, was ihm bei Rat und Bürgerschaft warmen Zuspruch einbrachte.

Er wußte: es war diesen städtischen Pfeffersäcken nur zu sehr nach dem Herzen gewesen, was er gesagt hatte; denn die Bettelmönche hatten sie sehr bedrückt mit immer neuen Forderungen und ihnen zu ihrem Unbehagen manchen harten Taler aus den Taschen gezogen. So war er für Monate hindurch ihr Mann gewesen, und sie beglückwünschten sich, wenn sie in der Ratsstube beim Humpen zusammensaßen, mit verständnisinnig zuplinkernden Augen, in ihm die rechte Zuchtrute für ihre und ihrer Geldsäcke Peiniger gefunden zu haben.

Aber aus dieser anfänglichen Zustimmung und Wohlgeneigtheit war allmählich betroffenes Erstaunen und dann gar offensichtliches Entsetzen geworden, als er über diese äußerlichen Dinge hinauswuchs und die innersten Wurzeln ihrer eigenen Existenz zu benagen begann. Mit scheelen Augen und wispernder Unruhe sahen sie dabei zu, wie er Fühlung mit dem Tuchmacher Nikolaus Storch fand, dem Anführer und Sprecher der von ihrer Sattheit gehaßten Schwärmer und kleinen Leute, welche das große Gericht Gottes und die Abrechnung mit den Mächten Satans, denen jene Satten und Reichen verfallen waren, nahe wähnten.

Überhaupt Storch, dieser stürmische und getreue Knecht Gottes! – Wo mochte er nur umherirren, getrieben vom lodernden Feueratem des Herrn?

Münzer erkannte es immer mehr: der Wille Gottes hatte ihm diesen Brennenden und Besessenen an den Weg gestellt. Und durch ihn hatte Gott ihn selbst zum ersten Male mit aller Macht angeweht.

Gewiß, er war auch mit Martin Luther zusammengetroffen, dem Wittenberger, lange vor den Tagen von Zwickau. Damals in Leipzig. Er selber hing zu dieser Zeit noch wie eine verlorene Seele zwischen der Gelehrsamkeit der Bücher, aus denen er hoffte, die Wahrheit schöpfen zu können, nach der er so dürstete. Doch es war eine Begegnung mehr der Gehirne gewesen, die zwar manche Einsichten förderte, nicht aber zu Erkenntnissen führte, wie sie aus dem Zusammenschlagen zweier ergriffener Herzen aufschießen.

Es konnte ihn daher nicht verwundern, daß in Zwickau, unter der sengenden Nähe des gottesbesessenen Nikolaus Storch, erste Zweifel und Bedenken an Luthers Lehre und Wirken in ihm aufstanden, so daß er sich immer mehr gedrängt fühlte, den ehemaligen Augustiner aufzusuchen und mit ihm zu sprechen über seine Lehre vom Glauben, der den Menschen, diese mit der Erbschaft des Leides geschlagene Kreatur, frei mache von aller Schuld.

Es konnte, es durfte doch nicht sein, daß Gott bloß durch den Glauben an die Worte der Schrift Eingang im Menschenherzen fände! Einen solchen Glauben mußte der geringste Windhauch umblasen wie ein Kartenhaus! Man würde Gott damit ja begraben in leeren Buchstaben, so daß er nicht einmal mehr fähig wäre, einen Grashalm wachsen zu lassen, geschweige denn, die unendliche Fülle der Welt zu tragen!

Thomas Münzer blieb in seinem Ausschreiten einen Augenblick stehen und wischte sich einige aufgequollene Schweißperlen von der Stirn.

Sie kamen nicht nur von seinem schnellen Schritt und der stärkeren Steigung des Weges. Nein, es ging ihm schon länger so: wenn seine Gedanken um Martin Luther zu kreisen begannen, schoß ihm wirbelig das Blut zu Kopf und erfüllte ihn mit einer bedrängenden Hitze. Hin und her geworfen zwischen Verehrung und unerbittlicher Abwehr, überschwemmte schließlich das fiebrig aufsteigende Blut alle Zwiespältigkeit seines Gefühls und gab ihm immer deutlicher die Gewißheit, daß Gott ihm mit dem Wittenberger einen gewaltigen Widersacher in den Weg gestellt habe. Und hätten ihn nicht gewichtige Gründe bestimmt, sich zunächst ins Böhmische und nach Prag zu begeben, so wäre er nach Wittenberg aufgebrochen, um in einer Aussprache mit Martin Luther zur Klarheit zu kommen.

Der gedankenvoll Stehengebliebene schüttelte einige Male sehr energisch seinen Kopf, als müsse er die anfliegenden Schatten grauer Fledermäuse verscheuchen. Dann sah er lange und weit hinaus in die Landschaft, die unter dem gnadenlosen Zugriff des Frostes leise zu zittern schien. Im Schnee aber war ein leichtes Klingen, das wie überirdische feine Kristallglöckchen tönte und die Luft mit einem sternenhaften Geläut erfüllte. Unten im Tal, unendlich fern und nur noch mit zusammengekniffenen Augen erkennbar, winkte das verlassene Dorf mit einigen winzigen Lichtpünktchen. Sie schienen unmerklich überzugehen in den Reigen der Sterne, die sich mit dem haltenden Himmel bis fast auf das Dorf legten.

Es kam Münzer vor wie ein wundersames Gleichnis.

„Himmel und Erde", so dachte er, „so weit sie im hellen Tage voneinander geschieden zu sein scheinen —, unter der hüllenden Nacht gehen sie ineinander ein wie Mann und Frau. Und ebenso ist es mit Gott und dem Menschen, davon der eine der alles überwölbende Himmel ist und der andere die sehnsüchtig wartende Erde. Nur daß es nicht die Nacht ist, welche sie zueinander eingehen heißt, sondern das Leid. Und wenn wir von der Nacht des Leides sprechen, so ist es keine Nacht voll auswegloser Schrecknisse und unerkennbarer Gefährdungen, sondern eine Nacht der verschwiegenen Heimlichkeiten und letzten Zärtlichkeiten!"

Die Hände des Sinnenden, der nichts von der starren Kälte und dem frostig schneidenden Wind der ihn umgebenden Winternacht verspürte, fanden sich zu wortlosem Gebet, während seine Augen das Wunder des nächtlichen Gleichnisses einsogen, als müßten sie es als unverlierbaren Besitz gewinnen.

Und weiter stieg Münzer, der nächtliche Wanderer, den bergan klimmenden Pfad hinan und vernahm nicht das ihn fern umkreisende Wolfsgeheul. Und heißer und dankbarer rann ihm das Blut durch die Adern.

Er war seines Gottes wieder mehr inne geworden! Seine erste Fluchtnacht war gesegnet mit Gott, der das Lebendige ist.

Immer weiter rückte Zwickau, die Stadt des Kampfes und der leidenschaftlichen Auseinandersetzungen. Die Gestalt Storchs, des Brennenden und Eifernden, verrann fern und undeutbar.

Münzer mußte in seinen Gedanken nachsichtig lächeln über das wüste Treiben, das der Rat der Stadt gegen ihn entfesselt hatte, seitdem er sich mit seiner Lehre zu den Ärmsten aus den Vorstädten gewendet hatte und ihrem notvollen Kampf um eine neue Ordnung Zuspruch gab. Sie wußten nicht, daß sie ihn, das große Werkzeug des Herrn, damit nur zurechtschmiedeten für den Kampf um die Gerechtigkeit Gottes. Auch ihrer Dunkelheit bedurfte der Herr, damit er daraus zu strahlendem Morgen stiege. Mochten sie ihn, seinen Prediger, auch aus den Mauern ihrer Stadt ausgewiesen und für vogelfrei erklärt haben, mochten sie ihm nachstellen und ihn mit dem Tode bedrohen – sie erfüllten damit nur den Willen eines Größeren.

Kälter und eisiger wehte es den Emporsteigenden an, und mit geweiteter Lunge atmete er die Höhenluft.

Er war mit allem Zurückgebliebenen ins reine gekommen. Bald mußte er am Ziel sein.

„Markus Thomä!" dachte er, von einer plötzlichen Wärme durchglüht. „Lieber Bruder meines Werks! Wie sehr wirst du auf mich warten!"

Und wieder schritt er eifrig aus, vorsichtig darauf bedacht, auf den vereisten Wegen nicht zu Fall zu kommen oder in eine der tückischen Schneewehen zu geraten.

Nicht sehr viel später sah Thomas Münzer vor sich auf der Höhe ein Licht aufblinken.

Er hielt es zunächst für einen fernen Stern, bis er erkannte, daß es in leichtem Schaukeln hin zu ihm in Bewegung war.

Da bedurfte es für ihn keiner Frage mehr nach dem Woher und dem Wohin.

„Markus Thomä!"

Laut und in der stillen Bergnacht ein vielfältiges Echo weckend, hallte sein erkennender Ruf zu dem Kommenden hinauf.

Das herabschwebende Licht verhielt einen Augenblick.

„Thomas Münzer!"

Wie ein Jubelschrei kam die Antwort, und das Licht geriet in zitternde Bewegung.

3.

Scheu und beklommen öffnete die Magd die Stalltür und sah mit einem prüfenden Umschauen in den Hüttenraum. Erst als sie den Fremden nicht mehr darin gewahrte, wagte sie sich zögernd mit ihren Eimern hinein.

„So, da bin ich wieder!" sagte sie halblaut, als spreche sie es nur zu sich. Gleichzeitig stellte sie die Eimer nieder und strich sich im Aufrichten eine lockere Haarsträhne aus der Stirn. Dann kam sie hinüber an den Tisch.

Der Knecht erhob sich aus der gebückten Stellung vor dem Kamin, darin er grübelnd gesessen, seit der Fremde ihn allein gelassen hatte, und sah die Eingetretene an.

„Was ist mit der Braunen?" fragte er, sich mit einem Male wieder der alltäglichen Dinge erinnernd.

Die Zurückgekommene zuckte undeutbar mit den Schultern.

„Es hat sich nichts geändert mit ihr", erwiderte sie. „Da mag es schon leicht Morgen werden, bis sie zum Kalben kommt."

„Steht sie denn ruhiger?" forschte der Knecht weiter.

„Es geht an", antwortete die Magd. „Die Flanken zittern schwer auf und ab. Auch jappt sie keuchender um Luft. Sonst aber steht sie still."

Unter ihren Worten war sie zum Kamin hinübergetreten und schob die Hände über das Feuer.

„Kalt ist's im Hof draußen!" schauerte sie und beugte sich händereibend dichter über den wärmenden Glutschein.

„Ich habe der Braunen noch Stroh geholt, damit sie wärmer steht. Und dann habe ich noch ein Bund gegen die Tür gestemmt, um den kalten Nordost abzuwehren", sagte sie nach einer Weile.

Der Knecht nahm es schweigend zur Kenntnis und schob neues Holz ins Feuer. Dann verlor er sich wieder an seine Gedanken.

Als die Magd sich genügend erwärmt hatte, sah sie sich suchend um und tat erstaunt, den Fremden nicht mehr vorzufinden.

„Dein Einkehrer?" fragte sie neugierig, „wo ist er denn hin?"

Und mit spöttisch vorgewölbtem Mund, wie nebenhin gesprochen, fügte sie hinzu: „Ein seltsamer Kauz, dieser Fremde."

Der Knecht hob zornig den Kopf.

„Daß ihr Weiber an allem euren Spott haben müßt!" rief er unwillig und stand mit einer ruckhaften Bewegung auf.

In seinen Augen war ein hintergründiges Glimmen, und in sein Gesicht kam ein eifernder Glanz, den die Frau an ihm nicht kannte und der sie verwirrte.

Sie sah ihn gleichermaßen erstaunt und erschreckt an, wie er mit schwerem Aufatmen auf sie zukam und gegen seine übliche Art mit einer Stimme voller Geheimnisse auf sie einzureden begann.

„Wie du nur spotten kannst!" grollte er. „Dabei stehen wir armes Menschgetier wie die Braune da drüben im Stall in der Dunkelheit und Kälte der Welt und wissen nicht, wann die große Not uns anfallen wird. Ginge da Gott nicht ab und zu an uns vorüber und wehte uns tröstend mit seinem ewigen Atem an – wir müßten vergehen vor lauter Angst und Verlorenheit!"

Die Worte des Knechtes trafen das aufgescheuchte Herz der Magd wie mit Nadelspitzen.

Sie wußte wohl, daß der Mann da vor ihr, in dem sie den künftigen Vater ihrer Kinder sah – so war es lange schon zwischen ihnen versprochen! – sie wußte, daß er von grüblerischer Art war und viel geheimes Wesen um Gott machte. Sie hatte es aus manchen dunklen Andeutungen und rätselvollen Reden erraten. Nun aber war das Neue zum ersten Male in ihm mächtig geworden und hatte wie mit fremden Zungen aus ihm zu ihr gesprochen. Es machte ihr Qual und Herzklopfen.

„Was fährst du mich an?“ wehrte sie sich daher in aufsteigendem Unbehagen und machte betroffen einen Schritt von ihm weg, als fürchte sie sich vor ihm.

„Gehe ich etwa weniger zu den heiligen Tröstungen als jeder andere ehrliche Christenmensch?“ fuhr sie rechtfertigend fort, als der Knecht stillblieb. „Aber ich kann es nicht leiden, wenn so einer von Gott daherredet, als habe er mit ihm liederlich im Stroh gelegen.“

„Du redest nicht besser, als du es verstehst!“ herrschte der Knecht sie an, und sein Gesicht verdunkelte sich in Unwillen und Zorn.

Als er aber das Erschrecken bemerkte, das seine harten Worte über die Frau brachte, tat es ihm leid, sie so angefahren zu haben.

„Hör zu“, sagte er besänftigend, und seine Stimme trug wiederum den Klang des Geheimnisvollen und Entrückten, der die Zuhörende vorhin schon erstaunt und erschreckt hatte.

„Große Dinge bereiten sich vor!“ fuhr er mit verzückt geweiteten Augen fort. „Gott hat Propheten ausgesandt, wie in alter Zeit, die von seinem nahen Kommen sagen. In einer feurigen Wolke wird er niederfahren und sein Ewiges Reich auftun. Und wir, die Ärmsten und Geringsten unter allen, sind berufen, seine Herrschaft des Friedens und der Gerechtigkeit vorzubereiten!“

Eine heiße, sengende Gewalt schlug der Zuhörenden aus der Rede des Knechtes entgegen. Sie spürte eine Leidenschaft darin, die ihrem einfachen Gemüt unirdisch und teufelhaft vorkam, so daß ihr eine jähe Angst um den von satanischen Einflüsterern bedrohten Mann würgend bis in den Hals stieg.

Blaß und zitternd griff sie nach seiner Hand.

„Hör auf!“ flehte sie. „Du bist wirr.“

„Nein, es ist wahr!“

Der Mann machte sich sanft von dem angstvollen Umschließen ihrer Hände frei und trat breitbeinig einen Schritt zurück. Wie ein Strahlenglanz flog es über sein Gesicht und gab ihm ein verklärtes Widerscheinen. Zugleich aber begann es gewittrig darin zu zucken.

„Die großen Herren sind verhärtet vom Besitz und dem Teufel verfallen!" verkündete er mit aufblitzenden Augen. „Sie nehmen Zins und Zehnten vom armen Mann und bauen Zwingburgen für den Antichrist!"

Seine Stimme wurde hart und drohend, als er es sagte.

Vor den Augen der Magd begann es zu flirren.

Sie starrte den ihr immer mehr Entgleitenden an wie einen Gezeichneten.

„Du, was redest du da?" stieß sie keuchend hervor und suchte an der nahen Wand Halt, um nicht hilflos in sich zusammenzufallen.

Der Mann aber sah über ihre fliegende Angst hinweg und hob seine Stimme wie ein Traumgesichtiger.

„Im Süden ist man bereits aufgebrochen im Namen Gottes und um der Sache Gottes willen!" verkündete er. „Sie haben sich zu großen Haufen zusammengetan und halten alles gemein. Nur noch den Kaiser und den Papst wollen sie über sich wissen. Sonst aber sind sie eine einzige Brüderschaft, wie Gott es in seinem Gesetz und Bunde bestimmt. Ja, sie sind schon dabei, Satzungen aufzustellen, und tragen große Fahnen vor sich her mit dem Bundschuh und dem Feldgeschrei des armen Konrad!"

Die Magd sah den Mann wie in Flammen stehen und stieß einen entsetzten Schrei aus.

„Um alles!" beschwor sie ihn in plötzlichem Erbeben. „Hat der Fremde dir das alles erzählt?"

Sie hielt sich an dieser Frage wie an einem rettenden Seil und wollte damit alle Schuld von dem Geliebten abnehmen und dem Fremden aufbürden.

Der Knecht aber hörte nur die Frage, die ihn weiter in seine Gesichte hetzte.

„Mehr, viel mehr!" kam es in ansteigendem Jubel aus seiner Aufgebrochenheit. „Am Himmel ließ Gott bereits Zeichen und Wunder aufflammen als Künder des neuen

Bundes, den er mit den Menschen gegen den Antichrist schließen will!"

Der mitreißende Jubel in der Stimme des Verzückten ließ die Magd plötzlich alle Ängstigung vergessen. Sie fühlte sich in einen Strom hineingerissen, der sie überbrauste und wehrlos machte.

„Zeichen und Wunder?" stammelte sie ergriffen.

„Zeichen und Wunder!" wiederholte der Mann mit unbeirrbarer Sicherheit. „Man hat feurige Räder in den Nachtwolken gesehen und Sterne mit Strahlenschwänzen, wie bei der Geburt des Herrn. Riesige Heerzüge sind durch die Luft geschwommen. Dunkle – die Heerzüge des Teufels! – und blendend helle mit dem reisigen Sankt Georg an der Spitze!"

Von unbegreifbaren Mächten bedrängt, hielt die Zuhörende sich enger an den Erzähler und fühlte ein Frieren über ihre Haut rinnen.

„Entsetzlich!" flüsterte sie und schloß die Augen, um nicht die dunklen Heerzüge des Teufels in leibhaftiger Gestalt daherziehen zu sehen. Und in neu aufbrechender Angst flehte sie den Mann an: „Hör auf!"

Der Knecht war jedoch nicht mehr zu halten. Was als Wundersames in ihn eingeströmt, mußte Wort und Zeugnis werden, sonst hätte es ihn zersprengt.

„Damit du es weißt", beugte er sich zu der erschauernden Frau nieder. „Nicht nur solche Zeichen der Stärke tat Gott kund. Nein – er warf auch Not und Drangsal über seine Propheten, um zu sehen, ob sie getreu blieben! Da war einer – Hans Böhm in Niklashausen, ein Hirt und Paukenschläger! – in dem war die Stimme Gottes mit einem Male mächtig geworden, und er mußte laut mit ihr sprechen, was sie ihm befahl. Es lief ihm daher viel gläubig Volk zu, und er predigte gegen die Mächtigen der Welt und die Fürsten der Kirche, weil sie der Gesetze des Herrn vergaßen. Als sein Anhang sich mehrte und er sich anschickte, das Gesetz seiner Stimme zu erfüllen, ließ man ihn fangen. Das Volk, das ihn befreien wollte, wurde niedergemacht, er selbst aber verbrannt und seine Asche in den Fluß geworfen. Seine Freunde jedoch gruben in der Nacht die Erde an jener Stelle, auf der er verbrannt wurde, aus und schickten sie in alle Lande als Zeichen und Ansporn. So hat sein Tod viele Münder geschaffen, aus denen er spricht."

Wie in heiliger Trunkenheit, hingerissen und erglühend von seinen eigenen Worten, stand der Erzählende mit gebreiteten Armen vor der Magd. Abglanz der lohenden Buchenscheite züngelte über sein Gesicht und warf den Schatten seiner ausgebreiteten Arme wie ein gespenstisches Kreuz, daran er selber zu hängen schien, gegen die Wand.

Es war nur für den kurzen Augenblick des Händeausbreitens.

Aber der furchtsamen und aufgewühlten Frau war es nicht entgangen. Es griff wie eine schreckliche und überirdische Mahnung mit spitzen und knöchernen Fingern an ihr Herz.

„Ich – weiß nicht", kam es stockend über ihre angstweißen Lippen. „Mir wird unheimlich bei dir. Der Fremde hat dich zum Teufel verführt!"

„Nein!"

Der Mann ihr gegenüber reckte sich auf zu ganzer Größe, und ein wildes Feuer sprang in seine Augen.

„Er hat mich nicht zum Teufel verführt, er hat mich zu Gott erlöst! ‚Es bedarf nicht mehr der Priester und der Schrift', sagte er. ‚Gott offenbart sich dem Gläubigen selbst!'"

Die Magd fiel angstvoll in sich zusammen.

„Du!" stöhnte sie qualvoll auf. „Das – das ist Todsünde!"

Der Mann vor ihr blieb groß und aufrecht.

„So sagen sie, die uns klein und knechtisch haben wollen", entgegnete er. „Gott aber will keine Knechte. Freie Menschen will er!"

„Bei deiner, bei meiner Seele Seligkeit – rotte die Sünde aus, die über dich gekommen ist!"

Wie ein Schrei letzter Verzweiflung brach es aus der Magd.

Sie sah den Boden unter ihren Füßen schwanken und gierige, behaarte Arme nach dem Manne greifen, um ihn zu sich in den Höllenpfuhl zu ziehen.

Aber unerbittlich und fest blieb die Stimme seiner Verzückung über ihrer Angst.

„Wie könnte es Sünde sein?“ dröhnte sie in seliger Gewißheit. „Gott hat in mir Wohnung genommen, und so muß ich sein Wort sein.“

Da zerbrach in der Zuhörenden aller Halt.

Aufschluchzend in Leid und Verlorenheit warf sie sich über den Tisch. Sie glaubte sich umloht von allen Qualen der ewigen Verdammnis.

Dieser hemmungslose Ausbruch kreatürlichen Schmerzes rief den Verzückten aus seinen Traumgesichten zurück.

Täppisch quoll Mitleid in ihm. Scheu und verhalten umfing er die Weinende und hob sie vom Tisch auf an seine Brust. Ungelenk strich seine schwielige Hand durch ihr Haar und über ihr tränenfeuchtes Gesicht, immer wieder.

„Nicht weinen“, bettelte er mit aller Weichheit, die seiner Stimme gegeben war. „Nicht weinen.“

Und dann, um ihr zu deuten und nahezubringen, was in ihm vorgegangen, suchte er nach Worten und fand sie auch aus dem Jubel, der in ihm war.

„Ich weiß ja selber nicht, wie das alles über mich gekommen ist“, begann er tastend. „Ich war nichts anderes als ein armer, einfältiger Knecht. Da kam heute, von Freunden gesandt, der fremde Bruder zu mir und sprach sehr lange mit mir. Zunächst waren mir seine Worte noch neu und dunkel, so daß ich mich in ihnen verirrte wie in einem unbekannten Wald. Dann aber fielen sie in mich ein wie in einen hungrigen Acker, den es nach Saat und Frucht verlangt. Doch immer noch blieb mir ihr Sinn verborgen. Erst als der Fremde gegangen war und du zu mir kamest, begannen sie zu blühen und Frucht zu tragen. Warum also willst du traurig sein, da du mir die Gnade der Offenbarung gebracht hast?“

Unter seinen begütigenden und zuredenden Worten war die Frau langsam stiller und ruhiger geworden. Nun richtete sie ihm groß und offen ihr Gesicht entgegen und fragte mit eindringlichem Ernst, der keine Ausflucht zuließ: „Um alles, was dir heilig ist, ist das wahr?“

Der Knecht neigte seinen Kopf vor ihr wie vor einer Mutter.

„Ich schwöre dir's zu", sagte er, jedem einzelnen Wort Gewichtigkeit gebend. „Es ist wahr."

Die Fragende atmete, wie von einer schweren Last befreit, tief auf und schmiegte sich dem Manne vertrauensvoll an.

„So will ich mich nicht mehr fürchten", flüsterte sie, und die Schatten über dem Licht ihrer Augen hellten sich auf. Und nach einem erneuten Aufatmen fügte sie hinzu: „Ich gehe ganz einfach nur noch mit dir, und führte uns dein Weg auch in alle Höllen!"

Bewegt zog der Knecht sie an sich und umfing sie mit beiden Armen.

Er hörte ihr Herz schlagen, als sei es das flatternde Herz eines verflogenen Vogels. Zugleich fühlte er, wie ihm plötzlich heiß eine einzelne Träne auf seine Hand tropfte.

„In keine Hölle", gab er ihr da mit froher und glückserfüllter Stimme Antwort. „Nein, in keine Hölle, sondern in eine nur noch von Gott erfüllte Welt!"

Getröstet drückte die Frau die Hände des Mannes gegen ihr unruhvoll klopfendes Herz, als wolle sie so sich ihm ganz zu eigen geben.

Lange standen sie in wortloser Hingegebenheit. Dann ließen sie sich, wie auf Verabredung, mit einem Male los, als wäre plötzlich ein Schämen über sie gekommen, das sie voreinander verbergen müßten.

Gleich darauf hörten sie vor der Hütte näherkommende Schritte. Ehe der aufmerkende Knecht herzuspringen konnte, öffnete sich die Tür, und der zurückkehrende Markus Thomä führte Thomas Münzer in den Raum, der ihm für diese Nacht Zuflucht und Ruhestätte sein sollte.

„Der Herr segne deinen Eintritt, Bruder Münzer!" rief er im Eintreten und schloß den Freund begrüßend in die Arme, erfreut, ihn endlich in Sicherheit und Wärme zu wissen.

„Amen!" antwortete Thomas Münzer und schloß blinzelnd die Augen, weil ihn das ungewohnte Licht in der Hütte für einen Augenblick blendete. Dann, näher herzutretend, bot er den beiden Anwesenden zum Gruße die

Hand, die sie stumm und mit verlegenem Nicken entgegennahmen.

„Nichts für ungut, daß es später geworden ist, als wir es vorgesehen hatten", lächelte er die Gastgeber an, die hilflos und mit niedergeschlagenen Augen vor ihm stehengeblieben waren, während Markus Thomä in freudiger Geschäftigkeit den Gekommenen von seiner winterlichen Überkleidung befreite.

Als erster löste sich der Knecht aus dem gebeugten Schweigen.

„Ihr seid wohl falsch gegangen?" fragte er und sah ohne Scheu den kleinen, gedrungenen Mann mit den eigentümlich wissenden Augen an.

„Nein", antwortete Münzer und stellte sich mit dem Rücken gegen die Wärme des Kaminfeuers. „Falsch gegangen bin ich wohl nicht. Aber die Brüder unten im Dorf hielten mich überlange fest, so daß ich mich fast mit Gewalt von ihnen trennen mußte. Deshalb ist es auch wohl später geworden."

„Ja", nickte der Knecht verständnisvoll.

„Aber Ihr werdet gewiß hungrig sein von den beschwerlichen Wegen?" fuhr er besorgt fort. „Ich stellte Euch Milch warm. Sie wird Euch nach der Kälte da draußen gewiß willkommen sein. Nehmt also Platz an unserem Tisch und laßt Euch genügen an dem, was unsere Armut Euch zu bieten weiß. Wir geben es willig und gern. – Trag' du Brot herzu!" befahl er im Umwenden der Magd.

Während die Aufgeforderte eifrig zum Wandkasten hinübertrat und einige Brotscheiben von dem großen Laib schnitt, holte er selber vom Wandbord neben dem Kamin eine große irdene Schale, füllte sie aus dem Kessel über dem Feuer mit Milch und stellte sie dem sich setzenden Münzer auf den Tisch.

Thomas Münzer rückte auf dem Schemel zurecht, und saß eine Weile sinnend vor den einfachen Gaben, welche ihm die Herzlichkeit der Gastgeber bereitet hatten.

„Er aber nahm das Brot, dankte und brach's", begann er aus seinem Nachsinnen.

Mit langsamen, fast feierlichen Bewegungen ergriff er ein Stück Brot und brockte es in die dampfende Milch.

„Der Gott im Brote!" fuhr er nach sinnendem Innehalten fort. „Nirgends hat der Erschaffer Himmels und der Erden sich herrlicher und gnadenreicher offenbart!"

Dann begann er zu essen.

Mit heißem und angerührtem Herzen hatte der Knecht ihm zugehört. Dieser kräftige, gesunde Mann mit dem derben Gesicht, das eher einem Bauern oder gar einem Landsknecht zugehören mochte als einem Studierten und Gottesgelehrten, dieser kräftige, gesunde Mann strömte etwas aus, das alle Befangenheit schnell auslöschte und in seinen Bann zwang.

Einer jähen Eingebung folgend, trat er mit einem Male Münzer gegenüber.

„Herr", sprach er mit zunächst noch suchenden, dann aber immer freieren und sichereren Worten. „Euer Bruder hat heute lange und viel mit mir gesprochen über das, was Ihr lehrt. Und als Gott ihn anrief, Euch entgegenzugehen, berührte er auch mein Herz mit einer heißen Flamme, so daß es davon erzitterte. Später, im Gespräch mit jener hier" – er wies bei diesen Worten auf die still an der Seite verharrende Magd, welche darüber schamvoll errötete – „im Gespräch mit jener hier begann es dann zu brennen, bis ich Gott groß und gewaltig erkannte. Es drängt mich nun, von jetzt an ebenfalls zu Eurer Gemeinde zu gehören. So bitte ich Euch, nehmt mich auf als Bruder in das Bündnis der Gerechten Gottes, davon mir Euer Bruder gesprochen hat."

Münzer hatte mit steigender Freude die Rede des Knechtes angehört.

„Bruder!"

Er sprang auf und schloß den Bittenden mit einer ungestümen Bewegung in die Arme.

„Du hast meine Flucht gesegnet!" sagte er aufgewühlt. „So nenne ich dich mit dem Namen des Jüngers, der dem Herrn der liebste war – Johannes, und nehme dich auf in unsere Bruderschaft!"

Er nahm vom Tisch ein Stück des gebrochenen Brotes und reichte es dem still Verharrenden.

„Hier – nimm dies als Siegel des neuen Bundes! Der Gott im Brote segne dich!“

Der Knecht stand wie erstarrt, die brennenden Augen Münzers Feuerblick zugewandt.

Mit zitternder Hand nahm er das dargereichte Brot und hielt es eine Weile unschlüssig hoch, ehe er es demütig und andachtsvoll zum Munde führte.

Da drängte sich unerwartet die Magd herzu.

„Herr –“, begann sie mit heiser verquollener Stimme und hielt sich an der Tischkante fest, um nicht dem Sturm ihres Innern zu unterliegen. „Scheltet nicht! Aber ich bin dem Manne hier zugetan mit Leib und Seele. Da Ihr ihn genommen habt, nehmt nun auch mich!“

Ihre Stimme senkte sich und wurde flehentlich.

„Ich weiß, ich bin nur ein törichtes, verlorenes Weib. Aber ich will Gott untertan sein mit aller Kraft meines Herzens.“

Sie brach jäh ab und schlug die Augen nieder.

Von einer starken Rührung durchflutet, faßte Münzer ihre schlaff herabfallende Rechte, die wie Feuer brannte, und drückte sie.

„Schilt dich nicht gering, Schwester“, sagte er innig. „Gott hat dir Unendliches geschenkt. Er gab dir das Wunder des Blutes und der Geburt!“

Er nahm ein Stück von dem gebrochenen Brot und reichte es auch ihr.

„Hier, nimm und iß von der lebendigen Kraft Gottes, die in allem Lebendigen ist, und trage fortan vor dir und vor uns den Namen Marias, der Dienenden!“

Von einem namenlosen Glück erfüllt, begann die Magd verhalten und leise zu weinen.

Ihre sanft das Gesicht herabrollenden Tränen troffen wie märzlicher Regen in die Seelen der ergriffenen Männer. Beseligt spürten sie, wie in ihrem Inneren ein geheimnisvolles Werden aufstand und unaufhaltsam ans Licht drängte.

„Markus Thomä, lieber Bruder meines Werks!“

Münzer unterbrach als erster das andächtige Schweigen, das über ihnen stand, und lächelte den Freund verzückt an.

„Du siehst – groß ist der Segen, den Gott aus unserem Leid keltert. Wir wollen es als Stärkung mit auf den Weg nehmen – du mit zum Süden, zu den Brüdern vom Bundschuh, ich mit ins Land Böhmen, über dem immer noch die Asche vom Scheiterhaufen Hussens liegt."

„Unser Kampf für die gerechte Ordnung Gottes wird noch oft solcher Tröstungen bedürfen!" gab Markus Thomä ihm ernst zur Antwort.

„Daß es immer die Geschlagenen und Ärmsten sind, in denen Gottes Gegenwart sich kündet!" fuhr Münzer in ausbrechender Leidenschaft auf. „Aber die Herren und Fürsten sind gottlos geworden. Sie nehmen alle Kreatur zum Eigentum. Die Fische im Wasser, die Vögel in der Luft, das Gewächs auf Erden, alles soll ihnen sein. Und darum wollen sie, daß sie vom gemeinen Mann gefürchtet werden. Neben Gott aber irgend jemanden fürchten ist eines wahren Christen unwürdig und gegen alle Ordnung Gottes. Deshalb müssen die ungläubigen und ungerechten Gewaltigen vom Stuhl gestoßen werden, weil sie den heiligen und wahrhaftigen Christenglauben in sich und in der ganzen Welt verhindern!"

„Ja!" erwiderte Markus dem Bruder Thomas mit einem kühnen und entschlossenen Aufblicken und legte zur Bekräftigung seine Hände ineinander. „So ist es Gottes Wille und Gesetz!"

In die nun entstehende Stille ertönte vom nahen Stall mit einem Male das Blöken einer Kuh und ließ sie auffahren.

Mit einem verlegenen Gesicht wies der Knecht nebenan auf den Stallraum, aus dem jetzt stärker das notvolle Blöken aufklang.

„Wir müssen euch allein lassen, Brüder!" sagte er entschuldigend. „Aber ihr vernehmt es ja selber – wir werden gerufen."

„Ja", gab Münzer ihm verstehend Antwort. „Ich kenne den Ruf von meiner Kindheit her, ein einsam Tier muß Mutter werden. Geht daher und leistet ihm Beistand. Es ist nun einmal der Wille der Schöpfung, daß eine Kreatur der anderen in ihrer Not Hilfe gebe."

Während der Knecht, gefolgt von der Magd, die eilig nach dem Eimer griff, hinüber in den Stall ging, richtete Münzer sich ernst auf und legte die Hände ineinander.

„Herr! Allmächtiger Gott!" betete er mit starker und inbrünstiger Stimme. „Alle Kreatur steht in Not. Alle Kreatur schreit in Not. Laß sie nicht mehr allein in Dunkelheit und Angst! Laß uns Trommel werden zu deiner großen Niederkunft! Laß uns Hammer werden zu deiner ewigen Einkehr!"

„Amen!" flüsterte Markus Thomä, jäh und heiß von seinem aufbrandenden Blut durchströmt.

4.

Johannes, der neugewonnene Bruder, war nicht davon abzubringen, Münzer über den Kamm des Gebirges hinab ins Böhmische zu geleiten. Gemeinsam brachen sie früh am Morgen auf, gleich nachdem die Sterne verblaßt waren und das grau niedersickernde Licht der Frühe die Wege erkennen ließ. Als dann hinter den dunstigen Schleiern des fallenden Rauhreifs in fahlem Rot die Sonne aufstieg, hatten sie die Höhen bereits hinter sich gelassen und wanderten mit wehendem Atem vor den erhitzten Gesichtern auf steil sich abwärts senkenden Saumpfaden ins jenseitige Tal.

Sie sprachen wenig miteinander. Die absturzdrohenden Wege, oft von einer spiegelnden Glätte und von klaffenden Rissen durchzogen, über die sich trügerisch eine dünne Schneekruste breitete, beanspruchten ihre ganze Aufmerksamkeit und trieben ihnen trotz der beißenden Kälte Rinnsale von Schweiß über Stirn und Nacken.

Nach mehrstündigem Abstieg stießen sie auf eine einsame Hütte, deren Bewohner dem Knecht seit langem freundschaftlich verbunden waren. Bei ihnen kehrten sie ein und ließen sich nicht lange nötigen, mit ihnen zum Mittagessen zusammenzusitzen.

Thomas Münzer wollte seinen Begleiter zur Umkehr bewegen, als er sich nach beendeter Mahlzeit zum Weitermarsch anschickte. Johannes aber bestand hartnäckig darauf, mit ihm zu gehen. Er hatte weiter unten im Tal von der mütterlichen Seite her böhmische Verwandte, deren Hut er den Bruder anvertrauen wollte, ehe er sich wieder auf den Heimweg begab. Zugleich wollte er sie bestimmen, Münzer am nächsten Tage weiter nach Saaz zu geleiten, wohin ihn Briefe der Zwickauer empfahlen.

Münzer vermochte seinem besorgten Drängen nicht zu widerstehen und ließ es zu, daß er ihn an das vorgesehene Ziel geleitete.

Die böhmischen Verwandten nahmen die unerwarteten Gäste, die zu Beginn der Dämmerung bei ihnen anpochten, mit all der rührenden Gastlichkeit kleiner Leute auf und ließen es sich nicht nehmen, am folgenden Morgen ein Gefährt einzuschirren, um den ihrer Sorge übergebenen Münzer gut und unbeschadet nach dem nicht mehr fernen Saaz zu bringen.

Es waren hussitische Brüder, an die Münzer durch die Zwickauer verwiesen war, einfache, leidgewohnte Menschen, zumeist Löhner des Grafen Schlick, Häusler, Tonarbeiter und kleine Handwerker.

In ihren Augen glomm ein heimliches Feuer, das Brennen der Brände vom Berge Tabor. Und keiner war unter ihnen, der nicht von den Vätern her noch starke Worte und unvergessene Verheißungen des Johannes Hus in seinem Herzen trug. Er hatte lebendige Erbschaft in ihrem Blut gefunden, und der Bekennermut ihrer Väter und Vorväter stand drohend auch noch in ihren männlichen Gesichtern.

Nach schnell überbrücktem Mißtrauen hatten sie Münzer sehr bald als einen der ihren erkannt und nahmen seine eifernden Worte mit der gleichen hungrigen Inbrunst auf, mit der einst ihre Vorfahren die Stimme des Propheten vom Berge Tabor vernommen hatten. Münzer wiederum fühlte sich in ihrer Gemeinschaft wohlig geborgen und widerstrebte daher nicht, als sie ihn baten, zunächst nicht weiter nach Prag zu gehen, sondern als Prediger bei ihnen zu bleiben.

Er sprach in der Folge zu den Saazern in einem schmucklosen, weißgetünchten Versammlungsraum, in dem einst schon Johannes Hus gepredigt hatte. Wie durch ein Wunder hatte er unversehrt alle Drangsal der hussitischen Verfolgung überstanden, also daß Münzer seine stetig wachsende Gemeinde im Schatten der Blutzeugenschaft ungezählter Märtyrer eines lebendigen Gottestums um sich versammeln konnte.

Der Frühling war darüber ins Land gekommen und der Sommer, und immer wieder hatte Münzer dem Drängen der Saazer nachgegeben und war bei ihnen geblieben, obgleich ihn sein Eifer weiter nach Prag zog und Boten zwischen Prag und Saaz hin und her gingen, die ihn bestimmen sollten, nach dort zu kommen. Im August dann, in den Tagen der beginnenden Ernte, erreichten ihn Nachrichten, die ihn veranlaßten, endlich doch Abschied zu nehmen.

Nur ungern vernahmen die Männer und Frauen seiner Gemeinde seinen Entschluß und bestürmten ihn mit aufrichtiger Besorgnis und warnender Vorsicht, nicht nach Prag zu gehen. Aber er blieb unerbittlich. Zu seiner letzten Predigt erschienen sie in so großer Zahl, daß der Raum überfüllt war und viele der Zuhörenden vor den geöffneten Fenstern und Türen vom Garten aus der Predigt beiwohnen mußten. Mit tiefer Ergriffenheit drängten sie sich nach dem Schlußsegen um ihn und drückten ihm zum Abschied einzeln die Hand.

Diese Treue, die sich in oft unbeholfenen Zeugnissen von seltsamer Eindringlichkeit offenbarte, wühlte Münzer auf und verwirrte ihn.

Immer wieder, mit zuckenden Lippen und schmerzhaftem Aufatmen, reichte er den Andrängenden die Hand. Endlich – als ihn nur noch die letzten Getreuen umstanden und sich nicht von ihm zu trennen wußten – bat er, ihn allein zu lassen; er müsse aus seiner quälenden Verwirrung erst wieder zu sich zurückfinden.

Es war ein sengend heißer Tag gewesen. Nun, mit dem nahen Abend, kam eine drückende Schwüle, und an den Egerbergen wuchs dunkel eine bleierne Gewitterwand auf.

Der kleine Garten hinter dem Versammlungsraum lag in ausgedorrter Trockenheit. Münzer ging langsam seinen Mittelweg hinab, achtlos die zur Seite stehenden Sträucher streifend. Trotz aller Verwirrung und aller Abschiedstrauer erfüllte ihn ein tiefes Glücksgefühl.

Am Ende des Weges blieb der Hinabschreitende stehen und sah angerührt auf die Trockenheit der Erde, die nach erlösendem Regen lechzte.

„Wie über diese Erde“, dachte er, „so ist auch über die Seelen unfruchtbare Trockenheit gekommen und erfüllt sie mit Angst und Verzagtheit. Nun liegen sie wie verbrannt in Not und warten auf Gott, daß er zu ihnen komme, wie er durch den Regen zu den Blumen und Gräsern kommt und ihnen neue Lebenskraft gibt. Aber verzaget nicht! Immer wieder, auch nach den Zeiten der größten Dürre, steigen am Himmel Wolken auf und überschütten das Land mit Fülle!“

Voll Zuversicht und Ergriffenheit sah er drüben an den Egerbergen die Gewitterwand weiter sich ausbreiten.

„Der Herr ist bereits aufgebrochen zu euch!“ flüsterte er. „Wie jenes Gewölk da steht er schon über euren Tagen, und wie ein Gewitter wird er über euch niedergehen und neues Leben bringen!“

Er hatte mit einem Male alle Verwirrung und allen Abschied überwunden.

„Ich bin bereit, Herr!“ sagte er demütig und leise. „Dein williger Botenläufer.“

Gestrafft und ganz schon dem Kommenden hingegeben, das ihn erwartete, wandte er sich um und ging zurück zum Versammlungsraum. Wie eine Verheißung grüßte Prag in seine Gedanken.

An der Tür des Versammlungsraumes hielt eine junge Frau ihn an, die dort noch auf ihn wartend stand. Ihr Leib wölbte sich in Hoffnung, und ihre Augen waren verweint.

„Bruder Münzer –!“ sprach sie auf ihn ein mit einer Stimme, die nur mühsam das Weinen zurückdämmte, und faßte ihn bittend beim Arm. „Du mußt noch mit mir kommen. Um den Vater steht es gar nicht mehr gut. Er verlangt sehr nach dir.“

Münzer drückte der Bittenden teilnahmsvoll die Hand.

„Ich gehe mit dir“, sagte er.

Über das schüchterne, sorgenvolle Gesicht der Frau ging ein warmes Aufleuchten.

„Ich darf dir vorangehen", sagte sie hastig und bog hinüber zur Straße, die in die Vorstadt führte.

Mit geneigtem Kopf ging Münzer hinter der schweigend Vorangehenden her.

Er wußte, daß sie ihn zu einem Sterbenden führte, und er glaubte zu wissen, warum der Sterbende nach ihm verlangte. Und er mußte zugleich daran denken, wie einst in dieser Stadt ein geschlagenes Herz aufbegehrt hatte gegen den Tod und ihn mit wilden und leidenschaftlichen Worten angefallen hatte, weil er ihm die Frau genommen. Aber der Tod war sanft geblieben und hatte ihn niedergezwungen, der da als Ackermann leidgeschlagen gegen ihn angesprungen und Rechtfertigung geheischt hatte. Johannes nannte sich jener Aufbegehrende. Und was dieser Johannes von Saaz in dem Aufbegehren seines Herzens gegen die Gewalt des Todes und in seinem allmählichen Stillewerden über die Gottessendung des Knochenmannes niedergeschrieben hatte, war Münzer immer als die Stimme eines Bruders erschienen, so daß er jenes Ackermannes Schrift über den Tod mit zu seiner Herzarznei zählte.

Die Frau, die den Nachsinnenden geführt hatte, blieb indessen vor einem der lehmwandigen Häuschen der Vorstadt stehen.

„Wir sind da", sagte sie und zog eine knarrende Tür auf. Wortlos wies sie dann auf eine stiegenartige Treppe, die gleich vom Gang aus aufwärts ins Haus führte.

Münzer trat ein und klomm die steile Stiege hinan.

Man hatte ihn oben wohl schon erwartet, der Kranke lag frisch gebettet in seinen Kissen, und nach Münzers Eintritt in die Krankenkammer gingen alle Anwesenden schweigend hinaus und ließen ihn mit dem Kranken allein.

„Nun, Bruder Capek?"

Thomas Münzer trat mit sachten Schritten hinüber an das Bett und strich dem Kranken zum Gruß über das lichte Altmännerhaar.

Der bleich und zusammengefallen in den Kissen Liegende lächelte mühsam und verlegen zur Begrüßung und lud den

Eingetretenen mit einer schwachen Handbewegung zum Sitzen.

„Ich wollte mit dir noch über einiges sprechen", sagte er gleichzeitig mit einer leisen und heiser umflorten Stimme und machte den zaghaften Versuch, sich ein wenig aufzurichten.

Thomas Münzer hob beruhigend und zuredend seine Hand.

„Strenge dich nicht zu sehr an, lieber Bruder", sagte er. „Ich rücke näher zu dir."

Er schob einen der umstehenden Schemel dicht an das Kopfende des Bettes und ließ sich darauf nieder.

„Wie ist es mit den Schmerzen, Bruder Capek?" fragte er im Niedersitzen und sah den Liegenden prüfend an.

„Schmerzen?"

Der Kranke verzog ein wenig sein ausgemergeltes Greisengesicht, so daß so etwas wie ein verstohlenes Lächeln darüber hinzitterte.

„Nun", ächzte er. „Die sind wohl überwunden. Wo sollte es auch viel schmerzen? Die Krankheit hat alles aufgefressen. Sieh —!"

Er schob seine dürren, fleischlosen Arme auf die Decke und hüstelte hohl und tiefinnen.

Münzer sah mitleidig auf die vorgereckten Arme und blickte dann dem Kranken in die Augen.

Er erkannte, daß eine suchende Unruhe in ihnen stand, die den alten, gebrechlichen Mann nicht zum Sterben kommen ließ. Gleichzeitig aber wußte er, daß er nicht nach ihr fragen durfte; sie mußte selber und von sich aus zu Worten finden.

So blieb er denn in seinem Schweigen sitzen und horchte auf des Liegenden Atemzüge, die unregelmäßig und pfeifend gingen.

Eine ganze Zeitlang sprach keiner von ihnen ein Wort.

Von der Straße her klang entferntes Spielgelärm der Kinder in den Raum. Dazu vernahm man, gedämpft und unwirklich, hinter der Wand flüsternd und in unbestimmten Abständen Worte einer stockenden Unterhaltung.

Draußen war es allmählich dämmerig geworden, und über die Wölbung des Himmels, der mit einem winzigen Fetzen in dem offenen kleinen Fenstergeviert hing, irrlichterte ein erster Blitz.

Der Kranke hatte seinen grellen Widerschein bemerkt und fuhr bänglich zusammen. Zittrig tastete er mit seiner Hand zu Münzer hin.

„Leg' mir das Kissen noch mehr unter den Kopf", bat er.

Als Münzer seiner Bitte nachgekommen war, hob er leicht den Kopf an und sah fest zu ihm hinüber.

„Ich muß mit dir über den Tod sprechen, Bruder Münzer", sagte er mit veränderter Stimme und hüstelte wieder.

Münzer nickte nur zustimmend und verharrte in seiner abwartenden Stille. Zugleich fiel ihm jener Johannes von Saaz wieder ein und seine drängende Aussprache mit dem Tod.

„Du mußt Licht zu unserem Gespräch machen", fuhr der Kranke nach einer abwartenden Pause fort.

Thomas Münzer stand auf und fand auf dem Tisch alles bereitliegen. So schlug er Feuer und zündete die gelbliche Talgkerze an.

Ihr Schein warf huschende Schatten an die Wand und ließ des Sterbenden Gesicht noch wächsener aus dem Weiß der Kissen leuchten. Die Unruhe in seinen Augen war flackernder geworden.

Still hatte Münzer sich wieder zurück an seinen Platz neben dem Krankenbett begeben und nahm im Niedersitzen die sich ihm entgegentastende Hand des Liegenden in seine Rechte.

Der Kranke dankte es ihm mit einem aufleuchtenden Blick.

„Ich muß mit dir über den Tod sprechen, Bruder Münzer", wiederholte er seine vorherigen Worte.

„Sprich, Bruder Capek."

Ermunternd nickte Münzer ihm zu und legte seine Rechte fester um die ergriffene Hand, damit einiges aus seiner Kraft hinüberströme in den siechen Leib.

„Ich weiß nicht, ob ich mich vor dem Tode fürchte", begann der Kranke schließlich nach einem gepreßten Stöhnen.

„Aber ich sehe seit Tagen nur eine große Dunkelheit und kein Licht, das sie erhellt."

„Es darf dich nicht bedrücken", unterbrach ihn Münzer. „Licht und Dunkelheit kommen gleichermaßen aus Gott, und dem einen ist nicht mehr Macht gegeben als dem anderen."

Die umschlossene Hand in Münzers Rechte zuckte ein wenig, und der Kranke seufzte in einem verhaltenen Stöhnen.

„Ich höre draußen die Kinder spielen", fuhr er dann mit seiner brüchigen Stimme fort, „und ich weiß, daß es das Leben ist. Es ist oft ein Trost in Leid und Schmerz. Aber der Tod" — verloren hielt er inne, ehe er leise weitersprach — „siehst du, der Tod ist wie ein Tor, durch das man hindurchgeht und von dem man nie weiß, wozu es sich einem öffnet."

Münzer sah, wie sich die Mundkanten des Sprechenden schmerzlich verhärteten und wie auf seine schweißgefeuchtete Stirn eine steile Falte trat. Fiebrige Flecken auf der pergamentenen Haut kündeten das Ansteigen der inneren Unrast.

„Kommt es auf das Wissen an?"

Münzer beugte sich nahe über das ihm fragend zugewandte Gesicht.

„Unser ganzes Wissen ist Stückwerk, Bruder Capek. Und nur eins trägt dich hilfreich über alles hinweg, die Gewißheit der Verklärung und Verwandlung in Gott."

Mit großen Augen blickte der alte Mann in den Kissen zu ihm hin.

„Ich habe einen starken Glauben", bemerkte er ernst. „Er ist mir erst aus viel Bitternis gekommen. Aber nun spüre ich, wie hinter mir das Licht verblaßt und wie vor mir die Dunkelheit bergehoch ansteigt und alles mit schwarzen Schatten verdeckt. Sie faßt nach mir wie mit den Krallen eines Raubvogels, der plötzlich aus den Wolken stößt, Bruder Münzer!"

Die Stimme des Sterbenden wurde keuchender und dringlicher.

„Bruder Münzer, dein Glaube an den lebendigen Gott kennt wenig Segnungen und Tröstungen. Erwartet mich die ewige Seligkeit oder das ewige Gericht?!"

In hetzender Angst kamen die letzten Worte über die Lippen des Kranken.

Hart griff die Not des Greises an Münzers Herz.

Tröstend sah er nieder in das schreckhaft aufgerissene Gesicht und sagte langsam und ruhig: „Keinerlei Ding erwartet dich, Bruder. Weder Gutes noch Böses. Nur ein einziges Sein, das alles zugleich ist — Seligkeit und Gericht, Tod und Auferstehen, Licht und Dunkelheit — Gott!"

Die Augen des Sterbenden flackerten stärker in Unruhe.

„Das alles wußte ich wohl auch", ertönte seine müde Stimme. „Ja, das alles wußte ich wohl auch — bis heute, Bruder Münzer! Bis das Tor vor mir steht und eisige Kälte mich anweht. Was leitet mich sicher hindurch?!"

„Gott selbst, lieber Bruder!"

Münzer sprach es stark und zuversichtlich und neigte sich noch mehr über das todesnahe Gesicht in den Kissen.

„Deine Tochter holte mich zu dir", fuhr er dann fort. „Ich sah, daß ihr Leib gesegnet ist und daß sie neues Leben gebären wird. Gott ist wieder auf dem Wege, wie er in uns allen auf dem Wege ist. Unsere Leiber sind seine Heerstraße, die ihn immer wieder zu sich selber zurückführt. Er bedarf unser, wie wir seiner bedürfen. Und der Tod ist das letzte Tor, das er uns aufhält, damit wir in ihn eingehen, um erneut und ewig mit ihm im Lebendigen zu kreisen — Verwandelte in Gott!"

Der Kranke hatte sich zu Münzers Worten still zurückgelegt und hielt die Augen geschlossen. Kurz und stoßweise ging sein Atem.

Münzer sah einen Augenblick von ihm weg und zum geöffneten Fenster hinaus.

Die Gewitterwand hatte inzwischen schwarz den ganzen Himmel überdeckt, und dumpf grummelte von weither ein erstes Donnern, kaum vernehmbar.

„Bruder Münzer?"

Der Kranke öffnete seine Augen um einen kleinen Spalt und hob sich mühsam auf.

„Bruder Münzer“, forschte er mit drängender Stimme. „So gehe ich wirklich ein zu Gott?“

Münzer strich ihm sacht über die Stirn, darauf kalt der Schweiß stand.

„Wie Gott durch viel Kreuz Eingang gefunden hat zu dir“, sagte er begütigend, „so wirst du durch den Tod Eingang zu Gott finden. Und keine Hölle kann dich mehr von ihm scheiden!“

Die Augen des Sterbenden öffneten sich groß und weit. Sie hatten alle Unrast verloren und waren nur noch der Abglanz eines unendlichen Friedens.

„So bin ich still und getrost.“

Erleichtert sprach er es aus und reckte wohlig seinen Körper, wie von einem langen Schmerz erlöst.

„Ich danke dir, Bruder Münzer, und segne dich. Nun kannst du mich allein lassen. Ich fürchte mich nicht mehr; denn nun weiß ich, daß ich zu Gott geführt werde, wenn das dunkle Tor sich hinter mir schließt.“

Münzer stand auf.

Innig drückte er des Liegenden Hand und sah ihn lange wortlos an. Dann wandte er sich um und ging still zur Kammer hinaus.

Als er ins Freie trat, prasselten erste Hagelschloßen nieder, und mit stürmischer Gewalt setzte das Gewitter ein.

5.

Im Zunfthaus der Leineweber zu Prag hatte Thomas Münzer seinen Gastgeber vorgefunden, der als Botengänger der hussitischen Leineweber häufiger schon bei ihm in Saaz gewesen war. Gleich bei seinem Eintritt sah er ihn wartend am Tisch sitzen und war zu ihm hinübergegangen.

„Bruder Münzer!“ rief der ihn erst jetzt Bemerkende und sprang auf, um dem Erwarteten die Hand zu schütteln. Über sein krankhaft bleiches Gesicht, dessen Blässe durch einen dünnen rötlichen Bart verstärkt wurde, lief ein frohes Aufglänzen.

„Daß wir dich endlich hier haben!“ sagte er dankbar und holte ohne weitere Umstände einige seiner Zunftgenossen herbei, um ihnen den von den Zwickauer Brüdern empfohlenen Prediger bekannt zu machen. Mit zögernden Worten und kritischem Beobachten hießen sie ihn willkommen. Dann stellten sie einige prüfende Fragen nach Saazer Freunden und Verwandten, die zu Münzers Gemeinde gehört hatten.

Bereitwillig gab Münzer ihnen Auskunft und fühlte, wie sie unter seinen Worten wärmer wurden und die Mauer von Fremdheit und Mißtrauen zwischen ihnen zu schwinden begann.

Als das Gespräch stiller wurde, drängte Münzers Gastgeber darauf, den neuen Prediger in sein Haus zu führen, damit er sich nach den Strapazen des Weges ausruhe. Außerdem, so fügte er seinem Drängen hinzu, erwarte den Bruder noch eine Überraschung, von der er jetzt mehr nicht sagen könne.

So verabschiedete Münzer sich denn von den Männern und machte sich bereit, dem Leineweber zu folgen.

Ihr Weg führte hinab in das Gassengewirr an der Moldau, wo der Leineweber nahe der Teinkirche sein Daheim hatte. Am Ende des Weges geleitete er seinen Gast durch einen dunklen Torbogen und über einen mit Buckelsteinen belegten Hof zu einem der Hinterhäuser. Als sie hier durch eine nur angelehnte Tür in den Flur traten, drang eine Wolke beißender Küchengerüche zu ihnen her. Gleichzeitig empfing sie das laute Geschrei einer Kinderschar, die sich dort spielend umhertrieb und gleich angstvoll verstummte und sich mit gaffender Neugier an die Wände drückte, als sie die Eintretenden bemerkte.

„Der Reichtum der armen Leute!“ bemerkte der Leineweber mit einer verlegenen Bewegung auf die gaffende Kinderschar.

„Geschenke Gottes!“ gab Münzer ihm lächelnd zurück und strich im Vorbeigehen einem erschreckt zurückfahrenden Burschen mit keck aufgeworfener Nase über das struselige Haar.

Am Ende des Flures wandte sich Münzers Begleiter nach links und schritt einen schmalen Seitengang hinab, der vor einer niedrigen Tür endete. Nach kurzem Anpochen zog er sie auf und trat bescheiden zurück, um Münzer einzulassen.

Es war ein mit nur wenigen armseligen Möbelstücken bestellter Raum mit getünchten Wänden, der Münzer empfing. Er lag in halbem Dämmerlicht, da der Tagesschein nur durch einen engen Hofschacht niedersickerte und eben noch als bescheidener Abglanz durch das Fenster drang.

Der eintretende Münzer, die Augen etwas zusammenkneifend, um in dem Halblicht besser sehen zu können, erblickte am Fenster eine männliche Gestalt, die sich langsam umwandte.

„Bruder Münzer!" hörte er den Umwendenden, den er vor dem hellen Fenster nur schattenhaft erkennen konnte, mit zittriger, erregter Stimme sprechen.

„Markus Thomä!" rief er da in jähem Erkennen und trat eilig auf den unerwarteten Freund zu, um ihn in die Arme zu schließen.

„Die Überraschung!" lächelte der Leineweber, der ihm ins Zimmer gefolgt war.

Thomas Münzer nickte und zog Markus Thomä hinüber zum Fenster, um ihn näher zu betrachten.

Das Gesicht des Freundes war härter und verwegener geworden, von Wind und Wetter gegerbt, und stärker von scharf eingegrabenen Falten durchzogen. Nur der weiche, verträumte Glanz in den Augen, dieser wundersame Abglanz vieler heimlicher Gesichter, die ihn aus den Worten der Schrift überkamen, war geblieben.

„Daß ich dich hier treffe!" sagte Münzer bewegt und immer noch voll der ersten Überraschung. „Mein Herz suchte dich noch bei den Brüdern im Süden."

„Ich bin bei ihnen gewesen", leuchtete ihn Markus Thomä aus erstrahlendem Gesicht an. „Beim Wendelin Hippler im Hohenloheschen, beim wilden Jäcklein von Böckingen, beim Jost Fritz im Breisgau und beim schwarzen Haufen des Florian Geyer. Mit allen knüpfte ich Verbindung, und alle sind voll guten Mutes für die gerechte Sache!"

„Bruder!“ fuhr Münzer angerührt auf. „Ich höre, das wird ein großes Berichten!“

„Ein herzstärkendes Berichten, Bruder Münzer“, entgegnete Markus Thomä. „Es möchte leicht Abend und später darüber werden. Die Sache des gemeinsamen Mannes will zu einem Sturm wachsen.“

„Ich habe es mir denken können, daß die Brüder einander viel zu sagen hätten“, mischte sich der Leineweber in das Gespräch. „So werde ich der Hauswirtin auftragen, daß sie das Essen erst später richtet. Außerdem mag es gut sein, wenn ich euch allein lasse. Vergeßt indessen nicht, es euch bequem zu machen. Besonders du, Bruder Münzer. Du hast einen weiten Weg gehabt.“

„Es war nicht arg damit“, wehrte Münzer ab. „Ein Kaufmannswagen hat mich unterwegs aufgelesen und aufgeladen. Doch komm, Bruder Thomä, setz dich nieder zu mir.“

Während er den Aufgeforderten neben sich auf den Bettschragen zog, ging der Leineweber hinaus.

„Berichte, Bruder“, begann Münzer, als sie allein waren. „Du hast viel gehört und gesehen, seit wir im Winter im Gebirge Abschied voneinander nahmen.“

„Es ist schwer, einen Anfang zu finden“, entgegnete Markus Thomä und lehnte sich sinnend zurück.

„Ja“, bekräftigte er dann Münzers vorherige Worte. „Ich habe viel gehört und gesehen, seit ich in einsamen Märschen, in der Kumpanei von fahrenden Schülern und wüsten Landsknechtshaufen, als Fahrtgenosse auf Rollwagen und Kauffahrteischiffen in den Süden des Reiches gezogen bin. Aber wohin es mich auch trieb, überall seufzte der arme Mann unter der Fron der Mächtigen, litten die Seelen Not und waren voll sehnsüchtigen Verlangens nach dem Neuen, das sich uns offenbart hat.“

„Die Gerechtigkeit Gottes!“ flüsterte Münzer. „Wir jagen ihr nach, um ihr zur Herrschaft zu verhelfen.“

„Sie ist als Ahnen über die deutschen Lande gebreitet“, fuhr Markus Thomä fort. „Überall habe ich ihr erstes Atemholen gespürt. Wie eine verborgene Saat liegt sie unter den Schollen, bereit, sie zu durchbrechen und ans Licht zu stoßen. Einmal, in einer Mondnacht im Schwarzwald, als ich beim

Jost Fritz gewesen bin und von der Höhe hinab in das weite Land sah, da habe ich die Erde sich geradezu heben und senken sehen von der Gewalt, die sich zum Aufbrechen anschickt."

„Wir müssen wie die Gärtner sein", sagte Münzer ergriffen, „und den Boden locker machen, damit die Saat wachsen und Frucht tragen kann. Und die Herzen der Menschen sind die Schollen des Ackers, den es zu bereiten gilt."

„Die Märzenluft geht schon hin durch sie!" richtete Markus Thomä sich auf. „Im Fränkischen, im Schwäbischen, im Rheinischen, ja, bis hinüber ins Eidgenössische und ins Land Tirol geht ihr frühlingshaftes Brausen. Und nicht nur die Herzen des gemeinen Mannes sind von ihm ergriffen. Auch in der Ritterschaft regt es sich. Schon laufen heimliche Boten von den Bauern zum Berlichingen und von ihm weiter in die Pfalz, wo der Sickingen haust. Ich bin mit Scholaren an seiner Feste Landstuhl vorbeigezogen und habe gesehen, wie er einen Heerhaufen aufstellt, mit dem er gegen Trier ziehen will, um den Übermut der Mächtigen zu brechen. Ulrich von Hutten ist mit ihm im Bund und mancher andere ritterliche Gefolgsmann."

„Und die Mächtigen selbst?" forschte Münzer. „Wie nehmen sie es?"

„Sie sind voller Spott und Lachen", erwiderte Markus Thomä. „Wie die Hure Babylon spreizen sie sich in ihrer Macht und häufen immer neues Unrecht über sich. So ist es fürstlicher Übermut geworden, arme Bauern, die ihre Felder vor Wildschäden zu bewahren trachten und den Hirschen und wilden Säuen mit der Waffe in der Hand entgegentreten, auf eingefangene Hirsche zu binden und damit in den Wald hinauszujagen."

„Vermessenheit der Gottlosen!" brauste Münzer empört auf.

„Ich habe sie im Trödelkram ihrer angemaßten und unchristlichen Gewalt versammelt gesehen", fuhr Markus Thomä fort. „Und es kam mich ein großes Erbrechen an, als ich sie prunken und prahlen sah, und sie vernahmen nichts vom Elend des armen Mannes, der für all ihr Pfauenwesen zinst und front."

„Wovon sprichst du?“ fragte Münzer.

„Vom Reichstag zu Worms“, entgegnete Markus Thomä. „Dort hatten sie sich zusammengetan, die das Geschrei über die armen Leute bringen. Und sie saßen dort zu Gericht über das Neue von Wittenberg!“

„Hast du ihn gehört?“ unterbrach Münzer aufgeregt seinen Bericht.

„Du meinst den Wittenberger, den Martinus Luther?“ fragte Markus Thomä zurück.

Münzer nickte nur und sah den Freund mit fiebrigen Augen an.

„Nein“, sagte Markus Thomä. „Als ich kam, war über ihn die Reichsacht ausgesprochen, und niemand wußte zu sagen, wo er geblieben war.“

Münzer stöhnte.

„Wenn sie das schon mit dem Wittenberger wagen!“

„Keine Furcht, Bruder Münzer“, erwiderte Markus Thomä und legte dem neben ihm Sitzenden beruhigend eine Hand auf die Schulter. „Das Neue, das in uns wirksam werden will, hat schon Wurzeln geschlagen. So hing am Tage nach der Ächtung die Stadt Worms voller öffentlicher Anschläge, die eine Erhebung von vierhundert Edelleuten mit einem Heer von achttausend Mann sowie einen allgemeinen Bauernaufstand ankündigten, wenn die Freiheit des Glaubens angetastet wird. Es hat die Herren blaß werden lassen und ihren Übermut schwanken gemacht.“

„Dennoch, Markus Thomä“, flüsterte Münzer, „dennoch werden sie auf ihrer Macht und Gottlosigkeit beharren!“

„Kommt dich Verzagen an?“ fragte Markus Thomä betroffen.

„So nicht, Bruder“, gab Münzer ihm Antwort und stand von dem Schragen auf. „Aber ich sehe, daß uns wie den Arbeitern im Weinberg noch vieles zu tun gegeben ist. Wir dürfen nicht zur Ruhe kommen; denn es wäre die Ruhe des Beinhauses und Totenangers.“

„Darum hat es mich auch nicht mehr im Süden gelitten!“ sprang Markus Thomä auf und reckte die Arme in ungebärdiger Kraft. „Ich habe gesehen, wie sich dort alles zusammenschließt und bereitmacht. Dort bedarf man meiner nicht. Mich treibt es jetzt nach Wittenberg."

„Nach Wittenberg?" fragte Münzer aufmerkend.

Markus Thomä nickte.

„Mich rufen Briefe unseres Freundes Karlstadt. Wir müssen weiterführen, was Luther begonnen hat. Wir müssen vollenden, wozu ihm der Mut fehlte: die Kirche der Auserwählten schaffen!"

„Markus Thomä!" jubelte Münzer mitgerissen. „Daß du es erkannt hast!"

„Wittenberg muß jetzt zur Burg der christlichen Freiheit werden!" kam es stürmisch von Markus Thomä zurück. „Aller Augen gehen nun zu dieser Stadt. Besonders zu dieser Stunde, da Martin Luther untergegangen scheint. Wir werden daher seine Bastion in Besitz nehmen und mit dem neuen Geist erfüllen. Und da aller Ohren lauschend dorthin gerichtet sind, wird man uns weithin vernehmen. So wird der Herr sichtbarlich vor aller Welt Niederkunft halten!"

„Ja", erwiderte Münzer zuversichtlich. „Dann wird nichts anderes mehr sein als die Gerechtigkeit Gottes."

„Ehe es mich nach Wittenberg führt, drängte es mich zu dir", begann Markus Thomä nach einer Weile des Schweigens. „So nahm ich den Umweg über Prag, wo ich dich schon seit dem Winter glaubte."

„Die Brüder in Saaz ließen mich nicht früher fortziehen!" lächelte Münzer wie zur Entschuldigung. „Aber nun hat es uns doch noch zusammengeführt."

„Ich hörte von den Brüdern hier, daß du kommen würdest", sagte Markus Thomä. „So nahm ich für einige Tage Aufenthalt."

„Du wirst ihnen einige Tage zugeben müssen", drängte Münzer den Freund. „Wir haben einander viel zu berichten. Und es bleibt auch noch vieles zu überlegen. Dann magst du aufbrechen. Ich aber werde darangehen, Hus aus der Asche seines Scheiterhaufens herauszugraben und ihn wieder lebendig zu machen!"

Sein Gesicht glühte plötzlich vor Eifer und Entschlossenheit.

Markus Thomä fühlte es wie eine gewaltige Woge auf sich zukommen und über sich zusammenschlagen.

6.

Der Guardian des Prager Franziskanerklosters, hochgewachsen, mit gebräuntem Gesicht und hellen, ein wenig verschlagenen Augen unter ergrauten Brauen, war von einer fülligen Beleibtheit. Sie verband sich allerdings mit weltmännischer Beweglichkeit, die sich in den beiden römischen Jahren, welche ihn in besonderen Aufgaben dem Offizium dienstbar sahen, zu einer diplomatischen Geschmeidigkeit ausgeprägt hatte.

Nur ungern war er von Rom nach Prag zurückgekehrt. Das untergründige Grollen, das noch aus den Tagen des Johannes Hus die Gemüter erregte, die taboritischen Weissagungen, die das unterdrückte Volk aus den Vorstädten immer wieder mit neuen Gärungen aufrührten – sie waren seinem glatten und auf errechenbares Maß gerichteten Denken ein heimlicher Greuel. Seit er in der letzten Zeit seines römischen Aufenthaltes auch noch die Freundschaft des Malers Pietro Vanucci, des Perugino, erworben und Gefallen an seinem Stil der mit Maß gesättigten Zuständlichkeit gefunden hatte, schien ihm der Überschwang des hussitischen Heilsverlangens geradezu teuflisch und hassenswert.

Mit einem körperlichen Unbehagen hatte er Berichte seiner Niederlassung aus Saaz entgegengenommen, welche von einem neuen Aufbrechen der taboritischen Häresie zu sagen wußten. Tage hindurch schon lagen sie auf seinem Arbeitstisch, nachdem er sie zunächst nur flüchtig überlesen hatte.

Er wußte nicht recht, was er mit ihnen beginnen sollte. Das grelle Feuer, das ihm daraus entgegengeschlagen war, ließ ihn zurückschrecken, und mit Sehnsucht gedachte er seiner Besuche und Gespräche im Atelier des Perugino.

Wie sich bei ihm das Große mit dem Sanften paarte! Und hier nun wieder das grob Gewaltsame, das bäuerlich Tapsige, das roh schrie und ungezügelt mit Worten gestikulierte.

Bedrückt und von einem steigenden Widerwillen erfüllt, legte er die Saazer Berichte wieder zur Seite, nachdem er sie eine Weile unschlüssig in der Hand gehalten hatte. Es wäre vielleicht das beste, sie mit den übrigen Briefschaften und Pergamenten dem wartenden Bruder für die bischöfliche Kanzlei mitzugeben. Dort mochte wohl eher der Ort sein, sich damit zu beschäftigen.

„Hier" sagte er, sich mit endlichem Entschluß aus seinem Sessel erhebend, und hob die Briefschaften hoch. „Für das bischöfliche Geheimarchiv."

Der dienende Bruder, der bisher in achtungsvollem Schweigen beiseite gestanden hatte, trat mit einer geschmeidigen Eilfertigkeit aus dem Hintergrund des Zimmers und nahm die angereichten Schriftstücke in Empfang.

„Es befinden sich Berichte aus Saaz darunter", bemerkte der Obere. „Man soll sich ihrer besonders annehmen. Vergiß nicht, es ausdrücklich zu bemerken."

„Berichte aus Saaz", wiederholte der Bruder. „Man soll sich ihrer besonders annehmen."

Er schob die Papiere und Pergamente vorsichtig in eine Mappe, ohne sich dabei von der Stelle zu bewegen.

„Nun?" fragte der Guardian, als er den Mönch in seiner wartenden Haltung verharren sah, „ist sonst noch etwas, mein Sohn?"

„Verzeiht, Hochwürden", sagte der Gefragte und hob sich demütig auf. „Da wartet der Bruder aus Zwickau. Ich meldete ihn vorhin schon an."

„Ja, natürlich — der Deutsche!"

Der Guardian griff, wie entschuldigend, an seine Stirn.

„Ich hätte ihn fast vergessen. Nun, bitte ihn herein."

Der dienende Bruder verneigte sich und ging lautlos hinaus. Lautlos auch ging hinter ihm die Türe zu.

Der Guardian sah immer noch gedankenverloren dem Weggehenden nach, als er längst schon im Gang verschwunden war.

„Dieser Deutsche!" seufzte er unlustig aus seinen Gedanken, und zog wie in Abwehr seine Kutte enger an sich. „Er wird mir gewiß Unruhe bringen."

Beunruhigt und aufgescheucht ließ er sich wieder in seinem Schreibsessel nieder und kramte verloren zwischen aufgehäuften Briefschaften.

„Ein seltsames Volk, diese Deutschen!" sann er angespannt weiter. „Immer in Unruhe und Bewegung. Und wäre man einer der Ihren, würde man sogar stolz behaupten, Deutschland sei der ruhlose Herzschlag Gottes."

Der Gedanke erregte ihn mit einem Male, so daß er nicht loskam von ihm.

„Ja", gab er sich schließlich nicht ohne Widerstreben zu. „Wenn man da sieht, wie sie sich immer wieder verschwenden und alle Welt mit ihrem Überschwang bewegen, möchte man fast geneigt sein, ihnen recht zu geben."

„Herein!" rief er laut, als von der Tür mehrfach ein bescheidenes Anpochen vernehmbar wurde.

Es war der von dem dienenden Bruder angekündigte Franziskaner, der daraufhin mit einer gemessenen Verneigung eintrat und ehrfürchtig am Eingang stehenblieb. Er war von hagerer, asketischer Gestalt, mit einem merkwürdig zerklüfteten und faltenreichen Gesicht.

„Der dienende Bruder hieß mich eintreten, Hochwürden", sagte er mit dunkler Stimme.

Es klang wie entschuldigend.

Der Guardian hatte sich aufgerichtet und ihn einige Zeit prüfend betrachtet.

„Tritt herzu, Bruder", sagte er dann wohlwollend und winkte ihn näher zu sich heran. „Die Jungfrau Maria sei mit dir."

Andeutend schlug er das Zeichen des Kreuzes, das der Eingetretene mit Ernsthaftigkeit wiederholte, ehe er der Aufforderung entsprach.

„Diese Deutschen!“ lächelte der Guardian, es bemerkend, in seine vorherigen Gedanken hinein. „Alles, was sie machen, müssen sie mit Inbrunst tun.“

„Nimm Platz!“ sagte er laut und wies auf einen gegenüberstehenden Stuhl.

Bedachtsam, als fürchte er, sie in Unordnung zu bringen, hob der Franziskaner seine Kutte an und ließ sich bescheiden auf einer Kante des Stuhles nieder.

Der Guardian lehnte sich indessen behaglich in seinem Sessel zurück und schlug die Beine übereinander. Der deutsche Bruder mit dem von vielen Grübelnächten aufgewühlten und zerfurchten Gesicht und dem männlich harten Umriß seines Profils gefiel ihm. Er erinnerte ihn auf eine undeutbare Weise an eine Skizze des Perugino, die er unter den Vorentwürfen zu dem Bildwerk des San Sebastiano gesehen hatte.

„Er könnte sein leiblicher Bruder sein!“ dachte er. „Nur daß nicht sein Leib die Zeichen der schmerzlichen Pfeile trägt, sondern sein Gesicht.“

„Ich nehme an, dein Guardian schickt dich mit besonderen Aufträgen zu mir“, begann er dann laut und blickte den Gegenübersitzenden fragend an.

„Wie Ihr es sagt, Hochwürden!“ kam die Antwort.

Zugleich richtete der Franziskaner seine Augen frei und offen auf den Guardian. Sie waren grau und unerbittlich und brachten den Fragenden etwas in Verwirrung, so daß er ihnen auswich.

„Was hat mein Zwickauer Bruder mir denn mitzuteilen?“ sagte er nach einer Weile mit beinahe stockender Frage.

Der Franziskaner beugte sich ihm entgegen, und über sein Gesicht lief ein verdunkelnder Schatten.

„Hochwürden“, erwiderte er. „Nur die größte Besorgnis um unsere große Mutter, die Kirche, ist es, welche den Guardian meines Klosters bestimmte, mich den Gefahren des Weges auszusetzen, um Euch seine brüderliche Warnung zu übermitteln.“

Er hielt kurz inne und sah den Zuhörenden durchdringend an.

„Es ist uns zu Ohren gekommen", fuhr er danach mit vertraulich gedämpfter Stimme fort, „daß der aus Zwickau verwiesene und geflüchtete Schwarmgeist Thomas Münzer in Prag Zuflucht genommen hat und gesonnen ist, seine verwirrenden Lehren von hier aus weiter zu verbreiten."

Im Gesicht des aufmerksam zuhörenden Guardians stieg unverkennbare Enttäuschung auf.

Er hatte gewichtige Enthüllungen erwartet, und nun belästigte man ihn mit kleinlichen pfäffischen Zänkereien und Glaubensauseinandersetzungen.

Was gingen ihn diese Dinge eigentlich an?

Mochten sie es untereinander ausmachen, diese Deutschen!

Hätte ihn der fremde Bruder während der ganzen Zeit nicht in der unerbittlichen Haft seiner grauen Augen gehalten, würde er ihn jetzt spöttisch abgetan haben. So aber, davon bedrängt, gab er sich den Anschein eines überlegenden Nachsinnens.

„Thomas Münzer?" wiederholte er fragend.

„Ja, Thomas Münzer!" entgegnete der Franziskaner, ohne von ihm wegzublicken.

„Ich erinnere mich eines Schriftstückes, das ich an das bischöfliche Geheimarchiv geben ließ", bemerkte der Guardian daraufhin mit einer gelangweilten Nachsicht. „Es wurde darin auch vor einem Thomas Münzer gewarnt. Ja, ich glaube, so hieß er wohl. Und wenn ich mich nicht irre, soll er in Saaz vor den armen Leuten allerlei krause Reden gehalten haben vom Reiche Gottes, das nahe sei. Auch mancherlei böse Worte über Pfaffenwirtschaft und Pfaffenregiment und die Mächtigen der Welt sollen gefallen sein."

Der Franziskaner fuhr mit einer heftigen Bewegung auf, und seine Augen wurden blitzend in Härte.

„Das ist er! Das ist Thomas Münzer, wie wir ihn kennen!"

Der Guardian lächelte den Erregten beschwichtigend und überlegen an.

„Deine Nachrichten mögen zutreffen", gab er zu. „Zum Schluß des Berichtes hieß es wohl auch, daß sich dieser Thomas Münzer hierher nach Prag begeben habe."

„Hochwürden, seid auf der Hut!"

Der Franziskaner war hastig von seinem Platz aufgeschnellt und reckte beschwörend einen Arm vor.

Der sich derart offenbarende stürmische Eifer des Zwikkauers belustigte den kühlen und auf Maß bedachten Guardian und kam ihm übertrieben vor. Er fühlte sich den unerbittlichen grauen Augen gegenüber wieder überlegen und schürzte in kaum verhohlenem Spott die Lippen.

„Ist er wirklich so gefährlich, dieser kleine Bußprediger", meinte er mit bewußt gedehnter Frage.

Und aus seiner anfänglichen Verärgerung heraus fügte er spitz hinzu: „Ist er vielleicht nicht mehr deutsch als gefährlich?"

Die grauen Augen seines Gegenübers sahen ihn erstaunt an und glitten dann traurig von ihm ab.

„Euer Spott schmerzt mich, Hochwürden", gab der Franziskaner zur Antwort.

Seine Worte klangen leiser und verhaltener als zuvor. Aber im Weitersprechen füllten sie sich langsam wieder mit Glut.

„Wir haben ihn unter uns gehabt, Hochwürden. Wie ein Wolf in der Hürde hat er gehaust. Es wird lange bittere Jahre dauern, bis wir das Feuer, das er entfacht hat, erstickt haben. Und vergeßt nicht – er stößt hier auf hussitisches und taboritisches Erbe! Es möchte seiner Flamme leicht entzündbare Nahrung geben."

„Welche Sorge!"

Der Guardian hob abwehrend seine Hände, und in seiner Stimme klang zum ersten Male Schärfe auf.

„Hatten wir für einen Johannes Hus einen Scheiterhaufen, so werden wir einen zweiten auch für euern entlaufenen Münzer zusammentragen!"

In leidvollem Widerspruch schüttelte der Franziskaner den Kopf.

„Es dürfte nicht mehr so leicht sein", warf er ein. „Denkt an den unerwarteten Beistand, den der von Wittenberg gefunden hat."

Der Guardian rückte unbehaglich auf seinem Sessel zurecht.

„Du meinst Martin Luther, den entlaufenen Augustiner?" fragte er.

Als der Franziskaner nur bejahend nickte, lachte er kurz auf.

„Was das schon ist!" tat er überlegen. „Sicherlich — er hat einige Zeit von sich reden gemacht. Aber dann ist er doch wohl verschwunden! Auf dem Wege von Worms nach Wittenberg hat man ihn überfallen, wie mir berichtet wurde. Ich möchte annehmen, daß seine sterblichen Überreste einige Meter unter der Erde längst allen Protest vergessen haben."

Die grauen Augen bekamen einen hilflosen Ausdruck und irrten bekümmert über das runde Gesicht des sich in versteckten Triumph zurücklehnenden Guardians.

„Hochwürden, wer doch Eure Meinung zu teilen vermöchte! Ich für meine Person und viele besorgte Diener unserer ehrwürdigen Mutter Kirche mit mir befürchten, daß seine Stimme eines Tages doch wieder da sein wird. Vergeßt nicht, er hat viel mächtige Freunde, die diesen Überfall vorgetäuscht haben mögen, um ihn allem Zugriff seiner Gegner zu entziehen."

Den Guardian überkam allmählich eine nicht mehr zu unterdrückende Verärgerung.

„Was ihr da wieder geheimnisset!" fuhr er unwillig auf. „Ihr seid wirklich seltsam, ihr Deutschen! Aus allem Natürlichen müßt ihr ein Geheimnis machen. Nur das einzige Geheimnis — Gott! — wollt ihr unverrückbar klar und deutlich!"

Wie von einem wehen Schmerz getroffen, zuckte der Franziskaner zusammen.

„Möglich, Hochwürden", erwiderte er mit einem undeutbaren Gesicht und ließ den Vorhang seiner Lider über das Blitzen seiner Augen gleiten.

Verstimmt saßen sie sich daraufhin eine Weile schweigend gegenüber.

Der Guardian, unruhig mit den Fingern auf einer aufgeschlagenen Seite seines Breviers trommelnd, fühlte, daß er vielleicht zu weit gegangen sein mochte.

„Verzeihe, wenn ich dich kränkte, Zwickauer Bruder", begann er daher einlenkend. „Aber es sollte nicht dich treffen."

„Ich trage es Euch nicht nach, Hochwürden", erwiderte der Franziskaner leise.

Er hielt zu seiner Antwort den Kopf gesenkt und verfolgte mit müden Blicken das Aufundabfluten des Teppichmusters zu seinen Füßen.

„Ich habe das alles selbst schon oft bedacht und viel darunter gelitten", fügte er nach kurzer Pause schmerzlich hinzu, als spräche er es in seine eigene Versonnenheit hinein.

Über das nun aufkommende Schweigen entstand draußen im Gang mit einem Male eine deutlich vernehmbare Unruhe. Gleich darauf wurde hastig die Tür aufgerissen, und mit blassem, erregtem Gesicht stürzte ein Barfüßermönch in das Gemach.

Der Guardian, in dem von dem vorhergegangenen Gespräch her noch ein heimlicher Groll flackte, stand darüber erstaunt und mit betonter Würde von seinem Sessel auf.

Mit absichtlich salbungsvollem Tonfall, der dem so stürmisch Eingetretenen das Unziemliche seines ordenswidrigen Eindringens vor Augen führen sollte, sprach er zu ihm hinüber: „Gegrüßet sei die Jungfrau Maria!" und schlug das Zeichen des Kreuzes.

Der Barfüßer bog schuldvoll sein Knie.

„In Ewigkeit, Amen!" flüsterte er zurück und bekreuzigte sich.

„Was machte dich so ungeduldig, Bruder?"

Der Guardian legte eine strafende Strenge in seine Frage und zog verweisend die Augenbrauen zusammen.

Der Mönch, der schnell gelaufen sein mochte und sich mühte, den keuchenden Atem zur Ruhe zu zwingen, errötete darüber.

„Verzeiht, Hochwürden", stammelte er. „Aber — Johannes Hus ist wieder auferstanden!"

„Johannes Hus?"

Fassungslos starrte der Guardian den Eindringling an. Er vermeinte, einen Sinnesgestörten vor sich zu haben.

„In der Teinkirche steht er und predigt!" fuhr der Barfüßer mit seinen atemlosen Worten fort.

Beschwichtigend trat der Guardian auf ihn zu.

„Du scheinst verwirrt zu sein", bemerkte er kühl und verweisend. „Mäßige dich!"

Der Gescholtene preßte die Hände fest gegen das wilde Pochen seines Herzens, um den inneren Aufruhr, der ihn durchschüttelte, zu besänftigen.

„Entschuldigt meine Hast", keuchte er mit unterdrückter Stimme. „Aber, mir brennt die Seele! Mich peitschen die Flammen des Entsetzens!"

„Was für Worte!" wehrte der Guardian ab.

Dann wurde er väterlich und legte dem Aufgewühlten beruhigend eine Hand auf die Schulter.

„Sprich ruhig, damit wir dich verstehen, Bruder. Was ist es denn, was dich so entsetzte und aus der Fassung brachte?"

Der Barfüßer sah ihn mit einem hilflosen Blick an und holte bedrängt Atem.

„In der Teinkirche ist ein fremder Prediger aufgestanden", begann er zu berichten. „Klein, gedrungen, mit gewaltigem Wort – ein Deutscher!"

Da hielt es den Franziskaner, der bisher schweigend an seinem Platz gesessen hatte, nicht mehr. Aufspringend fiel er dem Berichtenden ins Wort.

„Das ist er", rief er in einer Mischung von Bestürzung und Triumph. „Das ist Thomas Münzer!! Ich warnte Euch, Hochwürden!"

Mit einer entschiedenen Handbewegung zwang ihn der Guardian zur Stille.

„Sprich weiter!" forderte er dann den Barfüßer auf.

„Ich kam vom Hradschin herunter", fuhr dieser fort. „Da sah ich von weitem, wie sich vor dem Portal der Teinkirche schwarz das Volk staute. Neugierig trat ich herzu und drängte mich durch. Dabei entdeckte ich einen Anschlag an der Kirchentür, von einigen Leinewebern sorgsam bewacht."

„Einen Anschlag?" unterbrach der Guardian ihn stirnrunzelnd.

„Thesen!“ nickte der Befragte. „Nach dem Vorbild des Ketzers Luther. Aber im Vergleich zu ihnen ist Luther ein frommer Kirchenvater zu nennen.“

Er seufzte bekümmert auf und hielt inne.

„Weiter“, drängte der Guardian, plötzlich von einer zerrenden Spannung ergriffen.

„Von einer Woge ungeduldigen Volks getrieben, kam ich in die überfüllte Kirche“, fuhr der Mönch in seinem Bericht fort. „Dort stand, einen Dolmetsch neben sich, der Urheber des Anschlags und predigte, umbraust von der Zustimmung des Volkes.“

„Und die Thesen?“ forschte der Guardian ungeduldig. „Behieltest du sie?“

„Nur einige! Sie sind ungeheuerlich!“

Der Barfüßer fuhr sich mit dem Ärmel seiner Kutte über die Stirn, um seine Bedrängnis von sich abzustreifen.

„Laßt mich überlegen! Ja, so — so hieß es wohl darin, die unbefleckte jungfräuliche Kirche sei durch den geistlichen Ehebruch zu einer Hure geworden — um der Gelehrten willen, die immer obenan sitzen wollten. Aber nicht die Affen und Pfaffen sollten die christliche Kirche sein, sondern die Auserwählten, denen Gott sich offenbart. Eine neue Kirche würde angehen. Er selber sei vom Himmel gedungen, die reif gewordene Ernte abzusicheln.“

Den vorgebeugt lauschenden Guardian packte eifernder Zorn.

„Gotteslästerung! Ketzerei!“ schrie er und sah hinüber zum Franziskaner, als wolle er jetzt bei ihm Abbitte tun.

Brennend tauchte dieser seine grauen Augen in den zornglühenden Blick des Eifernden.

„Das ist er!“ sagte er. „Das ist Thomas Münzer. Nur wilder noch und haßvoller, als wir ihn kennenlernten. Ich warnte Euch, Hochwürden.“

Der Guardian richtete sich steil auf. Sein Diplomatengesicht wurde starr und maskenhaft, und in seinen Augen flammte es tückisch und grün.

„Deine Warnung fällt auf fruchtbaren Boden, Bruder!“ entgegnete er in fast zügelloser Leidenschaft. „Ich werde alle weltlichen und kirchlichen Mächte auf seine Fährte hetzen. Ich werde ihm einheizen, daß er den Scheiterhaufen unter sich schon zu spüren glaubt!“

Dann befahl er mit herrischem Wink, ihn mit dem Barfüßer allein zu lassen.

7.

In rauschenden Güssen, die im echohaften Widerhall des engen Hofschachtes wie Wasserstürze anzuhören waren, ging der Regen nieder und klatschte windgetrieben gegen die Fenster, die blind vor der Schwärze der Nacht standen. Es war etwas Sintfluthaftes in der wilden Gewalt des Wetters, das ein aufgewühltes Gemüt leicht mit apokalyptischen Schauern anrühren konnte.

Thomas Münzer, von bangen Ahnungen und Todesgedanken bedrängt, hatte das Öllicht vor sich auf dem Tisch zur Seite geschoben und sich gedankenvoll zurückgelehnt. Wie widerstrebende Angelhaken staken in seinem Herzen die Worte aus dem Matthäusevangelium, über die er am letzten Sonntag in der Teinkirche gepredigt hatte, um seiner Gemeinde Zuspruch zu geben.

„Alsdann werden sie euch überantworten in Trübsal und werden euch töten. Und ihr müßt gehaßt werden um meines Namens willen.“

Sie lagen aufgeschlagen vor ihm auf dem rauhen, ausgefaserten Holz der Tischplatte, diese beklemmenden Worte, vom leichten Flattern des Lichtes bald ins Dunkel getaucht, bald wieder zu flammender Deutlichkeit und Nähe aufgehellt.

Es hätte allerdings nicht mehr des aufgeschlagenen Buches und des Lichtes bedurft – sie standen wie eingebrannt in seiner Seele. Mit jedem Schritt, den er die Woche über getan hatte, waren sie mit ihm gegangen. Und in der Tiefe der Nächte hatten sie Münder gefunden und laut zu ihm gesprochen, so daß er mit schweißbedeckter Stirn aufgefahren war aus dem Schlaf und bang hinüber zum Gang gelauscht hatte, als seien die Schergen bereits zu ihm auf dem Wege.

Um dieser Worte willen hatte er sich auch nach grübelndem Überlegen heute am späten Abend vor dem weißen Bogen niedergesetzt, um einem seiner frühen Freunde, dem Michael Gans im thüringischen Jena, einen Brief zu schreiben und ihm sein Testament zu übersenden. In Zwickau, als der Rat ihm nachzustellen begann, hatte er es in Worte gefaßt und all die Zeit über immer bei sich getragen. Nun schien ihm die Stunde gekommen, es dem fernen Freunde in die Hände zu legen.

Er hatte einen langen Begleitbrief dazu geschrieben und dann zur Seite geschoben, um einiges in der Schrift zu lesen. Lässig hatten seine Hände darin geblättert und achtlos eine Seite aufgeschlagen. Als er sich lesend darüberneigte, sprangen ihn die Worte aus dem vierundzwanzigsten Kapitel des Matthäus an, die ihn schon so lange bewegten, so daß er betroffen zurückfuhr und in brütende Gedanken fiel.

Nach einem heulenden Windstoß, der trotz des Fensters wehend bis zum Tisch hinüberstieß, so daß das Licht der Lampe aufzuckte und zu erlöschen drohte, hob sich Münzer aus seinem Sinnen auf und zog den Begleitbrief unter der Schrift hervor, um ihn noch einmal durchzusehen, ehe er ihn mit den übrigen Papieren in einen Umschlag steckte.

Seine Stirn zog sich beim Lesen faltig zusammen. Der Brief schien ihm zu sehr beschattet von Todesfurcht. So nahm er die beiseite gelegte Feder wieder auf, tunkte sie in die Tinte, nachdem er zuvor den Bogen vor sich ausgebreitet und ihn geglättet hatte, und fügte mit hastigen Schriftzügen hinzu: „Ich bin dennoch voller Hoffnung, daß ich Dich im kommenden Winter in eigener Person werde besuchen können; denn ich wandere in aller Welt des Wortes wegen, das uns alle behüten möge."

Aufatmend legte er die Feder nieder.

Doch da fielen wieder die Worte aus dem Matthäusevangelium über ihn her.

„Alsdann werden sie euch überantworten in Trübsal und werden euch töten."

Halblaut, mit murmelnden Lippen sprach er es vor sich hin.

Ja, es war so, wie die Schrift es sagte.

Er wußte, daß sie auch hinter ihm her waren, seit er in der Teinkirche aufgestanden war. Dunkle Gestalten hingen sich seitdem ihm an und ließen ihn nicht aus ihrem Gespür. Deutlich sah er sie vor sich: den schmalen, hochschultrigen Bettelmönch mit der geierhaft scharfen Hakennase, den stechenden schwarzen Augen und dem schleichenden Schritt seiner bloßen Füße in den Sandalensohlen; den alten, gichtig lahmen Landsknecht mit dem Torkelgang und dem dunstig vor ihm herwehenden Atem des immer Angetrunkenen, der lallend mit sich selber zu sprechen schien; das dickbäuchige Weib mit dem brandroten Rock und dem hexenhaft schielenden Blick hinter entzündeten Lidern; den knabenhaften Junker mit der wehenden, wippenden Feder auf dem Barett und dem spitzen Florett an der Seite, den es nach einem Zustechen gelüstete; das sich immer balgende und laut gestikulierende Rudel Halbwüchsiger mit zerlumpten Wämsern und ungepflegtem, verfilztem Haar; den dürren, greisenhaft wirkenden Bakkalaureus mit dem schiefen Höcker, den riesigen, schreckhaft abstehenden Ohren und dem pockennarbigen Gesicht; die lüsterne, breitmündige Buhldirne aus der Vorstadt, schlampig und voller Geschwüre auf der unbekleideten Haut; den Einbein mit verkrüppelten Händen und weißem Patriarchenbart; die würdig scheinende Matrone mit Gebetbuch und Rosenkranz unter dem Arm, mit entenhaft watschelndem Gang und krankhaft verzücktem Augenaufschlag – ein ganzer rüder Haufen aus dem Heerbann des Antichrist.

Er selber hatte sie zunächst gar nicht bemerkt. Erst als einer der Leineweber zu ihm kam und ihn aufmerksam machte, gab er acht darauf.

Von nun an sah er, wie sie in bestimmten Abständen und wie von einem fernen Willen gelenkt seine Wege kreuzten und überschnitten und ihn immer enger einspannen in ihr Maschenwesen.

Oh, sie war unermüdlich am Werk, diese unsichtbare Spinne, die derart das Gespinst ihrer Fäden um ihn legte!

Und dann geschah es, daß – von unsichtbarer Hand geschleudert – eine tote Katze klatschend vor seinen Füßen niederfiel. Grelle Pfiffe schrillten bei seinem Näherkommen aus dunklen Gassenwinkeln oder düsteren Torbögen. Ein Stein schwirrte dicht an seinem Kopf vorbei und kullerte nieder in das aufspritzende Schlammrinnsal der Gosse. Ein aus dem Unfaßbaren kommender Kotklumpen traf ihn heftig an der Brust und ließ ihn erbleichen. Drohbriefe, die ihm den Scheiterhaufen des Hus ankündigten, mit drei Kreuzen gezeichnet, fanden sich auf seinem Tisch in der Stube des Leinewebers, und es war keiner im Hause gesehen worden, der sie hätte überbringen können.

All das war an diesem Abend wieder über ihn hergefallen und hatte ihm aus bedrückenden Gedanken die Feder in die Hand gegeben. „Wisse, lieber Bruder, daß ich nichts anderes erwarte als meine Verfolgung und daß ich lebe in der Erwartung meines baldigen Todes.“ So hatte er die Epistel an den Freund begonnen.

Es war gut, daß er das Letzte bedacht und dafür Vorsorge getroffen hatte. Morgen wollte er den Brief am Zunfthause der Leineweber abgeben, damit ihn einer der Brüder mit über das Gebirge nehme.

So zog er denn die Tischschublade auf, entnahm ihr einen Umschlag, faltete die Briefschaften zurecht und steckte sie ein. Dann hielt er die Siegelstange über das herbeigezogene Licht und ließ die erhitzte Masse nieder auf den Umschlag träufeln, um ihn zu verschließen.

Er war auf einmal voller Ruhe und Zuversicht. Jetzt, nachdem er den Brief geschrieben und gesiegelt hatte, der von seiner Bangnis sprach, war diese selber von ihm abgefallen. Ja, er zog sogar einen neuen Bogen aus der Schublade, um die Verdeutschung der Pfingsthymne festzuhalten, deren Beginn schon seit langem durch seine Gedanken ging.

„Komm, du Tröster, heiliger Geist!
Aus deines Lichtes Brunnen leihst
Du uns leuchtend hellen Strahl.
Komm, ein Vater du der Waisen,
Hilf uns hier auf unsrer Reisen
Durch das große Jammertal.“

Mit großen, bedächtigen Buchstaben schrieb er es hin, langsam, als sänge er dazu. Und dann kam es mit einer pfingstlichen Gewalt über ihn, daß die Feder schneller wurde und dem aus dem Inneren tönenden Gesang kaum zu folgen vermochte. Wie mit fremden Zungen, von Demut und Entzücken zugleich erfüllt, sprach und sang er das große Lied, während er es niederschrieb.

„Oh, du allerhöchster Trost,
Den Seelen wohl ein süßer Gast,
Eine süße Arzenei.
In der Arbeit unsre Ruh,
In stürmisch Wetter gut uns tu,
Im Elend dich zu uns neig.
Oh, allerseligstes Licht,
Der Menschen Herz aufricht,
Die im rechten Glauben sein.
Ohn dein Hilf und Hulde zwar
Ist im Menschen ganz und gar
Andres nicht denn Schuld und Pein.
Wasche, was da unrein ist,
Kühle, was erhitzet ist,
Heile, was verwundet ist,
Beug zurecht, was streit't und strebt,
Decke zu, was in der Kälte bebt,
Bring zum Wege, was verirrt ist.
Gib den Auserwählten dein
Siebenmal Gewärtigsein
Deiner Gaben milden Schein.
Gib der Tugend ihren Lohn,
Der du selber bist gar schon –
Mach aus uns dein Himmelreich!"

Erschöpft und von einer wohligen Müdigkeit angefüllt, ließ Münzer die Feder sinken. Es mußte weit in der Nacht sein. So entschloß er sich, der Müdigkeit nachzugeben und sich zum Schlaf niederzulegen. Er ließ die geschriebenen Bogen ungeordnet auf dem Tisch liegen, kleidete sich aus und löschte das Licht. Dann tappte er mit bloßen Füßen zu seiner Bettstatt hinüber und kroch fröstelnd unter die Decken.

„Komm, du Tröster, heiliger Geist!" flüsterte er, sich eng zusammenkauernd, und schloß die Augen. Gelöst und satt ging sein Atem und schwemmte ihn gleich hinaus in den Schlaf.

Ein hartes Pochen ließ ihn plötzlich daraus auffahren.

Mühsam schlug er die Lider auf und hob sich hoch.

Für einen kurzen Augenblick vernahm er nichts; nur der rüttelnde Wind sprang mit klatschendem Regen das Fenster an und war voll schreckhaften Lebens. Doch dann pochten wieder harte Schläge gegen die Tür, heftiger und einlaßbegehrender als zuvor. Gleichzeitig tönte die Stimme seines Hauswirtes auf. Sie war voller Erregung und unterdrückter Angst.

„Münzer!" rief sie. „Bruder Münzer!"

Thomas Münzer war mit einem Male hellwach.

„Alsdann werden sie euch überantworten in Trübsal und werden euch töten."

„Ja!" rief Münzer, und es war nicht zu sagen, ob er es zu den Worten der Schrift sprach oder zu dem Einlaßbegehrenden vor seiner Kammer.

Dann warf er die Decken zurück, sprang auf den Boden und tastete sich in der Finsternis des Raumes zur Tür, um den Riegel zu lösen.

Hastig wurde die Tür von draußen aufgerissen.

Münzer erblickte vor sich im Schein einer Sturmlaterne seinen Herberger, notdürftig nur bekleidet, mit schlafwirrem Haar und schreckhaft aufgerissenen Augen. Neben ihm stand, triefend vor Nässe, einer der Leineweber aus seiner Gemeinde.

„Schlechte Botschaft, Bruder Münzer!" kam es mit stoßenden, gehetzten Worten von dem Hauswirt.

Münzer nickte nur und bedeutete den beiden Männern, zu ihm in die Kammer zu treten. Dann, nachdem er hinter den Eintretenden die Tür wieder geschlossen und den Riegel vorgelegt hatte, sagte er: „Berichtet!"

„Bruder Münzer", sagte der Leineweber und stellte das Sturmlicht neben sich auf den Boden. „Es ist keine Zeit mehr zu verlieren – du mußt Prag noch in dieser Stunde verlassen!"

Münzer zuckte zusammen.

„Ich wußte es", murmelte er hinter fahl gewordenen Lippen.

„Aber weiter, Bruder!" sagte er lauter. „Sprich, was ist geschehen?"

Gleichzeitig trat er zu seiner abgelegten Kleidung und zog sich, von einem plötzlichen Kälteschauer überrieselt, mit fahrigen, zittrigen Bewegungen an.

„Am Abend noch ist ein Haftbefehl gegen dich beim Rat erwirkt worden", berichtete der Leineweber indessen und fuhr wie auswischend mit den Schuhen über die aus seinem Umhang auf den Boden tröpfelnde Feuchtigkeit. „Angeklagt bist du der Aufwiegelung zum Aufruhr und der unchristlichen Irrlehre."

Aus Münzers grau zusammengefallenem Gesicht stieß sich ein hohnvolles Lachen.

„Weiter!" drängte er den Berichtenden und legte in leerer Geschäftigkeit die Bogen mit der aufgezeichneten Pfingsthymne zusammen.

„Einer der Schreiber, der heimlich mit uns im Bunde ist", fuhr der Leineweber fort und gab es auf, die sich zu seinen Füßen ansammelnde Lache zu beseitigen, „hat erwirkt, daß der Befehl erst morgen in der Frühe wirksam wird. Er kam noch spät am Abend zu mir, um mich zu warnen."

„Gut denn", sagte Münzer nach kurzer Pause entschlossen. „Mögen sie kommen. Ich bin bereit."

Es schreckte die beiden Männer auf.

„Nicht, Bruder Münzer!" beschwor ihn der Leineweber dringlich und hielt ihn bittend beim Arm. „Du darfst nicht bleiben. Um deiner Lehre willen nicht."

Münzer sah ihn eine Weile groß an. Dann machte er einige Schritte zur Seite und ließ sich schwer und schweigend auf die Kante seiner Bettstatt fallen.

„Der Scheiterhaufen des Hus droht dir!" sagte der Leineweber, der ihm hinüber zum Bett gefolgt war, mit beklommener Stimme. „Es sind gewichtige Ankläger, die gegen dich aufgestanden sind. Und der Wortlaut der Anklage läßt alles befürchten."

Münzer blieb still.

Da trat auch sein Herberger mit bittender Geste zu ihm.

„Um unsertwillen, Bruder Münzer", rang er die Hände, „um unsertwillen mußt du dein Leben erhalten!"

„Ich bin gleich, nachdem der Schreiber mich verlassen hat, unterwegs gewesen", schloß sich ihm der Leineweber an. „Noch vor Tageslicht gehen Rollwagen der Tuchmacher hinauf ins Gebirge. Meines Bruders Sohn führt sie an. Ich habe mit ihm ausgemacht, daß er dir unter den Tuchballen ein Versteck läßt, in dem keiner dich suchen wird. Auch sagte ich ihm zu, dich gleich zu ihm zu führen. Komm also, Bruder Münzer, mache dich bereit."

Langsam stand Münzer auf und trat hinüber an das Fenster.

Der Sturm draußen hatte nachgelassen. Nur der Regen rann nach wie vor in dicken Tropfenbahnen die Scheiben herunter.

„Eure Sorge rührt mich, Brüder", sagte Münzer schließlich, sich den beiden wartenden Männern zuwendend. „So will ich ihnen denn ausweichen – um des Lebendigen willen."

Unter schweigendem Zuschauen der bedrängten Brüder, die nicht zu helfen wagten, legte er seine Habseligkeiten zusammen. Es waren ihrer nicht so viele, daß sie seinen alten Lederranzen füllten, in den er sie packte. Zuletzt faltete er die in der Nacht niedergeschriebene Pfingsthymne zusammen und legte sie obenauf.

Liegen blieb einzig der Brief mit seinem letzten Willen.

„Leuchte mir", bat Münzer den Leineweber, nachdem er den Ranzen zugeschnürt hatte. Dann, nachdem der Aufgeforderte die Sturmlaterne herzugeholt hatte und sie ihm leuchtend hinhielt, setzte er sich an den Tisch, zog das gesiegelte Briefpaket herüber und setzte die Anschrift des Freundes Michael Gans in Jena darauf.

Im Aufstehen reichte er es seinem Herberger an.

„Nimm es morgen mit zum Zunfthause und laß es weitergehen", bat er.

„Kommt", sagte er, nachdem er einige Zeit in Sinnen stehengeblieben war, und ging mit einem letzten abschiednehmenden Blick zur Tür.

„Ich wandere in aller Welt des Wortes wegen, das uns alle behüten möge", sprach er halblaut seinem Schreiben nach, wie er über die Schwelle in das Dunkel des Hausganges trat, als sei es Gelöbnis, Abschied und Segen zugleich.

8.

Es war noch pechschwarze Nacht, als der Wagenzug der Tuchmacherzunft sich mit schnaubenden Rössern – schweren, grobknochigen Niederländern! – knarrend und quietschend in Bewegung setzte. Immer noch schüttete der Himmel aus tiefhängenden Wolken seine Regenböen nieder über das Land. So passierten die Wagen, ohne daß neugierige Augen sie nach verborgenem Ladegut durchsucht hätten, die Stadttore und rollten in langsamem Zuge hinaus in die freie Landschaft.

Münzer hatte in dem zwischen Tuchballen ausgesparten Raum Platz gefunden, der nicht ohne gewisse Behaglichkeit war und es ihm sogar gestattete, sich lang darauf auszustrecken.

Er hörte draußen das trappende Stampfen der Pferde, das Quarren der ledernen Zugstränge, das schrille Quietschen der schwer belasteten Achsen, das trommelnde Niederrauschen des Regens auf die Wagenplane und dann und wann einen antreibenden Zuruf oder ein unbehagliches Fluchwort des Kutschers und ein Peitschenknallen. Ab und zu rüttelte es ihn auch durcheinander. Das war dann, wenn der Wagen rasselnd durch ein Schlagloch fuhr. Oder die Räder rollten für eine Weile schneller über die holprige Straße, weil es für ein Wegstück bergab ging.

„Ich sitze hier in meinem Versteck wie Hieronymus im Gehäuse", dachte Münzer. „Nur daß der Löwe zu meinen Füßen fehlt."

Ihm fiel dabei ein neues Blatt des Nürnberger Holzschneiders und Kupferstechers Albrecht Dürer ein, das er vor Tagen erst in einer Schaubude auf dem Wenzelsmarkt gesehen hatte. Der Löwe hatte darauf wie ein behäbiger, gesättigter Hund fromm und schlafend Hieronymus zu Füßen gelegen.

„Nein", lächelte er in seine Gedanken. „Einen Löwen habe ich in meinem Gehäuse nicht dabei!"

Oder doch — fiel ihm plötzlich ein —, und er wurde ernst darüber.

Ja, auch ihm war ein Löwe beigesellt. Aber er war nicht demütig und voller Sanftheit wie ein gutes Haustier, sondern grimmig und wild, ein zähnefletschendes Ungeheuer mit einem Raubtiergebiß, dem nicht leicht zu begegnen war. Es war das Wort, das ihn entzündet hatte und das ihn ruhelos machte und von Ort zu Ort jagte, als sei es mit Lefzen und heißem Atem hinter ihm her.

„Es hat mich zum Botenläufer gemacht", dachte er, „zum Botenläufer Gottes."

Es war ein schweres, ein hetzendes Werk, das ihm aufgetragen war. Er hatte es nie erbarmungsloser erkannt als eben jetzt, da er wieder heimatlos geworden und hinausgeschleudert war in das Elend der Vertreibung, auf der Flucht ins Graue und Ungewisse, von Häschern gesucht.

Für eine Weile wollte er in seiner Ausweglosigkeit schier verzagen, so daß er sich müde auf sein Tuchballenlager sinken ließ und eine der ihm vor der Abfahrt vom Kutscher angereichten Decken bis über den Kopf zog, um sich darunter zu verkriechen.

Wo sollte er sein gewaltsam unterbrochenes Werk wieder beginnen und weiterführen?

Es war eine bange Frage, die da aufstand und auf die er noch keine Antwort wußte.

Gewiß — er hatte dem Anführer des Wagenzuges in der Überstürztheit des Aufbruchs gesagt, daß er in Saaz sein Versteck zu verlassen beabsichtige, um zunächst Zuflucht bei seiner einstigen Gemeinde zu suchen. Wie aber, wenn die Prager auch nach dorthin ihre Fänge ausstreckten? Wohin sollte dann sein Weg gehen?

„Ich muß mich in Geduld fassen", dachte er und legte sich seufzend auf die Seite. Noch befand er sich im rollenden Wagen auf der Landstraße und vermochte nichts zu tun. Da wäre es schon besser, nach Schlaf zu streben und gestärkt zu sein, wenn neue Entscheidungen ihn bedrängten.

So schloß er denn die Augen. Und da er noch voller Müdigkeit war und alle Spannung und Erregung der beginnenden Flucht sich während der bisherigen Fahrt gelöst hatten, schlief er auch bald ein, ohne daß ihn das Rütteln und Poltern der Wagen gestört hätte.

Er erwachte, als plötzlich der Wagen mit einem scharfen Ruck und einem grellen, mißtönigen Quietschen der Bremsen anhielt. Gleich darauf vernahm er Schritte neben dem haltenden Wagen, hörte er die Plane zurückschlagen und seinen Namen rufen.

„Saaz!" fügte die rufende Stimme hinzu. „Du bist am Ziel, Bruder Münzer!"

„Am Ziel?" ging es in schmerzhafter Frage durch seine Gedanken.

Hastig griff er nach seinem Ranzen und kroch über die aufgestapelten Tuchballen ins Freie.

Vor ihm stand der Anführer des Wagenzuges und half ihm auf die Erde.

„Du wolltest, daß wir dich einiges vor der Einfahrt in die Stadt absetzten", sagte er. Er wies dabei auf das nicht mehr fernliegende Saaz.

„Es ist gut", sagte Münzer und bedankte sich. Dann trug er dem Weiterdrängenden noch einmal Grüße an die Brüder in Prag auf. Ein kurzes Händeschütteln, einige laute Zurufe — dann ruckte der Wagenzug an und setzte sich schwerfällig wieder in Bewegung.

Münzer war einsam am Straßenrand zurückgeblieben.

Polternd und lärmend hörte er die Wagen sich langsam entfernen. Als er sich aus seiner Versunkenheit umwandte und hinter ihnen herblickte, sah er, wie soeben das erste Gefährt hinter einer nahen Wegebiegung entschwand. Nur wenige Augenblicke, dann war auch der letzte der Wagen ihm gefolgt. Er hörte nur noch ein fernes Peitschenknallen, ein verwehtes Wiehern — und plötzlich waren Einsamkeit und Stille um ihn.

Er stand einige Zeit ratlos, den Lederranzen auf den Stumpf eines abgeschlagenen Straßenbaumes gelegt.

Der Regen der Nacht und des frühen Morgens hatte inzwischen aufgehört, und der Himmel war heller geworden. Aus wäßrigen, aufgerissenen Wolkenbänken, ihre gebirgshaft gezackten Ränder rötend und vergoldend, brachen wie Strahlenfinger die breiten Lichtbahnen einer müden, nachmittäglichen Herbstsonne. Der Wald, an dessen Rand der Wagen ihn abgesetzt hatte, wogte in Dunstschleiern und atmete noch die Nässe und Kühle der Regennacht.

Münzer erschauerte. Es drängte ihn, die starren, von der Wagenfahrt zerschlagenen Glieder in Bewegung zu setzen. Aber es schien ihm nicht gut zu sein, vor Niederbrechen der Dunkelheit die Stadt zu betreten. Wer mochte wissen, ob nicht auch hier schon Boten aus Prag nach ihm auf der Suche waren.

Da fiel ihm einer der Tonarbeiter aus seiner Gemeinde ein, der sich außerhalb der Stadt, nicht weit von diesem Waldstück, ein Fachwerkhaus errichtet hatte. Zu ihm machte er sich auf den Weg, um bei ihm den Abend abzuwarten.

Als er auf schmalem Wiesensaum dem aus einem Kranz von Obstbäumen aufsteigenden Haus zuschritt, sprang ihn mit wütendem Gekläff ein struppiger Hund an. Mit bösartigem Knurren und bedrohlich gesträubtem Fell blieb er unmittelbar vor ihm stehen und ließ ihn nicht weitergehen.

„Wie ein Bettler und Landstörzer bist du geworden!“ dachte Münzer aus seinem erzwungenen Stehenbleiben, von einer jähen Bitterkeit durchwallt. „Die Hunde bellen dich an wie einen bösen Feind, und die Frauen werden dich furchtsam von der Schwelle weisen.“

„Ziska!“ hörte er da vom Hause eine Männerstimme den Hund rufen.

„Ziska“, lächelte Münzer vor sich hin, die Stimme des vertrauten Bruders erkennend. „Er hat dieses zähnefletschende Ungetüm nach dem wilden Kriegsmann genannt, der einst mit Johannes Hus gegen die Gewaltigen aufgestanden ist. Wie es seinem Wesen ähnlich sieht!“

Der knurrende und in drohendem Ansprung stehende Hund, den besänftigenden Ruf seines Herrn hörend, hatte sein Fell geglättet und legte sich schweifwedelnd nieder, ohne allerdings den Fremden vor sich aus den Augen zu lassen.

Inzwischen war der Rufende nähergekommen. Am Gartentor blieb er stehen und legte die Hände beschattend über die Augen, um den von dem Hund Aufgehaltenen eingehender zu betrachten.

„Bruder Münzer!" rief er in plötzlichem Erkennen und kam mit großen, eiligen Schritten auf den Verharrenden zu.

„Welche Freude!" sagte er mit überrascht leuchtenden Augen und schüttelte dem Gast kräftig die Hand, während er zugleich den ihn umspringenden Hund abwehrte und mit einem befehlenden Wort zurückscheuchte, so daß er sich mit eingeklemmtem Schwanz von dannen trollte.

„Komm mit ins Haus, Bruder Münzer", bat er dann und ging ihm voran.

Im Eintreten, von der Tür aus, rief er laut nach seiner Frau, die mit einem verlegenen Erröten herzukam und den einstigen Prediger begrüßte, und ruhte nicht eher, bis Münzer in einer ruhigen Kaminecke saß und die dampfende Milchsuppe vor ihm stand.

Münzer ließ ihn mit einem dankbaren Lächeln gewähren. Die Anhänglichkeit und Besorgtheit dieser einfachen Menschen tat ihm wohl und erfüllte ihn mit neuem Mut. Es würzte das bescheidene Mahl mit Hoffnung und Zuversicht.

Nach beendetem Essen schob Münzer die Tonschüssel zur Seite und begann ohne weitere Aufforderung von Prag zu berichten und von dem Grund seiner unerwarteten Einkehr.

Mit gefurchter Stirn, die sich mehr und mehr mit zorniger Röte bedeckte, hörte der Saazer Bruder ihn an.

„Der Antichrist!" murrte er, als Münzer zu Ende gekommen war, und stand auf, um in aufgeschrecktem Hin und Her durch das Zimmer zu gehen.

„Sie werden auch in Saaz nach dir suchen", meinte er, in seinen Überlegungen stehenbleibend. „Es ist gut, daß man dich in der Stadt noch nicht gesehen hat. Ich halte es nun dafür, daß du auch zum Abend verborgen bleibst. Ich werde allein hinübergehen und mit den Brüdern überlegen, was geschehen soll."

Münzer vermochte den klugen und bedachtsamen Worten des Saazer Bruders nicht viel zu entgegnen und erklärte sich ohne sonderliches Zögern mit seinem Vorschlag einverstanden.

Nicht ohne verhaltene Spannung sah er ihn bei aufkommender Dämmerung mit dem Hund durch die Wiesen hinüber zur Stadt gehen. Seine Spannung wuchs an, je weiter es in den Abend ging, ohne daß der Davongegangene wiedergekehrt wäre. Nur noch zerstreut gab er der Frau, die ihn in feinem Gefühl zu unterhalten und abzulenken versuchte, Antwort, so daß sie schließlich kopfschüttelnd ihre Bemühungen aufgab. Beide atmeten sie befreit auf, als endlich in der Nähe Hundegebell aufklang.

„Er kommt!" bemerkte die Frau und stand auf, um dem Zurückkehrenden die Tür zu öffnen. Gleich darauf schoß der Hund herein und sprang in jaulenden Freudenbezeigungen an ihr auf.

Langsam erhob sich nun auch Münzer von seinem Platz, während die Frau das Tier in einen Nebenraum führte.

Etwas hinter Atem, mit zurückgeschobener Kappe, trat der Saazer Bruder ein.

„Entschuldige, Bruder Münzer, daß ich dich so lange in Ungewißheit ließ", sagte er. „Aber es ist so, wie wir beide es befürchtet haben — die Prager haben an den Saazer Rat das Ansinnen gestellt, hier nach dir suchen zu lassen und dich unter Bedeckung nach Prag zu schicken, wenn man dich gefunden hat."

„Also doch", flüsterte Münzer.

„Mit scheidender Sonne sind zwei Prager Abgesandte auf abgehetzten Gäulen in die Stadt gekommen", berichtete der Zurückgekehrte weiter. „Bruder Simon — du weißt, sein Bruder ist mit im Rat — hat es mir gleich berichtet, als ich zu ihm kam. Wir haben daraufhin die Brüder heimlich zusammenberufen und überlegt, was zu machen ist. Alle halten es nun dafür, daß du zunächst übers Gebirge gehst."

Er hielt inne und sah Münzer fragend an.

Münzer nickte nur.

„Das Prager Ansinnen ist sehr dringlich gehalten", fuhr der Berichtende daraufhin fort. „So ist es auch die Meinung der Brüder, daß wir nicht lange zögern dürfen, um dich in Sicherheit zu bringen."

Wiederum nickte Münzer nur in sein forschendes Aufblicken.

„Ich selber habe mich bereit erklärt, dich auf den Kamm zu führen", bemerkte der Saazer abschließend. „Wir brechen mitten in der Nacht auf, sobald der Mond aufgegangen ist."

Es war eine Weile still zwischen ihnen.

„Bruder Münzer", begann der Saazer schließlich mit einem Ton von Besorgtheit in seiner Stimme. „Wir haben einen weiten und schweren Weg vor uns. Du solltest dich vorher noch zur Ruhe niederlegen."

„Ja", gab Münzer ihm mit einem abwesenden Gesicht Antwort und ließ sich ohne ein weiteres Wort die Treppe hinauf in die Schlafkammer führen.

9.

Thomas Münzer war unstet und flüchtig geworden, Gast abseitiger Herbergen voller Diebsgesindel und Landstörzer, Wanderer auf einsamen Pfaden und Schleichwegen neben den großen Heerstraßen her, Bruder im endlosen Zuge der Aufgebrochenen zu einer neuen Ordnung, Getriebener von der Not und der Unruhe der Zeit, die voll sehnsüchtiger Hoffnungen und apokalyptischer Gesichte war.

Seine Schuhe waren zerfetzt, seine Kleidung war zerrissen und sein Gesicht ledern, spitz und zusammengefallen. Die wilden Herbststürme trieben ihn durch das Gebirge wie ein verwehtes Blatt, der Regen schwemmte ihn von Ort zu Ort wie ein abgebrochenes Stück Holz, Schnee und Frost warfen sich über ihn wie Wegelagerer, und die Einsamkeit biß ihn wie ein böses, hinterhältiges Tier. Er litt Hunger und Durst, und seine Nächte in Strohschobern und dunstigen Viehställen waren erfüllt von brennenden Gesichten und schreckhaften Geräuschen.

Einmal noch, gleich nach der Flucht aus Saaz, hatte er für kurze Zeit ein Zuhause gefunden. Es war in der Viehhütte nahe dem Kamm des Erzgebirges, deren Bewohner ihn schon bei seiner Flucht aus Zwickau mit Wärme und liebevoller Besorgtheit aufgenommen hatten.

Der Knecht, dem er den Namen Johannes gegeben, und Maria, die Magd, beide nun Mann und Frau, hatten ihn am Morgen nach jener Nacht, die den ersten Schnee in das Gebirge brachte, mit müden Schritten die Höhe hinaufklimmen sehen. Neugierig waren sie dem fremden Besucher entgegengegangen und hatten ihn im Näherkommen mit jubelnder Freude erkannt und zu sich heimgeholt.

Zwei Wochen tiefer Einkehr und fruchtbarer Arbeit hielten ihn dann in der Hütte und bei ihren Bewohnern fest. Er hatte, wie von einem Fieber ergriffen, die in Prag begonnenen Niederschriften seiner deutschen Messe und seiner deutschen Gottesdienstordnung aus dem Lederranzen hervorgeholt und weitergeführt. Gleichzeitig hatte er seiner Verdeutschung der Psalmen ein Vorwort gegeben.

„Es ist nicht länger zu leiden, daß man den lateinischen Worten eine Kraft zuschreibt, wie die Zauberer es tun, und das arme Volk ungelehrter aus den Kirchen weggehen läßt als hineingehen!" sagte er dem Knecht, als er ihm die Verdeutschungen vorlas.

Am Ende der zweiten Woche war dann in einem nächtlichen Gesicht Nikolaus Storch zu ihm gekommen und hatte ihn laut aus der Dunkelheit angerufen.

„Bruder Thomas!" war seine Stimme aufgeklungen, so daß er aus dem Schlaf auffuhr und lauschend den Kopf hob.

„Bruder Thomas – es geht auf die Ernte zu. Uns ist nicht mehr gegeben, zu ruhen und an einer Stätte zu weilen. Botenläufer sind wir beide, du und ich. Wir haben die Botschaft des Kommenden zu tragen, von Ort zu Ort, von Gemeinde zu Gemeinde, von Herz zu Herz. Lange, so lange schon bin ich unterwegs und predige, was mir offenbart wurde. Komm, wirf auch du das Wort des Lebendigen und Zukünftigen aus wie Saatkorn. Die Herzen sind aufgerührt und warten auf den Säer!"

Allmählich, wie Nebel sich unter der Sonne auflöst, war die Erscheinung danach verschwunden.

„Ich komme, Bruder!“ rief Münzer ihr zu, ehe sie gänzlich entschwand.

Gleich in der Frühe des nächsten Morgens brach er auf, nachdem er noch in der Nacht seinen Ranzen gepackt.

Es verwunderte ihn nicht, daß er gleich in dem kleinen Erzgebirgsdorf, von dem aus er bei winterlichem Mond das Gebirge erstiegen hatte, als er nach Böhmen hinstrebte, in der Gemeinde seiner Brüder den Lodernden und Brennenden aus Zwickau seiner wartend antraf.

„Bruder Storch!“ sagte er begrüßend und schloß den lange nicht Gesehenen beglückt in die Arme.

„Ich habe gewußt, daß du kommen würdest, Bruder Münzer!“ gab ihm der älter Gewordene gelassen zur Antwort, als seien sie eben erst voneinander gegangen und Raum und Zeit ein Nichts geworden. Zugleich ergriff er sein Bündel und hängte es um die eckig und knochig gewordenen Schultern, über welche silbrig das Haar herabfiel.

„Wir wollen nicht lange Herberge nehmen“, bemerkte er dazu und nahm seinen Wanderstecken, „sondern dorthin gehen, wo man unserer mehr bedarf als hier, wo das Neue schon Boden gefunden hat, um darin zu wachsen.“

Und damit schritt er Münzer vorauf in den dämmernden Nachmittag, hinaus in die von ersten Schneeflocken durchwirbelte Landschaft.

Wochen hindurch querten sie nun gemeinsam das Land, immer in Gefahr, den von Zwickau ausgesandten Spürhunden in die Hände zu fallen, oft genug auf ein geheimes Zeichen vertrauter Brüder und Anhänger oder beim Auftauchen eines ihnen verdächtig Erscheinenden ihre Ansprachen und Predigten abbrechend, um im Dunkel der Wälder oder der Nächte unterzutauchen.

So zogen sie durch das ganze Vogtland bis unmittelbar vor die Tore Zwickaus, ihren alten Anhängern den Zuspruch neuer Verheißungen zu geben, den Verzagenden unter ihnen neuen Mut einzuflößen, und überall dort, wo man sie nicht kannte, neuen Anhang für ihre Brüderschaft zu gewinnen.

Der Winter war hart, der über sie kam; sie trugen ihn mit Geduld. Der Hunger war unter ihren Anhängern der getreuesten einer; sie verlachten ihn. Die Verfolgung war oft wie ein undurchdringbares Netz über sie geworfen; sie spotteten ihrer.

Eines Morgens dann trennten sie sich. Storch glaubte in der Nacht eine Stimme gehört zu haben, die es ihnen so befahl. So wandte er sich zurück ins Gebirge, während Münzer den Straßen nachging, die ins Thüringische führten.

Zu allen Nöten, die sie die ganze Zeit über gemeinsam getragen hatten, kam nun eine weitere Not — die Einsamkeit. Münzer nahm auch sie auf sich und trug sie. Sie machte sein Wort noch härter und flammender und gab seinen Verkündigungen einen heißen Atem, der die Zuhörer erschauern ließ.

Der Winter ging darüber zu Ende, und die dünne und blasse Sonne nahm allmählich wieder zu an Kraft. Abgerissen, mit struppigem Bart und scharf aus dem Gesicht vorspringenden Backenknochen, sah Münzer die Tage länger und heller werden. Manchmal sogar blieb er stehen und sog wie in schnuppernder Witterung die Luft ein. Dann wollte ihm scheinen, er rieche aus den mit weiten Pfützen schmelzenden Schnees bedeckten Feldern den nicht fernen Frühling.

An einem solchen Tage mit einem ersten linden Wind über den Straßen und einer goldenen Sonne im Geäst der Bäume, die sich kurz zuvor noch schwer unter lastendem Schnee gebogen hatten, erblickte er vor sich die Türme von Jena. Er mußte dabei der letzten Prager Nacht gedenken, da er seinem Freunde Michael Gans in Jena sein Testament geschickt und ihm für den Winter seinen Besuch in Aussicht gestellt hatte. Und plötzlich befiel ihn das Verlangen, den angekündigten Besuch vorzunehmen.

Kurz entschlossen wandte sich Münzer der Stadt entgegen und hatte bald das Haus des bekannten Ratsherrn und Humanisten erfragt.

„Die Mägde werden mich in die Stube der Bettler führen", dachte er, als er vor dem großen, mehrstöckigen Hause mit dem Bruchsteinsockel und dem künstlerisch reich geschmückten Gebälk unter spitz aufsteigendem Dach stand und an seiner Abgerissenheit niedersah. „Ich rieche nach Stall und Viehdung und armen Leuten und werde in diesem

Hause der Sattheit und erlesenen Kultur selbst den Hunden ein Greuel sein."

„Sei's drum!" lächelte er spöttisch in seine Gedanken und trat an das ausladende Tor voller Schnitzwerk, um einlaßbegehrend den kunstvoll geschmiedeten Türklopfer gegen das Holz fallen zu lassen.

Eine junge, pausbäckige Magd mit geflochtenen Zöpfen öffnete ihm und fragte schnippisch und von oben herab nach seinem Begehren.

„Es verlangt mich, den Herrn Michael Gans zu sprechen!" sagte Münzer, belustigt über die hochfahrende Art der Magd. Gleichzeitig schob er seinen Fuß etwas vor, weil ihm schien, die Magd wolle das Tor wieder schließen.

Die Magd betrachtete ihn daraufhin mißtrauisch und mit hochgezogenen Augenbrauen. Sie war für eine Weile unschlüssig, was sie beginnen sollte. Dann fragte sie nach seinem Namen.

„Kommt", sagte sie schließlich. „Ich werde Euch anmelden."

Sie führte ihn durch einen fliesenbelegten, hallenden Gang in das Gesindezimmer und ließ ihn hier, nicht ohne ein gewisses Zögern, allein. Münzer blieb wartend stehen.

Es dauerte nicht lange, da kam die Magd wieder zurück. Sie war etwas verlegen, als sie ihm sagte, der Herr erwarte ihn; er möge ihr zu seiner Studierstube folgen.

Auf einer breiten Treppe, deren Geländer in einem erhobenen Schlangenkopf mit züngelnd vorschnellender Zunge endete, führte sie ihn hinauf. Auf dem oberen Podest stand schon wartend der Freund.

„Thomas Münzer!" rief er ihm mit überraschter Freude entgegen und schüttelte ihm mit der gleichen ungebrochenen Herzlichkeit die Hände, wie sie während ihrer gemeinsamen Studienzeit an den Universitäten zu Leipzig und Frankfurt an der Oder schon immer zwischen ihnen bestanden hatte.

„Laß dich anschauen, wie die langen Jahre, die wir einander nicht mehr gesehen haben, mit dir umgegangen sind!" sagte er unter gerührtem Lächeln über das unerwartete Wiedersehen und führte ihn gleich auf dem Flur vor das einbrechende Licht eines Fensters.

„Thomas Münzer!" wiederholte er hier noch einmal, als er des Freundes Gesicht nahe vor sich sah, mit neu aufquellender Freude. Mehr vermochte er vor innerer Bewegung nicht zu sagen.

Doch dann schüttelte er mit einer energischen Schulterbewegung alle Rührung ab.

„Komm", sagte er. „Ich sehe, du hast einen langen und beschwerlichen Weg hinter dir. Es wird dir wohltun, den Staub der Straße abzuwaschen und ein weniges zu essen, ehe ich dich zum Niedersitzen zu meinen Büchern führe."

Damit ging er ihm vorauf zur Badstube und legte ihm vorsorglich alles bereit, dessen er bedurfte. Dann ließ er ihn allein, um sich selber nach Speise und Trank für ihn umzusehen.

Endlich, nachdem Münzer sich erfrischt und in Ruhe gegessen hatte, saßen sie einander in der hohen Studierstube gegenüber.

Es kam Münzer nach den Monaten seines Umherziehens wie ein Traum vor: das geräumige, an den Wänden und an der Decke mit erlesenen Hölzern getäfelte Gemach, in ein gedämpftes Licht getaucht durch eine Reihe breiter, nach oben rundlich geschwungener Fenster in tiefen Erkern mit einer Fülle rundlicher Butzenscheiben, in denen das von draußen hereinströmende Licht sich wie in kleinen Spiegeln brach und derart gebrochen in das Innere flutete. Unter den Fenstern vorbei dann die kissenbelegten Wandbänke, die hohen Bücherregale, mit kostbaren Drucken und Inkunabeln bestellt; der farbig gemaserte Tisch mit seinen geschwungenen Füßen und dem Lesepult darauf und dem mehrflammigen Kerzenleuchter. Alles das zusammen atmete eine unendliche Geborgenheit und Wärme. Und selbst der Totenschädel, der in einer der breitbordigen Fensternischen auf zwei schweren Lederbänden lag und mit leeren, erloschenen Augenhöhlen zu ihm hinüberstarrte, verstärkte die warme Behaglichkeit des Raumes eher, als daß er sie zerriß und mit Schrecknis erfüllte.

Es war so zunächst ein Schweigen entstanden, nachdem Michael Gans dem Freunde einen bequemen Armsessel herbeigezogen und beide sich niedergelassen hatten.

„Not und Armut sind weit von hier", sagte Münzer, sich endlich seinem Gegenüber zuwendend und sah in sein schönes, gepflegtes Gesicht mit der kräftig vorstoßenden Nase, dem genießerisch satten Mund, den wachen Augen, den klugen, gebuchteten Schläfen und der hohen, faltenreichen Stirn unter lockig gewelltem und lang herabfallendem Haar.

„Wie ich doch meinen alten Münzer wiedererkenne!" lächelte Michael Gans zurück, und es war nicht zu sagen, ob er es zu Münzers Worten sagte oder zu dem prüfenden Anschauen, mit dem er den Freund betrachtet hatte. Um ihm jedoch nicht lange Zeit zu lassen, darüber nachzudenken, fragte er ihn anschließend nach seiner Stolberger Harzheimat und seiner Mutter.

Ob er auch wisse, fügte er ernster hinzu, daß es nicht zum Besten mit seiner Mutter stehe. Einer seiner Handelsfreunde aus Stolberg habe ihm in einer Nachschrift zu seinem letzten Briefe mitgeteilt, daß sie von schwerer Krankheit befallen sei.

„Meine Mutter!" dachte Münzer, zusammenfahrend.

Heimat und Mutter!

Daß es das überhaupt noch gab!

Es war ihm lange schon etwas Fernes geworden, etwas Abgefallenes, wie die Kindheit oder der erste Knabenschmerz. In der großen Aufgabe war es untergegangen, aufgezehrt von dem großen Brand, der ihn ergriffen hatte. Aus den Worten des Freundes stieg es nun plötzlich wieder groß vor ihm auf und überflutete ihn mit einem sehnsüchtigen Verlangen.

„Krank?" fragte er aus der ihn überkommenen Verwirrung leise. „Meine Mutter ist krank?"

„Ja", erwiderte Michael Gans.

„Seit es dich hinausgetrieben hat, habe ich mich ihrer aus der Ferne angenommen", fügte er nach einer Weile hinzu. „So weiß ich auch um ihr Ergehen."

Münzer blieb still. Eine wehe, stechende Traurigkeit hatte ihn mit einem Male befallen.

„Ich glaube, sie wartet auf dich, Thomas“, begann der Freund nach einiger Zeit wieder. „Es wäre die letzte Freude ihres Lebens, dich noch einmal zu sehen.“

„Ja“, sagte Münzer und senkte den Kopf. „Ich werde zu ihr gehen. Gleich morgen in der Frühe breche ich auf.“

„Du magst bis zum Mittag warten“, entgegnete Michael Gans. „Dann geht einer meiner Rollwagen mit Fracht nach Goslar. Er wird dich bis Stolberg mitnehmen.“

Münzer nickte nur und stand von seinem Platz auf, um in schweigendem Aufundabgehen der über ihn gekommenen Bewegung Herr zu werden.

Michael Gans ließ ihn still gewähren.

Als Münzer schließlich betrachtend vor seinen Büchern stehenblieb, erhob er sich ebenfalls und trat zu ihm herüber.

Er wies auf eine in einem Büchergefach stehende Schatulle aus Mahagoniholz mit aufgesetztem Schnitzwerk.

„In dieser Schatulle sammelte ich alle Briefe und Schriften, welche du mir zukommen ließest“, bemerkte er, um den Freund abzulenken. „Ich ließ sie eigens in der Werkstatt des Nürnbergers Veit Stoß anfertigen.“

„Welche Ehre du meinem geringen Wort antust“, gab Münzer ihm nach kurzer Pause mit rauher Stimme zur Antwort, um die ihn aus den Worten des Freundes anspringende Rührung zu verbergen.

„Nur einem gab ich die gleiche Ehre, mit dem ich in Briefwechsel stehe“, lächelte Michael Gans. „Erasmus von Rotterdam.“

Über Münzers Züge glitt ein leichter Schatten. Er wollte ein bitteres Wort über den Humanisten sagen, doch zwang er es nieder.

Es war Michael Gans nicht entgangen. Nicht zum ersten Male stand der Name jenes von ihm verehrten Mannes wie eine Mauer zwischen ihnen, nachdem er ihnen während ihrer ersten Studienzeit gemeinsam wie ein Stern aufgestiegen war. Wie war ihnen sein „Handbuch eines christlichen Kämpfers“ zu einer Offenbarung geworden und hatte ihre Jünglingsseelen zu jubelnden Aufschwüngen geführt! Mehr und mehr aber hatte sich Münzer dann entfernt von der Weichheit des Geistes, die er so besonders an dem großen

Manne liebte, und war in die herausfordernde Heftigkeit und tollkühne Schmähsucht seiner eigenen Aufgabe gefallen, die ihn immer wieder anrührte, aber auf die Dauer nicht zu halten vermochte.

„Lieber", sagte er aus seinen Gedanken heraus und legte dem Freunde vertraulich die Hand auf die Schulter. „Als letzten Brief legte ich deinen Brief aus Prag obenauf. Er hat mich sehr bedrängt, und ich habe ihn lange Tage mit mir umhergetragen, nachdem er in meinen Besitz kam."

Er hielt für eine Weile nachdenklich inne, ehe er weitersprach.

„Ich habe daraus gelesen, daß du mehr an Not und Verfolgungen zu leiden hast, als ich es zu wissen vermeinte. Das Neue, dem du anhängst, ist zu einer Geißel geworden. Du solltest daher das Aufbegehrerische und den hitzigen Ungestüm abstreifen von dir und zu der Gelassenheit im Geiste finden, wie Erasmus sie uns vorlebt."

Münzer richtete sich steif auf.

„Und das arme Volk?" fragte er in verhaltenem Aufbrausen. „Soll es sein Leben weiter in der Barbarei und Unwissenheit zubringen?"

„Nicht, Münzer", besänftigte ihn der Freund. „Der reine Geist, wie er in Reuchlin und Erasmus – den beiden Augen Deutschlands! – wirksam ist, wird die Barbarei überwinden und eine hellere Zeit heraufführen."

„Und die Poetik der Antike ist ihre Heilige Schrift und Aristoteles ihr Johannes von Patmos!" fiel Münzer spöttisch ein. „Der Mensch aber ist der Nabel der Welt, und an die Stelle des Kreuzes von Golgatha tritt als Gott die Vernunft. So ist es doch, nicht wahr, Michael Gans?"

Michael Gans blieb unter den angreiferischen Worten des Freundes gelassen.

„Du siehst es falsch, Thomas!" warnte er. „Und du weißt, daß du es falsch siehst."

Münzer wehrte mit einer heftigen Armbewegung ab.

„O ihr Einfältigen!" rief er aus. „Da sitzt ihr in getäfelten Zimmern, vergraben unter gelehrten Büchern und Schriften, und die Welt fällt nur mit gebrochenem Lichtschein durch die Butzenscheiben auf euer Lesepult. Was aber wißt ihr von der Not, die da draußen die Leiber und Seelen befallen hat? Humanisten nennt ihr euch und vergeßt, daß der Mensch nichts anderes denn Humus ist, darin unter viel Kreuz und Leid Gott jeden Tag neu geboren werden will!"

„Nichts vergessen wir!" begehrte Michael Gans auf. „Am allerwenigsten, daß Gott den Menschen sich selbst zum Bilde schuf!"

„Und seid eifrig dabei, ihn zu seinem Affen zu machen!" höhnte Münzer. „Nein, Michael Gans", fuhr er dann leiser fort. „Ihr seid dabei, Gottes über dem Bilde eures Menschen ganz zu vergessen. Gott aber ist nicht zu vergessen! Wie ein Gewitter, mit Blitz und Donner und Hagelschlag, wird er über euch kommen und Niederkunft halten. Du solltest alles hier zurücklassen, die gelehrten Schriften und die prächtigen Gemächer und das satte Leben in Reichtum und Geborgenheit, und hinausgehen mit mir ins Land. Du würdest sehen, wie das arme, geschundene Volk in Erwartung steht, wie es zittert nach der großen Gerechtigkeit. Und diese Gerechtigkeit kommt ihm nicht aus der Gelassenheit des Geistes, zu der du rätst, sondern aus der Ergriffenheit des Herzens und dem flammenden Entbranntsein von Gott!"

Michael Gans hielt lange nachdenklich den Kopf geneigt.

„Münzer", sagte er, sich endlich aufrichtend und den Freund mit langem Blick ansehend. „Ich habe große Furcht, ihr werft Himmel und Erde durcheinander und laßt nichts anderes übrig als eine unendliche Verwirrung."

Thomas Münzer brannte eine heftige Entgegnung auf der Zunge, doch zwang er sie hinunter.

Seine Augen glitten von dem Freunde hinüber zu dem Totenschädel auf dem Fensterbord, und ihm schien dabei, als ginge über dieses beinerne Zeugnis der Vergänglichkeit ein höhnendes Lächeln.

Da wandte er sich ab und ging mit langsamen Schritten zurück an seinen Platz und ließ sich müde darauf nieder.

„Wir sind einander fremd geworden!" dachte er. „Fremder, als ich es nach den langen Jahren befürchtet habe. Die Feigheit und Knechtschaffenheit des altgewordenen Reuchlin ist wie eine Krankheit auch über ihn gekommen. Und da er fern von allem Leid in Gepflegtheit und Wohlleben sich befindet, ist diese Krankheit unheilbar geworden."

Ihn fror auf einmal, so daß er seinen Rock enger um sich zog.

Als er aufblickend hinüber zu dem Freunde sah, stand dieser mit einem wie von plötzlichem Gram gebeugten Rücken gegen die Bücherwand gelehnt und schaute ihn aus aufgewühltem und faltig zusammengefallenem Gesicht traurig an.

„Michael Gans!"

Münzer sprang auf und ging ihm mit geöffneten Armen entgegen.

„Lassen wir alles, was uns trennen könnte. Unser Wiedersehen gehöre nur dem, was uns gemeinsam war."

„Münzer", lächelte der Freund erlöst und legte seine Arme mit frohem Druck um den Herzugetretenen.

10.

Es dauerte lange, ehe sich nach Münzers lautem Anpochen im Hause seiner Kindheit etwas regte.

Er trat von der Tür mit dem alten, geschnitzten Hundekopf, der den abgegriffenen und zwischen gebleckten Gebiß gehaltenen Anklopfer trug, einige Schritte zurück und sah an der Giebelwand aufwärts. Die Dachspitze verlor sich in der Dunkelheit des späten Abends, der föhnig warm war, obwohl erst der März begonnen hatte. Gleich über dem First, als habe es den so lange Abwesenden heimgebracht, stand das Sternbild des großen Wagens und blinzelte den Heimgekehrten mit strahlender Klarheit und ungewöhnlicher Nähe an.

Münzers Brust hob sich zu selten gekannter Weite, und sein Herz schlug in einem stürmischen, sehnsüchtigen Auf und Ab. Der leichte Nachtwind, der ihn umstrich, kam ihm vor wie eine verborgene Liebkosung. Und das Klirren einer Kette in einem nahen Stall sowie das Ausschlagen eines schlaftrunkenen Pferdes gegen eine Bohlenwand, wohl aus dem gleichen Stalle kommend – sie nahmen die Jahre seines Fortseins von ihm ab und ließen ihn wie einst als Knaben, der sich beim Komödiespielen auf dem Schloß des Grafen von Stolberg oder beim Zusehen des pfingstlichen Schützenfestes auf der Vogelwiese versäumt hatte, schuldbewußt werden und sein langes Ausbleiben bereuen, weil es die wartende Mutter mit Unruhe und Sorge erfülle.

„So lange bin ich jetzt fortgewesen!" dachte er. „Und es ist spät geworden, ehe ich wieder heimgekommen bin. Hoffentlich nicht zu spät!" Und eine plötzliche Bangnis kam ihn an, die Mutter nicht mehr lebend anzutreffen.

Als er, von dieser Bangnis getrieben, wieder zur Tür hinübergehen und erneut anpochen wollte, fiel ein zittriger Lichtschimmer durch eines der oberen Fenster, stieg flackernd an und entschwand wieder, um gleich darauf über das Fenster des Treppenganges zu huschen.

„Man hat mich gehört", erkannte Münzer und trat beschwingt und voll strudelnder Gefühle zurück zur Tür.

Aus dem nachtstillen Haus hörte er näherkommend schlurfende Schritte, dann schob eine tastende Hand den Riegel zurück, drehte den quietschenden Schlüssel im quarrenden Schloß und zog die Tür auf.

Mit hochgehobener Kerze in dem erblindeten Silberfuß leuchtete die alte Margret – schon die Betreuerin der Kindertage Münzers – den späten und ungewöhnlichen Besucher an.

„Kind!" murmelte sie hinter welken Lippen, als sie ihn erkannte, genau so wie einst, wenn er sich als Knabe verspätet hatte. Nur daß jetzt eine im Flatterlicht der unruhigen Kerze hell erglänzende Träne in ihren Augen stand. In ihr faßte das unendlich zerfältelte und schrumpelig eingefallene Gesicht die Jahre zwischen dem Einst und dem Jetzt zusammen und schlug eine Brücke über sie hin.

„Kind", sagte sie noch einmal aus beinahe zahnlosem Munde. „Daß du gekommen bist! Mutter war in Sorge um dich und hat so auf dich gewartet!"

Es waren die gleichen Worte, wie sie ehedem dem verspäteten Knaben gesagt wurden, so daß Münzer, wie er es ehemals als Knabe getan hatte, den Atem anhielt, damit die Mutter nicht höre, wie spät es über sein Heimkommen geworden sei.

Indessen hatte die Magd – auch dieses geschah genau so wie in frühen Knabenjahren – den Riegel leise wieder vorgeschoben, den mächtigen Schlüssel herumgedreht, und hob nun die Kerze an, um dem Eingelassenen auf dem Wege zur Treppe zu leuchten.

„Nicht so laut!" mahnte sie mit Flüsterstimme, wie sie früher den Knaben gemahnt hatte – es lag Münzer noch im Ohr – „nicht so laut! Die Mutter ist eben erst in Schlaf gekommen. Sie könnte wach werden und sich erschrecken."

Und Münzer – er wußte selber nicht, war er Knabe oder war er Mann? – erhob sich auf Zehenspitzen und machte, von der getreuen Magd und ihrem Licht geleitet, leise Schritte den Flur hinan und hob sich langsam am Geländer hoch. Ja, er war wieder so sehr im Einst, daß er sich plötzlich sogar der knarrenden Stellen der Stufen erinnerte und über sie hinwegtrat.

Oben faßte die Magd ihn beim Arm – wie war er doch wieder in das Einstige eingesponnen! – und führte ihn hinüber in die Küche.

„Ich habe dir etwas warmgestellt", sagte sie, nachdem sie hinter sich die Tür zugezogen und das Licht, wie sie es stets getan, auf einen Balkenvorsprung über dem Tisch abgestellt hatte. Und mit ihrem Trippelgang, fast genau so behende wie früher, ging sie zum Kachelofen, um dort die Suppe zu holen und an seinen alten Platz an der Längsseite des Tisches niederzusetzen.

„Mutter meinte, du möchtest hungrig sein, wenn du kämest", bemerkte sie und zog die Schublade auf, um ihm einen Löffel hinzulegen. Auch das geschah wie einst, und es war der gleiche eingebeulte Löffel, den sie ihm anreichte, mit dem der Lateinschüler gegessen hatte, wenn er in seinen Ferien daheim war.

Nun erst fiel der Bann, der sich über Münzer gelegt hatte, von ihm ab.

„Margret!" stieß er aus jäh bedrängtem Herzen hervor. „Die Mutter, wie geht es ihr?"

„Psst", beruhigte ihn die Magd und hob abwehrend ihre eingedorrte Altmädchenhand. „Sie ist eben erst eingeschlafen. Wir dürfen sie nicht stören. Außerdem solltest du zuvor essen, ehe wir zu ihr gehen. Sie hat es mir streng aufgetragen. Du würdest hungrig sein nach deinen weiten Wegen, meinte sie."

„Wie?" verwunderte Münzer sich. „Woher wußte sie denn, daß ich kommen würde?"

„Woher sie es wußte?"

Die alte Margret lächelte fein in sich hinein, so daß es wie ein plötzliches Jungwerden über ihr Greisinnengesicht lief.

„Eine Mutter weiß immer, wann ihr verlaufenes Kind wieder zu ihr zurückkommt, mein Junge."

Münzer saß beklommen und wagte sich nicht zu regen.

Ihm war, als sei er in der Brunnenstube eingekehrt, in der die Eimer der Zeit auf und ab schweben, jene Brunnenstube, darin die Zeit in die Ewigkeit und die Ewigkeit in die Zeit mündet und tausend Jahre wie ein einziger Tag und wie eine Nachtwache sind.

„Du mußt essen, mein Junge!" stieß die alte Magd den Versunkenen an.

Münzer sah kurz zu ihr auf.

Mit ihrem weißen Haar und dem zerknitterten, pergamentenen Gesicht, darin nur noch die Augen zu leben schienen, kam sie ihm vor wie eine der grauen, uralten Nornen aus den Märchen seiner Kindertage.

Die Magd nickte ermunternd in sein Aufblicken zurück und schob ihm den Teller näher heran.

Da nahm Münzer den Löffel auf, tauchte ihn nieder in die Suppe und begann zu essen.

„Es ist ein Bote für dich hier gewesen", sagte die Magd mit einem Male aus ihrem Zuschauen, als erinnere sie sich erst jetzt daran.

„Ein Bote?" fragte Münzer erstaunt und hielt in seinem Essen inne.

„Ein Bote", erwiderte die alte Margret. „Er hat dir ein Schreiben des Klosters auf dem Petersberg überbracht."

Damit nestelte sie einen zusammengefalteten Brief aus ihrer Schürzentasche und reichte ihn Münzer an.

Noch voller Erstaunen nahm Münzer ihn entgegen und entfaltete ihn.

„Lieber Bruder Münzer", las er murmelnd. „Ich weiß nicht, wohin Deine Aufgabe Dich getrieben hat. Dennoch schreibe ich Dir nach Stolberg, da ich zu glauben vermeine, daß es Dich zu Deiner Mutter zurückführen wird. Wenn es also sein sollte, so wisse, daß hier eine Aufgabe auf den Magister Thomas Münzer aus Stolberg wartet. Das Kloster auf dem Petersberg bedarf eines Lehrers, und ich habe dem Oberen eben diesen Magister dafür vorgeschlagen. Wir warten daher auf Dein Kommen. Möge der Herr Dich bald zu uns führen. Ich bitte ihn sehr darum.

Dein Bruder Arnulf."

Münzer ließ den Brief sinken.

„Bruder Arnulf —!" dachte er voller Dankbarkeit.

Auch von ihm trennten ihn wirre und ruhelose Jahre, die jetzt, bei seiner Heimkehr, zu einem Nichts zusammenrannen.

Er sah ihn wieder vor sich, den Freund noch von der Lateinschule her, und beschloß, auf seinem Wege nach Wittenberg, wohin es ihn seit der Einkehr bei dem Humanisten Michael Gans drängte, den Umweg über Halle zu nehmen und auf dem Petersberg anzuklopfen.

„Wie alles doch wiederkehrt!" dachte er. „Nur daß es sich gewandelt und verwandelt hat, wie auch wir Gewandelte und Verwandelte sind."

Nach beendetem Essen litt es Münzer nicht mehr an seinem Platz; es zog ihn zur Kammer der Mutter. Aber ehe er es auszusprechen vermochte, hatte die Magd sich schon erhoben und die Kerze von dem Balkenvorsprung herabgenommen.

„Komm", sagte sie und ging ihm zur Kammer der Schlafenden vorauf.

Verwundert stellte Münzer auf dem Wege fest, daß die ihm Vorangehende ihn vom Flur aus in das Zimmer seiner Kindheit führte, statt, wie erwartet, zur Kammer der Mutter. Er wollte schon leise aufbegehren, da legte die Magd den Finger vor den Mund und zog die Tür auf. Gleich nach ihrem Eintreten machte sie dann einen Schritt zur Seite, um ihn einzulassen, und hob ihm leuchtend die Kerze hoch.

Münzer blieb im Türrahmen stehen.

Eine ungeheure Bewegung brandete in ihm auf, so daß er zu schwanken vermeinte und hinüber zu den Türpfosten griff, um sich zu halten.

Vor ihm, vom warmen Licht der Kerze überflossen, lag das Zimmer seiner Knabenjahre. Nichts in ihm war verändert. Der kleine, ein wenig wackelige Tisch mit dem reich geschnitzten Stuhl – das Gesellenstück seines früh verstorbenen Vaters –, das Bücherbord an der Wand, der bäuerliche Kruzifixus aus dem Hause der Großeltern, die an der Decke aufgehängte Martinslampe, die er selber angefertigt und bemalt und mit der er kurrendesingend durch Stolberg gezogen – alles war wie einst. Nur sein Bett stand nicht mehr darin. An seiner Stelle befand sich das breite Bett der Mutter mit dem Himmel darüber, der ihn als Kind immer wieder mit phantastischen Vorstellungen bewegt hatte.

Nun endlich sah er – ein Zittern überflog seinen Körper! – nun sah er in buntgewürfeltem Linnen, das sie selber gesponnen hatte, das Gesicht der schlafenden Mutter.

Er stand lange Zeit, unfähig, sich zu regen. Dann erbat er mit einer stillen Bewegung von der neben ihm stehenden Magd das Licht und trat mit ihm in sanften Schritten zu der Schlafenden hinüber.

Als er vor ihr stand, legte er beschattend eine Hand vor den Kerzenschein, damit das Licht nur gedämpft auf ihr Gesicht falle und seine nahe Helligkeit sie nicht aufwecke.

Da lag es nun vor ihm, vom Schatten warm angetönt, das Gesicht, das er so lange Jahre nicht mehr gesehen hatte und das ihm doch so vertraut war, daß er jeden Zug und jede runzelige Falte darin zu zeichnen vermocht hätte, nur daß die Falten sich vertieft hatten und die Runzeln noch zerknitterter geworden waren. Der herbe, schmale Mund lag zusammengepreßt über den eingesunkenen Kiefern und schwang mit fast messerscharf gebuchteten Falten hinauf zur Nase, die knöchern und spitz aus einer aufgewühlten Landschaft von Hautgefältel aufstieg. Die Lider, im Schlaf über die Augen gelegt, waren welk wie die übrige Haut und wie sie ein unübersehbares Gewirr kleinster Fältchen. Die kreuz und quer durchfurchte Stirn hatte, obwohl sie schmaler und kleiner geworden war, immer noch die hohe Rundung, die sie früher ausgezeichnet hatte. Und über ihr, mit einem Dreieck unter der umgelegten Nachtmütze hervorragend, lag mit sorgfältig gezogenem Scheitel in weißen Strähnen das Haar. Unter dem nach vorn gebogenen Kinn war oberhalb der Halskrause noch ein Stück des Halses zu sehen; auch er welk und zerfalten wie die einst so rosige Haut über den eingefallenen Wangen.

Münzers Blicke hafteten eingehend auf dem Gesicht der Mutter, als wolle er es mit der kleinsten Falte und den nebensächlichsten Zügen für ewig in sein Erinnern hineinnehmen. Und je länger er es ansah, um so mehr fiel die ihn zunächst bedrückende Trauer ab. Dieses Gesicht kündete einen solchen Frieden und eine solche Erfüllung, daß der Tod ihm keine Gewalt mehr antun, sondern nur noch das Siegel der Bestätigung aufdrücken konnte.

So trat Münzer nach innigem Betrachten vorsichtig wieder zurück, da er fürchtete, selbst das abgeschirmte Licht möchte den kostbaren Schlummer der Schlafenden stören, und folgte der ihm zuwinkenden Magd hinaus auf den Gang.

„Es wird ihr letzter irdischer Schlaf sein!" flüsterte sie ihm hier mit wissenden Augen zu. „Sie hat nur noch auf dich gewartet, ehe sie den Tod ganz zu sich einläßt und die Augen für immer schließt. Schon seit Tagen hat sie an den Fingern abgezählt, daß diese Nacht ihre letzte sein wird und daß du in dieser Nacht kommen würdest. Gehe also hinein zu ihr und warte auf ihr Erwachen, daraus sie in die Ewigkeit gehen wird."

Münzer blieb zu den Worten der Magd still und ließ es willig geschehen, daß sie ihn bei den Händen nahm, als sei er in knabenhafter Ungebärdigkeit über die Zeit hinaus ausgeblieben, ihn wieder zurück zur Tür geleitete und mit sanftem Nachdruck in die Kammer der Schlafenden schob, wo sie ihn allein ließ.

Lange Zeit stand Münzer regungslos neben der Tür und starrte in die Dunkelheit des Zimmers, in dem die lautlose Stille rauschte wie das ferne Meer im Gehäuse einer Muschel. Nur ab und zu stieg dünn das stoßende Atmen der Schlafenden darin auf und übertönte es. Allmählich dann, nachdem seine Augen sich eingewöhnt hatten, traten im fahlen Licht der durch das Fenster einbrechenden Sternennacht schemenhaft einige Umrißlinien hervor und ließen die Gegenstände ahnen, welche die Kammer füllten. Vom zaghaften Schimmer dieses Lichtes geführt, tastete Münzer sich vorsichtig zum Bett der Mutter hinüber und ließ sich auf einem neben dem Kopfende stehenden Stuhl nieder.

„Mutter!" dachte er, von einem frohen Heimkehrgefühl bewegt, und neigte den Kopf wie zur Begrüßung über die Schlafende in den Kissen.

Später saß er steil und aufrecht an seinem Platz und horchte auf die leisen Atemzüge der vor ihm Liegenden. Sie trugen ihn wie der sanfte Wogenschlag eines magischen Meeres mehr und mehr zurück in das Einstige, bis in immer deutlicherer Bildhaftigkeit die Tage seiner Kinderzeit um ihn aufstanden.

Da hockte er auf einem ungefügen Holzblock neben dem Schnitztisch des Vaters und hörte ihn wie im Selbstgespräch von den wilden Zügen der Geißler sprechen, welche er selber als Knabe noch durch das Land habe ziehen sehen, und die sich unter stöhnenden Bußgesängen auf den Märkten und Plätzen die Kleider vom Leibe gerissen und derart mit neunschwänzigen Katzen gegeißelt hätten, bis ihnen das Blut in Strömen über den mißhandelten Leib geflossen sei. Die Besessensten unter ihnen wären dann aufgesprungen und hätten mit verrenkten Gliedern und schäumenden Mündern furchtbare Züchtigungen verkündet, mit denen Gott die Welt heimsuchen werde, um sie für ihre Sündhaftigkeit zu strafen.

Es hatte den Zuhörenden auf dem Holzblock derart erregt, daß er von seinem Platz herabglitt und sich mit großen, tränengefüllten Augen bang an den Vater geschmiegt hatte, so daß dieser auflachte und ihn beruhigend auf den Arm nahm.

Dann wieder saß er in der Dämmerung neben der Mutter am Spinnrad und lauschte ihren Erzählungen von den unzähligen Erdgeistern und Kobolden, den Hexen und teuflischen Wesen, welche in der Bergwelt des Harzes Gewalt hatten. Und er erinnerte sich, wie er einmal tief erschrocken die Berggeister ihre wilde Gewalt hatte ausüben sehen. Zur Erntezeit war es gewesen, als die Getreidewagen hochbeladen über die holprigen Straßen rumpelten und die Frucht einbrachten. Da war vom Brocken her, dem Tanzplatz der Hexen, aus der Bläue eines sengenden Sommerhimmels unerwartet mit gelblichem Funkeln eine Gewitterwolke aufgestiegen und jäh nach allen Seiten in die Bläue hineingeflossen. Und überall, wo sie in ihrem Auseinanderfließen hinlangte, zeugte sie strudelnde und quirlende Wolkengebirge, welche das Licht der Sonne verdunkelten und den hellen Nachmittag zur Nacht verwandelten. Heulende Windrösser brachen aus ihnen nieder und warfen sich brausend und wipfelschüttelnd hinab in die Täler. Von ihrem schnaubenden Vorüberjagen herangetragen, öffneten sich dann die Wolkengebirge unter zuckenden Blitzen und krachenden Donnerschlägen von apokalyptischen Ausmaßen zu sintflutartigen Regengüssen. Zitternd und bebend saßen die Menschen bei angezündetem Licht in ihren Stuben, betend und sich bekreuzend das Ende der Dinge erwartend. Bis zum folgenden Morgen dauerte der Aufruhr der entfesselten Gewalten. Dann stieg aus dampfenden Tälern die Sonne wieder auf in einen wolkenlosen Himmel. Von den Bergen aber rauschten in gewaltigen Fluten die zu Strömen angeschwollenen Bäche hernieder, in ihrem reißenden Gurgeln und Strudeln hochgeladene Getreidefuhren, mächtige Baumleichen, Häuserreste, Viehkadaver und tote Menschen wie Spielzeug mit sich führend und kreiselnd vor sich hertreibend, die Fluren zu Seen verwandelnd und in den Talstädten wie Meergewässer Straßen und Häuser überflutend. Gleich Noah in der Arche hatte Münzers Vater mit Frau, Kindern, Gesinde, Vieh und eilig zusammengerafftem Hausrat auf dem Speicher gesessen und Ausschau gehalten, ob sich die Wasser des Unheils verlaufen möchten. Münzer selber aber, der Knabe, hatte in einer Ecke gehockt und sich zitternd gefragt, ob solches alles nach dem Willen Gottes sei.

In dieser Stunde, so fiel es dem Sinnenden am Bett der schlafenden und sterbensnahen Mutter ein, war Gott erstmalig in ihm aufgestanden und hatte ihn mit einer Erd und Himmel überdröhnenden Stimme angerufen.

Und hellere Bilder und Mären stiegen vor ihm auf. Er sah sich mit dem Vater durch das Gebirge gehen, den harten Schrei eines in kreisendem Schweben über ihnen stehenden Raubvogels im Ohr. Da hatte der Vater im Innehalten hinüber ins Thüringische gewiesen und mit geheimnisumraunter Stimme vom schlafenden Kaiser Friedrich im Kyffhäuser gesprochen, vom Kaiser, den man Friedrich nenne um des Friedens und der Gerechtigkeit willen, die er bringen werde, wenn er der Herrschaft der Pfaffen und Mächtigen ein Ende gesetzt und das Heilige Grab erobert haben würde. Wenig Wochen später war es dann geschehen, daß eine große Erregung durch die Stadt Stolberg ging und die Männer auf den Straßen und Plätzen zusammenliefen, weil die Kunde in die Stadt gedrungen war, der schlafende Kaiser sei aus seiner Bergverborgenheit herausgetreten und habe nahe bei Frankenhausen mit einem Hirten gesprochen und verkündet, daß er bald aufbrechen werde, den großen Frieden zu bringen und die Gleichheit der Stände. Er, der Knabe Münzer, hatte mit angehaltenem Atem dem aufgeregten Reden der Männer gelauscht und war lange Zeit Tag für Tag mit seinen Freunden vor die Stadttore gelaufen, um Ausschau zu halten, ob der aufgestandene Kaiser mit seinem Heer heranrücke, bis die Enttäuschung sie schließlich zurückhielt und die früheren Knabenspiele an die Stelle der Erwartung traten.

Münzer lächelte in sein Erinnern hinein. Wie sehr hatte es dem Knaben angestanden, auf den schlafenden Kaiser zu warten und mit erhitztem Gesicht und flatterndem Haar auf den sonst gemiedenen Rabenstein, die Stätte der Gehängten und Geräderten, zu klimmen und die Blicke in die Ferne zu richten, ob nicht eine aufsteigende Staubwolke oder blitzender Waffenglanz das Kommen des Erwarteten anzeige. Heute wußte er, daß ein Gewaltigerer als ein irdischer Kaiser

Einkehr halten würde, dem er selber in einem Leben voller Unruhe zum Botenläufer geworden war.

Für eine Weile hielt Münzer den Atem an und lauschte nieder zu der Schlafenden. Ihm war, als habe sie sich bewegt. Aber sie schien sich wohl nur ein wenig zur Seite gelegt zu haben, ohne aus ihrem Schlaf aufzuwachen; denn er vernahm nach wie vor kein anderes Lebenszeichen als ihr dünnes, stoßendes Atmen. So stand er denn von seinem Platz auf und trat mit kleinen, sachten Schritten an das Fenster, um es für kurze Zeit zu öffnen und die linde Vorfrühlingsluft einzulassen.

Es mochte allmählich auf den Morgen zugehen. Das funkelnde Geleucht der Sterne war fahl und blaß geworden, als sei es verwelkt, und die satte Dunkelheit des Himmels ging über in erste graue Mattigkeit, welche den nahenden Tag ahnen ließ.

Münzer sah hinab auf die Stadt, die sich mit undeutlichen Konturen aus dem Fahlwerden der Nacht zu lösen begann. In ihren Gassen und Winkeln hatte er seine ausgelassenen und lachlustigen Knabenjahre verlebt. Hier war er in Übermut umhergetollt und hatte mit seinen Freunden das Auf und Ab der Jahreszeiten und ihrer städtischen Ereignisse in sich aufgenommen. Zu Neujahr hatte es begonnen damit. Da zogen sie mit frommen Liedern von Haus zu Haus, während in den Kirchen der Ablaß feilgehalten und verkauft wurde. Die Vorfastenzeit kam dann mit prunkvollen und ausgelassenen Festen, wo Stadt und Schloß nur noch ein einziger Tanzplatz schienen. Mit dem Mai rückte die Zeit der großen kirchlichen Feierzeiten heran und der Kirchweih, diesem wundersamsten der Feste seiner Kindheit. Zu Pfingsten wieder liefen sie in lärmenden Rudeln mit der Schützengilde und ihren Trommlern und Pfeifern hinaus auf die Vogelwiese zum Königsschießen. Dann spannte der Sommer sein blaues Gezelt über sie und trieb sie hinaus in die Wälder zum Vogelstellen und anderem knabenhaften Spiel, bis die Wälder im brennenden Brokat des Herbstes standen und ernteschwere Obstbäume zu verwegenen Streifzügen lockten. Sankt Martin war gekommen mit dem Geleucht selbstgefertigter Laternen und dem bettelnden Singen vor den Türen und Häusern der Reichen. Und dann kehrte Sankt Nikolaus ein mit Pfefferkuchen und anderen lange erträumten Herrlichkeiten. Immer dichter hatte inzwischen der Winter seine Schneedecke über das Land gelegt, über dessen weiße Weichheit sie mit flackernden Lichtern zum Komödiespielen auf das Schloß oder in die Stuben der Patrizier zogen.

Mit halbgeschlossenen Augen stand Münzer am offenen Fenster und ließ sich von dem Wogenschlag des magischen Meeres weiter und weiter zurücktragen in das Vergangene. Erst als die aufsteigende Kühle des Morgens ihn mit einem frostigen Erschauern anrührte, fiel die traumhafte Versponnenheit von ihm ab und ließ ihn auffahrend erkennen, daß inzwischen der mehr und mehr erblaßte Sternenhimmel vom trüben, grauen Licht der Frühe aufgesogen war. Hastig schloß er das Fenster, um wieder an das Bett der Mutter zu treten.

Als er sich umwandte, sah er in der ihn jetzt umgebenden ersten Helligkeit, daß die Schlafende erwacht war und mit großen, stillen Augen unverwandt zu ihm hinüberblickte.

„Thomas", sagte sie mit zitternder Stimme in sein eiliges Näherkommen, und ihr welkes Gesicht blühte auf zu einem verhaltenen Lächeln des Glücks.

„Mutter!"

Thomas Münzer sank vor dem Bett der ihn Erwartenden in die Knie und bog seinen Kopf nieder in die Kissen. Ein trockenes Schluchzen, dessen er nicht Herr zu werden vermochte, schüttelte ihn und verschloß ihm den Mund.

„Thomas", wiederholte die Greisin mit festerer Stimme und fuhr ihm mit ihren kindhaft leichten und zitternden Händen durch das Haar.

Später hob sie ihn sanft zu sich auf.

„Laß dich ansehen", bat sie.

Münzer richtete sich langsam hoch und wandte der Liegenden sein Gesicht entgegen.

Lange sah die Sterbende den Heimgekehrten an. Ihre prüfenden Augen gingen über sein Gesicht wie über eine Landschaft. Sie ließen keinen Zug und keine Falte aus.

„Thomas", sagte sie schließlich und küßte ihn mit ihren blutleeren, verwelkten Lippen hauchhaft auf den Mund.

Dann wies sie ihn mit einer auffordernden Handbewegung auf den Stuhl.

„Du bist lange unterwegs gewesen", sagte sie, als er Platz genommen hatte.

Sie sprach es ohne Vorwurf und eher aus einem tiefen Ernst heraus, so daß Münzer es nicht wagte, sie nach ihrem Ergehen zu fragen. Es war wie ein ungewöhnliches Licht um die Mutter, in dem nichts Irdisches mehr Bestand hatte.

„Die Unruhe Gottes", fuhr die Greisin fort und nickte ihm mit einer kaum merkbaren Bewegung aus den Kissen zu. „Immer wieder fällt sie wie ein Schwert vom Himmel herab und treibt den Menschen, den sie trifft, vor sich her, so daß er Vater und Mutter und sogar seiner selbst vergißt."

Münzer hob in seltsamem Angerührtsein den Kopf. Niemals früher hatte er die Mutter so sprechen gehört.

„Wie ich dich verstanden habe und wie ich in schlaflosen Nächten deinen Wegen nachgegangen bin", begann die alte Frau nach einer versonnenen Pause wieder und zupfte einige Falten auf der Decke über ihrer Brust zurecht, als seien es die krausen Wege, die sie in ihren mütterlichen Gedanken ihrem Kinde gefolgt war.

„Vielleicht hätte ich es nicht begriffen", fügte sie hinzu, „wenn ich sie einst nicht an mir selber erfahren hätte, diese Unruhe und das Schwert Gottes."

Sie hielt kurz inne und tastete nach der Hand des zuhörenden Sohnes, um sie mit unerwarteter Festigkeit zu umschließen.

„Ich habe es in mir eingeschlossen wie ein brennendes Geheimnis", fuhr sie mit halbgeschlossenen Augen fort. „Aber es mag gut sein, wenn ich dir davon spreche, ehe meine Stimme erlischt und erst wieder im himmlischen Dienst laut wird."

„Mutter!" klang es mit einer heimlichen Stimme voller Inbrunst und Feierlichkeit in Münzer. Er wußte jetzt, daß er nicht zu einer Sterbenden, sondern zu einer Vollendeten heimgekehrt war.

„Es war Anno vierzehnhundertfünfundsiebzig", kam es in suchenden Worten von den Lippen der Greisin, „kurz, nachdem der Papst zu Rom das Jubeljahr verkündet hatte.

Die Jahre des verspielten Kindseins waren von mir abgefallen wie ein zu eng gewordenes Kleid, und man gab dem Mädchen in dem Erfurter Bürgerhaus, darin ich groß geworden war, die ersten Pflichten. Da kam wie auf Engelsflügeln die Kunde zu uns, daß zu Wilsnack in der Mark in der blutigen Hostie das Wunder der Wandlung sichtbar geworden sei. Ein gewaltiger Sturm erfaßte uns und trieb uns dahin. Die Unruhe Gottes war über uns gekommen. Knaben und Mädchen, sechsjährig und zehnjährig, vierzehnjährig und sechzehnjährig, so brachen wir auf, wie uns der Ruf eben erreichte – beschuht und unbeschuht, in Kitteln oder nur mit dem Hemd angetan, wie wir aus dem Bett oder den Kammern entsprungen waren, barhaupt, ohne Brot, ohne Geld, ohne Führung, nur von geheimnisvollen Stimmen gerufen, vor denen es kein Wehren gab. Michaelskinder nannten wir uns und sahen ein großes Kreuz vor uns hergehen in den Wolken und die helle Gestalt des heiligen Michael. Mit frommen Gesängen zogen wir ihnen nach. Und wo der Weg uns hinführte, liefen die Kinder uns jubelnd zu und schlossen sich uns an. Da half keine Gewalt, kein Einsperren und Schlagen – niemand vermochte sie zu halten, die unseren Zug sahen. Sie mußten ihm folgen, beschuht und unbeschuht, in Kitteln oder nur mit dem Hemd angetan, ohne Brot, ohne Geld, ohne Führung, genau wie wir. In Franken, in Hessen, in Thüringen – überall gingen die großen Heerzüge der Michaelskinder. Keiner von uns wußte zu sagen, was das heilige Blut sei, und keiner von uns wußte anzugeben, wohin unser Zug führte. Wir wußten nur, daß wir folgen mußten, folgen den Zeichen in den Wolken und den rufenden Stimmen und singenden Haufen der vor uns Aufgebrochenen. Wie ein großes Wasser, das seine Ufer überflutet, so waren wir. Und keine Macht war, die unser Fluten aufhalten konnte. Bis Hunger und Seuchen über uns kamen und uns mit Erschöpfung und Krankheit schlugen. Der eine blieb müde und krank am Wege liegen und der andere, immer mehr. Die übrigen aber sahen mit großen Augen über sie weg und wanderten singend weiter, Tage und Wochen hindurch."

Die Berichtende verhielt eine Weile, ehe sie weitersprach.

Münzer sah, wie auf ihrer Stirn ausgebrochener Schweiß stand, und beugte sich über sie, um ihn abzuwischen. Aber die ihren Erinnerungen Verlorene wehrte kurz ab.

„Laß", sagte sie.

Dann, nach einem tiefem Aufatmen, fuhr sie fort:

„Ich war nicht allein dem elterlichen Zuhause entlaufen, als die Michaelskinder durch Erfurt kamen. Meine Schwester, nur mit einem wehenden Hemd angetan und dünnen Sandalen, hatte sich mir angeschlossen und hielt mich an der Hand. Immer noch sehe ich sie neben mir herschreiten — zwölfjährig, mit verzücktem Gesicht, das einem Engel zugehörig schien, mit heller, singender Stimme. Zwei, drei Tage zogen wir nebeneinander in dem gewaltigen Zuge einher. Hunger und Durst schienen uns abgefallen. Und zum Schlafen ließen wir uns auf den Wiesen und in den Wäldern nieder, einer neben dem anderen, wie wir über die Straßen gelaufen waren. Da, am dritten Tage, kam plötzlich eine schwarze Wolke auf mich zu. Ich hatte sie schon den ganzen Tag über schwebend vor meinen Augen gehabt. Dann, gegen Mittag, als die Sonne wie ein Glutgebirge über uns stand, nahm die schwarze Wolke Besitz von mir. Ich sah mit einem Male nichts als Dunkelheit. Mit einem Wehlaut fühlte ich die Hand meiner singenden Schwester entgleiten. Ich wollte noch nach ihr greifen, doch es gelang mir nicht mehr — ich stürzte hinab in die mich umgebende Finsternis und fühlte nichts anderes mehr als eine endlose Schwärze, die mich in sich aufnahm."

Wieder machte die Erzählende eine Pause und hob sich ein wenig in den Kissen auf.

„Es ist nicht mehr viel zu sagen", bemerkte sie dann und ließ sich zurücksinken. „Als ich erwachte, lag ich in einer Herberge, und ein fremder Mann, der mich an der Straße aufgelesen hatte, mühte sich sorgend um mich. Er wich auch nicht von mir, als ich lange Wochen in wilden Fieberträumen lag. Später, als er mich leidlich genesen glaubte, führte er mich zurück zu meinen Eltern. Zwei Jahre danach folgte ich ihm als Frau in sein Stolberger Haus. Meine Schwester aber, zwölfjährig, mit einem verzückten Gesicht, das einem Engel zugehörig schien, mit heller, singender Stimme, ist nie wiedergekehrt. Die Pest hat sie hinweggerafft wie die vielen, die mit ihr auszogen, überfallen von der Unruhe und dem Schwert Gottes. Irgendwo am Wege ist sie aus ihrem Singen niedergesunken und mit schwarzem, beuligem Gesicht gestorben, von fremden Menschen eilig eingescharrt."

Mit einem gepreßten Aufseufzen hatte die Greisin ihren Bericht beendet. Danach blieb es lange still zwischen Mutter und Sohn.

Im Zimmer war es inzwischen völlig hell geworden. Und in diese Helligkeit glitt mit einem Male wie ein schwebender Vogelflug der erste Lichtstrahl der aufgehenden Sonne und huschte leuchtend über das Gesicht der ruhig Liegenden, so daß sie für eine Weile geblendet die Augen schloß.

„Thomas", sagte sie, als sie die Lider wieder öffnete, und umschloß noch einmal mit festem Druck die von ihr gehaltene Hand Münzers. „Das große Licht hat seinen Boten gesandt. Du bist heimgekehrt zu mir, wie ich es gewußt habe. Nun kann auch ich heimkehren."

„Mutter!" flüsterte Thomas Münzer, unfähig, ein weiteres Wort zu sagen, und neigte sich über das Bett.

„Die Unruhe Gottes!" hörte er die Mutter leise sagen. „Sie mündet einmal doch ein in die Ruhe Gottes. Und das Schwert Gottes bringt zuletzt den großen Frieden."

Betroffen richtete Münzer sich wieder auf und sah die Sprechende in den Kissen an. Die Greisin aber mit ihrem verwelkten Gesicht schwieg und lächelte nur. Und aus diesem Lächeln brach es wie ein nie gesehenes Licht und schlug wie eine Flamme zu Münzer hin, so daß er, um das Übermaß des Lichtes zu ertragen, eine Hand vor die Augen legte.

Später, als er die Hand wieder sinken ließ, lag die Mutter zurückgelehnt in den Kissen, den Mund leicht geöffnet, und sah den Sohn unter schmal zusammengekniffenen Lidern starr an.

„Mutter!" rief Münzer mit halblauter Stimme.

Sein Ruf jedoch blieb ohne Antwort.

Da beugte er sich dicht zu der Liegenden hinab und erkannte, daß sie im Aufleuchten des Lichtes, das ihn geblendet hatte, von ihm gegangen war.

11.

Leuchtend spannte sich der Maihimmel über das weite Land. Vereinzelt schwammen weiße Wolkenballen in der endlosen Bläue, sanft getrieben von einem kaum merkbaren Wind. Die Erde jubelte in unzähligen Blüten über ihre jüngste Wiedergeburt und stieg aus schmetternden Vogelkehlen lobsingend auf zum Firmament. Wie ein trunkener Taumel war der Frühling eingefallen und hatte alle Kreatur zu neuer Lebenskraft entzündet.

Der heckenumgrenzte Klostergarten auf dem Petersberg wogte in Blütendüften. In immer neuen Wellen trug der Wind ihn heran und würzte ihn mit der erdigen Frische des Morgens.

Thomas Münzer saß wie ein Verzauberter in all dem Glast und Überschwang dieses Morgens unter der silbrigen Platane und atmete den Frühling.

Paradiesisch schien ihm dieser Zustand. Die Flucht aus Prag, die bitteren Monate des versteckten Umherziehens durch das Vogtland, reich gesegnet mit Hunger und Kälte und Einsamkeiten – sie kamen ihm vor wie ein beklemmender Traum, aus dem er jetzt zu einer schöneren Wirklichkeit erwachte.

Er sah im Aufblicken hinüber zum anderen Ende des Gartens.

Dort, unter einem blütenleuchtenden Kirschbaum, hatte Bruder Arnulf seinen Arbeitstisch aufgebaut. Seine braune Kutte schien, wie er so vorgebeugt über den Schriften saß, gleich einem fremdländischen Gewächs aus den Rosenstauden herauszuwachsen. Er war Teil geworden der großen Natur, die ihn von allen Seiten umgab. Und wenn er, wie gerade eben, ein wenig den Kopf hob und sich für eine Weile im Anschauen an die Landschaft verlor, war es eigentlich ein noch stärkeres Einswerden.

Wie eine süße, schmeichelnde Lockung stand das Bildnis des Bruders Arnulf vor Thomas Münzers Augen. Es lag nur an ihm, und auch er konnte alle Bitternis und allen Kampf einmünden lassen in diesen Frieden und Gott still und lautlos dienen wie eine Blume oder eine der Blüten an den bienenumsummten Bäumen.

Bruder Arnulf hatte in seinem Umwenden Münzers Hinüberblicken bemerkt und winkte ihm mit erhobenem Arm grüßend zu.

Es verstärkte die Lockung und gab ihr einen körperhaften Ausdruck, der Münzer nicht entging.

Unruhvoll von ihr erfaßt, stand er von seinem Morgenplatz auf und schlenderte voll wirrer Gedanken, die wahllos und aus innerer Unsicherheit aufquollen, über die Wiese zu den Rosenbeeten hinüber.

Bruder Arnulf nahm es als willkommenen Anlaß, seine Arbeit für einige Zeit ruhen zu lassen, und kam ihm entgegen.

Er war der zweitgeborene Sohn eines fränkischen Bauern, groß, breitschultrig, breithüftig und fast vierschrötig. Ohne sein mönchisches Gewand und ohne sein gütig weiches Gesicht, das in merkwürdigem Gegensatz zu seiner ganzen Erscheinung stand, hätte man ihn für einen Holzfäller vom oberen Lech oder von der Isar halten können.

Sein plötzliches Aufstehen, das seinen riesigen Körper erst voll erkennen ließ, erschreckte Münzer. Die bildhafte, gleichnissuchende Art zu sehen und die Dinge aufzunehmen, wie sie ihm eigen war, spürte in dem körperlichen Erheben des Freundes ein Sinnbildliches.

„Die Entscheidung“, dachte er. „Die Entscheidung steht auf!“

Mit gemächlichem Säergang kam indessen Bruder Arnulf auf Münzer zu und reichte ihm mit einem frohen Lachen, das sein ganzes Gesicht wie in Licht tauchte, seine breite, dicht und blond behaarte Hand, die früh schon den Pflug zu führen gelernt hatte.

„Ein herrlicher Morgen, Bruder Münzer“, sagte er mit dem nach Wein und Erde duftenden Tonfall seiner fränkischen Heimat und wies mit einer ausholenden Bewegung seiner Arme über die weite Landschaft, als wolle er sie kraftvoll umschließen.

„So recht zum Gesunden", fügte er mit einem forschenden und zugleich begütigenden Blick in Münzers Gesicht hinzu.

Münzer nickte nur unmerkbar Antwort.

Es konnte Ablehnung oder Bejahung bedeuten.

Bruder Arnulf übersah es und schlug Münzer, den er um beinahe zwei Haupteslängen überragte, im Weiterschreiten zuredend auf die Schultern.

„Du solltest dem Vorschlag des Guardian zustimmen und bei uns bleiben", sagte er.

„Du meinst es gut mit mir, Bruder Arnulf . . ."

Thomas Münzer hielt seine Stimme in der Schwebe, als wolle er seinen Worten noch etwas hinzufügen. Doch dann blieb er still.

„Es dürfte viel Unruhe von dir nehmen", begann Bruder Arnulf nach einigen schweigenden Schritten erneut und blieb stehen.

„Glaubst du wirklich, daß es das vermöchte?"

Münzer war ebenfalls stehengeblieben und lächelte in liebevollem Spott hinauf in das kindhafte Gesicht seines Begleiters, aus dem ihn zwei besorgte Augen bittend ansahen.

Der Gefragte nickte eifrig bejahend zurück, um Münzer keine Zeit zu Zweifeln zu lassen.

„Nein, Bruder Arnulf", sagte Münzer nach einer Pause.

Der liebenswürdige Spott war mit einem Male aus seinen Worten gewichen; sie wurden überraschend hart und gewichtig.

„Käme die Unruhe aus dem Menschen selbst", fuhr er fort, „so möchte es sein, daß du recht behieltest. Aber wenn diese Unruhe aus Gott kommt, so wird sie auch nicht von dem Frieden eines Klostergartens ausgelöscht, und sei er noch so verlockend!"

„Wie doch nichts in dir sich geändert hat!" murmelte Bruder Arnulf, aufrichtig bekümmert über die Abwehr des Freundes.

„Aber hier in der Stille wirst du aus der Unruhe erst die Stimme vernehmen!" fuhr er lauter und mit dem eigensinnigen Trotz des Bauernsohnes fort. „Darum auch habe ich dem Guardian in den Ohren gelegen, dich als Lehrer auf dem Petersberg zu behalten. Und wenn du dann der Stimme innegeworden bist und sie treibt dich wirklich hinaus, so magst du immer noch gehen."

„Wie der Eifer des guten Freundes in ihm ist!" dachte Münzer.

Dies zu wissen, tat seinem Herzen wohl, vermochte ihn aber nicht zurückzuhalten.

„Für dich, Bruder Arnulf", begann er nach einigem Überlegen, „für dich wohnt Gott vorerst noch in der Stille. Zu mir aber ist er mit Unruhe gekommen. Und so muß ich tun, was diese Unruhe von mir fordert. Ich muß selber Unruhe werden, damit ich für den Lebendigen Zeugnis ablege und seine nahe Herrschaft vorbereite."

„Und dennoch wäre es gut, wenn du fürs erste unter uns bliebest!" beharrte Bruder Arnulf auf seinem Vorschlag. „Und wenn es nur wäre, um deinen Feinden aus den Augen zu kommen."

Münzer sah ihn mit gesenkten Lidern von der Seite an.

„Der Teufel aber führte ihn auf einen hohen Berg und sprach zu ihm: ‚Dieses alles will ich dir geben, wenn du vor mir niederfällst!' Erinnerst du dich dieser Worte, Bruder Arnulf? Wenn nicht dein liebendes Herz dir deine Worte eingegeben hätte, dann müßte ich auch dir sagen: ‚Hebe dich hinweg, Satanas!'"

Bruder Arnulf war betroffen über den Ernst, der aus Münzers Entgegnung sprach.

Seine Worte galten nicht nur ihm, das spürte er deutlich. Sie gingen durch ihn hindurch in den blütenschäumenden Garten und in den betörenden Frieden der Landschaft. Münzer sprach sie in all die verwirrende Lockung dieses frühlingsjauchzenden Morgens hinein.

Bruder Arnulf erkannte es nur zu gewiß.

Er hatte vorhin an seinem Arbeitstisch nach einem Hinüberblicken zu Münzer ein Dankgebet für diesen Frühlingsmorgen gesprochen und innig hinzugefügt, daß Gott des Ungestümen Herz davon schwach werden lassen möge, damit er im Kloster bliebe.

Er liebte diesen Brennenden und Aufgerissenen seit den frühesten Tagen ihrer alten Freundschaft, die schon auf der Lateinschule begonnen hatte. Immer wieder hatte er seine sanfte Weichheit über ihn ausgeschüttet, damit er friedvoller werde. Er wußte – weniger aus den Überlegungen seiner forschenden Gedanken, als aus dem untrüglichen Wissen seines naturnahen Bauernblutes –, daß die verzehrende Flamme eines Tages mächtig aus dem Freunde herausschlagen würde, um ihn zu vernichten. Darum umwarb er ihn stets aufs neue mit bettelndem Zuspruch.

Es war ihm aber nicht gelungen, Münzer auf seinen stilleren Weg zu locken. Manchmal sogar – und es waren für ihn Augenblicke der tiefsten Trauer und des abgründigsten Schmerzes – wollte es ihm vorkommen, als treibe er Münzer damit nur noch tiefer in seine Unruhe hinein. Und an solchen Tagen griff er zur Geißel, die sonst unberührt in seiner Zelle staubte.

„Du willst also nicht auf dem Petersberg bleiben?" fragte er nach langem und bangem Schweigen und wagte es nicht, den Freund dabei anzusehen.

Münzer nickte entschlossen ab und führte den Fragenden an den sanft abfallenden Rand der Wiese.

„Dort", und er wies dabei über die Landschaft, die sich zu Füßen des Petersberges hinzog, „dort, im Dunst der Weite kaum erkennbar, liegt Halle. Und hinter Halle, der weißen Wolke nach, liegt Wittenberg. Dort ist einer am Werk. Du hast gehört von ihm – Martin Luther. Er ist auch aufgestanden im Namen Gottes. Aber immer mehr will mir scheinen, er verriete ihn an ein Pfäffisches, das der Tod des lebendigen Gottes ist. Mit ihm muß ich sprechen, morgen, übermorgen schon!"

Wie ein Eiferer stand Münzer da, die erhobene Hand vorgestreckt wie einen tödlichen Pfeil.

Bruder Arnulf fühlte, wie er ihm immer mehr entglitt.

Es war ihm nicht mehr gegeben, ihn zu halten.

Tröstlich gedachte er der nackten Wand, an der die Geißel staubte.

12.

Auf dem bescheidenen Landsitz Karlstadts, des Archidiakons und Professors an der Wittenberger Universität, der seit seiner Predigerzeit im thüringischen Orlamünde mit Münzer in Briefwechsel stand und seinen Lehren in vielem zugeneigt war, seit auch er sich mehr und mehr von Luthers starrer Schriftlehre gelöst hatte, war Thomas Münzer auf seinem Wege nach Wittenberg eingekehrt. Er hoffte, hier seinen Freund Markus Thomä und vielleicht auch Nikolaus Storch, den immer noch Lodernden und Brennenden, anzutreffen. Zugleich lag ihm daran, von Karlstadt ausführlicher zu hören über das, was er mit seinen Anhängern erreicht hatte, seit Markus Thomä aus dem Süden zurückgekehrt und Martin Luther nach seinem Auftreten in Worms vor dem Reichstage auf geheimnisvolle Weise verschwunden war.

Auf seinen Wegen waren ihm nur wirre und widersprechende Nachrichten zu Ohren gekommen. Sie sprachen von wilden Bilderstürmen unter Anführung Karlstadts und Markus Thomä und einem Zurückweichen Melanchthons, des Statthalters Luthers, vor dem Ungestüm des von Nikolaus Storch geforderten Offenbarungsglaubens. Zugleich aber wußten sie von der unerwarteten Rückkehr Luthers zu berichten, der auf der Wartburg in Verborgenheit gesessen und nach seiner Rückkehr das eingebrochene Wesen der Zwickauer mit der Gewalt seines Wortes aus Wittenberg verwiesen habe.

Karlstadt, am offenen Fenster stehend, hatte seinen Gast gleich bemerkt, als er mit zögernden Schritten von der Straße abbog und auf sein Haus zuschritt. Aber erst nach zweifelndem Überlegen erkannte er den Näherkommenden und eilte ihm entgegen.

In der offenen Tür trafen sie aufeinander.

„Thomas Münzer!" rief Karlstadt in seiner impulsiven, hastigen Art. Und der heftige, fast schmerzhafte Händedruck, mit dem er den Eintretenden begrüßte, verriet die freudige Überraschung, mit der er den unerwarteten Besucher aufnahm.

„Bruder Karlstadt!“ antwortete Münzer bewegt, von der gleichen Wiedersehensfreude erfüllt, und gab den Druck der ihn begrüßenden Hand mit gleicher Kraft zurück.

Karlstadt aber ließ ihm nicht lange Zeit für seine Empfindungen. Nachdem er ihm Ranzen und Wanderrock abgenommen hatte, legte er ihm seine Rechte um die Schulter und führte ihn in das Hausinnere.

„Es ist nicht gut, daß der Mensch allein sei!“ lachte er ihn dabei aus frohem Gesicht an. „Ich habe es auch dafür gehalten und mir nach den Worten der Schrift eine Ehegesellin genommen. Seit Beginn des Jahres bin ich nun ihrem Willen untertan und fühle mich nicht unglücklich dabei.“

„Katharina!“ rief er gleichzeitig in lautem Übermut über den hallenden Gang. „Katharina! Es ist festlicher Besuch zu uns gekommen!“

Aus einem der Zimmer kam rufend Antwort.

Karlstadt geleitete seinen Gast der antwortenden Stimme entgegen und stieß nach einigen Schritten die Tür auf, hinter welcher die Stimme erklungen war.

Es mochte das Frauengemach sein, das sie betraten; denn an dem erkerhaft vorgezogenen Fensterplatz erblickte Münzer zwei Frauen, die eifrig mit einer Stickerei beschäftigt waren.

Gleich mit dem Eintritt der Männer legte die eine der Frauen ihre Stickarbeit aus der Hand und erhob sich, um den ihr noch unbekannten Besucher zu begrüßen.

„Der Magister Thomas Münzer aus Stolberg!“ sagte Karlstadt und schob seiner nähertretenden Frau den Gast zur Begrüßung entgegen.

„Thomas Münzer“, sagte die Frau mit überraschter Stimme und schüttelte dem verlegen vor ihr stehenden Besucher herzhaft und freudig die Hand, als ginge er hier Tag für Tag ein und aus.

„Ich meine, er ist kein Fremder in diesem Hause“, fügte sie mit ihrer dunkelgetönten Stimme hinzu, die Münzer mit einem Male von aller Verlegenheit und Befangenheit befreite.

„Nein“, bemerkte Karlstadt. „Und fremd ist er auch unserem anderen Gaste nicht.“

Zugleich führte er Münzer am Arm hinüber in die Fensterecke.

„Hier bringe ich dir den Magister Thomas Münzer", sagte er zu der dort Sitzenden, die sich mit einem flammenden Erröten von ihrem Platz erhob.

„Dieses aber ist Ottilie von Gersen, Besuch und Freundin meiner Frau und Schwester unseres Glaubens, seit wir ihr vor einem Jahr aus dem Kloster ins Leben verhalfen", fügte er hinzu, sich zu Münzer umwendend.

„Es ist kein Brief und keine Schrift Münzers in unser Haus gekommen, deren sie sich nicht mit Eifer bemächtigt hätte", bemerkte er abschließend mit einem versteckten Lächeln.

Darüber errötete die Aufgestandene noch mehr.

„Gott zum Gruße, Schwester", sagte Münzer und reichte der hold Erglühten seine Hand.

Er spürte, wie sich ihre Rechte zaghaft zögernd, schmal und leicht in seine begrüßende Hand legte, wie wohl ein Vogel sich in sein Nest kauern mag, und wie unter seinem Druck ein fiebriges Zucken über sie kam.

Betroffen ließ er sie daraufhin los und sah die vor ihm Stehende aufmerksam an.

Sie war nahezu von der gleichen Größe wie er. Ihr Gesicht, von dem leuchtenden Weiß des aus dem Brustausschnitt eines faltigen Hauskleides aufsteigenden Halses getragen, war oval und trotz der flammenden Röte von einer durchscheinenden Blässe. Auf den weichgeschwungenen Schläfen stand in bläulicher Ahnung das zarte Geflecht der Adern und verlief sich im seidigen Ansatz des Haares, das in schweren, dunklen Flechten um den Kopf gelegt war. Ihre rundlich hohe, faltenlose Stirn schien wie ein Spiegel himmelssüchtiger Gedanken, welche hinter ihr wohnen mochten. Und die Augen, unter den schwebenden Bögen kräftiger Brauen dem Gesicht den beherrschenden Mittelpunkt gebend, ungewöhnlich groß, von einem fast ins Schwärzliche übergehenden Dunkelbraun und beschattet von langen Wimpern, verliehen den gleichen Gedanken einen bezwingenden Glanz. Er überstrahlte die festen Umrißlinien der mädchenhaft feinen Nase und das gesunde Rot der wie mit einem Silberstift gezeichneten Lippen.

„Bruder Münzer", sagte Ottilie von Gersen nach einer bedrängenden Pause mit kindhaft heller Stimme und strich mit verlegener Geste glättend über die Falten ihres Kleides. „Ich freue mich, dich einmal zu sehen. Viele deiner Worte haben dich mir lange schon nahegebracht."

Es rührte Münzer an wie ferner Glockenton. Zugleich aber brachte es eine bisher nicht gekannte Verwirrung über ihn, so daß es ihm die Stimme benahm und er zu keiner Antwort fand. Er errötete nun selber und war froh, als die Hausherrin herzutrat und ihn mit sanftem Drängen nötigte, ihr zu einem kleinen Imbiß und einem Becher kühler, schäumender Milch zu folgen. In dankbarer Bejahung neigte er den Kopf, obwohl er nichts von Hunger und Durst verspürte, nur weil ihn das Weggehen aus der Verwirrung löste, die ihn überkommen hatte.

Später saß man auf Vorschlag Karlstadts im rückseitigen Garten um einen Tisch zusammen, und der sprudelnd Erregte berichtete voller Ungeduld und mit lebhaften Bewegungen von Wittenberg und den Wittenberger Ereignissen. Mit lauter Stimme sprach er davon, wie er mit Markus Thomä und Nikolaus Storch während der Abwesenheit Luthers ihre Lehren vom Offenbarungsglauben und vom allgemeinen Priestertum verkündet hätte und wie ihnen immer mehr das Volk zugelaufen sei; wie man dann unter seiner Führung im Januar eine neue Ordnung des Gottesdienstes und des Gemeindelebens eingeführt habe und wie in stürmischem Vorgehen alle Kirchen vom heidnischen Bilderwerk und papistischen Plunder befreit worden seien.

Mit bitterem Grimm und erregter ansteigender Stimme berichtete Karlstadt dann, daß vor wenigen Wochen Luther von der Wartburg zurückgekehrt und die Neuordnung des Gottesdienstes als ein kleines Narrenwerk bezeichnet und wieder beseitigt habe. So sei denn der offene Kampf zwischen ihnen ausgebrochen, und eben heute habe sich Markus Thomä mit einem seiner eifrigsten Schüler, dem Stuttgarter Martin Cellarius, zu Martin Luther begeben, um ein Streitgespräch mit ihm auszutragen und ihre Sache zu vertreten.

Münzer, so sehr ihn sonst die Ausführungen des Freundes erregt und zu hitzigem Aufbegehren getrieben haben würden, saß beinahe still und schweigend an seinem Platz. Die Verwirrung, in die ihn seine erste Begegnung mit der kindhaft schmalen Ottilie von Gersen geführt hatte, war immer noch nicht von ihm gewichen. Ja, sie hatte sich im scheuen Anblicken der ihm Gegenübersitzenden noch verstärkt und ließ die bisweilen heftigen und überlauten Worte Karlstadts nur fern und wie hinter einer gläsernen Wand gesprochen an ihm vorbeirinnen, kaum daß er sie recht aufzunehmen wußte.

Ein Neues, Ungekanntes, Niegewußtes und Schwebendes hatte in ihm Raum genommen und machte ihn versonnen und abwesend. Er fühlte etwas Flutendes, Besitzergreifendes von dem schmalen und manchmal gebrechlich zart erscheinenden Gesicht des Mädchens ausgehen, das ihn mit einer heimlichen Gewalt überrauschte und mit einer sehnsüchtigen, verlorenen Weichheit erfüllte, die alles Fühlen und Denken ins Unendliche weitete.

Erschreckt fuhr er daher auf, als Karlstadt plötzlich in seiner Rede innehielt und eine Frage an ihn richtete. Nur stammelnd und in jähem Zusammenraffen seiner verwirrten Gedanken vermochte er darauf zu antworten. Karlstadt aber, voller Eifer, bemerkte es nicht und fuhr gleich wieder in seinem Bericht fort.

Münzer rückte auf seinem Sitz zurecht und warf einen verstohlenen Blick auf Ottilie von Gersen. Er bemerkte, wie ihre Augen prüfend auf ihn gerichtet waren und wie sie, als wolle sie es vor ihm verborgen halten, bei seinem unerwarteten Hinüberblicken den Kopf senkte und wegsah. Es erfüllte ihn mit einem heimlichen Glück.

„Es ist nicht gut, daß der Mensch allein sei!"

Für einen Augenblick ging Münzer die Stimme Karlstadts, der gerade eifervoll von dem Bildersturm sprach, im Rauschen seines aufbrandenden Gefühls unter und tönte daraus auf mit den ersten Worten, welche der Freund nach seiner Begrüßung zu ihm gesprochen hatte.

Er war geneigt — grüblerisch hinter allem ihm Geschehenden etwas Gleichnishaftes, Gesichtehaftes und sich ihm Offenbarendes suchend —, in diesen ersten hier im Hause zu ihm gesprochenen Worten einen Anruf zu sehen, einen verborgenen Hinweis der sich darin verkündenden Stimme Gottes.

In einem frohen Begreifen und so, als habe er vor einer Nebelwand gestanden, hinter der strahlend die Sonne aufsteige und den Nebel in Nichts zerflattern ließe, löste sich seine Verwirrung zu einer groß ansteigenden Gewißheit.

Als Botenläufer hatte Gott ihn öde, unfruchtbare Wege gehen lassen und durch Kälte und Einsamkeit getrieben. Nun plötzlich wehte er ihn mit Gnade an und hatte an seinem Wege eine Blume erblühen lassen, damit ihr Duft ihn erfreue und die Einsamkeit von ihm nehme, wie es im Willen der Schöpfung beschlossen.

Münzers Brust hob und senkte sich in einem bisher nie empfundenen Gefühl des Glücks, und sein Blut, vom schnelleren Schlag des Herzens gedrängt, durchströmte seine Adern wie eine rauschende Woge.

„Ottilie!" dachte er aufgewühlt und sah hinüber zu ihr mit Augen, in denen alles zugleich war: Werbung und Gewißheit, Frage und Antwort, Bitte und Gewähren. Und, o Wunder, Ottilie von Gersen, ihm leuchtend ihr Gesicht zugewandt, hielt seinen Blicken stand und lächelte wie in Verheißung und Bestätigung zurück.

Münzer fühlte sich darunter seiner Aufgabe noch tiefer zuwachsen als bisher, ganz so, als habe ihn der heiße Atem Gottes unmittelbar angerührt und in ein neues Werden gestellt. Eine stürmische Zuversicht und ein wildes Gefühl der Kraft waren in ihm. Not und Tod schienen ihm mit einem Male gering geworden. Er würde sie jetzt mit einem Lächeln auf sich nehmen. Ottilie von Gersen, das Geschenk Gottes an seinen Weg, stand darüber mit einem hellen, sieghaften Gesicht.

Nun auch hörte er mit aller Anteilnahme auf den Bericht Karlstadts und fühlte bei seinen Worten über Luthers Rückkehr und dessen erste Maßnahmen gegen Karlstadts Anhänger einen wachsenden Groll gegen den Wittenberger.

Morgen – so gelobte er sich – morgen würde er ihn aufsuchen, um ihn warnend zu beschwören, wieder zu dem reinen Ursprung seiner Lehre zurückzukehren.

In Karlstadts leidenschaftliche Worte tönte vom Hause her ausbrechende Unruhe. Pferdegetrappel war zu vernehmen, das plötzlich verhielt, und lautes Rufen.

„Markus Thomä und Martin Cellarius!" unterbrach die Frau Karlstadts nach kurzem Aufhorchen sein Sprechen. „Sie sind von Wittenberg zurückgekehrt!"

„So kommt!" rief Karlstadt, mitten im Satz abbrechend und sich aufgeregt erhebend. „Wir wollen gleich hören, was sie uns zu berichten haben."

Er nahm seine Frau beim Arm und zog sie eilig mit sich hinüber zum Haus, den Zurückbleibenden zuwinkend, ihnen zu folgen.

Münzer, von einer zerrenden Unruhe erfaßt, stand ebenfalls auf. Er reichte Ottilie von Gersen eine Hand, um ihr beim Aufstehen behilflich zu sein.

Eine Weile standen sie sich dann schweigend gegenüber, als dränge es sie, vor ihrem Hineingehen noch ein Wort der Entscheidung oder der Bestätigung zu sagen.

„Ottilie von Gersen", sagte Münzer schließlich, zaghaft nach einem Beginn suchend.

„Thomas Münzer", gab die Gegenüberstehende weich Antwort.

Es machte Münzer Mut, weiterzusprechen.

„Mich bewegt vieles, was ich dir gerne anvertrauen möchte", fuhr er leise fort und sah auf zu ihr.

„Es bedarf dessen nicht!" erwiderte Ottilie von Gersen mit gelöster und sicherer Stimme. „In meinen Gesichten bist du lange schon bei mir eingekehrt und hast bereits alles das gesagt, was zu sagen es dich drängt."

Ihre Worte rissen Münzer unerwartet in einen strudelnden Strom.

„Ottilie von Gersen", rief er, von dem brausenden Strom überflutet. „Was hast du zu meinen Worten gesagt?"

In die Augen der Frau traten, wie Perlen des Glücks, strahlend einige helle Tränen.

„Ich warte auf dich, Thomas Münzer", sagte sie ruhig und gelassen. „Ich warte auf dich. Immer."

Mit einem jubelnden Aufruf nahm Münzer die sanft ihm Nachgebende in seine Arme und küßte den Bogen ihrer Stirn. Dann faßte er sie bei der Hand und ging wie ein Taumelnder mit ihr in das Haus.

Erregtes Stimmengewirr leitete sie hier in Karlstadts Arbeitsgemach, wo sie mit den Gastgebern Markus Thomä und Martin Cellarius antrafen, beide noch erhitzt von ihrem scharfen Ritt und voller heftiger Bewegung über die Auseinandersetzung mit Martin Luther.

„Bruder Münzer", rief Markus den Eintretenden entgegen, von Karlstadt über Münzers Einkehr bereits unterrichtet, und schloß den seit den Prager Tagen nicht mehr Gesehenen bewegt in seine Arme.

„Markus Thomä, lieber Bruder meines Werks", gab Münzer ihm freudig Antwort.

Die Ungeduld Karlstadts ließ ihnen aber nicht lange Zeit zur Begrüßung.

„Was habt ihr bei Martin Luther erreicht", drängte er die von Wittenberg Gekommenen.

„Erreicht?"

Markus Thomä lachte bitter auf.

„Wie ein Felsberg ist er geblieben, herrisch und unbeugsam. Seine Schriftgläubigkeit hüllt ihn ein wie ein Kardinalsmantel. Er thront darin wie in einer Burg, die alle Brücken hochgezogen hat. Es führt kein Weg hinüber und herüber."

„Was habt ihr mit ihm gesprochen?" fragte Münzer in das ausbrechende Schweigen.

„Cellarius begann mit einer Verteidigung unserer neuen Gemeindeordnung", berichtete Markus Thomä. „Mit unwiderleglichen Worten wies er nach, weshalb wir das Abendmahl in beiderlei Gestalt reichen und daß der neue Mensch in Christo erst werden kann, wenn Zölibat und Messe beseitigt sind und nichts anderes mehr Geltung hat als die unmittelbare Offenbarung Gottes an die Gläubigen. Luther widersprach ihm mit Heftigkeit. Für ihn gilt nur das Wort der Schrift, das zu predigen sei. Mit ihm habe er dem Papst und der Kirche mehr abgebrochen als bisher alle

Kaiser und Könige und Fürsten mit all ihrer Gewalt. Und nur von dieser Predigt erwarte er eine innere Wandlung des Menschen, mit der die alten und abgelebten Bräuche von selber absterben würden. Es brauche dazu keiner neuen Ordnung und keiner Gewalt."

„O dieser Bruder Sanftleben!" fuhr Karlstadt hohnvoll auf.

„Weiter!" drängte Münzer. „Berichte weiter."

„Ich fiel ihn gleich hart an wegen seines unbeugsamen Schriftprinzips", fuhr Markus Thomä fort. „Nicht aus den Worten der Schrift sei der Glaube zu gewinnen, sondern nur aus der göttlichen Offenbarung. Es ließ ihn hitzig auffahren. Unsere Offenbarungen, rief er mir zu, seien nicht in der Schrift begründet und daher nichts anderes als Erfindungen und Eingebungen eines Lügengeistes. Es traf den Bruder Cellarius so sehr, daß er in furchtbaren Zorn geriet und laut zu toben begann, so daß Luther Mühe hatte, ihn zu besänftigen. Danach begehrte er, mehr von unserem Offenbarungsglauben zu erfahren, und hörte immer betroffener auf das, was ich ihm sagte. Da kam plötzlich der Geist über mich, und ich rief ihm zu, zum Beweise dessen, daß der Geist Gottes wirklich in uns sei und nicht ein Lügengeist, wolle ich ihm sagen, was er in eben diesem Augenblick von uns denke. Er richtete sich daraufhin starr auf und forderte mich auf, seine Gedanken zu enthüllen. ‚Bruder Martinus', sagte ich und sah ihn durchdringend an, ‚du fängst an, daran zu glauben, daß wir die Wahrheit lehren!' Er fuhr unter meinen Worten schreckhaft zusammen und verfärbte sich. Dann trat er taumelnd einen Schritt zurück. ‚Gott strafe dich, Satan!' schrie er mich schließlich unbeherrscht an. Keuchend hielt er sich mit beiden Händen an der Brust und wand sich einen Augenblick wie in einem Krampf. ‚Ich habe nichts zu schaffen mit euch!' stöhnte er danach und ging mit torkelnden Schritten hinaus. Es gelang uns nicht mehr, ihn noch einmal zu sehen."

„Es hat ihn getroffen!" triumphierte Karlstadt.

Münzer schüttelte abwehrend den Kopf.

„Nein", sagte er. „Er will nichts mehr von uns wissen." Und nach einer beklommenen Pause fügte er hinzu: „Ich darf nicht länger mehr zögern. Ich muß nun endlich selber mit ihm sprechen. Gleich morgen wird er mich bei sich sehen."

Er sah dabei hinüber zu Ottilie von Gersen, und es gab ihm Kraft und Zuversicht, als sie ihm mit leuchtenden Augen Zustimmung nickte.

13.

Wie ein Gescholtener stand Philipp Melanchthon vor Martin Luther und suchte mit den Augen Halt am Kruzifix, das über der Laute an der Wand hing. Sein bleiches, bartumrahmtes Gesicht war eingefallen und von schlaflosen Nächten gezeichnet.

„Nur Mut, Melanchthon!"

Luther hatte dem Freund tröstend seine feste Rechte auf die Schulter gelegt und sprach begütigend auf ihn ein.

„Nur Mut! Wir alle wachsen erst mit der wachsenden Gnade."

Melanchthon schüttelte in schmerzhaftem Bedauern den Kopf.

„Ich bin immer noch voller Scham, daß ich schwach wurde und dem wirren Treiben der Zwickauer Schwarmgeister nachgab, als sie mit Karlstadt hier einbrachen und vom Auftrage Gottes sprachen."

Seine gebrechliche Stimme klang spröde und belegt, so daß seine Worte kaum zu verstehen waren.

Luther lachte gutmütig und verzeihend auf, ein kräftiges und gesundes Lachen.

„Wenn es dir gar zu sehr das Herz abdrückt", sagte er, „so wollen wir dem Herrn dafür danken, daß er mir im rechten Augenblick die Stärke verlieh, mich vom Frieden der Wartburg loszureißen und dem gotteslästerlichen Treiben der Zwickauer hier ein Ende zu machen."

Wieder schüttelte Melanchthon voll trauriger Betroffenheit den Kopf und sah das Bild des Gekreuzigten an der Wand dringlicher an.

„Es macht meine Schuld nicht geringer", flüsterte er niedergeschlagen vor sich hin.

Luther schloß den Verzagten liebevoll in seine Arme.

Zärtlich wie ein Liebender begann er dann auf ihn einzusprechen.

„Du weißt es ja selbst, Philippus, immer wenn wir glauben, mit Gott allein zu sein – und gerade dann –, tritt der Teufel zwischen uns und versucht, seinen giftigen Samen zu säen. So mußte ich auf der Wartburg mein Schreibglas nach ihm werfen, um mich seiner zu erwehren. Ich schrieb es dir schon."

Eine unbeirrbare Sicherheit entströmte Luthers Worten, eine unumstößliche Gewißheit.

Langsam hellte sich Melanchthons Gesicht auf.

„Du machst mich wieder sicher, Bruder Martinus", sagte er nach einer Weile und faßte mit dankbarem Druck des Freundes Hand.

„Ich glaube", fügte er nach kurzem Überlegen hinzu, „ich kann jetzt den untergegangen geglaubten Beelzebub der Zwickauer unbesorgt zu dir einlassen."

„Schick' ihn nur immer herein!"

Luther zeigte hinter lächelnd heraufgezogenen Lippen seine kräftigen, gesunden Zähne.

„Vielleicht wird er schon voller Zorn sein, daß er so lange warten mußte", sagte er aus diesem Lächeln heraus und verschränkte wie in Abwehr die Arme.

„Er wird es dich sicherlich entgelten lassen", lächelte Melanchthon in seiner gebrechlichen Art zurück und ging hinaus, um den im Vorraum wartenden Münzer zu Luther einzulassen.

„Er wird es bestimmt", dachte Luther und war eine Weile geneigt, den Zwickauer Eiferer, mit dem ihn frühe Leipziger Erinnerungen verbanden, für heute zurückzuweisen. Aber dann verwarf er seine Absicht wieder.

„Mag er kommen", dachte er. „Wenn er mir auch Sturm bringen wird – er soll mich gewappnet finden!"

Luther fühlte, daß es in seinem Blut wie mit feinen Nadeln zu stechen begann und daß eine fiebrige Gespanntheit über ihn kam. Um ihr zu begegnen und sie niederzuzwingen, ging er hinüber zum Fenster und sah hinaus in den Garten.

So überhörte er, daß hinter seinem Rücken die Tür sich öffnete und Münzer zu ihm eintrat.

„Im Namen des freien Gottes!" klang es plötzlich drohend und aufbegehrend von dem Eingetretenen herüber.

Luther wandte sich gemächlich um und sah den Sprecher, der mit trotzigem Blick und herrisch aufgeworfenen Lippen dicht neben dem Eingang stand, für eine Weile mit prüfenden Augen an.

„Daß er uns Kraft und Klarheit gebe!" sagte er dann.

Jedes seiner Worte betonte den Abstand von dem Ungestüm des ihm gewordenen Grußes.

Es fachte den trotzigen Blick des Eingetretenen noch stärker an, so daß er unvermittelt in beißenden Spott überging.

„Ihr seid behäbiger geworden, Martin Luther, seit wir vor drei Jahren in Leipzig über die Dinge des neuen Glaubens sprachen", begann Münzer.

Er trat dabei angreiferisch einen Schritt vor und hob die Stimme spitz wie eine Waffe.

Luther wischte mit dem Arm durch die Luft, als wolle er damit den Spott auslöschen.

„Nun", erwiderte er versöhnlich, „der bücherbeflissene Münzer von einst ist inzwischen, wie es scheint, in den böhmischen Wäldern verwildert."

Als dieser daraufhin aufbegehren wollte, fügte Luther einlenkend hinzu: „Aber wir wollen nicht gleich mit Pfeilen des Spottes aufeinander zielen, Bruder Münzer. Nimm vor allem erst einmal Platz."

Er trat an seinen Arbeitstisch und rückte Münzer einen Sessel zurecht.

„Ihr seid sehr gütig, Wittenberger Ketzer!"

Münzers Stimme wurde hohnvoll und bitter. Und über sein Gesicht lief eine krause Grimasse. „Ich fürchte nur, daß ich deine Güte schlecht lohnen werde", sagte er.

Dennoch ließ er sich nieder.

„Ich habe keine Furcht, Thomas Münzer", entgegnete Luther und lehnte sich gegen seinen Arbeitstisch.

Für einige Zeit blieb es nun still zwischen ihnen. Nur ihre Augen verfingen sich in behutsamem Prüfen.

„Bruder Martinus", unterbrach Münzer als erster die Stille.

Seine Stimme war plötzlich von einer drängenden Wärme durchglüht, die den Gegenüberstehenden aufhorchen ließ.

„Ich höre", erwiderte Luther und nickte seinem Besucher ermunternd zu.

„Ich komme als Gewissen deiner eigenen Tat", neigte Münzer sich in halblautem, dringlichem Sprechen vor. „Ich vermag nicht zu sagen, ob du selber es weißt. Aber ich muß es aussprechen. Du stehst in Gefahr, dich gegen dein eigenes Werk zu stellen!"

Seine letzten Worte kamen mit der lauten Gewalt einer Anklage und sprangen wie ein unvermuteter Peitschenhieb aus der übrigen Rede heraus.

Luther blieb gelassen. Nur seine Augen kniffen sich leicht zusammen und blitzten auf.

„Ich rottete lediglich das Unkraut aus, das Satan nachts unter meinen Weizen gesät!" bemerkte er mit Nachdruck, doch ohne Schärfe.

Münzer schüttelte kummervoll sein Haupt.

„Dein großer Widersacher Eck mit seiner römischen Zunge würde ebenso sprechen", erwiderte er. „Luther –!" fuhr er dann leiser fort, als jener schwieg. „Du stehst viel mehr im Schatten des Stuhles Petri, als du selber es weißt!"

In Luther regte sich aufsteigender Unwille.

„Weil ich Ordnung in der Gemeinde halte?" stieß er in leidenschaftlich werdender Abwehr hervor. „Weil ich mich der Täuferei deiner Anhänger, dem von Karlstadt angezettelten Bildersturm und allen Schwarmgeistern widersetze und sie mit ihrem Teufelsspuk aus Wittenberg verjagt habe?"

„Weil du halb bist, Martin Luther!"

Münzers Worte klangen wieder hart und unbarmherzig. Sie rissen Luther in stärkere Erregung.

„Ich tue das, was Gott mir befiehlt!" entgegnete er scharf und bestimmt und straffte sich.

„Und nennst es Sünde und Schwarmgeisterei, wenn andere ebenso tun", kam es anklägerisch von Münzers Lippen zurück. „Das eben ist deine Halbheit!"

Luther hob seine Stimme zu abwehrender Lautheit.

„Wie könnte halb sein, was von den Worten der Schrift bestimmt ist?" rief er.

Münzer lachte mit aller Bitterkeit des Enttäuschten.

„Luther, wie weit du schon von dir entfernt bist", sagte er dann, mit einem Male leise und ehrlich bekümmert. „Du selber standest auf gegen alles Pfäffische, weil es den Weg zu Gott versperre. Nur das Herz, das geschlagene, leidgeprüfte Herz sei Mittler zu Gott. Nun aber, da du das Wort der Schrift zur Richtschnur des Glaubens machst, richtest du ein neues Pfaffentum auf, von dem uns später ein anderer, ein ganzer Luther befreien muß, wenn du es nicht vorziehst, zu deinem Ursprung zurückzukehren."

„Zur Rechtfertigung durch den Glauben!" fiel Luther ihm aufgebracht ins Wort. „Ich bin nie davon abgewichen!"

„Du machst den Glauben zu federgewichtig, weil du ihn auf die Schrift festlegst!" Münzers Stimme wurde wilder und leidenschaftlicher. „Die Schrift ist aber nur das Zeugnis eines von anderen erlebten und erfahrenen Glaubens. Du jedoch machst daraus eine Gebrauchsanweisung, einen Wechsel auf die ewige Seligkeit."

Luther hob betroffen und geängstigt den Kopf. Ihm war, als wehten ihn Münzers Reden wie ein höllischer Schauder an.

„Du lehnst also die Schrift als Quelle des Glaubens ab?" fragte er entsetzt und machte beklommen einen Schritt zu dem Sitzenden hinüber.

„Als Quelle, ja."

Herrisch richtete Münzer sich auf und warf den Kopf in den Nacken. „Es könnte einer, ohne je von der Bibel gehört zu haben, doch durch die rechte Lehre des Geistes einen unbetrüglichen Christenglauben besitzen, wie jene, die ohne alle Bücher die Schrift einst niedergeschrieben. Die Schrift gibt nur Zeugnisse des Glaubens, nicht aber, wie die Schriftgelehrten und Schriftsteller sagen, den Glauben selbst!"

Vor Luther schien sich unter diesen Worten ein Abgrund voller Ungeheuer aufzutun, so daß er zu schwanken glaubte und mit den Händen hinter sich nach einem Halt suchte.

Wie ein teuflisches Blendwerk schrie er Münzer an: „Du leugnest damit das stellvertretende Leiden Christi, das er in Golgatha auf sich nahm für alle, die an ihn glauben!"

„Ja!" Münzer blieb unbeirrt. „Weil dies der Glaube der Sklaven in Kleinasien und in den römischen Provinzen war, die sich aus ihrer Sklaverei wenigstens ein glückseliges Jenseits erkaufen wollten. Wir aber leben unter anderen Himmeln. Wir wollen frei sein! Darum nehmen wir selber das Kreuz auf uns und erzwingen uns dadurch Gottes Gegenwart. Nicht den honigsüßen Christus brauchen wir, sondern den bitteren! Und wer den bitteren nicht haben will, wird sich am Honig totfressen. Denn, Martin Luther, vergiß es nicht, wer nicht mit Christus stirbt, der kann auch nicht mit ihm auferstehen!"

Mit erblassendem Gesicht hatte Luther den Eifernden vor sich angehört. Nun sprang er mit einem gewaltigen Satz auf ihn zu und ergriff ihn beschwörend beim Arm.

„Mit solchen Gedanken lieferst du Gott dem Irrtum aus", keuchte er aus beengter Brust und preßte seine Hände wie Schmiedefäuste um den ergriffenen Arm.

„Ich liefere Gott wieder sich selbst aus!"

Mit einem heftigen Ruck entwand sich Münzer der Klammer der ihn haltenden Hände und sprang von seinem Sitz auf, während sich seine Stimme zu eindringlicher Gewalt erhob.

„Das Leiden, Martinus, durch das der Mensch zu Gott findet, ist nicht selbst erwählt, sondern von Gott auferlegt. Weil nun aber Gott das Kreuz gesandt hat, muß er es dem Menschen auch wieder abnehmen. Und nur dadurch wird er in ihm lebendig. Also nicht der Glaube an das Wort führt zum Besitz Gottes, sondern das Erwähltsein von Gott schafft den Glauben! Und somit kann Gott weder erlernt noch gelehrt werden. Und die Kirche wird nichts anderes mehr sein als eine Sammelstätte des lebendigen Zeugnisses Gottes!"

Luther stöhnte schwer und angstbedrückt.

„Du bist ein gefährlicher Schwärmer, Thomas Münzer", stieß er unter der bergeschweren Last der Bedrückung hervor. „Du wirst alle gottgewollte Ordnung vernichten!"

„Ich werde die gottgewollte Ordnung erst schaffen!"

Münzers Worte standen wie ein jubelnder Schrei in dem Zimmer.

Luthers Hände krallten sich darüber krampfhaft in das Holz des Tisches.

„Münzer", schrie er mit mächtiger Stimme, „ich warne dich im Namen Gottes! Du beschwörst mit deinen Lehren Ströme von Blut herauf!"

Thomas Münzer ließ seine geballte Faust auf den Tisch fallen.

„Und wenn Ströme von Blut fließen", stieß er ungerührt hinter zusammengepreßten Lippen hervor, „und wenn ich darin ersticke — mein Wort und meine Wahrheit werden wirken über die Zeiten hinweg, bis Gott frei und lebendig geworden ist!"

Dann ging er mit entschlossenen und dröhnenden Schritten hinüber zur Tür.

„Wir haben uns nichts mehr zu sagen, Martin Luther!" wandte er sich von dort noch einmal um, ehe er hinausging und hallend die Tür hinter sich zufallen ließ.

Luther sah dem Hinausgehenden mit entsetzten, aufgerissenen Augen nach. Sein Gesicht war fahl geworden wie die getünchte Wand, und seine blutleeren Lippen zuckten wie in einem schüttelnden Krampf.

„Thomas Münzer!" rief er, sich ermannend, in leidenschaftlicher Beschwörung hinter dem Weggegangenen her. „Thomas Münzer!"

Aber es blieb still draußen.

Da schlossen sich seine Hände bang zu einem wortlosen Gebet.

14.

Wieder war Thomas Münzer, unstet und getrieben vom Wort, zum Botenläufer geworden, seit er mit dem Wittenberger gebrochen hatte. Nur kurz war er bei Karlstadt eingekehrt, um Abschied von Ottilie von Gersen zu nehmen. Dann nahmen ihn wieder, wie schon so oft, die Straßen auf, die in endlose Fernen führten.

Er zog ihnen nach, predigend und verkündigend, mahnend und beschwörend, in Thüringen und Franken, in Schwaben und hinüberschweifend bis nach Tirol, wo die Bauern aufstanden und Bündnisse gegen die Mächtigen schlossen.

Der Sommer kam darüber mit dem königlichen Zug weißer Wolken im Blau seiner weiten Himmel, mit den hellen Nächten voller Grillengezirp im Heuduft und lautlos fallender Sterne; er achtete seiner nicht. Die Farbigkeit und der rauschhafte Überschwang des frühen Herbstes gingen über in nebeldunstende Morgenfrühe voller Kühle und Winterahnung, voll raschelnden Blätterfalls und erster Regengüsse; er gewahrte es kaum. Der schwebende Flockenfall des Winters setzte ein und der eisige Anhauch des Frostes; er sah darüber hinweg. Nur das Wort erfüllte ihn, das es als Saatkorn auszuwerfen galt, um der großen Gerechtigkeit Gottes den Weg zu bereiten. „Der lebendige Gott macht seine Sensen scharf in mir, damit ich danach die roten Kornrosen und blauen Blümlein schneiden möge", schrieb er an die ferne Frau, die — wie er wußte — auf ihn wartete.

Schließlich fand er, als schon die Schneeschmelze des neuen Jahres begonnen hatte und die Straßen zu morastigen Sümpfen geworden waren, bei Freunden in Nürnberg Briefe Ottilie von Gersens vor, die ihm berichteten, daß einer seiner heimlichen Anhänger, der ehemalige Karmelitermönch und jetzige Prediger an der Wigbertikirche zu Allstedt, Simon Haferitz, in der thüringischen Stadt Allstedt seiner Lehre ein Amt bereitet habe. An der Johanniskirche solle er Prediger werden und damit beginnen, die Kirche der

Auserwählten zu schaffen und das Saatkorn zum Reiche Gottes auf Erden auszulegen.

Thomas Münzer brach gleich auf, als er die Briefe gelesen hatte, von innerem Jubel beschwingt und von inneren Gesichten geleitet.

Es war nicht mehr weit von Ostern, als er nach anstrengenden Fußmärschen in Thüringen ankam und zu Füßen des Kyffhäusers, der sich golden im Glanz der untergehenden Sonne ausbreitete, die kleine Stadt Allstedt erblickte.

Er verhielt seinen Schritt, plötzlich heimgesucht von den Sagen und Mären seiner Kindheit. Und aus den verschütteten Erinnerungen jener frühen Jahre klang die Stimme des Vaters auf und sprach von dem schlafenden Kaiser im Kyffhäuser, der Friedrich heiße, um Frieden und Gerechtigkeit zu bringen, wenn er der Herrschaft der Pfaffen und Mächtigen ein Ende gesetzt habe.

War nicht die Stunde seines Aufbruchs aus der Nacht und dem Schlafe des Berges gekommen? Und schickte er, Thomas Münzer, sich nicht an, die alten Verheißungen im Angesicht des Schlafenden und Wartenden kämpfend zu verwirklichen?

Lange stand Münzer versonnen im erblassenden Tag auf der Höhe des Sagenberges. Seltsame Gedanken bewegten sein Herz und ließen es sehnsüchtig schwellen unter dem Orgelton schweifender Hoffnungen. Und er beschloß, die Nacht über auf dem Kyffhäuser zu bleiben – in der Nähe dessen, der am marmornen Tische schlief –, um hineinzuhorchen in seinen Schlaf und in seine trächtigen Gedanken.

In einer einsamen, halbverfallenen Köhlerhütte nahm er Unterkunft für die Nacht. Auf der Herdstelle entzündete er ein Feuer und bereitete aus den mitgebrachten Vorräten ein bescheidenes Abendmahl. Dann trug er aus der Stallecke dürres Reisig herbei und schichtete es nahe dem wärmenden Feuer zu einem Lager auf.

Es war ein Schlaf voll untergründigen Raunens und vieler Gesichte, zu dem Münzer sich auf sein Reisiglager niederlegte. Und immer wieder stieg in diesen Gesichten die Gestalt des gewaltigen Kaisers aus der Bergtiefe auf. Aber er trug zugleich Züge des Lodernden und Brennenden aus Zwickau, und auch die Worte, die er zu ihm sprach, waren Worte des Nikolaus Storch, so daß Münzer in der Zwielichtigkeit seiner Träume oft nicht recht wußte, wer von den beiden Alten nun seine Gesichte erfüllte. Dennoch stärkte es ihn und gab ihm Zuversicht. Und derart gestärkt und zuversichtlich stand er am Morgen auf und machte sich auf den Weg hinab nach Allstedt.

Simon Haferitz nahm ihn wie einen Verlorengeglaubten auf und führte ihn nach kurzer Begrüßung hinauf zum Schloß, um ihn dem Allstedter Verwalter des Kurfürsten von Sachsen, dem Schösser Johannes Zeys, vorzustellen und seine Berufung an die Johanniskirche, welche der Rat der Stadt auf seinen Zuspruch bereits gebilligt hatte, auch durch den Vertreter des kurfürstlichen Landesherrn bestätigen zu lassen.

Dann saßen sie einander gegenüber in dem ehrwürdigen Rittersaal, in dem einst die ottonischen und salischen Kaiser residiert und in dem auch Friedrich Barbarossa, der nun im Kyffhäuser Schlafende, als Gast geweilt hatte, wie Johannes Zeys nicht ohne Stolz zuvor berichtete.

„Ich habe viel von deinen Lehren gehört, Thomas Münzer", begann der kurfürstliche Verwalter, nachdem das erste Gespräch, das die gegenseitige Fremdheit nehmen und sie zueinanderführen sollte, in einer nachdenklichen Pause geendet hatte. „Vieles von dem, was ich vernommen habe, macht mich dir zugeneigt. Dennoch wäre es gut, wenn du mir mehr darüber zu sagen vermöchtest."

„Das ist nicht so schnell und einfach zu sagen, Bruder", antwortete Münzer, sich nachdenklich zurücklehnend. „Aber wenn du die Geduld aufbringen willst, mir zuzuhören, will ich es unternehmen, dir darüber zu sprechen."

„Ich bin voller Begierde, dich anzuhören", erwiderte Johannes Zeys und rückte ihm aufmerksam näher.

„Es ist keine so einfache Sache mit dem Glauben", begann Münzer nach einigem Überlegen. „Der Mensch muß sich zunächst abkehren von allem, was in ihm und um ihn ist, und mit allem Begehren auf das Wort und den Anruf Gottes warten. Dann fällt jener leere Glaube von ihm ab, der nur glaubt, weil er es von anderen Leuten gehört hat, und es ist ihm gleich, ob die ganze Welt jenem leeren Glauben noch anhängt; denn seine inwendigen Augen warten jetzt auf Gott und seine Stimme. Ich weiß, es ist oft die Hölle. Aber die Hölle muß erlitten werden; denn es kann niemand in Christo auferstehen, der nicht zuvor mit ihm gekreuzigt wäre. Ja, der Mensch muß erst in tiefste Verzweiflung und völligen Unglauben versinken, so daß er arm im Geiste wird und keinen anderen Glauben mehr in sich findet als den, in all seiner Verlorenheit zu warten auf den rechten Glauben Gottes, der weder gelehrt noch gelernt werden kann. Diese emsige Erwartung des Wortes und Glaubens Gottes macht ihn erst zu einem anfangenden Christen. In seiner großen Not aber wird er sprechen: ‚Ach, ich elender Mensch, was treibt mich in meinem Herzen? Ich bin irre geworden und ohne allen Trost. Da peinigt mich Gott in meinem Gewissen mit Unglauben, Verzweiflung und Lästerung. Draußen aber werde ich überfallen von Krankheit, Jammer, Not und bösen Leuten. Ach, wie gerne wollte ich doch recht glauben, wenn ich nur wüßte, welches der rechte Weg wäre.'"

Münzer hielt einen Augenblick inne. Dann fuhr er eindringlich fort: „Gott kann das also reuige und verdemütigte Herz nicht verachten; er muß es in seiner Höllenqual erhören. Dann, aber auch erst dann empfindet der Mensch die Wirkung des göttlichen Worts, das aus seinem Herzen quillt."

Mit geneigtem Kopf hatte Johannes Zeys ihm zugehört.

„Ich habe wohl verstanden, was du mit deinem anfangenden Christen meinst", sagte er in die eintretende Stille. „Wie aber kommt das göttliche Wort in sein Herz?"

Münzer lächelte den Fragenden sanft an.

„Es kommt als hohe Verwunderung von Gott zu ihm hernieder!" sagte er. „Es ist jenes innerliche Wort, von dem Paulus einmal gesprochen hat: zu hören in dem Abgrund der Seele durch die Offenbarung Gottes. Und welcher Mensch dieses nicht gewahrt und das lebendige Zeugnis Gottes nicht empfindet, der weiß von Gott nichts zu sagen, und wenn er hunderttausend Bibeln gefressen hätte. Wer aber durch das Leiden nach dem Vorbild Christi reif geworden ist zur Empfänglichkeit, dem offenbart sich Gott in Träumen und Gesichten. Kein anderer Mensch kann dem also Auserwählten das Wort Gottes vermitteln, wie es auch nicht aus der Schrift zu erfahren oder zu lernen ist; denn die Schrift ist nur ein Zeugnis dessen, was Gott zu anderen Zeiten geredet hat. Da Gott jedoch zu allen Zeiten das gleiche offenbart, kann der Auserwählte an der Bibel die innere göttliche Erfahrung nachprüfen, nicht aber durch sie zum Glauben kommen. Alle aber, welche durch Hörensagen oder aus den Büchern ihren Glauben nehmen, sind wie tückische Diebe, weil ihr Glaube ein gestohlener Glaube ist und weder Grund noch Boden weiß. Auch ist es nicht so, wie gar viele meinen, daß man leichtlich zum Christenglauben kommen könne, wenn man nur daran denkt, was Christus gesagt hat. Nein, lieber Mensch, du mußt erdulden und wissen, wie dir Gott selber das Unkraut, die Disteln und Dornen aus deinem fruchtbaren Lande, das ist aus deinem Herzen, reißt."

„Gott offenbart sich in Träumen und Gesichten", bemerkte Johannes Zeys bedenklich. „So hast du es eben gesagt, Thomas Münzer. Wie aber soll der Mensch wissen, ob diese Träume und Gesichte nicht ein Blendwerk sind? Wie soll er wissen, daß Gott ihn anruft und nicht der Teufel?"

„Der auserwählte Mensch", gab Münzer ihm bedachtsam Antwort, „der da wissen will, welches Gesicht und welcher Traum von Gott oder vom Teufel sei, muß einen neuen und ernsteren Mut zur Wahrheit in sich tragen und durch die Übung solcher Wahrheit die unbetrüglichen Gesichte von den betrüglichen unterscheiden lernen. Dann erst wird er gewahr, daß er Gottes und des heiligen Geistes Wohnung ist in der ganzen Dauer seiner Tage. Dann erst ist er christförmig und gottförmig: wie es uns allen widerfahren muß, daß wir fleischlichen und irdischen Menschen Götter werden durch die Menschwerdung Christi. Mit ihm sind wir Gottes Schüler, von ihm selber und durch seinen Geist gelehrt und vergottet, ganz und gar in ihn verwandelt, so daß sich das irdische Leben in den Himmel schwenkt."

„Und die Kirche?" forschte Johannes Zeys, von Münzers Worten seltsam entzündet. „Bedarf es ihrer noch?"

„Die Kirche", erwiderte Münzer und sah ihn groß an, „die Kirche soll und kann nichts anderes mehr sein als eine Sammelstätte des lebendigen Zeugnisses Gottes."

Johannes Zeys saß lange schweigend, den Worten Münzers nachsinnend.

„Wie ist es nun mit der Ordnung dieser neuen Kirche?" fragte er schließlich und wandte sich Münzer entgegen.

„Die neue Kirche ist ein Bündnis der Gläubigen wider alle diejenigen, die Gottes großer Gerechtigkeit widerstreben", sagte Münzer. „Die tragende Säule, darauf ihr Dach ruht, ist die Predigt. Damit ein jeder sie nun auch verstehe, werde sie deutsch gesprochen. Deutsch auch wird die Messe gelesen und gesungen; denn wir sind Deutsche und keine Welschen. Darum habe ich für alle Festzeiten eine Auswahl von Metten und Vespern ins Deutsche übertragen, wie ich auch die Psalmen und Worte der Schrift verdolmetscht habe. Damit die Bibel dem Volke vertraut wird, soll in der Messe statt der Evangelien und Episteln immer ein ganzes Kapitel gelesen werden. Die Pfaffen aber sollen nicht faulenzen und nicht nur des Sonntags eine Predigt halten, sondern sie sollen mit Fleiß danach streben, immerdar das Wort zu verkünden."

„Und die Sakramente?" warf Johannes Zeys ein. „Wie ist es mit ihnen?"

„Wir Menschen haben schon lange genug nur Wassergießerei aus der Taufe gemacht", entgegnete Münzer. „So mögen denn erst die Kinder nach gründlicher Unterweisung getauft werden und nicht auf Grund des stellvertretenden Glaubens der Paten. Das Abendmahl aber reichen wir unter beiderlei Gestalt; denn bei diesem Sakrament soll und muß der Mensch wissen, daß Gott in ihm ist, daß er ihn nicht ausdichte oder aussinne, wie er tausend Meilen von hier weg sei, sondern daß Himmel und Erde voll, voll Gottes sind und daß der Vater den Sohn ohne Unterlaß in uns gebiert."

Nach diesen Worten Münzers blieb es lange still.

Johannes Zeys stand sinnend auf und ging mit gefurchter Stirn auf und ab.

„Ich habe dich gehört und auch verstanden, Thomas Münzer", sagte er schließlich, vor Münzer stehenbleibend. „Und ich glaube nun die Grundsätze zu erkennen, nach denen du hier in Allstedt dein Amt zu verwalten gedenkst."

„Ja", entgegnete Münzer. „Ich will ein Bündnis schließen mit allen Auserwählten und Gläubigen und einen heißen Kampf gegen die Gottlosen führen."

Der kurfürstliche Verwalter nickte.

„So tritt denn dein Allstedter Amt mit Genehmigung Seiner kurfürstlichen Gnaden an", sagte er.

„Noch eins ist zu sagen", warf Münzer ein. „Die neue Kirche kennt kein Zölibat. Ich werde daher, wenn ich mein Amt beginne, eine Schwester des neuen Glaubens zum Weibe nehmen."

„Ich vermag deinem Willen nicht zu widerstreben", erwiderte Zeys und fügte nach einer Pause hinzu: „Ich begrüße dich also, Thomas Münzer, als den neuerwählten Prediger der Johanniskirche zu Allstedt. Möge dein Tun den Segen des lebendigen Gottes finden!"

„Amen!" flüsterte Thomas Münzer.

15.

Über den herbstlich entbrannten Wäldern stand dunstiger Nebel. Fröstelnd ritt Ernst Graf von Mansfeld die Rampe zu seinem Schloß hinan. In seiner ersten jähen Wut war er vorhin heruntergestürzt, hatte eines der Reitpferde aus dem Marstall gezerrt und war losgeritten, auf Allstedt zu, um den fremden Prediger zu züchtigen. Doch unterwegs, als die erste rauchende Wut verflogen war, besann er sich anders und wandte sich wieder heimwärts.

Dem Knecht, der ihm auf dem Hof eilfertig entgegenlief, warf er die Zügel hin, sprang ab vom Gaul und stapfte unlustig die Treppe zu seinem Arbeitsraum hinauf. Bei seinem Eintritt fuhr der verwachsene Schreiber, der mit kratzender Feder an einem Schriftstück malte, erschreckt über seine ungezügelte Lautheit auf.

„Ist der Franziskaner wieder nach Zwickau?" fragte der Mansfelder barsch zu ihm hinüber und schleuderte seine Reitgerte in eine Ecke.

„Nein, Ew. Gnaden", dienerte der Buckel. „Er reist erst morgen in der Frühe."

Mit erregten Schritten und noch hinter Atem von seinem schnellen Ritt maß Ernst von Mansfeld den Raum zwischen Arbeitstisch und Kamin.

„Ich muß ihn noch sprechen!" murrte er plötzlich.

Der Schreiber legte die eingetunkte Feder beiseite und stand auf.

„Befehlen Ew. Gnaden, daß ich ihn herbeirufe?" fragte er diensteifrig.

In verdrossenem Schweigen winkte der Graf kurz ab, ohne in seinem hastigen Auf und Ab innezuhalten.

„Einen ketzerischen Schalk und Leuteschinder nannte mich also der Allstedter?" fuhr er nach einiger Zeit mit grollender Stimme aus seinen Gedanken auf und blieb unvermittelt vor dem Schreiber stehen.

„Ja, Ew. Gnaden", antwortete der Befragte unsicher und ein wenig ängstlich. Er kannte den unberechenbaren Jähzorn seines Herrn, der ihn, den Junker, einst wegen einer Lappalie durchs Fenster auf den Hof geworfen und damit zeitlebens zum Krüppel gemacht hatte.

„Was gab ihm ein Recht dazu?" grollte der Mansfelder weiter und zog seine Stirn in drohende Falten.

„Ew. Gnaden", buckelte der Schreiber und schielte den Erregten bange von der Seite an. „Weil Ihr Euren Untertanen verboten habt, seine Predigten zu besuchen. Er drohte sogar, das Schwert werde den Fürsten genommen und dem Volke gegeben."

„Damit sie sich gegenseitig besser umbringen können?" schrie der Graf und fiel in ein wüstes Gelächter. „Ich muß schon sagen—ein herrlicher Verkünder des Wortes Gottes!"

In neu ausbrechendem Zorn schlug Ernst von Mansfeld mit der knochigen Faust auf den Tisch, so daß die dort stehende Streusandbüchse aufsprang und auf den Boden kullerte.

Geschwind herzuspringend, hob der Schreiber sie auf und stellte sie auf den Tisch zurück.

„Und der Verwalter seines kurfürstlichen Herrn?" tobte der Mansfelder weiter. „Was sagt der dazu? Läßt er dem Münzer dies alles hingehen?"

Der Schreiber krallte die spinnenhaften Finger in seine Rockaufschläge und zog eine hämische Grimasse.

„Der Schösser Johannes Zeys vom kurfürstlichen Schloß?" fragte er in lauerndem Aufblicken.

„Eben der", knurrte der Graf ungnädig.

„Pah", erwiderte der Verwachsene und spreizte geringschätzig seine Finger. „Der Schösser Johannes Zeys ist dem teuflischen Einfluß dieses Münzers längst schon erlegen und in seinen Händen wie weiches Brot."

Auf die steil geschwungene Stirn des Grafen trat ein nachdenkliches Gefältel, und seine Brauen zogen sich buschig zusammen. Eine Zeitlang spielte er nervös an seinem Wehrgehänge. Dann sah er seinen Schreiber lauernd an.

„Und sein Anhang?" fragte er. „Wächst er wirklich so, wie du es mir heute morgen berichtetest?"

„Erschreckend!" bestätigte der Befragte und legte vertraulich eine Hand vor den Mund. „Bei seiner letzten Predigt zählte man weit über zweitausend Zuhörer. Er ist wie ein Brand, in den der Sturmwind gefahren ist."

In ungläubigem Widerstreben zuckte Ernst von Mansfeld die Schultern.

„Seltsam", murmelte er. „Wir hörten doch erst seit kurzem, seit einigen Wochen von ihm."

„Zu Ostern erst stellte der Allstedter Rat ihn versuchsweise an der Johanniskirche an, Ew. Gnaden!" gab ihm der Schreiber beflissen Auskunft.

„Und heute schon solches Feuer?"

Der Graf fragte es beinahe zweifelnd und starrte vor sich auf den Boden.

Doch dann überkam ihn wieder sein vorheriger Grimm.

„Es ist an der Zeit, dieses Feuer auszutreten!“ brauste er auf.

Der Schreiber verbeugte sich in stummer Zustimmung.

„Ew. Gnaden“, begann er dann in unterwürfiger Langsamkeit und machte ein bedenkliches Gesicht. „Verderblich ist auch das Beispiel, das er gibt.“

„Welches Beispiel“, fragte der Graf neugierig.

„Nun“, tat der Schreiber und dehnte lüstern seine Worte. „Da hat er eine entlaufene Nonne zu sich genommen, mit der er nächtigt. Sie soll – kein Wunder! – von solchem Umgang schon gesegnet sein, und er macht nicht einmal ein Geheimnis daraus.“

Ernst von Mansfeld stieß klirrend mit einem seiner gespornten Reitstiefel auf den Estrich.

„Ich müßte sein Herr sein!“ wütete er. „Ich würde ihn mit Schimpf und Schande aus dem Gotteshause herausholen. Aber Friedrich von Sachsen“ – lachte er in höhnender Geringschätzung –, „Friedrich von Sachsen, dieser Narr Luthers, läßt es ihm hingehen. Dafür nennt man ihn im Reich den Weisen!“

„Ew. Gnaden, er wird es bitter zu büßen haben“, bemerkte der Schreiber mit devoter Vertraulichkeit. „Denn immer unverhüllter nennt Münzer in seinen Predigten die Fürsten und Gewaltigen Gottlose, die es auszurotten gilt. Ihr Besitz aber gehöre dem gemeinen Manne, den er in Bündnissen zusammenzuschließen beabsichtigt.“

Der Mansfelder reckte sich starr auf.

„Was höre ich?“ schrie er mit zorngeschüttelter Stimme. „Er bildet aufrührerische Rotten?“

„Ew. Gnaden“, stammelte der Schreiber, erschreckt über den unerwarteten Zornesausbruch. „Ich erhielt darüber erst heute verläßliche Nachricht. Einer der Bergknappen machte aus plötzlicher Gewissensangst dunkle Andeutungen. In die Enge getrieben, gestand er dann alles, was er wußte. Ich habe ihn gleich in den Turm bringen lassen.“

In kaum zu bändigender Wut packte Ernst von Mansfeld den Gegenüberstehenden bei der Brust.

„Was gestand er?“ rief er und schüttelte den Schreiber hin und her, als habe er den geständigen Bergknappen selbst vor sich.

Der Bucklige versuchte, sich dem schmerzenden Griff seines Herrn zu entziehen. Doch es gelang ihm nicht. So begann er denn in seufzender Ergebenheit zu berichten.

„Ew. Gnaden, es ist nicht leicht, sich durchzufinden, Münzer hat die Hauptsätze seines Bündnisses mit theologischen Redewendungen geschickt einer klaren Ausdeutung entzogen.“

„Genauer!“ fuhr Ernst von Mansfeld ihn an und würgte ihm mit seinem Griff fast den Atem weg. „Sprich genauer!“

„Alle“, entrang es sich dem also bedrängten Schreiber, „alle, ja, so hieß es wohl, die mit Gott gegen die Gottlosen stehen, müssen einen Bund schließen, in dem sie einander gleich sind. Und dieser Bund muß mit Gewalt vorgehen gegen diejenigen, welche sich solchem Glauben widersetzen. Was diese verschwommenen Reden zu gut deutsch heißen, mögt ihr selber ermessen.“

„Aufstand!“ schrie der Mansfelder und hieb dem Schreiber mit der loslassenden Hand auf die Schulter, daß dieser zusammenknickte und einen überraschten Wehlaut ausstieß. „Praktiken des Bundschuh.“

In maßloser Empörung tobte Ernst von Mansfeld durch den Raum.

„Das muß mit Feuer und Schwert ausgerottet werden!“ brüllte er unbeherrscht.

Schließlich blieb er wieder vor dem angstvoll zusammengeduckten Schreiber stehen.

„Morgen, gleich in der Frühe“, trug er ihm auf, „reitet ein Bote nach Weimar zum Herzog. Er überbringt unsere dringendsten Vorstellungen und zugleich unsere unabdingbare Forderung um schnellste Beseitigung des Aufwieglers. Ich möchte diese Schreiben noch heute abend unterzeichnen!“

„Wie Ew. Gnaden befehlen!“ atmete der Schreiber auf, froh darüber, seinen zornigen Herrn verlassen zu können, und drückte sich hinüber zur Tür.

„Halt!“ rief Ernst von Mansfeld ihm nach.

Furchtsam aufblickend, blieb der Schreiber stehen.

„Rufe den Bruder aus Zwickau zu mir!" befahl ihm der Graf.

„Der Bruder aus Zwickau – sehr wohl", dienerte er und huschte katzenhaft leise hinaus.

„Man sollte diese Ketzer an öffentliche Galgen hängen!" murrte der Mansfelder in die plötzliche Stille des Zimmers hinein. „Den Wittenberger obenan! Aus seinem teuflischen Beispiel fließt ihnen allen Kraft zu und kommt ihnen Mut."

Luther, ja – das war es!

Daß man ihn und sein Geschrei von der Freiheit eines Christenmenschen ernst nahm, daß man ihn sogar wie einen regierenden Herrn auf den Reichstag geladen hatte, um ihm das Ohr des ganzen Reiches zu leihen, das, nur das gab aller Unzufriedenheit und allem Aufbegehren Raum.

Voller Ingrimm dachte er daran, daß dieser Schreier ausgerechnet aus dem Mansfeldischen stammte.

Es trieb ihm das Blut noch eifernder zu Kopf.

Wenn es nach ihm gegangen wäre, so hätte Luther auf der Heimkehr von Worms nach Wittenberg die schützende Wartburg nicht erreicht. Und wenn er zu bestimmen hätte, so würde er ihn noch heute am Tage aus Wittenberg herausholen lassen und öffentlich am Wege stäupen.

In seiner zornigen Verbissenheit war ihm entgangen, daß sich hinter seinem Rücken die Tür geöffnet hatte und der Franziskaner eingetreten war.

Erst bei dem leisen Gruß „Gelobt sei Jesus Christus!" bemerkte er es und fuhr herum.

„In Ewigkeit. Amen!" antwortete er verwirrt.

Der Franziskaner trat näher.

„Ich danke Euch, daß ich Euch vor meiner Abreise nach Zwickau noch einmal sprechen kann", begann er, seine grauen Augen forschend über des Grafen Gesicht gleiten lassend. „Ich habe Euch die Wünsche meiner Oberen bereits vortragen dürfen und bedarf nur noch der tröstlichen Gewißheit, die gute Sache unserer Kirche in getreuen Händen zurücklassen zu können."

Seine Blicke verfingen sich bei diesen Worten in den Augen des Mansfelders, der sich darunter erglühen fühlte.

„Ich werde immer der gehorsame Sohn der großen Mutter sein", erwiderte er gelobend, wobei er wiederum mit Empörung daran denken mußte, daß der ganze Aufruhr aus dem Mansfeldischen kam. In seinem Zorn fügte er daher hinzu: „Ich will alle Qualen der ewigen Verdammnis erleiden, wenn ich diesen Ketzer in Allstedt nicht vernichte."

„Gott hat Euer Gelübde gehört", entgegnete der Mönch verhalten und schlug das Kreuz. „Er wird Euren löblichen Willen segnen."

Sie standen sich einige Zeit schweigend gegenüber. Nur ihre Augen bohrten sich noch tiefer ineinander.

„Ihr habt Euch heute über Tag in Allstedt umgesehen", unterbrach Ernst von Mansfeld schließlich die Stille. „Habt Ihr dabei auch vernommen, daß jener Ketzer, vor dem zu warnen Ihr gekommen seid, einen Bund zur Vernichtung aller weltlichen Obrigkeit geschaffen hat?"

„Der weltlichen Ordnung nur?" gab der Franziskaner bedrückt zur Antwort und strich mit einer kummervollen Geste über seine Kutte. „Viel schlimmer noch! Wie ein wilder Stier berennt er die heilige Ordnung der Kirche. Was selbst der Wittenberger Abtrünnige noch nicht wagte, er unternimmt's! Die ganze Ordnung des Priesteramts hat er beseitigt. Er liest die Messe in der Sprache der Bauern und Schweinehirten — ‚weil wir nicht römisch sind', wie er sagt. Er läßt die Gesänge in gemeinem Deutsch singen, die er selbst gemacht hat. Er wird aus der Heimstatt des Sakraments noch einen Tanzsaal und ein Lusthaus machen."

„Er wird es nicht, ehrwürdiger Bruder!"

Klirrend schlug der Mansfelder an seine Waffen.

„Ich werde das Schwert des gelästerten Herrn in meine Hände nehmen und gegen ihn führen, wenn er nicht aufhört in seinem Tun. Ich werde Christi und der Kirche Sache zur meinigen machen und nicht eher ruhen, bis er vernichtet ist."

Die grauen Mönchsaugen sahen den Eifernden nach diesen Worten lange an. Dann trat der Franziskaner dicht vor den Grafen und umschloß dessen Schwurhand mit einer Gewalt, als käme sie von einem Landsknecht.

Ich danke Euch!" sagte er. „Die große Mutter kann ohne Sorge sein. Ich kehre beruhigt nach Zwickau zurück."

Noch einmal bohrte sich sein Blick in des Mansfelders Gesicht, und wie in einem unverbrüchlichen Gelöbnis preßte er dessen umschlossene Hand. Dann ließ er sie plötzlich los und ging mit eiligen Schritten hinaus.

16.

Das abendliche Geläut über Allstedt war verklungen, und über die Hügellinien, die mit scharfen, gezackten Umrissen gegen das letzte Tageslicht standen, kroch allmählich das Gespinst der nahen Dämmerung.

Thomas Münzer stand barhäuptig an der Helmbrüstung der Wiprechtskirche und sah gedankenverloren hinaus in das Land. Unter ihm duckten sich eng und verschachtelt die Häuser der kleinen Stadt mit ihren geschnitzten Firsten und Giebeln und rückten vor der aufsteigenden Nacht wie verschüchterte Kinder schutzsuchend näher an die Geborgenheit der Kirche.

Hinter seinem Rücken, in dem schmalen Turmzimmer, darin er Wohnung gefunden hatte, gingen gedämpft Frauenstimmen hin und her.

Er verstand nicht, was sie einander sagten. Doch beruhigte es ihn, ihren Klang zu vernehmen, den kindhaft hellen Klang der Stimme Ottilie von Gersens, und den gütig zuredenden, dunklen Tonfall der Wehmutter, die bei ihr war.

„Gott ist wieder auf dem Wege, wie er in uns allen auf dem Wege ist!" dachte er mit einer beglückten Freude in sein versonnenes Horchen.

Vor seinen Augen erstand jener Gewitterabend, an dem er diese Worte einem Sterbenden als Trost und Hoffnung in das hilflose Fragen seines ausgemergelten und todesnahen Altmännergesichtes gesagt hatte. Und über die Zeiten hinweg spürte er wieder den zitternden Händedruck, mit dem der Sterbende sich bei ihm Sicherheit ertastete.

Es war damals ein Ende gewesen, als er diese Worte gesprochen hatte. Nun aber waren sie vor einen Anfang gestellt.

Eine zärtliche Rührung quoll in ihm auf. Und plötzlich befiel ihn eine heimliche Angst, Ottilie möchte die schwere Stunde nicht überstehen. Ihr Körper war von der gleichen kindhaften Zartheit wie ihr ovales Mädchengesicht mit den blauädrig schimmernden Schläfen unter dem Geflecht des dunklen Haares.

Besorgt trat er zum Turmzimmer hinüber und hob horchend den Kopf. Doch da hörte er die Frauen wieder miteinander sprechen und war froh darüber.

Mit einem Gefühl der Beruhigung und der Sicherheit ging er zurück an die Brüstung und sah wieder hinaus in die falbe Ferne, die sich mit ersten Sternen behängte.

„Allstedt!"

Wie ein Liebender flüsterte er diesen Namen vor sich hin und umschloß mit dankbarem Blick die dunklen Häuserhaufen, die sich unter der nahen Nacht ausstreckten wie schlafwillige Tierleiber.

Hier war ihm auf der Flucht Ruhe geworden, Geborgenheit nach dem Elend der Vertreibung. Hier hatte er Ottilie von Gersen als sein Weib zu sich nehmen können, und hier hatte sein Wort Herzen gefunden, die darunter erbrannten und deren sein Ruf bedurfte.

Seine Gedanken liefen um ein Jahr zurück.

Festlich und verheißungsvoll hatten die Glocken Ostern eingeläutet, Auferstehung. Da war er durch das Stadttor geschritten, halb noch mit dem geduckten Gang des Gehetzten, des immer wieder Aufgescheuchten, innerlich aber schon ganz erfüllt von dem, was ihm offenbar geworden. Und er hatte nicht gezögert, diesem Offenbarten Stimme und kündender Ausdruck zu sein.

Wie sie sich da zu ihm drängten, ergriffen und getrieben von der Unruhe der Zeit und der ihrer eigenen Herzen! Nicht nur die aus Allstedt, nein, auch aus den Orten rundum. Besonders aber – wie er ihre harten und kargen Gesichter vor sich sah! – die Bergknappen und Steinhäuer aus dem Mansfeldischen. Not und Fron glommen dunkel in ihren

Augen und Herzen. Sein Wort warf Feuer hinein. Und nun standen sie hinter ihm, bereit ihrem Verspruch, alles einzusetzen, was ihr Leben ausmachte, um die Gerechtigkeit Gottes zu erstreiten.

Aus seinem Nachsinnen schreckte ihn die Stimme der Wehmutter auf.

Sie rief ihn hinein ins Turmzimmer.

Thomas Münzer richtete sich, wie zu einer großen Entscheidung, steif auf und folgte nach kurzem Zögern der herbeirufenden Stimme.

Als er in das Turmzimmer trat, züngelte das Licht der Kerzen flackernd und angstvoll unter dem Luftzug, der über sein Gehen entstand, und wieder mußte er an jenen Abend in Saaz denken, da er zu einem Sterbenden einging.

Es schlug für einen Augenblick mit stechender Kälte nach seinem Herzen, so daß er in banger Frage zu der Kreißenden hinübersah.

Ottilie las ihm die unausgesprochene Besorgnis vom Gesicht ab und lächelte ihn dankbar und beruhigend an. Gleich darauf aber verzog sich ihr trostvolles Lächeln wieder ins Schmerzliche, und sie wandte sich zur Seite.

Auf einen Wink der Wehmutter nahm Münzer am Tisch in der halbdunklen Zimmerecke Platz. Er lehnte den Kopf hinter sich gegen die Wand und schloß die Augen.

Er hörte nur ab und an ein halblautes, zuredendes Wort der wissenden Frau oder ein heftiges Aufatmen Ottilies, bis plötzlich, wie unwirklich, ein dünnes Kinderschreien aufquäkte.

„Ein Sohn!" rief die Wehmutter ihm zu.

Da sprang er hastig auf, trat hinüber an das Bett und beugte sich zu der Erschöpften nieder, um sie auf die Stirn zu küssen. Dann ging er, von einer starken Bewegung getrieben, schweigend hinaus auf den Turmgang und sah mit innerem Jubel in das dunkle Land und den sternflirrenden Himmel. Raum und Zeit waren von ihm abgeglitten – der lebendige Gott hatte bei ihm Einkehr gehalten!

Der einsame Mann an der Turmbrüstung stand lange still und sinnend in der nächtigen Dunkelheit.

Später, als unten in den Gassen vereinzelte Windlichter aufflackerten, fand er wieder ins Wirkliche zurück.

Wie alles sich ineinander fügte!

Für den heutigen Abend hatte er die Männer seines Bündnisses zusammenberufen. Gemeinsam mit ihnen wollte er hinausziehen zur Feldklause Mallerbach, dieser Spelunke, wie er sie genannt hatte. Schon lange verdroß ihn das abgöttische Wesen, das hier mit einem Marienbild getrieben wurde. Er wollte ihm mit Gewalt ein Ende setzen. Und was soeben an ihm geschehen war, verpflichtete ihn seinem Unterfangen noch mehr.

Die ersten Männer machten sich auf den Weg, um rechtzeitig am Verspruchsort zu sein. Er sah es unten an den Windlichtern. Sie sollten nicht lange auf ihn zu warten haben!

Mit einem Gesicht, das immer noch von glänzender Freude überflogen war, ging er in das Turmzimmer.

Mutter und Kind waren frisch gebettet und lagen schlafend nebeneinander. Warnend hob die sorgsam tätige Wehmutter ihren Zeigefinger an die Lippen, damit er die Schlafenden nicht durch ein lautes Wort oder eine unbedachte Bewegung störe.

Mit einem verstehenden Lächeln winkte Münzer ab und gab ihr mit flüsternden Worten Bescheid, daß seine Aufgabe ihn kurz hinwegführe. Dann tastete er sich mit leisen Schritten zur Tür und stieg die Wendeltreppe des inneren Turmes hinab.

Auf dem Marktplatz traf er mit zwei Allstedter Ratsherren zusammen, die unter dem Schein eines Windlichts ebenfalls nach dem Verspruchsort unterwegs waren.

Thomas Münzer schüttelte ihnen begrüßend die Hände und schritt ihnen im Auf und Ab des Windlichtes voran. Sie sprachen wenig auf dem Wege, der sie durch die engen Gassen zunächst in das freie Feld und dann in den mit dichtem Unterholz bestandenen Wald führte.

Einmal nur kam ein kurzes Gespräch auf, als der vorangehende Münzer sich umwandte und die Nachkommenden fragte, ob der Rat der Stadt nach wie vor einmütig und geschlossen das heutige Vorhaben billige.

Die Ratsherren nickten gemeinsam Bestätigung.

„Es geschieht gerecht", bemerkte Hans Bosse, der rundliche Tuchmeister mit den listigen Äuglein in seinem schwammigen Gesicht. „Sollen wir uns von denen im Neuendorfer Nonnenkloster denn immer die Allstedter Ketzer schimpfen lassen? Da mögen sie endlich einmal sehen, daß wir auch Fäuste zum Zupacken haben und nicht gewillt sind, alles schweigend einzustecken, was sie uns antun."

„Und die fetten Abgaben!" fiel Hans Reichart, der Grobschmied, mit seiner dröhnenden Baßstimme ein, „die fetten Abgaben, die uns die Klosterleute abzwingen! Nein, es ist schon gerecht so, daß wir uns zur Wehr setzen. Soll ihnen ruhig einmal der Schrecken ins Gebein fahren und sie zum Nachdenken bringen!"

„Brüder", jubelte Thomas Münzer, „in meiner Seele ist ein Frohlocken, daß diese Stätte des teuflischen Aberwitzes, welche die Neundorfer Nonnen errichtet haben, vernichtet wird!"

Er wandte sich wieder dem Wege zu und ging mit beschwingten Schritten vorauf, so daß die beiden Ratsherren Mühe hatten, ihm durch das brombeerstrauchdurchrankte Gestrüpp des Unterholzes zu folgen.

Der Pfad wand sich enger durch den nächtlichen Wald, über den jetzt aus rötlichem Dunst die volle Scheibe des Mondes aufrollte. Münzer sah sie unvermittelt im Geäst der Bäume aufglühen.

„Das Auge des Himmels, aufgetan über unser Tun!" dachte er betroffen und spürte einen heiligen Eifer in sich aufwachsen.

Mit einem Male brach auch von der Erde her Licht durch die Bäume und warf flatternde Schatten über den Weg. Dann klang ansteigendes Stimmengewoge auf, und der schmale Pfad öffnete sich zu einer Lichtung, die von Männern des Münzerschen Bündnisses angefüllt war.

Thomas Münzer schritt, lebhaft begrüßt, mitten hinein in den Kreis der Männer, die ihm willig Platz machten. Prüfend blickte er um sich. Dann trat er auf einen modrig glimmenden Buchenstamm und forderte mit lautem Ruf Stille.

Die allgemeine Unterhaltung brach jäh ab, und mit gespannten Gesichtern sahen die Männer des Bündnisses im zuckenden Licht der knisternden Fackeln zu ihm hin.

„Brüder!" rief Münzer ihnen entgegen. „Einige Worte nur!"

„Auf die Schultern! Hebt ihn auf die Schultern!" toste es plötzlich aus der Versammlung auf, und ehe der Überraschte wußte, was ihm geschah, hatten ihn zwei der riesigen Bergknappen aufgebuckelt, so daß er nun — für alle sichtbar — mitten über den Männern stand.

„Im Namen des freien Gottes, meine Brüder", begann Münzer, von der wilden Kraft der Versammelten mit fortgerissen. „Eine große Stunde ist über unser Verbündnis gekommen. Wir stehen vor der ersten Tat unseres Verspruches, der da lautet, mit Gewalt vorzugehen gegen alles, was wider den Willen Gottes ist."

Das trotzige, aufbegehrende Murren, das aus den Kehlen der Männer zu dem Eifernden hinaufdrang, erhitzte ihn und ließ seine Stimme zornig anschwellen.

„Meine Brüder", fuhr er fort. „Ist es nicht gegen Gottes Willen und gegen alle Vernunft, ein Standbild aufzustellen und vor ihm niederzufallen und Wunder zu erbitten, wie es die von Neuendorf in Mallerbach getan haben?"

Das grollende Murren der Versammelten wurde drohender und beifälliger.

„Meine Brüder", ging Münzers hallende Stimme weiter und weckte weite Echos im nächtlichen Wald. „Götzendienst nenne ich solches Tun. Und der Ort, wo solches geschieht, ist keine Kapelle und kein Haus Gottes mehr, sondern ein Haus des Teufels und ein ewiges Ärgernis!"

Erregte und empörte Zurufe brandeten auf und überschwemmten Münzers Worte. Aufatmend ließ er ihnen eine Weile Raum. Dann forderte er mit einer harten Handbewegung wieder Ruhe.

„Wir wollen diesen Pfahl im Fleische Gottes ausrotten!" rief er in die einsetzende Stille hinab. „Wir wollen das Gemäuer dieses Götzendienstes und Greuels der Auserwählten bis auf den Grund niederreißen und keinen Stein auf dem anderen lassen!"

Und wieder brandeten Erregung und Empörung in wildem Ansturm zu dem Eifernden hinauf. Und wieder forderte er mit einer heftigen Handbewegung Schweigen.

„Wir wollen dem Lande ein loderndes Beispiel vom Willen Gottes aufrichten", donnerte er in die ihm zugewandten Gesichter, „daß sie schaudernd ihre Verlorenheit erkennen und sich bereit halten zur großen Einkehr! Auf, mir nach! Das Haus des Teufels werde von unserem gerechten Zorn hinweggefegt!"

Unter jubelnder Zustimmung der aufgewühlten Männer sprang Münzer von seiner menschlichen Kanzel nieder auf den Boden und entriß einem der Umstehenden die flackernde Fackel.

„Auf! Mir nach! Zur Mallerbacher Klause!"

Der heiße Atem seines Aufrufes war Münzer selber ins Blut geloht und hetzte seine Schritte zu stürmischer Eile. Und die Männer des Bündnisses, von der zündenden Gewalt seiner Worte wie von einem Rausch ergriffen, folgten ihm mit vorwärtsdrängendem, besinnungslosem Ungestüm.

So zog denn eine spukhaft wilde Jagd die Schneise hinab, die von der Waldlichtung zu der dem Kloster Neuendorf gehörigen Feldklause von Mallerbach führte.

Die beiden dienenden Brüder, denen sonst die Betreuung der Klause oblag, mochten Unrat gewittert haben; denn als der nächtliche Haufe sich der aus dem Waldschatten aufsteigenden Kapelle näherte, blieb dort alles still. Nur ein matter Widerschein des Ewigen Lichtes blinzelte in rötlicher Verlorenheit durch eines der bleigefaßten Fenster hinaus in die Nacht. Ein wohlgezielter Steinwurf brachte es zum Erlöschen und gab das allgemeine Signal zum Sturm.

Es geschah wie in taumeligem Rausch und zuckendem Fieber.

Schon nach wenigen Augenblicken häuften sich Bilder und Tücher und Holzwerk zu einem knatternd aufschießenden Brandstoß, während ungefüge Fäuste mit eilig zurechtgemachtem oder mitgebrachtem Handwerksgerät gleichzeitig Wände und Mauerwerk niedermachten.

Es waren Männer der rauhen Arbeit, die sich hier ans Werk begaben. Und der Glaube, ein Gott wohlgefälliges

Werk zu tun, verdoppelte ihre Kraft. So blieb denn, als der Haufe schon bald nach dem Sturm wieder abrückte, nicht viel mehr zurück als ruinenhaftes Gemäuer, darunter es noch rot vom niedergebrannten Feuer glomm.

17.

Als der Schösser Johannes Zeys, der Verwalter des Kurfürsten Friedrich des Weisen in der Stadt Allstedt, auf seinem Ritt zum Weimarer Schloß einbog, begegnete ihm der rechtliche Berater der Neuendorfer Nonnen und sah mit bösen Blicken zu ihm hinüber. Es schien dem auf den Schloßhof Einreitenden eine schlechte und wenig verheißungsvolle Vorbedeutung für den heutigen Besuch, zu dem er sich aus zweifelnden Überlegungen erst in der Morgenfrühe entschlossen hatte.

Mißmutig spornte er sein Roß an, so daß es sich unwillig aufbäumte, und ritt hinüber zur kurfürstlichen Kanzlei. Mit verdrossenem Gesicht schwang er sich hier aus dem Sattel und übergab sein Tier einem der wartenden Troßknechte, damit er es für die Zeit seiner Aussprache im Schloß betreue. Dann ging er mit zögernden Schritten und halb schon geneigt, wieder aufzusitzen und heimzureiten, hinüber in die Stube der Schreiber.

Hier schien alles dazu angetan, die schlechte Vorbedeutung zu rechtfertigen.

Zunächst ließ man ihn lange warten, da wichtige Boten an die Ritterschaft und an den Kaiser abzufertigen waren. Und als man sich endlich seiner Person zuwandte, mußte er erfahren, daß der Kurfürst schon seit Tagen abwesend sei.

Es versteifte seinen Unmut und ließ ihn erneut überlegen, ob es nicht doch ratsamer sei, nach Allstedt zurückzukehren.

Doch da ertönte in seinen Ohren wieder das Sturmgeläut der Johanniskirche, das ihn am gestrigen Abend aufgejagt hatte, und er beschloß, die Bitternis dieses Tages ganz auf sich zu nehmen. So bat er denn, zu dem Bruder Seiner

Kurfürstlichen Gnaden, Herzog Johann von Sachsen, vorgelassen zu werden.

Der Kanzleirat, sich wichtigtuerisch auf seinem Platz räkelnd, zog zu seinem Ersuchen zunächst ein bedenkliches Gesicht, da er dem Schösser aus mancherlei Gründen wenig gut gesinnt war, nickte dann aber, als jener auf seinem Ersuchen bestand, gönnerisch Gewährung und sandte einen der Schreiber hinüber ins Schloß, damit er ihn anmelde.

Es dauerte nahezu eine ganze Stunde, ehe der Bote von diesem Gang zurückkam und dem ungeduldig Wartenden Bescheid überbrachte, daß seinem Besuch im Schloß nichts im Wege stehe und daß Seine Herzogliche Gnaden ihn in seinem Arbeitsgemach erwarte.

Von peinigendem Mißbehagen geleitet, machte der Allstedter Verwalter sich auf den Weg und stieg, an der Wache vorbei, die breite Freitreppe des inneren Schlosses hinan. Einer der im oberen Stockwerk diensttuenden Junker geleitete ihn über den hallenden Gang bis an das Arbeitszimmer des Regenten. Wie ein Schwimmer, der sich mit kühnem Sprung dem fremden Element anvertraut, trat er hier ein und verneigte sich.

Herzog Johann, einen hohen Stoß Papier beiseite schiebend, gab ihm den Gruß kühl und gemessen zurück. Dann stand er mit einem asthmatischen Keuchen aus seinem breitlehnigen Armsessel auf und machte dem Eingetretenen ohne weiteren Übergang heftige Vorwürfe darüber, daß er es nicht verstanden habe, das friedensbrecherische Unternehmen der Allstedter gegen die Feldklause Mallerbach zu unterbinden. Gerade eben noch sei der Beistand des Neuendorfer Nonnenklosters bei ihm gewesen und habe im Auftrage des Klosters vom kurfürstlichen Hof Wiedergutmachung des angerichteten Schadens gefordert.

Dem kurfürstlichen Verwalter stieg unter den ungnädigen Vorhaltungen seines Fürsten eine flammende Röte ins Gesicht.

Es war nicht die erste Ungelegenheit, welche ihm der alte Streit zwischen dem anmaßenden Kloster der Neuendorfer Nonnen und der aufbegehrenden Stadt bereitete.

„Ew. Herzogliche Gnaden“, begann er daher rechtfertigend. „Es ist nicht von ungefähr geschehen, daß sich die Allstedter in rauchendem Zorn gegen die von Neuendorf gewendet haben. Die Äbtissin und die Jungfrauen haben sie durch böse Schimpfworte und ungebührliche Forderungen schon seit langem aufs bitterste gereizt und gegen sich aufgebracht. Und seitdem der neue Glauben umgeht, sagt man von der Mallerbacher Gnadenkapelle, daß man dort unter dem Namen der Jungfrau Maria den Teufel verehrt und schändlichen Götzendienst treibt. Die von Neuendorf aber haben nichts getan, um den glimmenden Unwillen zu löschen, sondern sind viel eher bemüht gewesen, ihn zu schüren und weiter anzufachen.“

Trotz seines poltrig losgebrochenen Unwillens hatte der Herzog den Bericht seines Verwalters geduldig angehört.

„Ich weiß davon“, gab er freimütig zur Antwort, und seine Stimme klang um einiges freundlicher als zuvor. „Und mein Bruder und ich sind—wie weithin im Reiche bekannt—sehr wohl geneigt, dem Neuen in der Theologie, das sich von Wittenberg aus begeben hat, ohne Vorurteil gegenüberzutreten. Aber als väterliche Fürsten, die wir diesem Lande immer gewesen sind, müssen wir darauf sehen, daß keinem unserer Untertanen um Dinge des alten oder neuen Glaubens willen irgendein Unrecht geschieht oder ein Schaden zugefügt wird. So konnten wir die Mallerbacher Gewalttat nicht ungestraft hinnehmen und gaben Euch Befehl, die Schuldigen zur Rechenschaft zu ziehen.“

„Ew. Herzogliche Gnaden“, entgegnete der kurfürstliche Verwalter, „eben um dieses Befehls willen hat es mich nach langen Überlegungen hierhergeführt.“

„Soll das heißen, daß Ihr nicht gesonnen seid, ihm nachzukommen?“ fuhr der Herzog hitzig auf.

Johannes Zeys wehrte mit einem müden Kopfschütteln ab.

„Mit Verlaub, Ew. Herzogliche Gnaden“, bemerkte er anschließend. „Es sind in Allstedt bisher wenig Amtsleute gewesen, die eines natürlichen Todes gestorben sind. Man hat sie erschossen oder auf wenig schöne Weise mit dem Dolch umgebracht. Dennoch war ich, meiner Person und meines Lebens nicht achtend, fest gewillt, Eurem Befehl nachzukommen. So habe ich gleich nach Eintreffen des kurfürstlichen Boten ein Mitglied des Rats in den Stock schließen lassen. Als ich nun daranging, weitere Ratsangehörige in Gewahrsam zu nehmen, bot mir jedoch der Schultheiß Nickel Rückert im Namen des gesamten Rates Widerstand und drohte sogar mit Gewalt."

Herzog Johann kräuselte gleich zu den ersten Worten seines Verwalters ungnädig die Stirn und schnaufte vernehmlich vor Unwillen, bezwang sich aber dann und ließ Johannes Zeys weiterberichten. Und als der Schösser in seinem Bericht eine Pause machte, herrschte er ihn sogar an, weiterzusprechen.

„Ich ließ nach der Drohung des Rates aus den umliegenden Dörfern Reiter im Schloß zusammenziehen", fuhr Johannes Zeys fort. „Es verstärkte den Unmut der Allstedter aber nur noch mehr, so daß man sich zu bitteren Worten gegen Ew. Kurfürstliche und Ew. Herzogliche Gnaden hinreißen ließ. Und gestern abend lief man sogar in großen Haufen zusammen und ließ die Sturmglocke gehen."

Der kurfürstliche Verwalter hielt in seinem Bericht inne und überlegte, ob er dem Herzog sagen solle, daß Thomas Münzer als erster losgelaufen sei und die Sturmglocke gezogen habe. Doch hielt er damit zurück, als er sah, wie Johann von Sachsen zu seinen Eröffnungen ein böses Gesicht zog.

Der Herzog mochte etwas von seinen Gedanken erraten haben; denn er sah ihn plötzlich mit forschenden Blicken an.

„Hörten wir recht?" fragte er eindringlich. „Hinter allem Allstedter Aufbegehren steht der Prediger Thomas Münzer von der Johanniskirche?"

„Es wäre ein Unrecht, es zu bestreiten", gestand der Befragte, „wenn es wohl auch nicht in dem weiten Maße zutrifft, wie Ew. Herzogliche Gnaden es anzunehmen gewillt sind."

Herzog Johann hielt seinen forschenden Blick weiter auf den Allstedter Verwalter gerichtet.

„Wir erhielten ein besorgtes Schreiben aus Wittenberg", bemerkte er mit erhobenem Nachdruck. „Darin warnt

Martin Luther uns sehr vor dem neuerungssüchtigen und gewalttätigen Wesen Eures Predigers, Johann Zeys!"

Über die Züge des Verwalters huschte ein rötliches und verlegenes Aufflammen.

Der Herzog bemerkte es mit einer stillen Genugtuung und griff hinter sich auf dem Arbeitstisch nach einem Schriftstück.

„Hier", sagte er, es gewichtig hochhebend, „hier liegt uns auch schon seit einiger Zeit ein scharfgehaltenes Schreiben des Grafen Ernst von Mansfeld vor. Es heißt darin, daß Eure eigene Person dem Münzerschen Treiben nicht ganz fernstehen soll und daß Ihr ihm mehr durchgehen laßt, als es Eurem Amte zusteht und rechtens ist."

Der Schösser fühlte eine jähe Hitze zu Kopf steigen.

„Ew. Gnaden", entgegnete er in aufwallender Abwehr, „ich stehe dem Prediger Thomas Münzer genau so nahe und genau so fern, wie Ew. Kurfürstliche und Herzogliche Gnaden dem Wittenberger Martin Luther!"

Herzog Johann überhörte nachsichtig das heimliche Aufbegehren in der Entgegnung des Verwalters. Für eine Weile hielt er nachdenklich den Kopf gesenkt und spielte mit seinen schmalen, gepflegten Händen an der Schlaufe seiner kostbaren Pelzschaube.

„Ihr haltet es also dafür, daß Thomas Münzer genau so anzusehen und anzuhören sei wie der Wittenberger?" fragte er schließlich, sich wieder aufrichtend.

„Ich bitte sogar darum, Ew. Herzogliche Gnaden", entgegnete der Schösser mit wärmer werdender Stimme. „Es ist eigentlich überhaupt das besondere Anliegen, das mich hierhergeführt hat. Mein Ratschlag ist dieser: man vernehme Thomas Münzer vor einer öffentlichen Versammlung und vor den Gelehrten seines Fachs. Wird seine Lehre dann als wahr und richtig befunden, so kann sich ein jeder, dem sie zu Ohren kommt, danach halten. Wird sie aber als sträflich erkannt und verworfen, so soll man ihn von dannen weisen. Denn, Ew. Herzogliche Gnaden" – der kurfürstliche Verwalter reckte sich warnend – „geschieht solches nicht, so wird er unter dem gemeinen und geplagten Volk, das mit vielem, was ihm angetan wird, unzufrieden ist, einen solchen

Anhang gewinnen, daß man große Not und Mühe mit ihm haben dürfte. Und es möchte dann leicht ein solcher Aufruhr an dem Ort werden, daß ich mein Amt nicht länger mehr versehen könnte."

Johann von Sachsen sah den Allstedter Verwalter nach seiner freimütigen Rede lange durchdringend an, als wolle er seine noch unausgesprochenen Gedanken erraten. Die ihm gemachten Eröffnungen und Warnungen hatten ihn tief getroffen und beunruhigten ihn. Er wußte sich noch keinen Rat, so daß er für eine Weile schweigend an eines der großen Fenster trat und mit verstörten Augen hinaus in das Rauschen der Bäume blickte.

„Johannes Zeys", sagte er, als er sich endlich wieder umwandte und mit kleinen, lautlosen Schritten zurück an seinen Schreibtisch kam, „Ihr wißt, daß es unser Grundsatz ist, uns nicht in kirchliche Auseinandersetzungen einzulassen. Ist nun das Neue bei Euch und Thomas Münzer wirklich aus Gott, so wird es füglich siegen müssen — auch ohne Gewalt und allem Widerstand zum Trotz. Aber als gute und getreue Landesherren müssen wir darauf achten, daß keinem unserer Untertanen irgendein Leid geschieht, ganz gleich, ob er dem Neuen anhängt oder dem Überkommenen. Handelt auch in Allstedt nach diesem unseren Grundsatz! Mehr vermögen wir Euch für den Augenblick nicht zu sagen."

Damit ließ er sich füllig in seinen damastenen Schreibsessel sinken und winkte seinem Verwalter ab — Johannes Zeys war entlassen, die Audienz beendet.

Die Unklarheit des Schössers war darüber allerdings nicht heller geworden, und die dunklen, schattenden Vögel der Sorge, die sich in der letzten Nacht bedrängend auf sein Herz gesetzt hatten, blieben unverscheucht und hieben ihre scharfen Schnäbel nur noch unentwegter auf ihn ein.

Mit verdüstertem Gesicht verließ er das herzogliche Arbeitsgemach und stieg wie ein Traumwandelnder die Schloßtreppe hinab. Mit schweren Schritten ging er dann hinüber zum Marstall, um sich — bedrückter und auswegloser, als er gekommen war — wieder auf den Weg nach Allstedt zu machen.

18.

Es wurde sommerlich im Thüringer Land.

Der Himmel blaute immer satter über den Wäldern, und die wogenden Ährenfelder, die noch hell gegrünt hatten, als der Schösser Johannes Zeys auf seinem Heimritt vom Weimarer Schloß an ihnen vorübergekommen war, gilbten unter dem glutenden Brand der Sonne mehr und mehr der Hand des Schnitters entgegen.

Die dunkle Wolke aber, die ihn beschattet hielt, als er ratlos die kurfürstliche Residenz verließ, war nicht mehr von seinem Wege gewichen. Und je mehr draußen das erntewillige Land an reifender Fülle zunahm, um so bänglicher und auswegloser wurden die Nächte des Nachsinnens, welche dem kurfürstlichen Verwalter aus dieser Schattenwolke zufielen.

Bis hinein in seine Träume ging die Unruhe und scheuchte ihn mit schreckgeschüttelten Bildern aus dem Schlafe auf.

Einmal sogar hatte ihm im Traum eine riesige, ungefüge Hand das abgeschlagene Haupt Münzers vorgehalten. Es war — obwohl es vom Rumpfe getrennt — noch zuckend voll Leben, und dort, wo der Hals durchschlagen war, quoll unaufhörlich ein dicker Strahl roten Blutes, der unerschöpflich zu sein schien.

Wie nun der Schösser in lähmendem Entsetzen immer wieder darauf hinstarrte, während ihm zugleich eine dunkle Stimme fragend zuraunte, wo dieser ungeheuerliche und nicht endende Blutstrahl eigentlich seinen Ursprung nehme, öffneten sich die niedergeschlagenen Lider in dem Gesicht des Enthaupteten, und die Augen, gewaltig aufgerissen, begannen wild in den umschatteten und blutbespritzten Höhlen zu kreisen. Dazu tat der Mund sich auf und überschüttete den Erstarrten mit einem Schwall gurgelnder und unverständlicher Worte. Und je mehr er sich in seiner erschauernden Lähmung mühte, sie mit ihrem Sinn zu erfassen, um so lauter und donnernder spie ihm der geöffnete Mund Unverständliches entgegen.

Mit einem gellenden Schrei war er schließlich aus der Hölle seines Traumgesichtes aufgefahren und konnte nicht mehr zum Einschlafen kommen.

Von der Nacht jenes Traumgesichtes an fürchtete sich Johannes Zeys vor dem Prediger, dessen Wort ihn bis dahin immer angerufen und entzündet hatte. Und aus dieser Furcht heraus hatte er auch in der letzten Woche Münzers jüngste Predigt über ein Wort aus den Propheten mit einem Handschreiben an Spalatin, den Geheimschreiber des Kurfürsten, gesandt und ihn beschworen, bei dem Fürsten darauf zu drängen, daß man den Allstedter, dessen Stimme immer mehr Anhang wecke, öffentlich verhöre.

Er war ohne Antwort geblieben.

Nun saß er ratlos vor einem Handschreiben des Amtshauptmanns von Sangerhausen. Es lag schon seit dem gestrigen Mittag auf seinem Arbeitstisch und ließ ihn nicht zu einem Entschluß gelangen.

Sollte er dem Ersuchen des Sangerhäusers entsprechen oder nicht?

Gestern, im späten Abend, war er fest entschlossen gewesen, es abschlägig zu bescheiden. Doch während der schlaflosen Nachtstunden waren ihm Bedenken gekommen, und er neigte allmählich dazu, ihm nachzugeben.

Herzog Georg von Sachsen hatte seinen Untertanen den Besuch der Predigten Münzers und seines Anhängers, des Predigers Thile Bansen, verboten und allen, die sich dem Verbot widersetzten, Gefängnis und andere schwere Strafen angedroht. So war es nach geltendem Gesetz sein landesherrliches Recht, wenngleich viele Fürsten weniger streng darauf sahen. Nun hatte der Ritter Friedrich von Witzleben das Dorf Schönwerda, das trotz des landesherrlichen Verbotes weiterhin am Münzerschen Bund festhielt, mit einer Schar Reisiger überfallen. Es mochte auch darin nichts Ungesetzliches sein; denn die von Schönwerda hatten gegen ihren Landesherrn rebelliert und mußten mit Gewalt rechnen. Und ihm, dem Schösser Johannes Zeys, einzig dem Kurfürsten Friedrich in Weimar untertan, wären daraus wenig Sorgen entstanden, hätten nicht Flüchtlinge aus Schönwerda in Allstedt und bei Münzer Zuflucht genommen. Nun forderte der Amtshauptmann von Sangerhausen im Namen seines Herzogs, daß er die Flüchtigen zur Bestrafung an ihn ausliefere.

Der Schösser Johannes Zeys fuhr sich aufseufzend und ratlos durch das zerwühlte Haar.

Er wog Grund gegen Grund und konnte immer noch nicht zu einem Entschluß kommen.

Zwischendurch irrten seine Gedanken wieder und wieder ab und quälten sich mit den Sorgen und Träumen der Nacht.

In sein mühseliges Nachsinnen pochte es heftig und einlaßbegehrend gegen die Tür. Als er sich erheben wollte, um Nachschau zu halten, wer so ungestüm nach ihm verlange, trat Thomas Münzer über die Schwelle.

„Johannes Zeys", kam er in sichtlicher Erregung und ohne ein Wort des Grußes auf ihn zu. „Es geht die Rede, daß du die Brüder aus Schönwerda der Obrigkeit in Sangerhausen ausliefern willst."

„Ich habe noch keinerlei Entscheidung getroffen", stammelte der so schroff Bedrängte, ein wenig aus der Fassung über den unerwarteten und stürmischen Besucher.

„Du weichst aus", drängte Münzer, vor ihm stehenbleibend. „Deine Worte klingen mehr nach einem Ja denn nach einem Nein. Ich fordere klare und unmißverständliche Antwort!"

Johannes Zeys machte beklommen einen Schritt zur Seite. Nur zögernd entschloß er sich zu einer Antwort.

„Nach Fug und Recht", so gab er zu bedenken, „nach Fug und Recht müßte ich dem Sangerhäuser Begehren wohl entsprechen."

„Nein!" schrie Münzer unbeherrscht heraus und stampfte auf den Boden. „Du müßtest es nur dann, wenn die Regenten nach dem wahren Glauben handelten. Aber sie sind dem Teufel verfallen. Darum müssen sie erwürgt werden!"

Der kurfürstliche Verwalter erschrak vor der ausbrechenden Wildheit seines Gegenübers.

„Münzer!" warnte er. „Du gehst zu weit. Dich treibt der Haß, nicht die Liebe, die in Gott ist."

Münzer wischte mit einer gewalttätigen Handbewegung seine Worte aus.

„Du sollst dir die Tyrannen nicht zu Freunden machen mit dem Geschrei der armen, gehetzten Leute", begehrte er auf. Und mit drohend zusammengezogenen Brauen fuhr er fort: „Zeige dich ihnen nicht zu willig, Johannes Zeys, denn ihre Gewalt hat bald ein Ende. Fordere vielmehr mit uns, daß man den Witzleben wegen seines räuberischen Tuns an unseren Brüdern zur Rechenschaft zieht. Und wehe den Fürsten, wenn sie sich gegen unser Begehren stellen! Es könnte dann nur zu leicht geschehen, daß das deutsche Land noch ärger würde als eine Mordgrube."

Der Verwalter des kurfürstlichen Schlosses sah immer entsetzter in Münzers wutverstelltes Gesicht. Genau so haßvoll und verzerrt war es ihm in seinem Traumbild erschienen.

Es quälte ihn geradezu, es anzusehen.

Um dieser Bedrängnis zu entgehen, schlug er die Augen nieder und sagte nach einem schmerzvollen Seufzer: „Gut, Thomas Münzer, ich werde dem Sangerhäuser Begehren nicht nachkommen."

„Wir haben es nicht anders erwartet!" stieß Münzer hervor.

Wie zur Bekräftigung schlug er mit der geballten Faust auf den Tisch und ging ohne ein Wort des Abschiedes mit polternden Schritten hinaus.

Der Zurückbleibende stand lange reglos und mit blutleerem Gesicht.

Was ihn da soeben glutheiß aus Münzer angesprungen hatte, war nicht mehr das, was ihn so lange mit ihm verband.

Ein Gewandelter hatte zu ihm gesprochen. Mehr noch – ein Verwandelter, vor dem er sich fürchtete.

„Ich muß den Kurfürsten warnen", dachte er später, sich allmählich aus seiner Erstarrung lösend. „Ich muß ihn beschwören, daß er ihn anhört, ehe es zu spät ist."

Mit klumpendem, fast torkeligem Gang trat er hinüber an seinen Arbeitsplatz, schnitt einen Gänsekiel zurecht und legte sich einen Kanzleibogen bereit.

Lange saß er dann mit leeren Gedanken vor dem weißen Bogen, ohne den Anfang zu finden.

Er spürte etwas Gewaltsames heraufdrängen und wußte nicht, wie er es in beschwörende Worte fassen sollte. Ja, er fürchtete sogar, dieser Gewalt mit seinem Bericht überhaupt erst den Weg zu bereiten.

So legte er die ergriffene Feder schließlich wieder hin und stützte den Kopf in die Hände, um das brodelnde Durcheinander seiner Gedanken zunächst zur Ruhe kommen zu lassen.

Er empfand es wie eine Erlösung, als mit einem Male das sonntägliche Geläut der Johanniskirche durch das geöffnete Fenster drang. Doch gleich wieder fiel bohrende Unruhe über ihn her.

Was würde Thomas Münzer den großen Scharen, die sich zu seiner heutigen Predigt drängten, sagen?

Würde es wieder – Johannes Zeys fühlte ein zitterndes Frieren über seinen Rücken kriechen und langsam wie ein Eisgebirge auf seinem Nacken anwachsen –, würde es wieder zu einem Sturmläuten kommen?

Den kurfürstlichen Verwalter hielt es plötzlich nicht mehr in der Enge der Stube. Das Gewaltsame in Münzers Worten hatte ihn aufgestört. Er mußte zur Johanniskirche, mußte hören, was Münzer zu sagen hatte.

Hastig sprang er auf, riß das Barett vom Kleiderhaken und machte sich auf den Weg vom Schloß hinab zur Stadt.

Mit eiligen Schritten überholte er zahlreiche Gruppen von Kirchgängern, die ebenfalls zur Johanniskirche strebten und ihn teilweise mit bösen und sogar haßvollen Blicken bedachten, als sie in ihm den Schösser des Kurfürsten erkannten.

Er ließ sich aber nicht beirren und setzte seine Schritte nur noch beschleunigter.

Als er von der Straße zur Johanniskirche hinüberbog, stand man dort bereits bis zu den Stufen des Portals Kopf an Kopf, und immer noch strömten von allen Seiten weitere Besucher herbei.

Im Näherkommen schon erkannte der Schösser Johannes Zeys, daß eine wilde Unruhe in dem dichtgedrängten Volkshaufen gärte.

Es erfüllte sein umdüstertes Gemüt stärker mit Sorge und ließ ihn eiliger zur Kirche streben.

Dann schlug die laute Stimme Münzers an sein Ohr.

Er versuchte, ihr näherzukommen und ins Innere der Kirche zu gelangen. Doch die Zuhörenden standen wie eine Mauer und ließen niemanden durch. So blieb er draußen.

Zunächst gingen ihm die Worte des Predigenden in der allgemeinen Unruhe verloren. Doch nach kurzer Eingewöhnung verstand er Wort für Wort.

„Und alles Volk", so hörte er Münzer mit hallender Stimme rufen, „alles Volk ging hin und trat in den Bund mit ihm, mit ihm, der die Altäre und Bildsäulen der Heiden zerstörte und die Priester auf den Altären opferte. Und so, meine Brüder, wollen auch wir unseren Bund schließen gegen diejenigen, die wider Gottes Willen und Gerechtigkeit sind. Alles und jedes, selbst Frauen und Jungfrauen, hat sich mit Waffen und Mistgabeln dagegen zu stellen; denn dem Schwert muß mit dem Schwerte begegnet werden!"

Ein tosender Jubel der Zustimmung brach nach diesen Worten in der Kirche aus und pflanzte sich in mitreißenden Wellen fort bis auf den Platz und die Straße.

Johannes Zeys wurde aschfahl.

„Münzer", dachte er erzitternd, „wohin geht dein Weg?"

Und wieder ging der Hall der sich immer leidenschaftlicher entzündenden Stimme durch die Kirchengewölbe.

„Brüder, ihr sollt wissen, daß alle Fürsten und Tyrannen feige und erschrocken sind über das Neue, das sich begeben wird. Ihre Herzen sind ihnen im Leibe schwarz geworden vor lauter Feigheit. Ihr aber, meine Brüder, seid ohne Furcht! Denn euch ist Gewalt gegeben, daß ein einzelner Tausend und Zwanzigtausend erwürgen kann!"

Neuer Jubel wogte aus der Kirche ins Freie und Hunderte von Armen reckten sich in einander überschreienden Zurufen wie aus den Mündern von Veitstänzern und Besessenen der Stimme des Predigenden entgegen.

Der kurfürstliche Verwalter hörte und sah es mit immer hilfloserem Entsetzen.

„Keinen Bericht", dachte er, „keinen Bericht mehr! Ich muß in eigener Person nach Weimar ins Schloß und den

Kurfürsten bedrängen, damit er den Eiferer hier anhört, ehe es zu spät ist und seine Saat in Aufstand und Blut aufgeht!"

Er zog das Barett dichter in die Stirn und drängte sich durch das nur widerwillig und murrend raumgebende Volk, das mit gereckten Hälsen und aufgewühltem Keuchen den Wirbelsturm der Münzerschen Predigt über sich dahinbrausen ließ. Mit Mühe nur schaffte er sich Bahn.

Aufatmend stand er endlich auf dem freien Platz. Von hier aus sah er noch einmal zurück auf das Brodeln und Toben der aufgerührten Massen, dann machte er sich verstört und mit großen Schritten auf den Weg zum Schloß.

Ehe Münzer seine Predigt zu Ende gebracht hatte, saß der kurfürstliche Verwalter bereits im Sattel, setzte seinem Gaul scharf die Sporen in die Weichen und galoppierte ohne Schonung des immer wieder angetriebenen Tieres die Straße nach Weimar hinab.

19.

Friedrich der Weise, nicht nur durch seinen Allstedter Verwalter gedrängt, hatte Thomas Münzer sowie den Schultheiß Nickel Rückert mit den beiden Ratsherren Hans Bosse und Hans Reichert nach Weimar zum Verhör bestellt.

Die Vorladung, die durch einen reitenden Boten mit kurfürstlicher Standarte überbracht wurde, hatte in Allstedt Aufsehen und zugleich Bestürzung und Verwirrung hervorgerufen.

Nickel Rückert ließ sich gleich zu Bett führen und diktierte an den Kurfürsten einen Brief, der seine Krankheit meldete und die Unmöglichkeit seines Kommens darstellte. Zugleich rückte er mit aller Entschiedenheit von Münzer und seinem Bund ab.

Die beiden Ratsherren, auf Vorschlag des Schössers Johannes Zeys benannt und ausgewählt, entfalteten die kurfürstliche Aufforderung mit wankenden Knien und schlichen die zwei Tage, welche sie von der Vernehmung trennten, mit grünlichen, eingefallenen Gesichtern umher und konnten im Kreise ihrer Freunde nicht laut genug betonen, daß sie mit dem Münzerschen Treiben wenig gemein hätten.

Nur Münzer blieb gelassen. Er vertraute der Macht seines Wortes und hoffte sogar, daß es ihm gelingen werde, den Fürsten zu seiner Lehre umzustimmen und für sich zu gewinnen.

In einer frostigen Unterhaltung, zu der die beiden Ratsherren nach allerlei Für und Wider bei Münzer eingekehrt waren, hatte man verabredet, den Weg nach Weimar gemeinsam zu machen. Als Münzer jedoch am Tage der Vernehmung bei den Ratsherren vorsprach, um sie abzuholen, bedeutete man ihm unter mancherlei Achselzucken und verlegenem Räuspern, daß jene beiden aus Besorgnis, vielleicht nicht zeitig genug in Weimar einzutreffen, bereits seit einer Stunde Allstedt verlassen und in ihrem übereilten Aufbruch wohl übersehen hätten, ihm Nachricht zu geben.

Thomas Münzer verzog bitter und verächtlich seinen Mund, als er es vernahm.

Er würde, darüber konnte kein Zweifel mehr sein, in Weimar allein stehen.

Gut denn. Mochte es also sein. Er fürchtete sich nicht.

So machte er sich denn allein nach Weimar auf den Weg und traf nahezu genau zu der angegebenen Stunde auf dem Schlosse ein.

In der kurfürstlichen Kanzlei, wo er sich nach dem Ort der Vernehmung befragte, beschied man ihn in den Kleinen Saal. Zwei bereitstehende Gewaffnete geleiteten ihn wie einen Gefangenen dorthin und blieben nach seinem Eintritt zu beiden Seiten der Flügeltüren stehen.

Erhobenen Hauptes trat Münzer an den großen Verhandlungstisch, hinter dessen Längsseite Herzog Johann von Sachsen als Vertreter des Kurfürsten mit zwei Räten und einem Schreiber bereits Platz genommen hatte. Ihnen gegenüber saßen mit demütig hängenden Schultern und angstvoll geduckten Köpfen die geladenen Allstedter Ratsherren. Beim Eintritt ihres Predigers schlugen sie schuldvoll die Augen nieder und wagten nicht, ihn anzusehen.

Thomas Münzer bemerkte es mit Genugtuung und kräuselte nur spöttisch seine Lippen. Dann verneigte er sich kurz vor dem Herzog, blieb aber auf die Handbewegung eines der herzoglichen Räte, der ihn zum Niederlassen aufforderte, trotzig stehen.

Auf einen schweigenden Wink des Herzogs, der hinter abwägend herabgezogenen Lidern Münzer eingehend betrachtete und auch für die Folge nicht mehr aus den Augen ließ, eröffnete der Ältere der Räte mit trockener Juristenstimme die Sitzung und nahm umständlich die Personalien der Erschienenen zu Protokoll, dabei immer wieder pedantisch innehaltend und nachfragend, ob der Schreiber, dessen Feder kratzend über das Papier glitt, zu folgen vermöge.

Als er auf diese Weise mit den Formalitäten zu Ende gekommen war, nahm er das Barett von seinem kahlgeschorenen Kopf und bat mit unterwürfiger Ehrerbietigkeit den Herzog, die Verhandlungsführung gnädigst selber zu übernehmen.

„Nachdem wir also Person und Amt zu Protokoll genommen“, begann dieser nach einigem Räuspern kühl und geschäftlich und stützte seine Ellbogen auf die Tischfläche, „sollt ihr zunächst die Anklage vernehmen, die wir gegen euch vorzubringen haben. Der Sprecher der Anklage ergreife das Wort.“

Mit einem feierlichen Kratzfuß erhob sich nunmehr der zweite der Räte – ein rundlicher Herr mit einem unruhig auf und nieder gleitenden Adamsapfel unter dem herabhängenden Doppelkinn – und neigte sich kurzsichtig über die Anklageschrift.

„Im Namen des allmächtigen und dreieinigen Gottes“, sagte er mit glucksenden Kehllauten. „Angeklagt bist du, Thomas Münzer, Prediger zu Allstedt, vor dem Gericht unseres allergnädigsten Herrn, Friedrich, Kurfürst von Sachsen und Landgraf von Thüringen, ein Bündnis gegen alle von Gott gesetzte Obrigkeit angezettelt zu haben, diesem Bündnis vorzustehen und es zur Zerstörung der Mallerbacher Marienkapelle geführt zu haben. Zum andern sollst du die Fürsten und Verwalter der Ordnung geschmäht und sie mit dem Tode bedroht haben. Du aber, Rat von Allstedt, sollst um dieses aufrührerische Wesen deines Predigers nicht nur gewußt, sondern es auch wissentlich unterstützt haben.“

Gemessen legte er die Anklageschrift vor sich hin, sah die Angeklagten stirnrunzelnd der Reihe nach an und ließ sich mit der gleichen betonten Würde und Feierlichkeit, mit der er sich erhoben hatte, wieder an seinem Platz nieder.

Münzer war während der Verlesung starr und ungerührt stehengeblieben, während die mitangeklagten Ratsherren bleich auf ihren Sitzen zusammenfielen und kaum zu atmen wagten.

„Ihr habt die Anklage vernommen", nahm Herzog Johann nach einem bedrückenden Schweigen das Wort und sah forschend zu Münzer hinüber. „Ich frage euch nun kraft meines mir von Gott gegebenen Amtes, was ihr zu ihr zu sagen habt. Ich fordere euch auf, streng und ohne Eigennutz die Wahrheit zu sagen, damit unser Spruch gerecht sei. Als ersten frage ich dich, Thomas Münzer, erwählter Prediger der Gemeinde zu Allstedt: was hast du zur Antwort zu sagen?"

Münzer straffte sich und reckte steif seinen Kopf empor.

„Nur dies", entgegnete er mit einer Stimme, deren Heiserkeit die innere Spannung anzumerken war, „nur dies: daß ich niemals einen Fürsten um seiner selbst willen geschmäht oder bedroht habe."

Er machte ein kurze Pause und holte schnaufend Luft.

„Zum anderen", fuhr er dann fort, und seine Stimme klang gelöster und geschmeidiger, während zugleich ein harter Glanz in seine Augen trat, „zum anderen muß ich bemerken, daß ich kein Bündnis eines sinnlosen Aufruhrs, sondern einzig einen ewigen Bund Gottes zu schaffen unternehme, über dessen Lehre ich nur vor einer christlichen Gemeinde Auskunft geben will."

Die beiden Räte stießen sich zu dieser Rede aufgeregt an und sahen mit unwilliger Verwunderung zum Herzog hinüber. Herzog Johann jedoch winkte ihnen lächelnd Gewährung zu und wandte sich an die beiden Ratsherren, die Münzers Worte mit schreckoffenen Mündern angehört hatten.

„Und was sagt der Allstedter Rat zu dieser herrischen Aussage seines Predigers?" fragte er.

„Gnädigster Landgraf und Herr", begann der Tuchmeister, dessen sonst so listige Äuglein mit einem Male trüb erschienen, mit zittrigen, belegt klingenden Worten, indes er aufstand und eine ungeschickte Verbeugung zu dem Fürsten hinüber machte. „Wir wählten den Magister Thomas Münzer aus Stolberg zum Prediger unserer Gemeinde, weil wir der neuen Lehre, wie Martin Luther sie verkündet, von Herzen zugetan sind."

Der Herzog nickte gnädig und nachsichtig.

„Ihr habt darin unser vollstes Verständnis", bemerkte er und sah fragend zu dem Grobschmied hinüber, dem inzwischen die dicken Schweißperlen auf der Stirn standen.

Eilfertig sprang er unter dem Blick des Herzogs auf.

„Gestattet, gnädigster Herr, daß ich weiterspreche!" stieß er mit sich überschlagender und anstoßender Stimme hervor.

Als ihm der Herzog daraufhin ermunternd zuwinkte, fuhr er mit sprudelnden Worten fort: „Es kamen uns zwar bald Bedenken über das stürmische Wesen, mit dem unser Prediger das Wort auslegte, doch hielten wir es für begreiflichen Eifer, den wir vorerst um der Sache willen nicht zu dämpfen beschlossen."

„Wobei ich gleich ganz ergebenst ad notam zu nehmen bitte", fiel der Tuchmeister seinem Ratskollegen ins Wort und hob unterstreichend seinen rechten Arm, „daß meine Person sich sehr bald gegen die neuerungssüchtige und aufrührerische Wollust des Angeklagten zur Wehr setzte!"

Den Herzog überkam ein widriges Unbehagen.

„Es hinderte dich allerdings nicht", fuhr er spitz auf, „an seinem Zuge nach der Mallerbacher Marienkapelle teilzunehmen!"

Der Tuchmeister schnappte hörbar nach Luft und errötete.

„Ich leugne es nicht, gnädigster Herr", stammelte er. „Aber" – hilfesuchend irrte sein aufgestörter Blick hinüber zu dem Grobschmied, der merklich blasser geworden war – „es geschah nur – ja, es geschah nur im Interesse der von mir vertretenen Stadt –!"

Hans Bosse nickte eifrig zu diesen Worten und trat einen Schritt vor.

„Es bestand nämlich", fügte er hinzu, „wenn mir eine Erklärung gestattet ist – es bestand nämlich seit langem ein hartnäckiger Streit zwischen dem Kloster und der Stadt, der uns erbitterte. Man forderte von uns über Gebühr hohe Lasten. Außerdem tat man unserer Stadt viel ehrenrührigen Schimpf an!"

Erschöpft und hinter Atem hielt er inne und wischte sich den ausgebrochenen Schweiß aus der Stirn.

Das Unbehagen des Herzogs war stärker geworden.

„Wir hörten bereits davon", bemerkte er lässig, „und werden es bei unserem Urteil bedenken. Wie aber steht ihr zu dem sonstigen Wirken eures Predigers?"

Die beiden Ratsherren sahen sich unsicher an.

„Gnädigster Herzog und Herr", begann der Tuchmacher schmeichlerisch. „Wir stehen ihm von Tag zu Tag mit wachsendem Mißbehagen gegenüber und werden bemüht sein, ihm bald ein Ende zu setzen."

„Ja", schloß sich der Grobschmied unterwürfig und mit einem scheuen Blick auf den gelassen dastehenden Münzer an. „Und sollte er fortfahren in seinem aufrührerischen Tun, werden wir ihn in den Turm legen und Anklage gegen ihn erheben."

Angewidert winkte der Herzog ab.

„Wir haben eure Aussagen zu Protokoll genommen", erklärte er kurz, „und bedürfen eurer nicht mehr. Die Stadt Allstedt wird unser Urteil durch Boten erfahren. Ihr könnt gehen."

Befreit atmeten die Ratsherren auf.

Nach einem verlegenen Schweigen, dessen Stille sie wie eine Züchtigung empfanden, gingen sie – mehrfach sich vor dem Herzog verneigend und an Thomas Münzer steif vorbeisehend – geduckt und beklommen hinaus.

„Nun", wandte sich der Herzog an Münzer, der verächtlich den Davongehenden nachgeschaut hatte, „du schweigst, Thomas Münzer?"

Geringschätzig zuckte Münzer die Achseln.

„Gestattet mir, gnädigster Herr", sagte er in müder Abwehr, „daß ich meine Abrechnung mit den beiden Erzjudassen in meinem Herzen und vor Gott vornehme. Ich möchte ihren Worten nichts hinzufügen."

„Es nimmt die Anklage, die wir gegen dich erhoben haben, nicht von dir", sagte der Herzog langsam und ohne Strenge.

Münzer starrte einen Augenblick abwesend durch das offenstehende Fenster in den Schloßhof, von wo aufdringlich laut das freche Geschilp streitender Spatzen heraufscholl.

„Gut denn", murmelte er schließlich und wandte sich, vor innerer Spannung an seinem Halskragen zerrend, wieder dem Herzog entgegen. „Ich werde sprechen. Nur eines zuvor, gnädiger Herr: wie immer auch Euer Urteil ausfallen möge, werdet Ihr mich aussprechen lassen?"

Johann von Sachsen lächelte nachsichtig und huldvoll.

„Sprich, Thomas Münzer. Einem ehrlichen Glauben werden wir immer das Ohr leihen."

Dankbar gab Münzer ihm das Lächeln zurück.

„Es ist keine so leichte Sache mit dem Glauben", begann er dann nach einem bedrückten Aufseufzen. „Nein, es ist keine so leichte Sache damit, wie es der Bruder Sanftleben in Wittenberg lehrt. Es ist vielmehr oft eine Sache um Leben oder Tod."

Er hielt überlegend inne und starrte wieder für eine Weile durch das Fenster hinaus.

„Der Mensch", fuhr er dann mit leidenschaftlicher Eindringlichkeit fort, „der Mensch muß Gott aus dem Abgrund seines Herzens fürchten. Er muß den gestohlenen Buchstabenglauben durch hohes Herzeleid und schmerzliche Betrübnis zerstoßen, ehe Gott ihn auserwählt. Ja, er muß selber das Kreuz Christi erleiden, ehe er von Gott erfüllt ist. Dann aber, wenn er Gottes innegeworden ist, soll er Zeugnis ablegen für den lebendigen Glauben und einen heißen Kampf führen gegen alle Gottlosen. Den Fürsten nun" – Münzers Stimme hob sich zu fordernder Schärfe, und seine Augen hefteten sich gebieterisch in des Herzogs zuschauenden Blick –, „den Fürsten gab der Herr das Schwert Gideons, damit sie den Erwählten Gottes beistehen in ihrem Kampf gegen die Gottlosen, bis Gott und Gottes Gerechtigkeit von der ganzen Welt Besitz ergriffen haben!"

Die Stimme des Sprechenden schwoll mehr und mehr an. Seine Adern auf der Stirn und an den Schläfen quollen zu einem scharfumränderten Geflecht, und in seinen Blick trat das hintergründige Leuchten dessen, der mit inneren Zungen spricht.

„Wehe jenen Fürsten" – drohend hob er die geballten Fäuste, so daß die Räte betroffen auffuhren –, „welche ihr Herz diesem Ruf Gottes verschließen. Durch ihre Gottlosigkeit hindern sie die Ausbreitung des Glaubens. Indem sie für sich Gehorsam fordern und geehrt sein wollen, maßen sie sich die Rechte Christi an, der allein der wahre Herr der Menschen ist. Dazu leben sie in Üppigkeit, sind allem Kreuz fern und bedrücken die Frommen mit ungerechtem Fronen, so daß viel Not und Geschrei im Lande umgeht und der arme Mann sich nicht mehr zu helfen weiß. Auch gegen diese gottverlassenen Fürsten den Willen Gottes durchzuführen, gründete ich den ewigen Bund Gottes, den Eure Anklage mir zum Vorwurf macht."

„Mit steigendem Recht, Thomas Münzer", unterbrach ihn Johann von Sachsen, allmählich erregt. „Deine Worte enthüllen es sonnenklar: du predigst Aufruhr! Aufruhr gegen alle Ordnung und herrschende Gewalt!"

„Nein!" widersprach Münzer mit unabdingbarer Bestimmtheit, und seine Worte waren wie blitzende Schwerthiebe. „Alle Gewalt gehört nur Einem: Christus, der unser aller Fürst und Herzog ist! Alle anderen Gewalthaber sind nur gottlose Tyrannen! Sie müssen daher gestürzt werden von ihren Stühlen und müssen ihre Gewalt ausliefern an die Erwählten Gottes, die allein berufen sind, das Volk zu Gott und zur Freiheit zu führen!"

Johann von Sachsen starrte ihn an wie einen Wahnwitzigen, während die kurfürstlichen Räte mit fassungslos aufgerissenen Mündern und schreckverstörten Gesichtern an ihren Plätzen saßen und kaum mehr zu atmen wagten über die verwegenen Lästerungen, wie sie ihnen in ihrem Leben noch nie zu Ohren gekommen waren. Einzig der eifrig kritzelnde Schreiber, der keine andere Sorge zu kennen schien als die, mit seiner Niederschrift der Rede Münzers nachzukommen, war unbeteiligt und hatte nach wie vor die gleiche gelangweilte und etwas hochmütige Amtsmiene, mit der er das Protokoll begonnen hatte.

„Münzer!" rief der Herzog, sich allmählich fassend und zur Ruhe zwingend. „Du springst über deinen eigenen Schatten! Du predigst das Kreuz und das Leid und verheißt zugleich alle weltliche Freiheit!"

Münzer stand weiß wie unter einem grellen Blitz, die Augen tief in die Höhlen gesunken. Er war mit einem Male wie ausgebrannt und fühlte eine zittrige Schwäche in seine Knie schießen.

„Die wirkliche Freiheit!" stieß er heiser hervor und krallte die Fingernägel in das Fleisch seiner Hände, um nicht der plötzlichen Schwäche zu erliegen. „Die wirkliche Freiheit! Errungen durch das Kreuz!"

„Nein!" schrie Johann von Sachsen in nicht mehr zu bändigender Erregung, so daß die Räte sich angstvoll duckten. „So nicht!"

Mit bebenden Händen faßte er nach seiner Brust, als fürchte er, sie möchte zerspringen.

„Ich war deinen Worten und deiner Lehre offen", fuhr er nach keuchendem Atemholen fort. „Nun aber sehe ich, daß der Teufel über dich gekommen ist und sein Unkraut ins Unermessene stieg. Deine Lehren gefährden den Bestand der Welt! Du bist nicht gekommen, zu erfüllen, sondern aufzulösen! Eines nur wird deine Ernte sein: Blut!"

Münzer wand sich wie unter einem Krampf. Der Schweiß brach ihm aus allen Poren, und die fortschreitende Schwäche ließ ihn taumelig schwanken. Aber mit letzter Kraft riß er sich zusammen.

„Schon einer", wehrte er sich mit fiebrig glänzenden Augen, „schon einer sprach so pfäffisch und voll Angst zu mir. Und was ich ihm sagte, werde ich Euch immer und immer wieder ins Gesicht schreien – und wenn Ströme von Blut fließen und wenn ich darin ersticke: mein Wort und meine Wahrheit werden wirken über die Zeiten hinweg, bis Gott frei und lebendig geworden ist!"

Johann von Sachsen wollte aufbegehrend aus seinem Sessel aufspringen. Doch dann besann er sich und schüttelte nur schmerzlich und enttäuscht den Kopf.

„Ich werde dem Kurfürsten alles vortragen", sagte er später müde und abwesend. „Er wird selber das Urteil sprechen. Bis dahin fordere ich von dir, daß du dich friedlich hältst." Und sich an die Räte wendend, erklärte er: „Die Verhandlung ist beendet!"

Schwerfällig erhob sich Johann von Sachsen und ging langsamen Schrittes – gefolgt von den verwirrten, nicht begreifenden Räten und dem Schreiber mit dem undurchsichtigen Gesicht – an den Wachen vorbei zum Gang hinaus.

Als letzter und erst um vieles später verließ Thomas Münzer den Kleinen Saal. Sein Gesicht war gelb wie das eines Toten, und seine Augen waren stumpf und ohne Licht.

Als er auf den Schloßhof hinaustrat, empfing ihn wie Hohngeschrei das streitende und freche Geschilp der Spatzen.

20.

Die weichen Schatten der herabfallenden Dunkelheit füllten stärker das kleine Turmzimmer der Wiprechtskirche und verwischten die Umrisse der Gegenstände und Erscheinungen. Nur einmal noch ging ein warmes Aufleuchten durch den Raum, als die untergehende Sonne für einen huschenden Augenblick aus tintigen Wolken herausbrach und eine letzte Lichtflut draußen über das Land warf. Dann wurde die Dämmerung mit einem Male dicht in dem Zimmer.

Ottilie von Gersen hatte an der Wiege gesessen und mit einem Gefühl verhaltenen Glücks dem spielenden Lallen des Kindes gelauscht. Als nun die Dunkelheit immer mehr sich ausbreitete, stand sie auf, um das Öllicht anzuzünden.

Von der unvermittelten Helligkeit des Lichtes erschreckt, begann das Kind verstört zu greinen. Ottilie trat daher wieder hinüber an die Wiege und setzte sich so, daß ihr Schatten dunkel über das Gesicht des Kindes fiel. Es beruhigte sich darüber und hörte auf zu weinen. Und als die Mutter mit einem leichten Anstoßen des Fußes die Wiege schaukelnd hin und her bewegte, fiel es zurück in sein verspieltes Lallen.

Ottilie begann eine alte, halb schon vergessene Wiegenmelodie zu summen, um das Kind in Schlaf zu bringen. Ihre schweifenden Gedanken kreisten dabei immer mehr in banger Sorge um Thomas Münzer, der seit seiner Heimkehr vom Weimarer Verhör von einer müden, schweigsamen Abgespanntheit war und bis in die Nächte hinein mit den Vertrautesten seiner Anhänger in geheimen Gesprächen zusammensaß.

Aus dem leisen Summen und der bänglicher anwachsenden Sorge formten sich der einsamen Frau plötzlich bittende Worte zu der alten mütterlichen Melodie.

„Schlaf ein, mein Kind, schlaf ein,
Dein Mutter ist allein,
Dein Vater steht in Gottes Pflicht,
Daß ihm dabei kein Leids geschicht –
Bet', Kindelein klein!"

Sie sang die gefundenen Worte halblaut vor sich hin und spürte, wie ihr darüber eine schmerzhafte Traurigkeit im Herzen wach wurde. Ergriffen und zugleich merkwürdig geängstet, neigte sie sich mit ausgebreiteten Händen über die Wiege, als müsse sie das Kind vor etwas Dunklem und Nächtigem, das lauernd hinter den Wänden zu hocken und Gestalt anzunehmen schien, bewahren. Scheu und zaghaft strich sie über die Kissen.

Mit einem Male riß es sie schreckhaft aus der Verlorenheit ihres Tuns auf.

Hinter ihrem Rücken war knarrend die Tür gegangen.

Als sie sich bang umwandte, stand – in ganzer Gestalt vom Licht der Lampe beschienen – Thomas Münzer im Zimmer. Aber statt des dunklen Predigerrocks trug er weitbauschige Pluderhosen und das bunte Wams eines Landsknechts. Seine Füße steckten in roten Strümpfen und schwarzen Schuhen, die mit roten Lederriemen zusammengeknüpft waren.

Der unerwartete und überraschende Anblick verschlug der entsetzten Frau für eine Weile die Stimme.

„Münzer?" kam es schließlich in furchtsamer Frage über ihre Lippen.

Thomas Münzer, der bisher still und abwartend im Türrahmen gestanden hatte, zog leise die Tür hinter sich ins Schloß und kam behutsam, um das schlafende Kind nicht zu wecken, zu ihr herüber.

„Habe ich dich erschreckt?" fragte er besorgt.

„Solltest du nicht?" entgegnete die Frau aufatmend und wies auf seine ungewöhnliche Bekleidung. „In dieser Gewandung?"

Über das Gesicht Münzers flog ein dunkler Schatten, und ingrimmig biß er sich auf die zusammengepreßten Lippen, ehe er Antwort gab.

„Lange genug bin ich der willige Botenläufer Gottes gewesen! Jetzt will ich sein Landsknecht werden!" rief er aus.

Er sprach es bitter, fast wie im Haß.

Ottilie spürte den finsteren und gewaltsamen Unterton in seinen Worten und erschrak darüber noch mehr.

„Münzer!" fuhr sie erbebend zurück. „Was ist geschehen?"

„Was geschehen ist?"

Münzer lachte hohnvoll auf.

„Man hat mir die Predigt verboten! Meinen Drucker haben sie durch einen Büttel ausgewiesen! Mich selber aber möchten sie in den Turm legen! Das ist geschehen!"

Der betroffenen Frau schoß alles Blut aus dem Kopf und strömte siedendheiß zum Herzen.

„Um alles—das haben sie gewagt?" fragte sie mit zittriger Stimme.

„Das haben sie gewagt!" erwiderte Münzer verbissen und lachte wiederum hohnvoll auf.

Die Frau stand mit wankenden Knien und sah den Mann nichtbegreifend an.

Das Dunkle und Nächtige, vor dem sie ihr Kind bewahren wollte, war plötzlich zu ihr in die Kammer getreten und wehte sie mit kalter Furcht an.

„Und nun?" fragte sie schließlich aus ihrer hilflosen Verwirrung heraus. „Was wird nun?"

Münzer straffte sich und schlug heftig mit der flachen Hand gegen sein Wams.

„Sie haben das Schwert erhoben gegen die Lebendigen Gottes! Wer aber das Schwert erhebt, soll durch das Schwert umkommen. So werde ich von nun an das Schwert Gottes ergreifen und gegen sie führen!"

Seine Stimme war im ansteigenden Zorn so laut geworden, daß die Frau besorgt auf die Wiege hinwies und ihn sanft mahnte: „Nicht so laut, Münzer, das Kind! Es wird wach werden und weinen."

„Ja, ich vergaß ..."

Beschämt senkte Münzer den Kopf und hielt stockend inne.

Dann näherte er sich dem Bett und fuhr mit einer schüchternen Zärtlichkeit darüber hin.

„Armer Kerl", murmelte er, sich nieder zu dem Kind neigend. „Du hast deinen Vater nur wenig um dich gehabt. Aber in seiner schweren Arbeit und in seinem Kampf klang oft dein lallendes Lachen zu ihm herüber. Dann war es wie die Gegenwart Gottes."

Gedankenvoll richtete er sich wieder auf, während Ottilie beschwichtigend die Hände gegen ihr laut pochendes Herz preßte.

„Vielleicht", begann Münzer versonnen aus seiner Stille und sah dabei mit einem seltsamen Aufleuchten seiner Augen hinüber zu der Frau, „vielleicht ist jetzt mein Abschied von dir ein Abschied für immer. Flehentlich bitte ich Gott, er möge dir daraus unendliches Wachsen schenken."

Die Worte Münzers trafen die Aufgestörte wie ein körperlicher Schlag.

„Abschied?" stammelte sie in heißer Angst. „Du willst fort, Thomas Münzer?"

Als wollten sie die Fragende streicheln, gingen Münzers Blicke liebevoll über sie hin.

„Gott will, daß ich fortgehe!" sagte er dann.

„Und dein Sohn?" bäumte Ottilie sich auf.

In Münzers Gesicht nistete kurz ein verlorenes Lächeln und blühte für eine Weile als helles Licht in der Trauer seiner Augen.

„Er hat seine Mutter!" entgegnete er und lächelte erneut zu der Frau hinüber.

Ottilie kam sich vor wie eine Ertrinkende.

Taumelnd und mit blutlosen Lippen trat sie dem Manne näher.

„Wenn sie aber verzagt und voll Angst ist, diese Mutter?" flüsterte sie tonlos.

Münzer lächelte ein drittes Mal, diesmal ein zuversichtliches, mitreißendes Lächeln.

„So wird Gott, der ihr aus dem Kloster ins Leben half, Kraft über sie ausschütten!" sagte er tröstend.

„Thomas!" schluchzte die Frau und flog ihm an den Hals.

Schweigend hielt Münzer sein Weib lange umfangen.

Dann fuhr er mit weicher Hand begütigend über ihr tränennasses Gesicht.

„Du warst wie eine blühende Blume", neigte er sich ergriffen über die Schluchzende, „von Gott mir an den Weg gestellt. Ich erkannte dich mit Freude und Beglückung. Und dennoch brachte ich viel Einsamkeit und Not über dich. Du littest es in Demut und Stille und blühtest nur noch reicher in meine Dunkelheit. Dein Lächeln füllte mich wie Orgelton, und ich nahm es nur zaghaft und selten wie Feiertage. Immer aber", seine Stimme klang jetzt ganz weich und gelöst, „immer aber warst du um mich, wenn du dich selber auch in Einsamkeit und Sehnsucht verzehrtest."

Die schluchzende Frau war unter Münzers Worten langsam stiller geworden. Ihr Gesicht hob sich ihm erglühend entgegen und verlor alle Bedrücktheit und Angst.

„Ich danke dir, Münzer!" sagte sie leise und voller Scham, als er geendet hatte. „Du machst mich stark und stolz."

Münzer schloß sie fest in seine Arme.

„Wir wollen es nicht vergessen", sagte er mit plötzlich gewandelter Stimme. „Groß und unfaßbar kann das Leid nur sein, weil Gott ewige Einkehr halten will. Und vielleicht werden wir es glücksgesegneten Herzens überstehen!"

„Ich will immer darum beten!" flüsterte die Frau ergeben zurück.

Noch einmal legte Münzer seine Arme um ihren Leib und zog sie eng an sich. Und die Frau spürte – jetzt schon wie etwas ihr Entgleitendes – die ruhige Sicherheit seines Umfangens und schmiegte sich ihm erschauernd an, während ihr wieder hilflose Tränen aus den Augen quollen.

So standen sie lange. Dann neigte Münzer sich in plötzlichem Entschluß über ihr Gesicht.

„Lebe wohl!" sagte er und küßte die erbebende Frau verhalten auf den Mund.

„Der Herr segne unseren Ausgang und Eingang!" fügte er bittend hinzu und löste sich aus der Umarmung.

„In Ewigkeit. Amen!" kam es mit ersterbender Stimme von den Lippen der Frau zurück. Und während sie hinter sich ins Leere griff und nach einem Halt tastete, ging Münzer, ohne sich noch einmal umzuwenden, mit festen, eiligen Schritten hinaus.

Als hinter ihm die Tür ins Schloß sank, zerrte es an der Zurückgebliebenen, ihm nachzulaufen und ihn nicht von sich zu lassen. Taumelnd machte sie zwei, drei Schritte hinter ihm her, doch dann riß sie sich gewaltsam zurück.

Schwankend und mit zitternden Knien blieb sie lange stehen, bis sie wie eine Traumverlorene zur Wiege hinüberwankte.

Hier beugte sie sich nieder und sah mit tränenlosen Augen auf das ahnungslos schlafende Kind. Und mit einem Male, mitten aus aller Verwirrung und Not, kam das Lied wieder über sie, und mit zuckenden Lippen begann sie zu singen:

„Schlaf ein, mein Kind, schlaf ein,
Dein Mutter ist allein,
Dein Vater steht in Gottes Pflicht,
Daß ihm dabei kein Leids geschicht,
Bet', Kindelein klein!"

Doch während des zaghaften Gesanges ging ihre Stimme mehr und mehr in schüttelndes Weinen über, und mit den letzten, ersterbenden Worten warf sie sich, aufschluchzend in Schmerz und Verlorenheit, nieder über das Bett.

Das Dunkle und Nächtige, vor dem sie sich ahnungsvoll gefürchtet, hatte jetzt ganz Gewalt über sie.

ZWEITER TEIL

Der Landsknecht Gottes

21.

Der dengelnde Schlag der Schnitter und das rauschende Wogen der vom Sensenhieb getroffenen Halme ging über die Felder, als Thomas Münzer, von einem Bruder seines Bundes geleitet, aus der Stadt Allstedt entwich. Auf versteckten Pfaden wandte er sich nach Mühlhausen, wo er einige seiner frühen Zwickauer Anhänger aus der Zunft der Tuchmacher und Leineweber wußte, die wegen ihres schwärmerischen Sektierens vom Rat der Stadt verwiesen waren und hier neue Heimat gefunden hatten. Sein Gesicht war härter geworden, sein Blick brennender. Doch der sirrende Ton der erntenden Sicheln erfüllte ihn mit Zuversicht. Mochten sie ihn auch wieder einmal flüchtig gemacht haben — die Erntezeit war dennoch nahe.

Er vermied auf seinen Wegen größere Ortschaften und nahm Unterkunft in abseitigen Weilern oder kleinen Gehöften. Aber überall, wo er einkehrte und die Münder zum Sprechen brachte, seufzten und klagten die Bauern über ihre Not. Sie waren mit Frondiensten und Scharwerken, mit Zinsen, Steuern und Abgaben hart beschwert und überladen, nichts als jedermanns Fußhader und Unrat vor den Türen der Mächtigen. Der Hunger nach Gerechtigkeit ging daher mit ihm wie ein einziger Schrei und machte ihn nur noch williger, seinen Kampf um die neue Ordnung Gottes weiterzuführen, härter und entschiedener als bisher.

„Sieh sie dir an", sprach er voll Bitterkeit und Zorn unterwegs zu seinem Begleiter. „Der mühselige Stand der Bauern, Köhler und Hirten ist neben den herrschenden Ständen der Fürsten und Edelleute, der Geistlichen und der Bürger der verachtete und verworfene vierte Stand. Sie sitzen auf dem Felde, in Dörfern, Höfen und Weilern und werden Bauern genannt, weil sie das Feld bebauen und zur Frucht bereiten. Ein jeder ist von dem andern abgeschieden und lebt für sich mit seinem Gesinde und Vieh. Die Häuser, darin sie wohnen, sind schlecht, von Holz und Dung gemacht, auf den nackten Erdboden gesetzt und mit Stroh gedeckt. Ihre Speise besteht aus trockenem schwarzem Brot, aus Haferbrei oder gekochten Erbsen und Linsen. Als Trank reicht es nur zu Wasser und Molken. Ein Zwilchrock, zwei Bundschuhe und ein Filzhut sind ihre einzige Kleidung, ein ganzes Leben lang. Von früh bis spät hängen sie der Arbeit nach und kommen zu keiner Ruhe. Ihren Herren müssen sie oft das ganze Jahr hindurch dienen, ihnen das Feld bebauen, müssen säen, die Frucht schneiden und in die Scheuern führen, Holz hauen und Gräben ziehen. Da ist nichts, was die armen Bauern nicht tun müssen, so daß sie kaum dazu kommen, für ihre eigenen Bedürfnisse zu sorgen. – Wie ist es an der Zeit, solcher Macht der Gottlosen über die Armen ein Ende zu machen!"

Immer deutlicher wurde ihm, was er schon in Allstedt erkannt hatte: das Wort allein genügte nicht mehr, um der Gerechtigkeit zur Herrschaft zu verhelfen; es mußte mit Gewalt und mit dem Schwerte unternommen werden.

So entschlossen und bereit – aus dem Botenläufer Gottes bewußt und willentlich zum Landsknecht Gottes geworden – betrat Münzer den Boden der freien Reichsstadt Mühlhausen und fand Unterkunft bei seinem alten Anhänger Claus Tuchscherer nahe der Kirche von St. Blasius in der Unterstadt.

Er hatte ihn im Haus der Zünfte, wo er zunächst einkehrte, im Gespräch mit einem Zunftgenossen angetroffen. Verwundert hatte Claus Tuchscherer unter zusammengezogenen eisgrauen Brauen seinen einstigen Prediger aus Zwickau angesehen und erkannt.

„Bruder Münzer!" rief er in kaum unterdrückter Freude über das unerwartete Wiedersehen und stand in der ihm eigenen bedächtigen Art auf, um – hager und vom Alter leicht gebeugt – zu ihm hinüberzugehen und ihn wortlos in die Arme zu schließen.

Ohne Umstände zog er ihn dann mit in eine stille Ecke und begann mit seiner halblauten Stimme zu berichten, wie nach ihrem Einzug in Mühlhausen ein ehemaliger Zisterziensermönch in der Stadt aufgestanden sei, der Sohn einer Mühlhäuser Kramhändlerin, Heinrich Pfeiffer mit Namen.

In der Kirche von Sankt Nikolaus habe er genau wie er, Thomas Münzer, von der Freiheit des Evangeliums und gegen die Pfaffenwirtschaft und die Anmaßung der Mächtigen gesprochen. Immer mehr Volk sei ihm zugelaufen und habe sich unter seinem anfeuernden Wort in Bewegung gesetzt und gegen den Widerstand der Geschlechter die Freiheit der Predigt sowie erste Teilnahme am Regiment der Stadt durch den Achtmännerrat erkämpft. Allerdings sei die Kirche nach wie vor mächtig geblieben. Sie verfüge in der Stadt über reiche Besitztümer, die von keinerlei Lasten beschwert seien. So habe der Deutsche Orden allein Patronatsrecht über fünfzehn Kirchen und Kapellen und nenne dazu die beiden Konventshäuser und reichen Grundbesitz sein eigen. Mit List habe man dann zum Gegenschlag ausgeholt und Heinrich Pfeiffer aus der Stadt verwiesen. Letzten Winter jedoch sei er heimlich wieder in die Stadt eingeschlichen und habe bei dem armen Volk der Vorstädte, vornehmlich bei denen um St. Nikolaus, die mit wachsendem Grimm den unchristlichen und steigenden Reichtum der Kirche angesehen hätten, sofort einen solchen Anhang gefunden, daß seine Gegner es nicht wagen durften, mit Gewalt gegen ihn vorzugehen. Kurz nach seiner Rückkehr habe er seine Anhänger zu einem Bildersturm in die Predigerkirche geführt, und nun woge der Kampf zwischen den Anhängern der alten Gewalt und denen, die für eine neue Ordnung stritten, hin und her. Jetzt, da er, Thomas Münzer, zu ihnen stoße, habe er keine Furcht mehr; ja, es sei ihm geradezu Gewißheit, daß es nicht mehr fern sei bis zur Errichtung des Reiches Gottes auf Erden und bis zur Ausrufung der großen Gerechtigkeit für alle Bedrückten und Unterdrückten, wie die Schrift sie verlange.

Claus Tuchscherer berichtete mit kühler Gelassenheit. Münzer erkannte in seinen Worten das wägende und oft nüchtern wirkende Wesen seines alten Anhängers, der trotz seiner Begeisterung für den neuen Glauben nie die Wirklichkeit und das Nächste aus den Augen ließ. Jedes seiner Worte, das sich ihm nur in zögernder Bedächtigkeit und nachdenklichem Überlegen formte und so etwas Stockendes und Unbeholfenes in seine Rede brachte, war wahrhaftig und unwiderstreitbar und bestimmt von der Unbestechlichkeit seiner Augen, die in einem langen Leben viel gesehen hatten und es gewohnt waren, zu prüfen und zu unterscheiden.

Nach der Schilderung des Zwickauers bestand für Thomas Münzer kein Zweifel mehr, daß er auf dem richtigen Wege sei. Das unterirdisch züngelnde Feuer, das im ganzen Reiche glomm, wollte aufbrechen und zur Flamme werden! Hier konnte er weiterführen, was er in Allstedt begonnen hatte – den ewigen Bund Gottes gründen und ihn gegen die Anmaßung und Überheblichkeit der Ungerechten und Gottlosen führen. Der Boden war bereit, bereiter als an allen anderen Orten, an denen er geweilt.

„Wie doch das Neue überall trächtig ist!" rief er aus, als Claus Tuchscherer geendet hatte, und reckte sich mit der ungebärdigen Kraft, die sich plötzlich ihrer Fülle und Gewalt bewußt wird. „Nun, da ich der Landsknecht Gottes bin, will ich nicht zögern, ihm ans Licht zu helfen!"

Morgen, so beschloß er, wollte er Botschaft an Hans Wychart, den mit ihm aus Allstedt verwiesenen Drucker, senden und ihn nach Mühlhausen kommen lassen, damit er hier sogleich daran ginge, seine Schriften und Predigten zu drucken. Zugleich sollte ein Bote nach Allstedt gehen, um Ottilie von Gersen und das Kind zu holen, damit sie in dem großen Kampfe bei ihm seien. Und Fühlung mit Heinrich Pfeiffer galt es aufzunehmen! Bei ihm und seinem Anhang würden die ersten Verschworenen des aufzurichtenden Bundes zu finden sein. Das Reich Gottes war nahe!

Ein jäher Schauer durchrieselte Thomas Münzer bei diesen Gedanken und lief wie eine heiße Welle durch seinen ganzen Körper. Wie mit rauschendem Flügelschlag kamen plötzliche Gesichte über ihn und ließen ihm keine Ruhe mehr.

„Bruder!" fuhr er verzückt auf, „es ist so, wie es der Prophet Jeremia gesagt: ‚Nimm wahr, ich habe meine Worte in deinen Mund gesetzt. Ich habe dich heute über die Leute und Reiche gesetzt, auf daß du auswurzelst, zerbrichst, zerstreust und verwüstest und bauest und pflegest.'"

„Ja", erwiderte Claus Tuchscherer nachdenklich. „Auswurzeln, zerbrechen, zerstreuen und verwüsten müssen wir, was da alt und morsch geworden ist, um zu bauen und zu pflegen, was neu aus dem reinen Christenglauben werden will."

„Der reine Christenglauben!" kam es anklagend aus Münzers Schau. „Oh, wie ist er ein verborgen und unmöglich Ding geworden, weil die Menschen mehr gefürchtet werden als Gott, so daß kein Auge dies genug beweinen und keine Zunge davon sagen kann!"

Eine Weile hielt er wie horchend inne, dann fuhr er mit gewandelter Stimme fort: „Aber du mußt wissen, Bruder: wie das Allerbeste mit dem Gegenteil des Gottlosen erklärt wird und Christus zur Zeit des argen Königs Herodes empfangen wurde, so beweist sich auch jetzt, da Gott sein Licht in die Welt geschickt hat, wieder das Regiment der Gottlosen mit all seinem wütenden Toben gegen Gott. Und eben darum, weil einige der Mächtigen gerade jetzt anheben, ihr Volk zu blocken und zu stocken, zu schinden und zu peinigen, ist Gott wieder nahe und will Niederkunft halten. Die Fürsten und Gewaltigen sind einfach nichts anderes denn Henker und Büttel. Aber Hosea hat schon geweissagt: ‚Gott hat die Herren und Fürsten in seinem Grimm der Welt gegeben, und er will sie in der Erbitterung wieder wegnehmen!'"

„Und da stellen sie sich hin, die Anhänger Luthers", fiel ihm Claus Tuchscherer erregt ins Wort, „und predigen unverschämt, der arme Mann solle sich von den Tyrannen schaben und schinden lassen und Geduld haben!"

„Nein!" entgegnete Münzer hitzig und aufbegehrend. „All diese ungläubigen Gewaltigen müssen vom Stuhl gestoßen werden. Da muß das Große dem Kleinen weichen. Deshalb soll der von Gott erweckte Mensch hervorbrechen aus der Wüstenei seines Herzens und die wuchersüchtigen Bösewichte voller Tücken wegtun und zu Hundsknechten machen. Die Zeit der Ernte ist da!"

„Die Zeit der Ernte ist da!" wiederholte Claus Tuchscherer aufspringend und warf die Arme empor. „Wir können der gottlosen Obrigkeit nicht mehr gehorsam sein.

Wir dürfen keine Zinsen und Abgaben mehr zahlen und müssen das unchristliche Pfaffenregiment von dannen jagen! Komm, Münzer, ich führe dich zu Heinrich Pfeiffer. Er wird dir und deinem Kampf Beistand leisten!"

22.

In der Nikolaikirche hatte Münzer mit seinen Predigten begonnen. Und was auf der Flucht von Allstedt und beim Einzug in Mühlhausen in ihm gebrannt hatte, wurde nun Wort und strömte als Brand in die Herzen seiner Zuhörer. Seine Visionen vom Ewigen Reich Gottes, das es zu errichten gelte, überrauschten sie mit Jubel und herzklopfendem Erschauern. Und mit tosender Zustimmung griffen sie seine Kampflosungen auf, wenn er ihnen, die mit Heinrich Pfeiffer zu ihm gestoßen waren und immer neuen Zuwachs aus den Zünften und dem Volk der Vorstädte erhielten, wenn er all diesen, die von den Geschlechtern und Ständen aller Rechte beraubt und mit unerträglichen Lasten bebürdet waren, mitten in seinen Heilsverheißungen zurief, der falschen und ungöttlichen Obrigkeit den Gehorsam aufzusagen, keine Zinsen und keinen Zehnten mehr zu zahlen und die geistlichen Stände als Teufelsspuk und Blendwerk des Bösen von dannen zu treiben.

Nur widerwillig hatten die Männer des Rates seine ersten Predigten geduldet. Doch der Anhang, der dem wortgewaltigen Manne auf der Kanzel der Nikolaikirche zulief, ließ sie zaudern, ob sie aus eigener Machtbefugnis einschreiten durften. Heimlich sandten sie daher einen Boten an den Weimarer Hof, der sich vergewissern sollte, ob sich der Magister Thomas Münzer aus Stolberg, der sich unterstehe, in Mühlhausen zu predigen, in Frieden und Güte von den Herzögen von Sachsen getrennt habe. Der Entscheid, der ihnen zuteil ward, ließ jedoch wenig Freude in ihnen aufkommen. Und als dann gar aus Jena ein warnender Sendbrief Luthers eintraf, der dort gegen die Bilderstürmerei Karlstadts und der Seinigen kämpfte und bei dieser Gelegenheit vom Wirken Münzers in Mühlhausen hörte, war es schon zu spät, um dem „Prediger mit dem Hammer", wie er sich selbst nannte, den Hammer aus der Hand zu winden.

Wie vor dem Ausbruch eines drohenden Gewitters war es allmählich in der Stadt Mühlhausen. Die Worte und Verheißungen Münzers, bildkräftig und dem armen Volk aus dem notschweren Herzen gesprochen, schossen wie blitzende Schwalben mit funkelnden Schwingen unter dem sich sammelnden Gewölk der Bedrohung dahin. Mit heimlichem Erblassen sahen die Vertreter der alten Ordnung zu ihnen auf und wie von drückender Schwüle stiegen ihnen beklemmende Schweißtropfen auf die Stirn. Die Sonne der Macht, die sie bisher gewärmt hatte, wurde fahl und ließ sie erzitternd frösteln.

Mitten in all der Unruhe und wispernden Erregung sammelte Münzer indessen die ersten Männer seines Bündnisses und nahm sie in sein Gelöbnis. Gleichzeitig liefen Boten und Landläufer aus dem Süden des Reiches herzu und brachten Briefe und Aufrufe des Bundschuh. Sie wußten dazu noch zu berichten, daß der Prediger Balthasar Hubmaier in der Stadt Waldshut nahe bei Basel Altäre und Bilder habe zerschlagen lassen und den neuen Glauben eingeführt habe. Aus dem Österreichischen sei ihm ein Haufe rebellischer Bauern unter ihrem Hauptmann Hans Müller von Bulgenbach zugezogen. Und auch sonst sammele sich im Süden der Bauer, um aufzustehen gegen die Fürsten und Mächtigen. Er wolle nachholen und vollenden, was dem tapferen Ritter Franz von Sickingen, der auf seiner Feste Landstuhl elend zu Tode gekommen war, mißlungen sei.

Es war das Wetterleuchten kommender Ungewitter, das da in die Mauern Mühlhausens drang. Es erfüllte Münzer und seinen Anhang mit Mut, erschien ihren Gegnern aber als Menetekel wie einst dem Nebukadnezar die Flammenschrift an der Wand.

In diesen Tagen, eben nach Beendigung einer abendlichen Predigt, erreichte Thomas Münzer ein von Claus Tuchscherer ausgesandter Knabe und meldete ihm, daß Ottilie von Gersen angekommen sei und in der ihm von seinem Gastgeber eingerichteten Stube auf ihn warte.

Mit beschwingten Schritten machte Münzer sich auf den Weg, um die sehnsüchtig Erwartete mit frohen Worten zu begrüßen und ihr von dem stürmischen Fortgang seiner Arbeit zu berichten.

Als er das Tuchscherersche Haus erreicht hatte und die Tür zu seiner im Erdgeschoß befindlichen Stube aufzog, brannte im Fenster der rote Widerschein der untergehenden, regenkündenden Sonne und warf ihm ein blutiges Leuchten entgegen.

Es ließ ein plötzliches Unbehagen in ihm aufsteigen und eine ahnungsschwere Bangnis wach werden. Dann schaute er sich, noch etwas geblendet, suchend nach der erwarteten Frau um.

Er sah sie regungslos in der schattenerfüllten Ecke neben dem Fenster sitzen, und es verwunderte ihn, daß sie nicht aufstand und ihm entgegenkam, so daß er zögernd an der Tür verharrte. Da erkannte er, daß sie ihren Kopf nieder in die zusammengelegten Hände geneigt hatte und daß ein kaum merkbares Schluchzen durch ihren Körper ging. Es verwunderte ihn stärker und ließ ihn nur beklommen zu ihr hinübergehen.

„Ottilie!" rief er ihr mit gedämpfter Stimme zu.

„Thomas!" kam es leise und qualvoll von der Frau zurück. Zugleich richtete sie sich mit einer unsagbar müden Bewegung auf und sah ihn mit einem tränenüberflossenen Gesicht an.

„Was ist dir?" fragte er zaghaft und bestürzt.

„Thomas!" stöhnte die Frau ein zweites Mal und sprang von ihrem Platz auf, um ihm mit lautem Aufschluchzen in die Arme zu sinken.

Er hielt sie fest umschlossen und überließ sie schweigend ihrer Erschütterung, die, wie er spürte, nicht aus der Erregung und dem Sturm des Wiedersehens kam. Es mußte etwas anderes sein, etwas Dunkles und Gewaltsames, das auch ihn in seine Fänge zu nehmen drohte.

„Ottilie", sagte er später, als das schüttelnde Schluchzen der Frau verhaltener geworden war, und hob mit sanftem Druck ihr Gesicht zu sich auf.

Wie erstarrt und versteint erschienen ihm die vertrauten Züge, und die Augen blickten ihn weh und aufgescheucht an, als seien sie von einer maßlosen Verstörtheit erfüllt.

Es war ihm nicht fremd. Er war solchen Gesichtern und solchen Augen häufiger schon begegnet. An Krankenbetten und Totenlagern war es gewesen, wenn der Tod Einkehr hielt oder Einkehr gehalten hatte und er den Hinterbliebenen zum Trost die Hand drückte.

Ein schmerzhaftes Erschrecken durchfuhr ihn bei diesem Gedanken und nahm ihm fast den Atem. Als ob ein greller Blitz die Finsternis der Nacht zerspalte und für einen jähen Augenblick alles in ein gnadenloses Licht tauche, so riß dieses Erschrecken ihn auf und ließ ihn Furchtbares erkennen.

Mit einer heftigen Bewegung zog er die Frau enger an sich, als wolle er mit ihrer Nähe das Erkannte zudecken und auslöschen. Zugleich aber wußte er, daß es unauslöschbar und nicht wegzuleugnen war.

„Mein Junge", stammelte er erbebend und preßte sein Gesicht dicht an das der Frau, „sprich, ist er — —"

Doch mitten in der Frage brach er wieder ab. Er vermochte sie nicht über die Lippen zu bringen. Wie ein lastendes Gebirge sank sie auf sein Herz und ließ sich nicht von ihm abwälzen.

Ottilie war unter seinen Worten schmerzhaft zusammengezuckt und stillgeblieben.

Münzer spürte, wie sie lautlos wieder zu weinen anfing und wie ihre Tränen mit bitterer Feuchtigkeit auch sein Gesicht netzten.

Da wußte er, daß er nicht mehr zu fragen brauchte.

Das Kind, die Gegenwart Gottes, war von ihm gegangen und zum Schwert Gottes geworden, das ihn schlug.

Mit zitternden Händen, selber von einem Schmerz erfüllt, der ohne Ende schien, strich er der Frau über den Rücken. Dann führte er sie wie eine Kranke, Geschlagene hinüber an sein Bett und zog sie zum Sitzen neben sich nieder.

Der blutende Widerschein der untergehenden Sonne stand noch immer im Fenster und füllte allmählich das ganze Zimmer. In zudringlichem Tasten griff er nun auch nach den beiden Sitzenden auf der Bettkante und floß in gierigem Besitzergreifen über sie hin; ein ängstigendes Sinnbild des Schicksals, das über sie gekommen war.

Plötzlich begann Ottilie, die ihren Kopf an der Brust Münzers geborgen hatte, zu sprechen. Leise, wie im Selbstgespräch, kamen die Worte von ihren Lippen, so daß Münzer Mühe hatte, sie zu verstehen.

„Am Abend habe ich noch mit ihm an der Wiege gespielt", sagte sie. „Er krähte und lachte und griff mit seinen winzigen Händchen nach mir hin. Dann gab ich ihm zu trinken und legte ihn zur Ruhe. Später, als ich mich selber niederlegte, schlief er ruhig und tief. In der Nacht weckte mich plötzlich ein Gurgeln und Würgen. Ich sprang auf und schlug Licht. Da sah ich, wie er sich in Zuckungen wand und mit Händen und Füßen um sich schlug. Entsetzt riß ich ihn auf und nahm ihn in meine Arme. Aber da reckte er sich mit einem Male und wurde ruhig und still. Ich glaubte ihn schon gerettet, da fühlte ich, wie langsam die Wärme aus ihm wich. Und als ich mich furchtsam zu ihm niederbeugte, sah ich, daß die Augen starr und gebrochen waren."

Ein neu ausbrechender Strom von Tränen ließ die Sprechende verstummen.

Münzer saß unbewegt. Nur seine Hände legten sich zuckend um das Gesicht der Weinenden und preßten es wie im Krampf. In seiner Kehle würgte ein Schrei, der sich nicht zu lösen vermochte. Gleichzeitig legte sich ein Schleier vor seinen Blick und ließ das Zimmer, daraus die Röte der regenverkündenden Sonne langsam zu weichen begann und es in weicher Dämmerung zurückließ, schwimmend auf und ab zittern.

„Ich habe ihn dann zu Grabe getragen", sagte Ottilie aus ihren allmählich versiegenden Tränen in die große Stille hinein, in eben dem Augenblick, als das Rot der Sonne auch hinter dem Fenster erlosch. „Am Morgen darauf kam dein Bote, der mich zu dir rief."

„Ottilie!“ flüsterte Münzer aus seiner Ergriffenheit und küßte der sich aufrichtenden Frau die Stirn.

„Das Schwert Gottes“, sagte er später mit einem in die Ferne gerichteten Blick, „es ist scharf und manchmal gnadenlos. Dennoch weiß ich, was ich dir in Allstedt zum Abschied gesagt habe: groß und unfaßbar kann das Leid nur sein, weil Gott ewige Einkehr halten will.“

Mit unbeholfenen, eckigen Bewegungen, als seien ihm seine Glieder mit einem Male fremd geworden, erhob er sich von seinem Platz und ging wie schwankend durch das weiche Dämmerlicht hinüber zum Fenster.

Die Sonne war untergegangen, ertrunken im Gewoge und Geschiebe der sich ineinandertürmenden Regenwolken. Stumpf und grau lag das letzte Licht des Tages über den Gärten und Wiesen.

Münzer lehnte den fiebrig heißen Kopf gegen den Fensterrahmen und sah hinaus. Und es schien ihm dabei, als sehe er in die graue und stumpfe Leere seines geschlagenen Herzens.

So stand er lange, starr und reglos, eingehüllt von den Schatten der immer stärker werdenden Dämmerung.

„Wer aber die Hand an den Pflug legt und zurückschaut, der ist nicht geschickt zum Reiche Gottes!“ murmelte er schließlich aus seiner Aufgerissenheit und atmete bedrängt und stoßhaft.

Lots Weib hatte sich einst auch umgeschaut und war darüber zur Salzsäule erstarrt.

Machte er es ihr nach in seiner Schmerzverlorenheit?

„Laßt die Toten ihre Toten begraben!“ hatte Christus einst gesagt, Christus, die Liebe Gottes.

Und wie war es in Saaz gewesen? Hatte er seinem sterbenden Bruder nicht verheißen, daß der Tod nichts anderes als die Einkehr und Heimkehr zu Gott sei?

Nur den Irdischen und Verbleibenden war der Tod ein Schmerz. Den Toten selber brachte er den Jubel der endlichen Heimkehr und das große Licht der Verheißung. Durfte er, der Lebendige Gottes, trauern, weil Gott ihn mitten in der Erntezeit mit lauter Stimme angerufen hatte? Warf er ihn nicht in den Schmerz wie in eine Kelter, damit er darin seiner noch gewisser werde? Ja, hatte er ihn jetzt, da er sich anschickte, das Gesetz seiner Stimme zu erfüllen, nicht mit Gnade angerührt, da er das Fleisch von seinem Fleische erhöht hatte zu seiner himmlischen Herrlichkeit?

Inmitten der inzwischen das Land draußen überziehenden ersten Dunkelheit spürte Münzer ein Licht aufsteigen und auf sich zukommen, das ihn mit einer strahlenden Gewißheit erfüllte. Sichelklang von erntenahen Feldern ertönte in seinem Ohr und das Geläut schwebender Glocken.

Da trat er vom Fenster zurück und wandte sich mit erhobenem Kopf um.

„Das Reich Gottes will nieder auf die Erde kommen", sagte er in das Dunkel hinein. „Wir müssen ihm den Weg bereiten und dürfen nicht müde werden, auch nicht von einem Schmerz."

Dann ging er mit tröstlich ausgebreiteten Armen auf Ottilie von Gersen zu, deren Gesicht ihm bleich aus dem Schatten entgegenwuchs.

23.

Aus den weitgeöffneten Fenstern und Türen des „Stern" am Obermarkt drang schmetternde Tanzmusik und das Stampfen und Juchzen der sich ausgelassen im Reigen drehenden Paare. In hellen Scharen waren die Mühlhäuser zu dem festlichen Tanzvergnügen gezogen, das der Sternenwirt aus Anlaß der Hochzeit seines Sohnes angesetzt hatte. Der Schweiß floß in nicht minderen Strömen als das gute Mühlhäuser Bier; denn der späte Septembertag war von einer hochsommerlichen Hitze durchglüht gewesen, die mit dem Abend nicht nachgelassen hatte und als dumpfe Schwüle immer noch über der Stadt lastete.

Am Nachmittag hatte das Fest begonnen. Durstig vom tänzerischen Reigen und der ungewöhnlichen Wärme, tranken manche der Gäste hastiger und mehr, als ihnen bekömmlich sein mochte. So mischte sich in das Getön der Musik und in das ausgelassene Gelächter der Tanzenden schon früh das randalierende Gröhlen der Angetrunkenen.

Die beiden Bürgermeister Rodemann und Wettich, die als Vertreter der Mühlhäuser Stände dem Ratskollegium vorstanden und als Ehrengäste zu dem Fest geladen waren, vernahmen die laute Ausgelassenheit der Hochzeitsgäste schon von weitem und rümpften darüber geringschätzig die Nasen.

Er halte es dafür, von dem trunkenen Treiben wegzubleiben, meinte Wettich in galliger Unlust, zumal sie durch eine Ratssitzung so lange ferngehalten seien und nun mit dem Abstand der völligen Nüchternheit in den lauten Strudel der Angeheiterten gerieten. Außerdem stehe zu befürchten, daß sich unter den Anwesenden viele der heimlichen Aufrührer von St. Nikolaus befänden, die lange schon mit scheelen Augen und heimlichen Schimpfworten zu ihnen hinsähen.

„Pah!" tat Rodemann und reckte sich. Er habe keinerlei Furcht vor denen von St. Nikolaus und sei dafür, es ihnen auch zu zeigen. Außerdem seien sie von einigen bewaffneten Stadtknechten geleitet, die ihnen notfalls zum Schutz bereitständen.

Nun ja, erwiderte Wettich und zuckte die Achseln. Er möge vielleicht im Recht sein. Dennoch sei er dafür, um die von St. Nikolaus, die jetzt sicher laut und händelsüchtig sein dürften, nicht unnötig zu reizen, die Stadtknechte aus dem Saal fernzuhalten und sie in der Gaststube zurückzulassen.

Dagegen sei nichts zu sagen, gab Rodemann ihm zu und wies die in geringem Abstande folgenden Stadtknechte beim Betreten des „Stern" an, ihnen nicht mit in den Saal zu folgen, sondern sich in der Gaststube zu ihrer Verfügung zu halten.

Sie selber durchschritten dann die von einer singenden Gruppe von Zechern besetzte Gaststube und begaben sich in den dichtgefüllten Saal.

Gleich erkannte sie hier der Küster der Jakobikirche, der auf schwankenden Beinen laut redend und gestikulierend in einem Kreise von Anhängern des Münzerschen Bundes stand, und kam ihnen mit seinen nicht mehr ganz sicheren Schritten entgegen. Mühsam hielt er einen immer wieder unter seinem Torkeln überschwappenden Bierhumpen in der Hand und forderte die Bürgermeister mit lallender Stimme und fischartig vorgequollenen Augen auf, ihm und dem gemeinen Manne zuzutrinken.

Rodemann verzog ablehnend und verächtlich seine Mundkanten und schob den ihn belästigenden Angetrunkenen zur Seite, den besänftigenden Druck Wettichs auf seiner Schulter mißachtend.

Der zurückgewiesene Kirchner sah ihn nach schnaufendem Aufatmen haßvoll an.

„Heh!" schrie er mit aufbrüllender Stimme, so daß ein allgemeines Aufsehen im Saal entstand. „Wenn dir der gemeine Mann es nicht wert ist, ihm zuzutrinken, wird er dir auf seine Weise Bescheid tun!"

Und damit schüttete er dem erblassend zurückfahrenden Bürgermeister den Inhalt des gefüllten Humpens ins Gesicht.

Nunmehr geriet auch Rodemann in Zorn. Er schüttelte prustend und abwehrend den biertriefenden Kopf, packte den mit höhnischem Lachen vor ihm stehenden Küster an der Brust und zerrte ihn, ehe die Umstehenden begriffen, was da vor sich ging, trotz seines Wehrens, hinüber in die Gaststube.

„Hier!" rief er den aufspringenden Stadtknechten zu und schob ihnen den keuchenden und verzweifelt zappelnden Kirchner entgegen. „Bringt ihn in das gemeine Gefängnis und schließt ihn ein."

Mit grinsenden Gesichtern bemächtigten sich die Stadtknechte des Angetrunkenen, der wild um sich schlug und laut nach Hilfe schrie. Mit rohen Griffen bändigten sie seinen Widerstand, während ihm einer der Knechte zugleich mit der geballten Faust auf den Mund schlug und so zum Schweigen brachte. Dann zogen sie ihn gewaltsam auf die Straße, um ihn, von den Bürgermeistern geleitet, zum Rathaus zu schaffen.

Inzwischen hatten die Musikanten im Saal ihr Spiel abgebrochen, und eine laute Bewegung lief durch die erregt zusammenlaufende Menge.

„Schlagt sie tot, die Herren!" schrie ein baumlanger Schmiedeknecht, der beim Eintritt der Bürgermeister mit dem Kirchner im Kreise der Männer gestanden hatte, und berichtete mit aufreizenden Worten, daß man einem der Ihrigen Gewalt angetan habe.

„Schlagt sie tot!“ kam es in johlenden und gefährlichen Zurufen aus der Menge zurück, und dies erhitzte die Zusammengelaufenen noch mehr.

Als der Schmiedeknecht sie daraufhin mit gewaltiger Stimme aufforderte, ihm zu folgen, um den Kirchner aus dem Gefängnis zu befreien und die Bürgermeister für ihre Gewalttat gegenüber einem gemeinen Manne zur Rechenschaft zu ziehen, fand er williges Echo, und ein dichtgedrängter Haufen schreiender Menschen zog mit zum Rathaus hinab in die Stadt.

Indessen riefen einige besonnene Männer die unter den Festgästen befindlichen Vertreter des Achtmännerrates zusammen und bedrängten sie, mit ihnen den Tobenden nachzugehen, um Ausschreitungen und Gewalttaten zu verhindern.

Als sie sich am Rathaus einfanden, hatten die anderen den Widerstand der wenigen anwesenden Stadtknechte, die zudem nur unwillig ihren Dienst ausübten, schon gebrochen und den Küster von St. Jakobi wieder in Freiheit gesetzt. Nun strömten sie johlend und pfeifend in den Rathaussaal, um über die beiden aufgegriffenen Bürgermeister zu Gericht zu sitzen.

Nur mit Mühe und Not gelang es den Vertretern des Achtmännerrats, sich Gehör und Stimme zu verschaffen. Der Vorschlag, Thomas Münzer herbeirufen zu lassen, damit er dem Gericht vorstehe, fand nach erregtem Hin und Her schließlich Zustimmung. So wurde sogleich aus der Versammlung heraus ein Bote hinüber zu St. Blasius gesandt, um Münzer zu holen. Er kehrte aber unverrichteter Dinge wieder zurück: Thomas Münzer sei zu einem Krankenbesuch auf eines der weit vor der Stadt liegenden Dörfer gerufen worden und werde nicht vor dem Morgen zurückerwartet.

Der erste Zorn war inzwischen verraucht, zumal der das große Wort führende Schmiedeknecht die Losung ausgegeben hatte, ihm zu einem Bildersturm in die Kirchen und Klöster zu folgen. Es gab daher nur matten Widerspruch, als einer aus dem Achtmännerrat den Antrag stellte, die beiden

Bürgermeister unter der Bedingung laufen zu lassen, sich am folgenden Tage wieder dem dann zusammentretenden Gericht unter Thomas Münzer zu stellen.

Rodemann und Wettich, von dem aufgebrachten Volkshaufen bei ihrer Gefangennahme nicht eben glimpflich behandelt, standen während der Verhandlungen mit blutverschmierten Gesichtern bleich und zitternd in ihrer Ecke und schwuren hoch und heilig, sich am morgigen Tage freiwillig dem Spruch des über sie befindenden Gerichtes zu stellen. So gab man ihnen mit einigen derben Püffen und Stößen die Freiheit und schloß sich unter dem Schein schnell herbeigeschaffter Windlichter dem zum Bildersturm auffordernden Schmiedeknechte an.

Es war ein gespenstischer Zug, der sich, vom Flackerlicht einiger weniger Fackeln rötlich angeleuchtet, mit lautem Johlen und unflätigem Geschrei vom Rathaus aus in die Stadt hineinwälzte. Ein kreischender Schwarm von Weibern und Halbwüchsigen lief ihm zur Seite und wies ihm den Weg.

Zunächst ging es zur Marienkirche.

Mit Gewalt erbrach man das Portal und ergoß sich dann in das Innere. Während die dunkelsten Elemente, denen es nur an Plünderung lag, gleich in die Sakristei eindrangen und sich dort der goldenen und silbernen Geräte bemächtigten, um sich damit verstohlen davonzumachen, stürzte der große Haufen die Bildwerke und Statuen von den Konsolen und Postamenten, so daß sie krachend auf dem Boden zerscherbten, und riß die großen Bildtafeln und Triptychen von den Wänden und Kapellenumgängen.

Auf Anweisung des anführenden Schmiedeknechtes, der in unsinniger Wut und trunkenem Lallen über das papistische Götzenwesen mit seinen klobigen Schuhen große Löcher in die bemalte Leinwand trat, wurden die Bilder auf den Kirchplatz geschleppt und dort aufgeschichtet. Unter schmachvollem Erbeben der versteckt aus den Fenstern der nahen Häuser zuschauenden und sich bekreuzenden Bürger legte man dann Feuer an. Zischend flammte es auf, und eine knatternde Lohe schoß aus dem Bilderstoß in den dunklen Nachthimmel, als wolle er in giervollem Aufbegehren bis zu ihm hinauflangen. Die entfesselten Bilderstürmer aber, vom züngelnden Flammenmeer der brennenden Heilstümer rauschhaft aufgepeitscht, faßten sich in orgiastischem Taumel bei den Händen und umtanzten mit frechen Liedern das immer mächtiger aufstrebende Feuer. Ihre weit über den Kirchplatz und die umherliegenden Häuserwände fallenden Riesenschatten zuckten wirr auf und nieder und flossen zu bizarren Verschlingungen ineinander, lösten sich dann schreckhaft im Nichts auf und fanden wiederum erneut flatternde Gestalt, ganz so, als tanze ein ausgeschickter Haufen höllischer Buhlwesen lautlos mit, von höhnischer Freude erfüllt über das entfesselte Feuerwerk zu Ehren Baals.

Als das Feuer zusammenzufallen begann, schloß man sich unter Beifallsgestampfe zu neuem Zuge zusammen und wandte sich dem Johanniterhof zu.

Die in dem Kloster anwesenden Mönche, durch gute Freunde von dem in der Stadt ausgebrochenen Tumult unterrichtet und gewarnt, hatten sich angstvoll verborgen, so daß die in das Kloster Einbrechenden keinerlei Widerstand fanden. Dann geschah auch hier, was in der Marienkirche geschehen war. Ein Teil der Bilderstürmer bemächtigte sich der Kostbarkeiten, soweit man ihrer in der Dunkelheit habhaft werden konnte, und stahl sich mit ihnen hinaus in die Nacht, um den Raub in Sicherheit zu bringen. Die übrigen stürzten die Bildwerke von den aufgestellten Orten zu Boden und trugen die bemalten Bildtafeln zu einem prasselnden Feuerwerk in den Klosterhof. Wieder andere suchten den Weg in Küche und Keller und schleppten heraus, was ihnen an Eßbarem und Trinkbarem in die Hände fiel. Der das ganze Unwesen leitende Schmiedeknecht aber mit einigen seiner Freunde rollte ein im Keller aufgetriebenes Bierfaß von beträchtlichem Inhalt auf den funkenüberflogenen Hof und schlug es an.

Durstig von dem Gelärm und den voraufgegangenen Anstrengungen, drängte man sich mit eilig ergriffenem Gerät herzu, um möglichst viel von dem labenden und anfeuernden Getränk zu erhaschen. Altarkelche, Jahrhunderte hindurch wohlbehüteter Schatz heiliger Handlung, silberne Becher, Taufschalen, Zinnkrüge, irdene Behälter, ja, selbst Küchentöpfe und — von gröhlendem Tumult begrüßt! — ein Nachthafen wurden dem Ausschenkenden angereicht und unter lauten Flüchen über die reichen, gottvergessenen Klosterherren geleert.

Allmählich begann man müde zu werden. Etliche der Bilderstürmer, die gar zu wild und maßlos die Schätze der klösterlichen Küche hinabgeschlungen und dabei nicht eines ergiebigen Trunkes vergessen hatten, standen blaß gegen die Klostermauer gelehnt und spien wieder aus, was sie so gierig in sich hineingetan, torkelig umstanden von einigen ihrer Freunde, die mit schadenfrohem Gelächter zusahen, wie sie ihr Inneres nach außen kehrten. Andere wieder hatten sich schamlos niedergehockt und verrichteten mit herabgezogenen Hosen oder hochgehobenen Röcken ihre Notdurft, als befänden sie sich allein auf dem Platz, wobei es ihnen häufig genug geschah, daß sie, die an sich nur noch unsicher auf den Beinen waren, von ihren gröhlenden Kumpanen angestoßen wurden, so daß sie in ihren eigenen Unrat fielen und sich nur mühsam daraus aufhoben. Schließlich hatten sich zahlreiche der angetrunkenen Männer und Frauen zu Paaren gefunden und wälzten sich, von den anfeuernden Zurufen der Zuschauenden angetrieben, keuchend und mit geifernd triefenden Mündern übereinander, sich zu zuckenden Klumpen mischend und unter lustvollem Aufkreischen oder tierischem Stöhnen die hindernden Kleidungsstücke vom Leibe zerrend.

Über allem stand nach wie vor die grell aufschießende Flamme der brennenden Heiligenbilder, von einem wüsten Rudel Halbwüchsiger, der immer wieder zu neuem Beutezug in das Klosterinnere aufbrach, mit frischer Nahrung versehen, wobei man sogar das kostbare Schnitzwerk des Chorgestühls nicht verschonte.

Inzwischen war man aber auch in der Stadt nicht untätig geblieben. Beherzte Männer des Rates, von dem Bildersturm schreckhaft aufgescheucht, begannen die Stadtknechte zu sammeln und sandten Botschaft an ihre Freunde unter den Ständen, sich mit Waffen zu versehen und ihnen Beistand zu leisten.

Der so sich sammelnde Widerstand blieb denen auf dem Johanniterhof nicht verborgen, zumal sie unter den Stadtknechten mancherlei Anhang und nahe Verwandtschaft besaßen, die ihnen heimlich Nachricht zukommen ließen. Als dann gar von verschiedenen Seiten Warnungen und gute Ratschläge zu ihnen getragen wurden, kam eine plötzliche Ernüchterung über sie. Ihr zorngetriebener Aufbruch war in Trunkenheit und Völlerei untergegangen und hatte allmählich nichts als Ausgebranntheit und schale Unlust in ihnen zurückgelassen. Müde gähnend und nach dem Bett verlangend, trotz des immer noch flammenden Feuers von der Kühle der späten und auf den Morgen zugehenden Nacht fröstelnd, mit fadem Biergeschmack im Munde und erschöpft von dem orgiastischen Rausch, der sie bisher angefeuert hatte, empfanden sie wenig Lust, mit ihren Gegnern in ein Handgemenge oder gar in Waffenstreit zu kommen. So machte man sich voll bedrückter Gefühle und von plötzlicher Bangnis befallen auf den Heimweg, zunächst heimlich und vereinzelt, dann immer offener und zahlreicher, bis schließlich auch die letzten Unentwegten schwankend und taumelnd die Flucht ergriffen.

Zurückblieb ein müde glosendes Feuer, das nur noch lustlos knisterte und immer mehr zusammenfiel. Es fand kurz lebende Gesellschaft, als einige umherstreunende Hunde durch die offenen Klosterpforten in den Hof schlichen und unter neidvollem Anknurren und gegenseitigem Zähnefletschen unter den Resten und dem Unrat nach Freßbarem gierten, aber gleich heulend davonstoben, als mit einem Male das Waffengeklirr eines in den Klosterhof einrückenden Trupps Stadtknechte erscholl.

24.

Als Thomas Münzer bei grauendem Morgen von seinem Krankenbesuch in die Stadt Mühlhausen zurückkehrte, traf er überall in den Gassen Bewaffnete aus den Reihen der Stände, die haßvoll zu ihm hinübersahen und herausfordernd an ihre Waffen schlugen. Vereinzelt tönten auch unterdrückte Schimpfworte hinter ihm her und ließen ihn trotzig den Kopf heben.

Bei seinem Eintritt in das Tuchscherersche Haus kam ihm Ottilie entgegen – trotz der frühen Stunde völlig angekleidet – und schloß ihn mit einem erlösten Aufseufzen in die Arme.

„Daß du wieder da bist, Thomas", sagte sie. „Ich war in Ängsten um dich."

„In Ängsten?" fragte Münzer verwundert. „Es ist nicht das erste Mal, daß man mich über Nacht in einem der Dörfer behielt."

„Es war Unruhe in der Stadt", berichtete Ottilie und führte ihn hinüber in seine Arbeitsstube.

„Ich sah Anhänger der alten Ordnung bewaffnet durch die Straßen gehen", gestand Münzer. „Was ist geschehen?"

Die Frau ließ sich auf einen Stuhl nieder und erzählte mit hastigen Worten von dem Streit zwischen den Bürgermeistern und dem zu seinem Bunde gehörenden Kirchner von St. Jakobi und dann von dem Bildersturm auf die Marienkirche und den Johanniterhof. Einer seiner Anhänger unter den Stadtknechten habe in der Nacht mit einer langen Stange unentwegt gegen ihr Fenster geklopft, bis sie davon erwacht und zu ihm hinabgegangen sei. Da habe er ihr Bericht gegeben von allem, was geschehen sei und ihr zugeflüstert, daß die Anhänger der alten Ordnung sich zusammenfänden, um den Bilderstürmern entgegenzutreten. Es sei ihr gut erschienen, sich nicht mehr niederzulegen, sondern auf sein Wiederkommen zu warten. Sie habe recht daran getan; denn wie sie so wartend in der Dunkelheit gesessen habe, sei ein Trupp Ständischer mit Spottworten am Hause vorübergegangen. Gleichzeitig sei ein ungefüger Steinbrocken durch das Fenster geflogen und auf ihrem Nachtlager niedergefallen, an eben der Stelle, da sie mit dem Kopf zu liegen pflege. Auch sei, wohl von der gleichen Hand geschleudert, ein stinkiger Tierkadaver gefolgt. Nach einigem Abwarten habe sie beides wieder hinab auf den Platz geworfen, doch sei es seitdem stillgeblieben.

Mittlerweile sei es dann auch hell geworden, so daß sie nicht mehr mit Wiederholungen gerechnet habe.

„Wie sie sich noch mächtig fühlen!“ knirschte Thomas Münzer hinter zusammengebissenen Zähnen und begann unruhig auf und ab zu wandern.

„Ich muß zu Heinrich Pfeiffer“, sagte er, unvermittelt stehenbleibend. „Wir müssen unseren Anhang zusammenrufen und beschließen, was zu machen ist.“

„Thomas!“ flehte die Frau und sprang auf, um ihn zurückhaltend bei den Schultern zu fassen.

Aber Münzer war nicht zurückzuhalten.

„Es ist jetzt in unsere Hand gegeben“, sagte er. „Wenn wir stark und entschlossen bleiben, können wir hier als erste ein Regiment nach dem Willen Gottes ausrufen. Es wird wie ein fliegendes Feuer auf alle anderen Städte überspringen und das Reich der großen Gerechtigkeit schaffen.“

Eine kühne Entschlossenheit stand auf seiner Stirn, und in seine Augen trat der entrückte Glanz einer mitreißenden Vision.

„Fürchte dich nicht“, sagte er und machte sich von den ihn haltenden Händen der Frau frei. „Wir bringen nur ein, was reif zur Ernte geworden ist.“

Mit einem hauchhaften Kuß neigte er sich über die Stirn der gläubig und getröstet aufblickenden Frau. Dann wandte er sich um und ging mit straff aufgerichtetem Körper hinaus. Ottilie von Gersen hörte sein umhängendes Landsknechtsschwert klirrend gegen den Türpfosten schlagen und vernahm die sichere Festigkeit seiner Schritte im Flur sich entfernen, dann schlug hallend das Tor hinter ihm zu.

„Mag es denn sein“, flüsterte sie ergeben vor sich hin und trat an das Fenster, um dem Davongehenden nachzusehen, bis er ihren Augen im Gewirr der Gassen entschwand.

Thomas Münzer brauchte nicht lange anzupochen, um im Hause Pfeiffers Einlaß zu finden. Schon am Eingang nahm ihn ein Bewaffneter aus der Gemeinde von St. Nikolaus in Empfang und führte ihn zum Arbeitsgemach Pfeiffers, das angefüllt war von Männern des Bündnisses. Sie waren eben übereingekommen, Botschaft an ihre Anhänger zu senden und sie aufzufordern, sich bewaffnet an der Klause zur Eiche im Felde vor der Stadt zu sammeln. Von hier aus wollte man mit dem Rat verhandeln und ihn auffordern, die Stadtknechte aus den Straßen Mühlhausens zurückzuziehen und die Anhänger der Stände zum Frieden zu zwingen.

Münzer war mit ihren Entschließungen einverstanden und drängte zu baldigem Aufbruch. Während ein Teil der Männer die ausgemachte Botschaft in die Vorstädte trug, machte Münzer sich mit Pfeiffer und den verbleibenden Männern des Bündnisses auf den Weg zu der abseitig gelegenen Feldklause, ohne von den ihnen mehrfach begegnenden Trupps aus den Reihen der Ständischen belästigt zu werden.

Im Verlaufe des Vormittags hatten sich die zusammengerufenen Anhänger Münzers und Pfeiffers an der Kapelle vollzählig versammelt. Pfeiffer brachte ihnen den am Morgen gefaßten Beschluß zur Kenntnis, der ohne Widerspruch angenommen wurde. Dann wurde Claus Tuchscherer, der Ruhigste und Besonnenste unter ihnen, beauftragt, in die Stadt zu gehen und als Sprecher des Bundes dem Rat die allgemeinen Forderungen zu überbringen.

Spät am Nachmittag, als schon grollende Unruhe unter den Männern wach wurde und erregte Stimmen sich erhoben, die ein gewaltsames Eindringen in die Stadt forderten, kehrte Claus Tuchscherer zurück. Mit seiner ruhigen, bedächtigen Art berichtete er.

Nach lebhaften Auseinandersetzungen, die oft bis an die Grenzen des Tätlichen gingen, hatte der Rat, bestimmt vor allem durch die Worte des Stadtkämmerers, die Erfüllung aller vorgetragenen Forderungen zugestanden und die Stadttore weit öffnen lassen, zum Zeichen des Friedens, den man mit den Bündischen geschlossen habe.

Mit jubelndem Beifall wurde der Bericht des in die Stadt entsandten Unterhändlers entgegengenommen, und in geschlossenem Zuge – auf Anregung Münzers ein großes rotes Kreuz und ein bloßes Schwert vor sich hertragend – machte man sich auf den Heimweg.

Noch auf dem Wege zur Stadt flog dem zurückkehrenden Haufen von entgegenlaufenden Weibern und Kindern die

Kunde entgegen, daß die beiden Bürgermeister Rodemann und Wettich gleich nach dem Beschluß des Rates, dem sie mit Entschiedenheit widersprochen hatten, unter Mitführung des seidengestickten Stadtfähnleins und des silbernen Stadtsiegels Mühlhausen verlassen hätten und trotz ihres Versprechens vom Abend zuvor, sich freiwillig dem Gericht der Gemeinde zu stellen, flüchtig geworden seien. Zehn Ratsmitglieder aus den Ständen hätten, von Furcht ergriffen, es ihnen nachgetan und seien mit ihren Familien und nur wenigem, eilig zusammengerafftem Hausrat ebenfalls aus dem Weichbilde der Stadt entwichen.

Münzer triumphierte, als er es vernahm. Die falsche und ungerechte Obrigkeit war davongelaufen; da bedurfte es keiner Gewalt mehr, um sie von dannen zu jagen. Die Saat war schon überreif geworden; er brauchte sie nur noch in die Scheuer zu bringen.

Die Stadt Mühlhausen, welche die zurückkehrenden Männer des Bündnisses wie Krieger nach einer siegreichen Schlacht mit schreiend zusammenlaufenden Volkshaufen aus den Vorstädten in Empfang nahm, war inzwischen wie ein aufgescheuchter Bienenschwarm geworden. Die Reste des hilflos verwaisten Rates wußten nicht mehr, wie sie dem in der Stadt umgehenden Wesen begegnen sollten und zerfielen in zwei sich einander befehdende Gruppen, deren eine unter Anführung des Stadtkämmerers Dr. von Othera ein Übereinkommen mit dem Münzerschen und Pfeifferschen Anhang suchte, während die immer noch stärkere zweite Gruppe heimlich Fühlung mit den geflüchteten Ratsherren unterhielt und danach strebte, die alte Herrschaft wieder zu festigen, wobei sie sich von starken Kräften aus der Bürgerschaft unterstützt wußte.

In der immer größer werdenden Verwirrung nahm man Verhandlungen mit den Zünften auf, um zunächst einmal aus ihren Reihen den arbeits- und beschlußunfähig gewordenen Rat zu ergänzen. Die Zünfte wiederum, in überwiegendem Maße von Gefolgsmännern der Münzerschen Lehre durchsetzt, wandten sich an Thomas Münzer und Heinrich Pfeiffer mit der Bitte, ihnen zu raten und Hilfe zu geben.

Münzer saß mit Pfeiffer in gemeinsamen Überlegungen, als die Abgesandten der Zünfte bei ihnen vorsprachen und ihr Ansinnen vorbrachten.

Mit glühenden Fieberaugen und ekstatisch aufgereckten Armen sprang Thomas Münzer von seinem Sitz und rief mit sich überschlagender Stimme, daß nun die große Stunde gekommen sei und daß man in Mühlhausen als erster Stadt in deutschen Landen das Ewige Reich ausrufen und einen Ewigen Rat aus der Empfehlung Gottes und nach dem Willen der biblischen Bücher erwählen müsse.

Heinrich Pfeiffer, von Münzers Leidenschaft stürmisch mitgerissen, stimmte ihm jubelnd zu. Nun endlich sei es so weit; die große Erneuerung der Christenheit habe begonnen.

Gleich noch werde er mit Pfeiffer an Hand der Schrift die Grundsätze aufstellen, nach denen der Ewige Rat das Ewige Reich zu führen habe, fuhr Münzer fort. Und noch im Laufe des Abends werde er in eigener Person die Forderungen an die Zünfte geben, damit sie dem Rat zur Annahme vorgelegt würden.

Es war eine Sammlung von elf Punkten, die Münzer mit Pfeiffer erarbeitete und die er selber weit nach Anbruch der Dunkelheit in das Haus der Zünfte brachte, damit sie am folgenden Morgen dem Rat zur Beschlußfassung vorgelegt werden konnte.

An diesem Abend brannte das Licht in Münzers Arbeitsstube gegenüber der Kirche von St. Blasius bis tief in die Nacht. Immer wieder trieb es den Ruhelosen und Erregten von Tisch und Stuhl auf und hetzte ihn mit großen Schritten durch das Gemach.

Draußen in den wehenden Bäumen harfte ein sanfter Wind, und im nahen Gebüsch zirpte ein aufgescheuchter Vogel. Münzer aber, an das offene Fenster tretend, achtete nicht darauf. Der Aufruhr seines Herzens war zu gewaltig, um ihn solche stille Boten des lebendigen Gottes vernehmen zu lassen.

Immer mächtiger brandete es ihm vom Herzen hinauf in den Kopf, so daß er schließlich laut mit sich selber zu sprechen begann.

„Drauf und dran! Schmiedet pinke-pank! Fegt hinweg, was wider den Willen Gottes ist!“ rief er aus.

Dann wieder setzte er sich nieder an den Tisch und schrieb in Sorge, die Mühlhäuser möchten vor den Forderungen der elf Punkte zurückschrecken, beschwörende und aufrüttelnde Worte, die er in der Frühe an den Rat geben wollte.

„Auf daß ich mein Brot nicht mit Sünden esse, werde ich verursacht, euch zu raten und auf das fleißigste zu dienen; denn ich sehe, daß ihr selber vor Menschenfurcht nichts beschließen könnt.“

In fliegender Hast hatte er zu schreiben begonnen. Als er dann den Beginn prüfend noch einmal überlas, überfiel ihn stärker die Besorgnis, daß der Mut der Mühlhäuser nicht ausreiche, um das Neue zu beginnen und durchzuführen. Schneller und hastiger ging da seine Feder wieder über das Papier, und eindringlicher und flammender wurde sein Aufruf. Dennoch wollte die Sorge, die ihn angefallen hatte, nicht mehr von ihm weichen.

So sprang er wieder auf und rannte wie ein Gefangener hin und her, daß das Licht flackerte, als ob ein plötzlicher Wind in das Zimmer gekommen sei.

Gewalt! Es mußte mit Gewalt unternommen werden!

Mit einem Male glaubte er zur Klarheit gefunden zu haben.

Gleich morgen wollte er seinen Anhang zusammenrufen. Und Pfeiffer mußte ein gleiches unternehmen. Dann würde Zittern und Zagen über sie kommen. Und Boten mußten ausgesandt werden in die Dörfer. Die Flamme, einmal aufgeschlossen, durfte nicht wieder verlöschen.

Wie Sturm und Beschwörung durchtoste es ihn — Erntezeit!

Es war nahezu Morgen, als er endlich, von einer unendlichen Beglückung durchweht, in Schlaf kam.

25.

Rodemann und Wettich, die beiden entflohenen Mühlhäuser Bürgermeister, hatten in einem der Stadt zinspflichtigen und getreuen Dorf ihre Flucht abgebrochen und in einem dem Rat nahestehenden Gasthaus Wohnung genommen. Von hier aus gingen vertraute Boten hinüber in die Stadt und brachten ihnen Nachricht darüber, wie die Herrschaft in Mühlhausen immer mehr an Münzer und Pfeiffer überzugehen drohe.

Am Abend ihres zweiten Fluchttages war wiederum ein Bote bei ihnen gewesen. Und was er vom geplanten Ewigen Reich zu berichten wußte, hatte sie still und kleinlaut werden lassen. Nun saßen sie schweigsam und in sich gekehrt an einem der Tische in der einsamen Gaststube und überlegten mit grübelnden Gedanken, wie sie durch eine fremde Gewalt das aufrührerische Wesen in Mühlhausen dämpfen und beseitigen könnten.

Über ihr einsilbiges Nachsinnen trat der Wirt ein und stellte ihnen ein Licht hin. Sie bemerkten es kaum. Erst als einige Zeit später ungewohnte Schritte auftönten und mit eng an den Leib gezogener Kutte ein Franziskanermönch in den Raum kam, fuhren sie betroffen zusammen und sahen zu dem Eingetretenen hinüber.

Der Mönch blieb einen Augenblick abwartend im Türrahmen stehen und ließ die angehobene Kutte, die ihn beim Gehen behindert haben mochte, niederfallen. Dann schlug er begrüßend und mit murmelnden Worten das Zeichen des Kreuzes. Als die beiden im Gastraum Anwesenden dieses Zeichen mit Ehrfurcht erwiderten, trat er mit verstohlenem Aufatmen und leichtem Kopfneigen zu ihnen an den Tisch.

„Verzeiht, wenn ich euch störe", begann er mit dunkel klingender Stimme, während seine grauen Augen prüfend ihre Gesichter überflogen; „ich bin auf dem Wege nach Mühlhausen und suche nach einem Boten, der mich jetzt in der Dunkelheit hinleitet."

Rodemann und Wettich sahen sich einen Augenblick voller Erstaunen an.

„Nach Mühlhausen wollt Ihr, ehrwürdiger Bruder?“ fragte Rodemann schließlich befremdet und starrte mit einem staunenden Entsetzen auf den gelassen stehenden Mönch.

Der Franziskaner, ein wenig in Verlegenheit geratend durch das seltsame Gebaren des vor ihm Sitzenden, zuckte hilflos die Schultern.

„Ja, nach Mühlhausen wollte ich“, wiederholte er.

„Ihr bliebet besser hier, Bruder!“ bemerkte Wettich mit einem vieldeutigen Auflachen.

Der Franziskaner schüttelte ernst den Kopf.

„Nein“, sagte er fest. „Die Aufträge meines Klosters lassen dies nicht zu.“

Rodemann rückte unruhig auf seinem Stuhl zurecht.

„Wißt Ihr denn nicht, daß Unruhe und Gewalt in der Stadt herrschen?“ flüsterte er aufgeregt. „Daß man Leuten Eurer Art die Kutten vom Leibe reißt und Gewalt antut?“

Die grauen Augen des Franziskaners, die aufmerksam des Sprechenden Gesicht beobachtet hatten, schlossen sich wie in einem jähen Erschrecken. Und wie in seine eigenen Gedanken hineingesprochen, murmelte er mit erblassenden Lippen: „So geht der Münzer also doch schon um –?!“

Doch gleich wieder hatte er sich in der Gewalt und schlug fragend die Augen auf.

„Wißt ihr mehr?“ drängte er. „Sprecht – was ist geschehen?“

Wettich lehnte sich mit einer ausholenden Armbewegung zurück.

„Dankt es der Heiligen Jungfrau, daß sie Euch gerade uns in den Weg führte“, bemerkte er und verzog sein Gesicht zu einem wehen Lächeln. „Wir sind Mühlhäuser Ratsmeister und vor unserer eigenen Stadt auf der Flucht. Und nach den letzten Berichten steht zu befürchten, daß unseres Bleibens auch an diesem Ort nicht mehr lange sein dürfte; denn in allen Dörfern der Runde gewinnt der Aufruhr der Mühlhäuser Zuwachs und Freunde.“

Zuckend schnellte die Hand des Franziskaners nach seinem Herzen, als wolle er einen unerwarteten Schmerz besänftigen.

„Und Mühlhausen?“ stieß er heiser hervor. „Wie verließet ihr Mühlhausen?“

Wettich verzog kummervoll sein Gesicht und sah nieder vor sich auf den Tisch, daraus ihn das Geflecht von Rissen und Aststreifen anstarrte wie eine teuflische Fratze.

„Voller Unruhe und Tumult", entgegnete er nach einer Weile bedrückt.

„Weil wir uns dem allen widersetzten", fügte Rodemann bitter hinzu, „und weil wir Ordnung halten wollten, mußten wir fliehen."

Das Gesicht des Franziskaners erblaßte unter diesen Auskünften.

„Und nun?" forschte er mit fast zitternder Stimme, als fürchte er sich vor der eigenen Frage. „Nun herrscht der Münzer?"

Rodemann fuhr abwehrend mit der flachen Hand über den Tisch.

„Noch herrscht der alte Rat", entgegnete er müde. „Aber er wird von Tag zu Tag härter von Pfeiffer und von denen um Sankt Nikolaus bedrängt. Rat und Klerus sollen verjagt werden. Dann wollen sie eine neue Ordnung aufrichten, wie Pfeiffer und Münzer sie lehren."

„Pfeiffer?" fragte der Mönch. „So ist Münzer nicht allein am Werk?"

Rodemann schüttelte traurig den Kopf.

„Nein", sagte er. „Der Sohn einer Mühlhäuser Krämerin, Heinrich Pfeiffer, ein entlaufener Mönch, ging ihm voran. Seit dem vorletzten Osterfest schon erregt er die Stadt mit aufrührerischem Geschrei. Um Sankt Nikolaus und auch in den Dörfern hier hat er starken Anhang gefunden, den er immer maßloser aufrührt und gegen das bestehende Regiment hetzt. Münzer kam erst vor wenigen Wochen hinzu."

„Heilige Jungfrau!" stöhnte der Franziskaner. „So komme ich zu spät! Ich sollte euch warnen – von Zwickau her."

„Selbst der Rebell Luther warnte!"

Wettich machte eine wegwerfende Armbewegung und stieß einen bekümmerten Seufzer aus.

„Ja, selbst der Rebell Luther warnte", bestätigte Rodemann dumpf. „Aber seine Warnung fruchtete nicht mehr."

„Er brach ein wie der böse Feind“, fuhr Rodemann in schmerzlicher Ergriffenheit fort. „Pfeiffer hatte ihm den Boden bereitet — nun konnte er ernten.“

Eine plötzliche Stille war über sie gekommen und ließ das erregte Keuchen ihres Atmens zu dröhnender Gewalt anschwellen. Das Gesicht des Franziskaners wurde immer fahler und stand allmählich wie erstarrt über der Dunkelheit der Kutte.

„Und was hat Münzer in Mühlhausen ausgerichtet?“ fragte er schließlich.

Wettich stöhnte bedrängt vor sich hin.

„Alle Würde des Priesteramts hat er beseitigt“, berichtete er dann schwerfällig und ließ hilflos den Kopf auf die Brust sinken, als müsse er ein heimliches Weinen verbergen. „Er predigt seinen Leuten in kriegerischer Kleidung wie ein entlaufener Landsknecht. Und wie eines Landsknechts sind auch seine Worte.“

„Nicht nur das!“ fiel Rodemann ihm voller aufbegehrenden Zorns ins Wort. „Wie ein marodierender Landsknecht hat er sogar bewaffnete Haufen um sich gesammelt, mit denen er in der Stadt umherzieht, die Kirchen ihrer Bildwerke beraubt und geweihte Geräte vernichtet!“

Entsetzt schlug der Franziskaner das Zeichen des Kreuzes.

„Heilige Mutter Gottes!“ murmelte er. „Das ist der Antichrist!“

Rodemann nickte grimmig Bestätigung.

„Ihr dürftet Recht haben nach dem, was wir sehen mußten!“ sagte er hart.

Wiederum kam ein lähmendes Schweigen über die Männer. Und jeder von ihnen war ihm in seinem Nachsinnen so sehr verloren, daß sie nicht acht darauf hatten, daß gleich nach Rodemanns Worten entfernt Glockenhall aufgeklungen war. Erst jetzt, da der stärker aufkommende Wind ihn vernehmbarer herantrug, horchte Wettich plötzlich mit verstörtem Gesicht auf.

„Da — hört!“ rief er bestürzt aus. „Geht da nicht Glockenruf durch die Nacht?“

Auffahrend reckten die Männer ihre Köpfe lauschend vor.

„Ja", bestätigte der Franziskaner und hielt sich klammernd mit den Händen an der Lehne des vor ihm stehenden Stuhls. „Es ist deutlich zu vernehmen."

Hastig sprang Rodemann auf, so daß hinter ihm der Stuhl polternd auf den Boden flog, und stürzte hinüber zum Fenster, hinter dem mit einem Male ein rötlich flackernder Schein aufstieg.

„Es brennt!" rief er und riß das Fenster auf, um sich umschauhaltend hinauszulehnen.

„Es brennt!" wiederholte er, als er sich wieder zurück ins Zimmer wandte.

Das ganze große Geviert des geöffneten Fensters war mit einem Male von einem rot widerstrahlenden Himmel angefüllt. Zugleich ging in kurzen Abständen der schaurige Ton eines näherkommenden Brandhorns. Es trieb auch Wettich und den Franziskaner zum Fenster hinüber. Keiner von ihnen sprach ein Wort. Aber durch aller Gedanken ging die gleiche bange Frage: Feuer oder Aufruhr?

Das Brandhorn war für einen Augenblick verstummt. Dann tönte es nah auf der Dorfstraße brüllend auf. Gleichzeitig sah man den Mann, der das Horn blies, wie einen spukhaften Schatten vor der Röte des nicht fernen Brandes auftauchen und eilig näherkommen.

„Heh, Mann —!" rief Rodemann beunruhigt den Näherkommenden an. „Sagt — was ist?"

Der Angerufene verhielt und setzte das Horn ab.

„Die Bollstedter sind aufgebrochen gegen das Pfaffenregiment!" rief er zurück. „Sie haben das Kloster in Brand gesteckt und fordern durch reitende Boten Beistand. Am brennenden Kloster soll alles sich sammeln. Es geht nach Mühlhausen — das neue Regiment Gottes auszurufen. Ich blase den Anhang der neuen Ordnung zusammen!"

Und wieder setzte der gellende Hornruf ein und ging den Weg weiter.

Die drei Männer in der einsamen Gaststube hatten mit furchtsamem Erstarren die Worte des Hornbläsers vernommen, und es war ihnen dabei, als habe man ihnen unerwartet allen festen Boden unter den Füßen fortgerissen.

„Heilige Mutter Gottes", stöhnte der Mönch als erster in ihr entsetztes Schweigen, „steh uns bei!"

Dann faßte sich auch Rodemann.

„Wettich!" fuhr er auf. „Hier gibt es kein Säumen mehr! Wir müssen uns nach Langensalza wenden und Alarm schlagen, ehe der Aufruhr weiterfrißt!"

Schweigend und entschlossen nickte Wettich zurück.

„Und ich muß auf eiligsten Pfaden zum Grafen von Mansfeld", dachte der Franziskaner aufgestört. „Jede Stunde ist wichtig und macht das Unheil größer!"

„Da, jetzt läutet man auch hier die Sturmglocke!" rief Wettich, der ans Fenster getreten war und in die Nacht horchte.

Rodemann und der Franziskaner senkten betroffen die Köpfe. Sie vernahmen jetzt ebenfalls, wie in ihrer unmittelbaren Nähe die Sturmglocke zu schwingen anfing.

„Auf denn im Namen aller Heiligen!"

Der Franziskaner faltete die Hände wie zum Gebet.

„Die Muttergottes beschütze uns, daß wir den aufrührerischen Rotten nicht in die Hände fallen!"

„Amen!" kam es leise von den kalkweißen Lippen der beiden Mühlhäuser Ratsmeister zurück.

Dann, während der Hall der Sturmglocke gewaltig anschwoll und rufende Schreie durch das Dorf gingen, eilten sie hinaus in die Nacht, deren Gewölk rot vom Abglanz des Feuers gezackt war.

26.

Es war am Morgen nach dem Bollstedter Brand.

Thomas Münzer saß an seinem Arbeitstisch und fertigte ein Sendschreiben an die Brüder im Süden aus. Mit beschwingter Feder teilte er ihnen mit, wie weit die gemeinsame Sache in Mühlhausen gediehen sei und daß es wohl nur noch weniger Tage bedürfe, um den Ewigen Rat auszurufen. Zugleich trieb er sie mit fordernden Worten an, es ihnen nachzutun und alle ungerechte Obrigkeit von sich abzuschütteln und dem gemeinen Manne zu seinem göttlichen Recht zu verhelfen.

Er stand kurz vor dem Abschluß seiner umfangreichen Epistel, als ihn ein ungewohntes Lärmen zusammenfahren ließ. Unwillig und erstaunt stand er auf, um nach seiner Ursache zu sehen. Da wurde die Tür aufgerissen und mit aufgeregten Armbewegungen stürzte Pfeiffer ins Zimmer.

„Aus, Münzer!" schrie er. „Aus!" Und ein trockenes Schluchzen durchschüttelte seinen Körper, so daß er zu schwanken schien.

Über das Unerwartete überrascht und verwirrt, stand Münzer einen Augenblick in fassungslosem Schweigen. Dann überkam ihn eine jähe und maßlose Wut.

„Du lügst!" brüllte er auf, als müsse er mit lauter Stimme sein eigenes Entsetzen von sich abtun.

Pfeiffer starrte ihn mit erloschenen Augen an.

„O Bruder, wär' es nur eine Lüge!" stöhnte er mit blassem, verzerrtem Gesicht und wandte sich in hilflosem Aufschluchzen zur Seite.

Münzer stand wie ein vom Blitz Getroffener. Ein frierendes Erschauern flog über ihn hin und ließ seine Knie taumelig zusammenschießen, während ihm zugleich fiebriger Schweiß auf die Stirne trat.

„Pfeiffer!" keuchte er schließlich aus angestrengtem Nachsinnen und zwang sich zur Ruhe. „Hör zu! Ich schlage Alarm! Ich rufe meinen Anhang zusammen und überrumpele sie!"

„Zu spät, Münzer!"

In hoffnungslosem Schmerz schüttelte Pfeiffer den Kopf.

„Alles zu spät! Die Stadt ist wieder ganz in der Gewalt des Rats! Es war zu viel Verrat im Spiel!"

Wie ein Krampf lief es durch Münzer. Mit zuckenden Händen griff er hinter sich nach dem eben geschriebenen Brief und zerknüllte ihn.

„Herrgott!" stöhnte er verzweifelt auf. „Und du läßt deine Sonne noch scheinen?! Du lächelst noch mit dem Gleichmut eines blauen Himmels?! Kein Pech, kein Schwefel, das du herabregnen läßt über den Triumph deiner Feinde?!"

Mit starren, weitaufgerissenen Augen sah er nach oben, als müsse er das ausgebliebene Zeichen des Himmels nachträglich herabzwingen.

Dann senkte er den Kopf und legte die Hände zusammen wie zum Gebet.

„O du großer Gott!" flehte er voll heißer Inbrunst. „Endlos und gewaltig sind die Prüfungen, die du deinen willigen Knechten schickst. Gib ihnen auch die Kraft, sie zu bestehen!"

Sie standen beide lange schweigend einander gegenüber und hörten nur den ungestümen Schlag des Herzens, das keuchende Atemholen des Mundes und fühlten sich überflutet von dem wirbeligen Aufruhr des Blutes.

„Bollstedt sollte das Fanal sein!" begann Pfeiffer mit einem Male unvermittelt, als dränge es ihn, das Geschehene noch einmal zu überdenken.

„Bollstedt sollte das Fanal sein", wiederholte er. „Von hier aus sollten die Flammen der neuen Ordnung ins weite Land schlagen. Aber die Feinde hatten Wind davon bekommen. Sie schickten in unsere Gemeinde Aushorcher und Zuträger. So rüsteten sie heimlich den Gegenschlag, von fürstlichen Zusicherungen unterstützt. Und als ich gestern am späten Abend von Bollstedt her anrückte, waren alle Tore fest geschlossen und von Schwerbewaffneten geschützt. Die von Sankt Nikolaus aber, die noch hinter den Mauern in der Stadt waren, überkam Angst vor den vielen Pulverbüchsen, so daß sie umfielen und Gehorsam schwuren. So mußte ich unverrichteter Sache wieder zurückziehen und durfte erst bei lichtem Tag und nur allein und ohne Gefährten wieder ein in die Stadt."

Münzer schüttelte düster den Kopf.

„Ich hörte es mit Zorn und Schmerz", entgegnete er bedrückt. „Aber ich vermochte nicht, mit meinem wenigen in der Stadt befindlichen Anhang durchzudringen."

Wieder schwiegen beide einige Zeit.

„Heute früh nahm ich den Kampf erneut auf", begann Pfeiffer dann, „kaum, daß ich alle Einzelheiten der Nacht erfahren hatte. Wieder war es zu spät! Der Rat hatte seinen

Anhang schon in bester Wehr auf den Barfüßer Kirchhof befohlen und nahm denen von Sankt Nikolaus, die sich noch widersetzt hatten, mit Gewalt den Gehorsam ab. Die Vorgänge der Nacht hatten sie erschreckt, so daß sie sich alle der Gewalt beugten."

Niedergeschlagen, mit hängenden Armen, wandte Pfeiffer sich ab und schwieg.

Münzer faßte ihn tröstend bei der Schulter.

„Es darf uns nicht verzagt machen, Bruder", sagte er mit dem schüchternen Versuch eines Lächelns. „Wir werden sie neu um uns sammeln und alles zu Ende führen."

„Man wird es nicht zulassen, Münzer!" fuhr Pfeiffer bitter auf. „Man wird uns aus der Stadt entfernen!"

Überlegen wehrte Münzer ab.

„Nein, Bruder", erwiderte er. „Das wird man nicht! Noch ist unser Anhang hier zu stark! Auch wenn er im Augenblick verschüchtert ist und sich nicht hervorwagt."

Pfeiffer blieb unberührt.

„Sie haben ihn zersprengt und ängstlich gemacht. Und schon gab man Befehl, daß wir heute bis zum Abend die Stadt zu verlassen hätten, wenn man uns nicht mit Gewalt vertreiben solle."

Münzer zuckte zusammen.

„Pfeiffer!" schrie er aufgebracht. „Sprichst du die Wahrheit?"

Pfeiffer fuhr sich mit einer hilflosen, verlorenen Handbewegung über die Stirn.

„So wahr mir Gott helfe!" flüsterte er.

„Mit eigenen Ohren war ich Zeuge ihres Beschlusses", fuhr er dann lauter fort. „Auf dem Barfüßer Kirchhof war es, vor kaum einer Stunde. Ich hatte mich unter sie gedrängt, die dort zusammengekommen waren. Aber schon wich man überall vor mir zurück, als sei ich voll ekler Geschwüre und widerwärtigen Aussatzes. Vereinzelt sah man sogar finster und mit zusammengezogenen Augenbrauen zu mir hin und drohte mit den Fäusten."

Mit keuchend ansteigendem Atem hatte Thomas Münzer zugehört. Dann begann er mit großen und schweren Schritten im Zimmer umherzugehen. Jeder Muskel seines Gesichts war angespannt, als wolle er zerspringen. Und immer wieder flogen Wolken von Schatten darüber hin.

Schließlich blieb er vor Pfeiffer stehen und sah ihn lange an.

„Deine Nachricht hat mich verstört", sagte er mit gepreßter Stimme, die nur mühsam den Aufruhr seines Inneren unterdrückte, „wenn ich sie vielleicht auch in der Stille meines Herzens erwartet habe. Was wirst du tun?"

Pfeiffer hob verlegen die Schultern.

„Das wollte ich dich fragen", entgegnete er leise.

Münzer blieb daraufhin still und nahm sein ruheloses Umherwandern wieder auf.

„Kampf ist jetzt aussichtslos —!" sagte er, unvermittelt stehenbleibend. „Wir werden ihnen also ausweichen und sie in ihrem Siegestaumel zurücklassen. Wenn sie sich dann sicher fühlen, werden wir über Nacht wieder da sein und unseren Anhang neu zusammenrufen."

Seine Augen, bislang von Dunkelheit überschattet, trugen mit einem Male wieder hoffnungsvolles Licht.

„Inzwischen knüpfen wir Verbindung mit den Brüdern im Reich an", fuhr er nachdenklich fort. „So werde ich denn mein Weib dem Schutze Claus Tuchscherers überlassen und noch vor Abend zum Süden aufbrechen, um dort Fühlung mit dem Bundschuh aufzunehmen. Und du, was wirst du tun?"

Pfeiffer, von seiner Zuversicht angesteckt, richtete sich auf.

„Ich möchte zunächst mit dir gehen", erklärte er. „Wenn dann die Stunde reif ist, werde ich wieder hier sein."

„Du tust recht daran, Bruder", sagte Münzer. „Wir werden jetzt alles vorbereiten und uns am Nachmittag zusammenfinden, um gemeinsam aufzubrechen."

Dann überkam ihn wieder sein trotziger Ungestüm.

„Noch einmal ist es den Gottlosen gelungen, die Lebendigen des Herrn zum Gespött zu machen und ihnen die Sichel der Mahd aus der Hand zu schlagen!" rief er aus. „Aber wir werden wiederkommen und die Ernte einbringen! Wehe denen, die sich dem Schwert des Herrn widersetzen!"

Pfeiffer nickte haßvoll Bestätigung. Dann reichte er ihm abschiednehmend die Hand.

Sie sprachen kein Wort. Was sie sich zu sagen hatten, lag im fordernden Blick ihrer Augen und in der Entschlossenheit ihrer Gesichter.

27.

Unter einem herbstlich hellen Himmel, der in Blau und Gold zu schwimmen schien und der noch einmal die reife Sattheit und schwere Süße des späten Sommers über das Land ausgoß, mit silbrigem Dunst in der Frühe und wehenden Spinnenfäden in der Luft, strebten Thomas Münzer und Heinrich Pfeiffer aus dem Thüringischen hinüber nach Franken.

„Mein Herz ist unerschrocken in Gott", sagte Münzer, als sie Mühlhausen verlassen hatten und von einer Höhe herab zum letzten Male auf die Stadt zurückblickten, über die sich eben die ersten Abendnebel legten.

Er war dann lange stehengeblieben, die Hände schirmend über die Augenbrauen gelegt.

„Lieber Bruder", fuhr er versonnen fort, als er sich endlich abwandte, „unsere Sache ist dem schönen roten Weizenkörnlein gleich geworden, das die vernünftigen Menschen zu pflegen lieben, wenn es in ihrer Gewalt ist. Wenn es dann aber in die Erde geworfen ist, so scheint es ihnen nicht anders, als wenn es niemals aufgehen würde. Aber wir wissen, daß es dennoch aufgeht und reiche Frucht bringt. Fürchten wir also nicht, daß unser Werk umsonst gewesen ist."

Heinrich Pfeiffer hatte zu seinen Worten nur still und großäugig genickt. Dann waren sie schweigend weitergegangen.

An einem der nächsten Rastabende, als sie nahe Hildburghausen bei einem mit Pfeiffer befreundeten Prädikanten für die Nacht einkehrten, erfuhren sie, daß einige Zeit zuvor Karlstadt hier ebenfalls Unterkunft gefunden habe. Auch er war auf der Flucht gewesen. Nach dem Eingreifen Luthers hatte der Rat von Jena ihn und den seiner Lehre anhängenden Prediger Martin Reinhard der Stadt verwiesen. Wie Münzer war er daraufhin mit seinem Schicksalsgefährten zum Süden ausgewichen. In Rotenburg an der Tauber gedachte er vorerst Aufenthalt zu nehmen, wie er hinterlassen hatte.

Ein maßloser Haß gegen Luther sprang in Münzer auf, als er den Bericht des Prädikanten vernahm.

„Dieser krächzende Kolkrabe!" toste er auf. „Es ist sehr an der Zeit, ihm über das Maul zu fahren!"

Noch am gleichen Abend setzte er sich in der Kammer nieder und begann eine Streitschrift gegen den einstigen Augustiner. „Wider Martin Luther, das geistlos sanft lebende Fleisch zu Wittenberg" — so stand es mit spitzen, eilig hingeworfenen Buchstaben auf der ersten Seite. Mit groben, ungefügen und unflätigen Wortklumpen, voll eines überschäumenden Grimms und angefüllt mit beißendem Hohn, sprang er seinen Gegner an und schonte dabei keines der landläufigen Schimpfworte, die seinem kochenden Zorn einfielen.

Um dieser Schrift willen verlängerten beide Flüchtlinge auch ihren Aufenthalt bei dem freundlichen Gastgeber. Es drängte Münzer, sie in einem Zuge zu Ende zu führen. Es würde dann sein erstes im Süden sein, nach einem Drucker zu suchen, der sie setzen sollte, damit sie bald unter das Volk käme.

Inzwischen war der Prädikant für sie tätig gewesen. Er hatte in Erfahrung gebracht, daß an einem der nächsten Tage ein Wagenzug der Hildburghausener Kaufmannschaft auf einigen Umwegen zum Süden ging. Auf seine Fürsprache nahm er Münzer und Pfeiffer mit auf die Fahrt und setzte sie auf ihren Wunsch unfern Rotenburg ab, da es beide zunächst nach einer Aussprache und einem Wiedersehen mit Karlstadt verlangte.

Bei hellem Mondlicht durchschritten sie das Tor der lieblichen Tauberstadt und hatten bald darauf die Wohnung des Freundes erfragt. Auf ihr Pochen öffnete ihnen Karlstadt, der bei Verschworenen des Ritters Götz von Berlichingen Unterkunft gefunden hatte, selber die schmiedeeiserne Tür und trat ihnen mit erhobener Kerze entgegen.

„Ihr kommt nicht unerwartet", lächelte er, als er die beiden Einlaßbegehrenden erkannte. „Ein Gesicht in der letzten Nacht hat mir euer Kommen schon angesagt."

Er führte sie in seine Stube und nötigte sie zum Sitzen.

Seit Tagen bereits war Karlstadt über die Mühlhäuser Vorgänge und das Scheitern der Münzerschen Pläne unterrichtet. Ein Botenläufer des Bundschuh, der ihm Briefe aus Wittenberg und Jena zutrug, hatte ihm ausführliche Berichte gebracht, so daß Münzer nicht viel zu erzählen brauchte.

„Luther!" rief Karlstadt mit zornig funkelnden Augen und schlug heftig mit der Faust auf den Tisch, als Münzer zu Ende gekommen war. „Überall, wo das Neue sich regt und Wirklichkeit werden will, tritt er hindernd in den Weg. Oder aber er stärkt die Mächte des alten Regiments, so daß sie mutig werden und sich unserer Lehre in seinem Namen entgegenstellen!"

Münzer nickte eifrig Bestätigung. Dann zog er seine Streitschrift heraus und las sie dem gespannt Aufmerkenden vor. Er erhitzte sich über dem Lesen so sehr, daß seine Stimme zu drohender Gewalt anschwoll und der Zuhörende aufgewühlt aufsprang.

„Hart und scharf!" urteilte Karlstadt schließlich. „Dennoch halte ich dafür, daß sie bald gedruckt wird." Und nach kurzem Überlegen fügte er hinzu: „Du wirst am besten Bruder Reinhard nach Nürnberg folgen. Dort wird sich am ehesten und schnellsten eine Gelegenheit finden, die Schrift herauszubringen."

„Ja", stimmte Münzer ihm zu. „Ich habe selber schon daran gedacht, zumal ich vom Winter her gute Freunde und brüderliche Anhänger in der Stadt weiß, die mir helfen werden. Ich denke vor allem an den gütigen und sanften Bruder Denck, den der Rat im letzten Jahr als Rektor an die Sebaldusschule berufen hat. Er hat unter den Handwerkern der Zünfte manchen Anhang für mich gewonnen und wird sicher auch einen Druckerknecht wissen, der willig und bereit ist, die Schrift im geheimen zu setzen und zu drucken. Oder einer der jungen Maler aus der Schule des

Meisters Albrecht Dürer — Hans Sebald Beham, Barthel Beham oder Georg Pencz —, die sich mit besonderer Leidenschaft zu unserer Bruderschaft bekannt haben, wird uns zu einem Drucker verhelfen; denn auch Bruder Pfeiffer möchte seine Schriften herausgeben."

Karlstadt schüttelte zu diesen hoffnungsvollen Worten bekümmert den Kopf.

„Es hat sich in Nürnberg mancherlei gewandelt, seit du im Winter dort gewesen bist", sagte er ernst. „So wirst du wohl vergeblich nach dem Bruder Denck oder den jungen Malern fragen."

Betroffen fuhr Münzer auf.

„Was ist mit ihnen?" forschte er bang. „Warum werde ich vergeblich nach ihnen fragen?"

„Der Rat hat sie aus der Stadt verwiesen und ihnen bei Gefahr des Leibes und des Lebens ein Wiederkommen untersagt", gab Karlstadt ihm leise zur Antwort.

„Verwiesen? Auch sie?" entsetzte sich Münzer.

„Ja", bestätigte Karlstadt. „Es geschah kurze Zeit später, als du Nürnberg verlassen hattest."

„Der Bruder Sanftleben und Leisetritt!" stöhnte Münzer getroffen. „So ist er auch hier wieder am Werk gewesen?"

„Nicht er selbst", erwiderte Karlstadt. „Aber in seinem Namen hat es sein Freund Osiander bewirkt, dem der Rat in allen Glaubensdingen blind vertraut, seit die Stadt Nürnberg dem Papst und dem Papsttum Urlaub gegeben und allgemein die Lehre Luthers eingeführt hat."

„Die Zuchtrute Gottes liegt schwer auf uns", sagte Münzer mit faltigem Gesicht und sah einen Augenblick verzagt vor sich hin.

„Doch sprich!" drängte er dann auffahrend. „Warum hat man die Brüder meiner Lehre ausgewiesen?"

„Man hat sie des Aufruhrs und der Gottlosigkeit angeklagt", berichtete Karlstadt. „Es begann damit, daß die Bauern im Fränkischen sich weigerten, den Zehnten abzuführen. Da forderte Hans Denck mit seinen Freunden in öffentlichen Disputationen die Zünfte und kleinen Bürger auf, keine Steuern mehr zu zahlen und sich gegen die hohen Umlagen zu empören, welche der nur von den Ständen und

Patriziern geführte Rat ihnen gegen alle Ordnung Gottes auferlegt habe. Der Rat wiederum ließ durch Osiander und die übrigen ihm anhängenden Prediger von den Kanzeln herab Luthers Schrift ‚Von der Freiheit eines Christenmenschen' verlesen und in seinem Sinne ausdeuten. Zugleich ließ er Hans Denck mit den drei gottlosen Malern, wie er sie nannte, vor ein Gericht stellen. Da die Angeklagten ihre Meinung weiterhin vertraten, den Zehnten als widergöttlich und als von einer falschen Obrigkeit verordnet bezeichneten, außerdem mit Entschiedenheit Taufe, Abendmahl und Bibel ablehnten und einzig die Vergottung des Menschen durch die Liebe Gottes und seine unmittelbare Offenbarung predigten, war das Urteil über sie schnell gesprochen."

Münzer saß unbewegt und schweigend, als Karlstadt geendet hatte.

Eine lähmende, niederdrückende Müdigkeit war über ihn gekommen und rann wie ein zäher Fluß durch seinen ganzen Körper. Die gläubige Zuversicht, die ihn während der Fluchttage erfüllt und getragen hatte, wurde darunter erdrückt und begann einer grauen Hoffnungslosigkeit zu weichen.

Nein! dachte er und warf trotzig den Kopf in den Nacken. Ich darf nicht müde werden! Denn die Erntezeit ist nahe, auch wenn die Widerstände zu großen Gebirgen aufsteigen und allen freien Blick verstellen.

„Es ist eine wenig angenehme Botschaft, die du zu verkünden hast", sagte er langsam und wandte sich mit einem schmerzlichen Lächeln Karlstadt entgegen. „Aber sie bestimmt mich noch mehr, nach Nürnberg zu gehen und meine Schrift an den Tag zu bringen."

„Ich rate dir, es mit aller Heimlichkeit zu unternehmen", entgegnete Karlstadt mit kraus zusammengelegter Stirn. „Seit die Unruhe, die die Bauern erfaßt hat, auch in die Stadt gekommen ist, hält der Rat die Ohren besonders weit geöffnet."

„Keine Sorge", wehrte Münzer ab. „Ich werde ihm schon aus dem Wege zu gehen wissen. Auch hoffe ich, noch etliche meiner alten Freunde vorzufinden, die mir Hilfe geben werden."

Dann erhob er sich.

„Ich bin müde, Bruder Karlstadt", sagte er. „Mich verlangt zu ruhen. Außerdem möchte ich beizeiten aufbrechen. Wenn du uns für die Nacht eine Schlafstätte anweisen könntest –"

„Kommt", entgegnete Karlstadt und stand gleichfalls auf. „Ich werde euch gern beherbergen."

Er holte vom Kaminsims eine Wachskerze, entzündete sie an dem Öllicht auf seinem Tisch und führte seine Gäste über eine halbe Treppe zu einer leerstehenden Kammer.

Einsilbig und immer noch tief bewegt von dem eben Vernommenen, kleidete Münzer sich aus und legte sich nieder. Kaum aber hatte er sich ausgestreckt und die Augen geschlossen, da senkte sich der Schlaf über ihn wie eine dichte Wolke und ließ ihn erst bei grauendem Morgen wieder erwachen. Verwirrt rieb er sich die Augen und bedurfte erst einer ganzen Weile, um sich zurechtzufinden. Dann sprang er hastig auf und weckte den neben ihm schlafenden Pfeiffer.

Als sie angekleidet waren und hinunter in den Hausgang kamen, trat ihnen Karlstadt entgegen. Er hatte bereits ein Frühstück bereitet, damit sie sich gekräftigt auf den Weg machten, auf dem er ihnen ein langes Stück Geleit gab. Mit herzlicher Umarmung nahmen sie schließlich voneinander Abschied.

Einen Tag später trafen Münzer und Pfeiffer in Nürnberg ein. Ihr erster Weg führte zu dem Jenaer Prediger Reinhard, der sie mit brüderlicher Freude willkommen hieß und ihnen in seiner engen Behausung Unterkunft anbot. Pfeiffer, der mit Entzücken den Ausblick von Reinhards Fenster auf die ansteigende Burg genoß, nahm sein Anerbieten dankbar an. Münzer hingegen wollte versuchen, nahe der Priegnitz bei seinem einstigen Gastgeber, dem Formschneider Hieronymus Andreae, Wohnung zu finden. Außerdem hoffte er, durch ihn am ehesten einen Gesellen aufzutreiben, der seine und Pfeiffers Schriften zum Druck befördern werde.

Hieronymus Andreae, einer der ältesten unter den Nürnberger Anhängern der Münzerschen Lehre, lag krank und hüstelnd zu Bett, als Thomas Münzer sein Haus betrat. Er hörte den Ankömmling mit seiner Frau im Hausgang sprechen und erkannte sogleich seine Stimme. Mit freudiger

Erregung rief er ihm durch die geschlossene Kammertür einen Gruß zu und bat ihn, einzutreten.

„Bruder!" reckte er sich in den Kissen auf, als Münzer die Kammertür öffnete und näherkam. Ein verräterisches Zucken lief dabei über sein stoppelbärtiges Gesicht, und in seinen Augen stand ein feuchter Glanz.

„Bruder Andreae!" sagte Münzer ergriffen und reichte dem Liegenden die Hand, die dieser mit festem und fast schmerzhaftem Druck lange umschlossen hielt.

„Ich hätte nicht geglaubt, dich noch einmal bei uns zu sehen, Bruder Münzer", sagte der Kranke und räusperte sich, um die in seiner Kehle aufsteigende Rührung zu unterdrücken.

„Du weißt es ja, Bruder Andreae", lächelte Münzer verhalten zu ihm nieder. „Ich wandere in aller Welt des Wortes wegen, das uns alle behüten möge."

Der Kranke nickte einige Male ernst zurück und ließ sich langsam wieder in die Kissen sinken.

„Ich hoffe, daß wir dich länger unter uns wissen dürfen", sagte er nach einiger Zeit und sah fragend zu Münzer auf.

„Es könnte sehr leicht möglich sein", gab Münzer ihm zur Antwort.

„Doch nun zu dir", fuhr er fort und strich dem Liegenden über die Stirn. „Ich sehe, daß es dir nicht gut geht."

„Es ist nicht mehr schlimm damit", entgegnete der Kranke und lachte gutmütig auf. „Nur noch wenige Tage, dann wirst du mich wieder in der Werkstatt sehen. Es ist doch nicht das Rechte für unsereins, auf dem Bettsack zu liegen!"

Münzer blieb, nachdem der Nürnberger Bruder ihm einen Stuhl herangerückt und seine Frau angewiesen hatte, ihm das einstige Zimmer herzurichten, in ausführlichem Gespräch bis weit in den Abend hinein an dem Krankenlager sitzen. Was er in Andeutungen bereits von Karlstadt gehört hatte, fand nun eingehende Bestätigung.

Gleich nach Beginn des Jahres war Hans Denck mit den drei Dürerschülern aus Nürnberg ausgewiesen worden, nachdem der Rat öffentlich über sie zu Gericht gesessen.

Es habe damals ein gewaltiges Aufsehen gegeben, erzählte Hieronymus Andreae weiter, als man die Anhänger der

Münzerschen Lehre, die mit zu den stadtbekannten Männern gehörten, in Gewahrsam genommen und ihnen den Prozeß gemacht. In großer Anzahl sei das Volk – vornehmlich das der Zünfte – zu der Vernehmung herbeigeströmt. Aber auch die Patrizier und die Künstler, unter denen die Angeklagten viele Freunde besaßen, hätten lebhaften Anteil genommen. So sei Hans Sachs mit zahlreichen der Meistersinger Zeuge des Verfahrens gewesen und habe den Malern einen guten Leumund gegeben. Auch der Lehrmeister der angeklagten Maler, der Holzschneider und Kupferstecher Albrecht Dürer, begleitet von seinem Freunde, dem berühmten Humanisten und Patrizier Willibald Pirckheimer, habe mit starrem, blassem Gesicht in den Reihen der Zuhörer gesessen und mit angespannter Aufmerksamkeit jedes Wort seiner Schüler in sich aufgenommen. Es müsse ihn, der sehr der Lehre Martin Luthers zuneige, tief getroffen haben, seine hochgeschätzten Maljünger derart abtrünnig und aufrührerisch zu sehen; denn er habe sich nach ihrer Verurteilung, wie es die Maler Hans Greiffenberger und Hans Platner erzählten, drei Tage in seiner Werkstatt eingeschlossen und mit keinem Menschen ein Wort gesprochen. Sie aber, seine Anhänger, seien nur noch fester zusammengeschlossen worden nach jenen Begebnissen. Ja, es sei ihnen sogar neuer Zuwachs geworden, wie sich auch die beiden eben genannten Maler, die bis dahin noch unentschlossen gewesen, endgültig als Brüder zu ihnen bekannt hätten.

„Ich sehe, die Saat ist doch nicht zertreten worden, wie es im Willen der Mächtigen und Lutherschen lag", sagte Münzer, als er den Bericht über die Nürnberger Ereignisse vernommen hatte. „So mag es denn an der Zeit sein, daß ich mit meiner Schrift wider das geistlos sanft lebende Fleisch zu Wittenberg zu sprechen beginne."

Dann begann auch er zu berichten: von Mühlhausen und Pfeiffer, und wie nahe sie dort der Ausrufung des Ewigen Reiches gewesen; von Karlstadt und Reinhard, die auf Veranlassung des unentwegten Widersachers Luther aus Jena fliehen mußten; wie er selber sich auf seiner Flucht hingesetzt und aus empörtem Herzen eine grimmige Schmäh- und Kampfschrift gegen den Wittenberger geschrieben habe, für deren Veröffentlichung er nun nach einem Druckerknecht suche, ebenso wie auch der Bruder Pfeiffer durch ihn seine neuen Schriften an die Öffentlichkeit geben wolle.

„Nichts einfacher als das", gab ihm der Kranke zur Antwort. „Unter den neu zu uns Gestoßenen sind einige Gesellen aus der Offizin des Hans Hergot. Es wird ihren Herzen eine freudige Genugtuung sein, eure Schriften heimlich zu drucken und unter die Leute zu bringen. Gleich morgen werde ich zu ihnen schicken und sie zu dir bitten lassen."

Die beiden Druckerknechte, die am nächsten Morgen der Aufforderung des Hieronymus Andreae folgten und in sein Haus kamen, erklärten sich sogleich bereit, die Schriften Münzers und Pfeiffers zu setzen und in einer der kommenden Nächte zu drucken. Drei Tage darauf überbrachten sie Münzer schon die ersten Stücke und berichteten, daß sie die übrigen Exemplare bereits an ihre Freunde und Brüder gegeben hätten, welche sie weit über Nürnbergs Mauern hinaus unter die Leute bringen würden.

Inzwischen hatte Thomas Münzer Verbindung auch zu seinen anderen Anhängern im Nürnbergischen aufgenommen und ihnen Heinrich Pfeiffer zugeführt. Besonders tätig fand er die beiden Maler Hans Greiffenberger und Hans Platner, von denen ihm sein Gastgeber schon gesprochen hatte. Mit Eifer sorgten sie dafür, daß die gedruckten Schriften unter den Handwerkern und Künstlern Nürnbergs Verbreitung fanden. Darüber hinaus hatte es Greiffenberger sogar unternommen, bei einem Werkstattbesuch eine Ausfertigung der Münzerschen Schrift im Hause Albrecht Dürers zurückzulassen.

Ihr Tun war nicht unbemerkt geblieben.

Bereits wenige Tage nach erfolgtem Ausdruck lagen dem Nürnberger Rat einige Stücke der Münzerschen und Pfeifferschen Veröffentlichungen vor und bestimmten ihn, eine geheime Sitzung einzuberufen, um zu überlegen, was mit diesen Schriften und ihren Urhebern geschehen solle, zumal die Kunde von ihren Mühlhäuser Aufruhrversuchen indessen auch nach Nürnberg gedrungen war. Nach einer hitzigen Aussprache beschloß man, zunächst nichts zu unternehmen, sondern die Druckschriften der aus Mühlhausen Geflüchteten dem Prediger Osiander zur Prüfung vorzulegen.

Bei einem Glas Wein in der Ratsschenke hatte der Maler Hans Platner durch einen ihm befreundeten Ratsherrn von den Vorgängen im Rat Kenntnis bekommen. Es machte ihn bestürzt und veranlaßte ihn, unter einem nichtigen Vorwande aufzubrechen, um Thomas Münzer von dem in Erfahrung Gebrachten zu unterrichten.

Münzer schrieb soeben an einem Brief an Ottilie, als Platner bei ihm anpochte. Mit gerunzelten Brauen hörte er an, was der Maler ihm berichtete.

„Es war wohl nicht anders zu erwarten", sagte er nach einer Weile des Schweigens. „Wir müssen nur alles daransetzen, um in Erfahrung zu bringen, was der Rat weiterhin unternimmt, damit wir nicht überrascht werden."

Es blieb aber still in den nächsten Tagen. Osiander war für einige Tage von Nürnberg abwesend und vor Sonntag nicht zurückzuerwarten. Dennoch waren Münzer und Pfeiffer voll heimlicher Unruhe und wagten sich nur noch bei Dunkelheit auf die Straße.

Die neue Woche hatte begonnen und immer noch war nichts geschehen, so daß es schien, als habe Osiander die Schriften beiseite gelegt oder sie nicht für wichtig gehalten.

Da, an einem Abend in der zweiten Wochenhälfte – Münzer saß mit Pfeiffer im Hause des Hieronymus Andreae zusammen, um zu überlegen, wie sie ihre Sache weitertreiben könnten –, klopfte von draußen eine Hand mehrfach gegen das Fenster der ebenerdig liegenden Kammer, und eine erregte Stimme forderte mit unterdrückter Lautstärke Einlaß.

Es war Hans Greiffenberger, der im regendunstigen Abend an der Haustür stand. Als Münzer ihn eingelassen hatte, faßte der Eingetretene ihn hastig beim Arm und zog ihn mit einem bedeutsam vor den Mund gelegten Finger in die Kammer.

„Es ist an der Zeit, daß Ihr Nürnberg verlaßt, Bruder Münzer", flüsterte er, nachdem er die Tür hinter sich geschlossen hatte und im Zimmer niemanden außer Pfeiffer vorfand.

„Nürnberg verlassen —?" gab Münzer ihm mit trockener Kehle Antwort und fühlte sich erblassen.

Greiffenberger nickte nachdrücklich und ließ sich auf die Bettkante fallen.

„Ich war in der Werkstatt Albrecht Dürers, um ihm zu helfen, für die Frankfurter Messe Abzüge von der Kupferplatte zu machen", berichtete er dann. „Da kam Willibald Pirckheimer hinzu. Ohne meiner zu achten, erzählte er seinem Freunde Dürer, daß er soeben aus einer eilig zusammenberufenen Ratssitzung komme, in der über Pfeiffer und Münzer verhandelt worden sei. Osiander habe einen Bericht über eure Schriften gegeben und unter Berufung auf die Unruhen, welche durch Hans Denck und die gottlosen Maler Beham und Pencz über Nürnberg gekommen, diese Schriften nicht nur als höchst gottlos und verdammenswert, sondern zugleich auch als böse und aufrührerisch erklärt."

„O dieser lutherische Säulenheilige!" rief Münzer zornentbrannt aus.

„Um des allgemeinen Friedens und der Reinheit der evangelischen Lehre willen", fuhr Greiffenberger in seinem Bericht fort, „forderte Osiander sofortiges Verbot der Veröffentlichungen, strengste Strafen für jeden, der bei ihrer Verteilung und Verbreitung betroffen werde, und schließlich Ausweisung von euch beiden."

„Und der Rat?" fragte Pfeiffer aus seinem Zuhören.

„Der Rat, so entnahm ich den Worten Pirckheimers, hat nach den Forderungen Osianders einstimmig beschlossen, den Kauf und Verkauf der Druckschriften bei Leibes- und Lebensstrafe zu verbieten, alle noch erreichbaren Stücke einzuziehen und zu verbrennen, und die Gesellen, welche die Schriften gedruckt haben, festzunehmen und ins Lochgefängnis zu sperren. Ihr aber sollt aufgefordert werden, da ihr in Mühlhausen nur Aufruhr verursacht hättet, euer Geld woanders zu verzehren und Nürnberg auf der Stelle zu verlassen, zumal die Stadt mit guten christlichen Predigern versehen sei."

Münzer stützte den Kopf schwer in die Hände und blieb lange still. Pfeiffer hingegen sprang erregt auf und ging mit heftig rudernden Armbewegungen auf und nieder.

„Was sagte Albrecht Dürer zu dem Beschluß des Rates?" fragte dann Münzer später, sich aus seiner gebeugten Stellung halb aufrichtend.

Von Greiffenbergers Lippen kam ein spöttisches Auflachen. „Albrecht Dürer schlug in erfreuter Zustimmung mit der Faust auf den Tisch. Es sei Christenpflicht, dem aufrührerischen Wesen der Bilderstürmer und Wiedertäufer endlich ein Ende zu machen und schützend vor Luther zu treten, erklärte er. Er selber habe sich nach dem Abfall der beiden Beham und des gottlosen Pencz in langen Überlegungen entschlossen, aus seiner Stille herauszutreten und Bekenntnis abzulegen für die Sache des neuen Glaubens, wie er von Luther gelehrt werde, und für die unantastbare Geltung des Wortes Gottes zu kämpfen. Natürlich tue er das nicht mit Worten, sondern in der ihm eigenen Sprache der von den Bilderstürmern immer wieder geschändeten Kunst – nämlich mit Pinsel und Farbe. Damit zog er Pirckheimer in eine Ecke seiner Werkstatt und enthüllte ihm zwei in Arbeit befindliche Bildtafeln mit den Gestalten der vier Apostel. In diesen Bildwerken wolle er, so erklärte er Willibald Pirckheimer, sein Bekenntnis aussprechen. Damit man ihn auch recht verstehe, füge er jeder der Gestalten ein Wort aus der Schrift bei, deren Schriftstelle er auf den Bildtafeln anbringe, ehe er sie dem Rat der Stadt Nürnberg zum Geschenk mache, um ihn so auf sein Bekenntnis zu verpflichten."

„Wie diese Lutherischen doch alle mit dem Rüssel in der Schrift umherwühlen, um sich die ihnen am besten schmekkenden Eicheln herauszugraben!" höhnte Münzer aufgebracht. „Ich wüßte nur zu gern, was dieser Nürnberger Holzschneider sich herausgesucht hat."

„Er hat es Pirckheimer genau zu wissen gegeben", entgegnete Greiffenberger und zog ein Skizzenbüchlein aus der Rocktasche. „Da ich mich unbemerkt wußte, habe ich die Schriftstellen gleich niedergeschrieben, als Dürer sie nannte. Wenn du sie wissen möchtest –"

„Gib her!" fuhr Münzer hastig auf und riß dem Maler das Skizzenbuch fast mit Gewalt aus der Hand. „Die Schrift –!" wandte er sich an Pfeiffer und schlug mit zitternden Händen das Blatt auf, das die aufgezeichneten Bibelstellen enthielt. „Wir wollen gleich nachschlagen, was Meister Albrecht Dürer zu bekennen hat."

In seiner Erregung entfiel das Buch seiner Hand, so daß er sich nach ihm bücken mußte, um es wieder aufzuheben. Dann endlich hatte er das gesuchte Blatt gefunden.

„Hier!" las er, dem Licht näherrückend. „Zu dem Bildnis des Apostels Petrus die Verse eins und zwei aus dem zweiten Kapitel des zweiten Briefes Petri."

Heinrich Pfeiffer, der sich neben ihm niedergelassen hatte, um dem Licht nahe zu sein, schlug eifrig die angegebene Stelle auf.

„Lies vor!" forderte Münzer ihn ungeduldig auf.

„Es waren aber auch falsche Propheten unter dem Volk", begann Pfeiffer die Worte der Schrift zu lesen, „wie auch unter euch sein werden falsche Lehrer, die einführen werden verderbliche Sekten und verleugnen den Herrn, der sie erkauft hat, und werden über sich selbst herbeiführen eine schnelle Verdammnis. Und viele werden nachfolgen ihrem Verderben; um welcher willen wird der Weg der Wahrheit verlästert werden."

Münzer blieb einige Zeit starr sitzen, als Pfeiffer geendet hatte. Dann stieß sich ein bitteres Lachen über seine Lippen.

„Wie er auf mich zu zielen glaubt", murrte er. „Aber er trifft damit nur seinen Herrn und Meister Martin Luther! – Weiter! Zu dem Bildnis des Apostels Johannis. Lies uns aus dem vierten Kapitel des ersten Johannisbriefes die Verse eins bis drei."

„Ihr Lieben, glaubet nicht einem jeglichen Geist, sondern prüfet die Geister, ob sie von Gott sind; denn es sind viel falsche Propheten ausgegangen in die Welt. Daran sollt ihr den Geist Gottes erkennen: ein jeglicher Geist, der da bekennt, daß Jesus Christus ist in das Fleisch gekommen, der ist von Gott, und ein jeglicher Geist, der da nicht bekennt, daß Jesus Christus ist in das Fleisch gekommen, der ist nicht von Gott. Und das ist der Geist des Widerchrist; von welchem ihr habt gehört, daß er kommen werde, und ist jetzt schon in der Welt."

Schwer atmend hielt Pfeiffer inne.

Münzer sprach diesmal kein Wort.

„Zu dem Bildnis des Apostels Paulus", sagte er nach langem Abwarten. „Lies aus dem zweiten Paulusbrief an Thimotheus die Verse eins bis sieben des dritten Kapitels."

Ungeschickt blätterte Pfeiffer in der Schrift, so daß es eine ganze Weile dauerte, ehe er die angegebene Stelle gefunden hatte und zu lesen begann.

„Das aber sollst du wissen, daß in den letzten Tagen werden greuliche Zeiten kommen. Denn es werden Menschen sein, die viel von sich halten, geizig, ruhmredig, hoffärtig, Lästerer, den Eltern ungehorsam, undankbar, ungeistlich, lieblos, unversöhnlich, Verleumder, unkeusch, wild, ungütig, Verräter, Frevler, aufgeblasen, die mehr lieben Wollust denn Gott, die da haben den Schein eines gottseligen Wesens, aber seine Kraft verleugnen sie; und solche meide. Aus denselben sind, die hin und her in die Häuser schleichen und führen die Weiblein gefangen, die mit Sünden beladen sind und von mancherlei Lüsten umgetrieben, lernen immerdar und können nimmer zur Erkenntnis der Wahrheit kommen."

Langsam ließ Pfeiffer das aufgeschlagene Buch auf die Knie sinken.

„O ihr armen, notgetriebenen Bauern, die ihr euch erhebt gegen die Anmaßungen und Bedrückungen der Mächtigen!" rief Münzer. „In welche Gesellschaft werdet ihr getan, nur weil ihr der Gerechtigkeit Gottes nachstrebt und zur Gewalt greift, da nichts anderes mehr ist, das euch Hilfe bringt! Doch lies weiter, Bruder Pfeiffer. Zu dem Bildnis des Apostels Markus das zwölfte Kapitel aus dem Evangelium Markus, Vers achtunddreißig bis vierzig."

Pfeiffer hob die Bibel wieder auf und schlug nach.

„Und er lehrte sie und sprach zu ihnen: Sehet euch vor vor den Schriftgelehrten, die in langen Kleidern gehen und lassen sich gern auf dem Markte grüßen und sitzen gern obenan in den Schulen und über Tisch beim Gastmahl; sie fressen der Witwen Häuser und wenden langes Gebet vor. Diese werden desto mehr Verdammnis empfangen."

„Wie er den Wittenberger trifft“, spottete Münzer. „Nur daß er nicht bloß in den Schulen und beim Gastmahl gern obenan sitzt, sondern an den Stühlen und Hofhaltungen der Fürsten und ihnen sagt, wie wohlgefällig es ist, daß sie den gemeinen Mann drücken und schinden und ihm unsagbare Lasten aufbürden!“

Sein Gesicht rötete sich, und er stampfte heftig mit dem Fuß auf den Boden.

Pfeiffer hatte die Bibel zugeklappt und vor sich auf den Tisch gelegt.

„Wie unbedingt du auch die Wahrheit sprichst, Bruder Münzer“, sagte er beklommen, „es ändert nichts daran, daß in Nürnberg vorerst unseres Bleibens nicht mehr ist.“

„Ich rate euch, bereits morgen beizeiten die Stadt zu verlassen“, drängte Hans Greiffenberger. „Wenn ich Pirckheimer recht verstanden habe, sollt ihr morgen vor den Rat gefordert werden, wo man euch den Spruch verlesen und gleich mit einem Büttel zur Stadt hinausführen wird. Die Druckgesellen, deren Namen dem Rat schon bekannt waren, hat man gleich durch Stadtknechte aus der Offizin Hergot abführen und ins Lochgefängnis bringen lassen. Ihr müßt also fort.“

In hilflosem Zorn biß sich Münzer auf die Lippen und krallte die Hände ineinander. Seine Augen irrten ratlos durch den Raum und hielten sich schließlich an den fragenden Blicken Pfeiffers.

„Ich fürchte, es wird uns nichts anderes übrigbleiben“, sagte er dann schwerfällig und stockend. „Wir müssen wieder einmal hinausgehen in das Elend der Vertreibung. Es ist uns eine vertraute Nahrung geworden“, fügte er mit einem schneidenden, verkrampften Auflachen hinzu.

Pfeiffer richtete sich unter seinen Worten auf.

„Ich gehe zurück nach Thüringen!“ rief er mit lauter, trotziger Stimme. „Vor der Stadt Mühlhausen werde ich mich auf die Lauer legen und eines Tages, wenn die Stunde reif ist, wieder mitten unter ihnen sein! Dort muß vollendet werden, was wir begonnen haben!“

Münzer sah ihn dankbar an.

„Dein Mut gibt auch mir Mut, Bruder Pfeiffer", sagte er. „Tue, wie du dir vorgenommen. Mich zieht es vorerst weiter in den Süden, zum Balthasar Hubmaier nach Waldshut und zu den Calvinisten nach Zürich. Mühlhausen aber ist der leuchtende Stern in der Dunkelheit meiner Bedrängnis. Er wird auch mich rufen, wenn die Zeit seines Aufgangs gekommen ist."

28.

Dicke, wäßrige Schneeflocken – die ersten des nahen Winters –, vermischt mit einem dünnen, strähnigen Regen, wirbelten windgetrieben durch die Straßen Basels und lösten sich, kaum daß sie den Boden berührten, gleich wieder auf, mit dem den ganzen Tag über fallenden Regen zu breiten Lachen und Tümpeln zusammenfließend. In ihnen brach sich erblindend der Abglanz des zu Ende gehenden Tages und gab den Straßen etwas Trostloses und Abweisendes. Die zudringliche und von allen Seiten ankriechende Feuchtigkeit ließ die wenigen Straßengänger frierend zusammenschauern und sie eilig der behaglichen, warmen häuslichen Geborgenheit zustreben.

Ökolampadius, Professor der Theologie an der Universität und Prediger der Zwingli anhängenden Gemeinde, hatte seinen Übermantel hochgeschlagen und hielt auf seinem Wege den Kopf mit dem tief in die Stirn gezogenen Filzhut schief gegen das Treiben der Schneeflocken. Nach beendeter Vorlesung drängte es ihn heim in seine stille Studierstube, so daß er – nicht zuletzt wegen des unfreundlichen Schneetreibens – auf den sonst üblichen Umweg, der hinab zum Rheinufer führte, verzichtete.

Im Gewirr der Gassen erreichte ihn der zittrige, flehentliche Anruf eines Bettlers. Mitleidig blieb er stehen und sah sich nach ihm um.

Mit durchlöcherter, zerfetzter Kleidung, die seinen schmächtigen Körper nur notdürftig umhüllte, saß auf dem Treppenvorsprung einer Kapelle ein weißbärtiger, erblindeter Mann, den Rücken dicht in die Portalöffnung gedrückt, um dem Regen und Schneefall zu entgehen, und reckte den Vorübergehenden mit ausgedorrten, zitternden Armen einen zerbeulten Hut entgegen, damit sie ihm eine Gabe hineinlegten.

Nach umständlichem Suchen warf Ökolampadius ein reichlich bemessenes Geldstück in den dargebotenen Hut.

„Arme, unglückliche Menschen, die jetzt kein Heim und keine Heimat haben", dachte er im Weitergehen, und empfand es als eine sichtliche und unverdiente Gnade Gottes, als ihm kurz darauf schon beim Eintreten in sein Haus eine nach gebackenen Äpfeln duftende Wärme entgegenschlug.

Rasch entledigte er sich seiner Überkleidung und des Hutes, die beide schwer von Feuchtigkeit waren, obwohl er nur einen kurzen Weg gemacht hatte, streifte die durchnäßten Schuhe ab, um in ein Paar filzerner Hausschuhe zu gleiten, rieb sich die erstarrten Hände und ging mit gemächlichem Schlurfen den Gang hinunter zu seiner Studierstube.

Als er hier eintrat, drang der Duft gebratener Äpfel stärker zu ihm hin, und die dichte Wärme, die der bauchige Kachelofen ausstrahlte, erschien ihm nach der frostigen Feuchtigkeit draußen fast stickig. Dann aber legte sie sich wie mit schmeichlerischen Händen um ihn und ließ sie als wohltuend empfinden.

Auf seinem Arbeitstisch fand er, wie immer um diese Zeit seiner Heimkehr, auf einem irdenen Teller zwei gebackene Äpfel, von der bemühten Wirtschafterin ihm sorgend hingestellt. Sie mußten eben erst aus der Asche genommen sein; denn als er sie anfaßte, waren sie noch heiß, so daß er eine Weile abwartete, ehe er zu essen begann.

„Arme, unglückliche Menschen, die jetzt kein Heim und keine Heimat haben!" dachte er noch einmal die Gedanken seines Heimweges und sah wiederum die elende, zitternde Gestalt des Bettlers mit den trüben, erloschenen Augen flehend die Arme ausrecken.

Ein Frieren überlief ihn, und hastig sprach er ein stilles Gebet für alle, die ohne Heim und Geborgenheit der Unbill des Wetters ausgeliefert waren; denn der Winter war nahe und die Not im Lande groß.

Als er sich wieder aufrichtete und den leeren Teller zur Seite schob, um sich der vom Morgen her noch ausgebreitet auf dem Tisch liegenden Arbeit zuzuwenden, fand er, daß es inzwischen doch zu dunkel geworden war. Nach dem Licht aber wollte er noch nicht verlangen. So lehnte er sich nachsinnend in seinem Arbeitsstuhl zurück.

Er mußte daran denken, wie er selber bei Regen und Schnee als ein Heim- und Heimatloser in Basel eingezogen war und hier durch Zwingli zunächst ein Predigeramt gefunden hatte. Zwei Jahre waren seitdem vergangen, zwei reiche, gesegnete Jahre. An ihrem Beginn hatte die Flucht gestanden, die gemeinsame Flucht mit seinem Freunde Ulrich von Hutten. Durch Erasmus, den Humanisten, der damals noch zu ihnen stand und mit dem gemeinsam er die Bibel verdeutscht hatte, war er mit dem Feuerkopf Hutten zusammengeführt worden. Es war eine Freundschaft auf Not und Tod daraus erwachsen, als er sich des Ritters kühnem „Ich hab's gewagt!" im Kampf gegen die Dunkelmänner und Papisten angeschlossen und als sein Prediger mit ihm in den Schutz der Ebernburg gezogen war. Franz von Sickingen, der Unvergeßliche, hatte sie ihnen zur Verfügung gestellt, um den Sängerfreund mit der mutigen und spitzen Feder den Nachstellungen seiner Feinde zu entziehen.

An einem lichten Frühlingstage, von Mainz kommend und das milde Nahetal hinaufreitend, hatten sie diese Sickingenburg erstmalig vor sich gesehen. Ein Jahr darauf schon war sie im ganzen Reiche hoch gerühmt als Herberge der Gerechtigkeit. Hier fanden alle, die mit den Mächtigen der Zeit im Kampfe standen, Zuflucht und Rat. Hier hatten auch sie zum letzten Male in langem, ernstem Gespräch mit Franz von Sickingen zusammengesessen, ehe er zu seinem mißglückten Feldzug gegen den Kurfürsten von Trier aufgebrochen war, aus dem nach ihren Träumen ein neues Reich hervorgehen sollte, ein Reich des Friedens und der Gerechtigkeit.

Ihre Träume waren zu kühn gewesen und die Macht der Fürsten und Gewaltigen zu stark, vor allem, da Luther sich wider all ihre Hoffnungen nicht auf ihre Seite geschlagen und so die Fürstenmacht noch mehr gestärkt hatte. Eines

Tages, mitten im mailichen Blühen und Duften der Landschaft, war auf abgetriebenem Gaul ein Knecht auf die Ebernburg eingeritten und hatte die Kunde überbracht, daß Franz von Sickingen auf seiner Feste Landstuhl der Belagerung durch die gegnerischen Fürsten erlegen sei und den Tod gefunden habe.

Der Traum vom Reich war ausgeträumt, und ihnen blieb nichts anderes als die Flucht, um nicht in der Fürsten Hände zu fallen. Nach wirren, gehetzten Zügen durch das Land waren sie über die Grenze gegangen und hatten sich in die Schweiz gewandt. Hier nahm Huldreich Zwingli sich brüderlich ihrer an, schuf dem Freunde auf der Insel Ufnau im Züricher See ein bergendes Asyl und ihm selber in Basel ein Predigeramt. Ein Jahr darauf war Ulrich von Hutten, des Reiches letzter Ritter, kurz, nachdem er ihm seine Schrift gegen die Tyrannen übersandt hatte, seinem schweren Leiden erlegen und auf der Ufnau zu Grabe getragen worden.

Inmitten des Zuges der treibenden Erinnerungsbilder hatte der Nachsinnende nicht bemerkt, daß die Dämmerung immer dichter in das Zimmer eingefallen war. Erst als ein heller Lichtschimmer durch die sich öffnende Tür fiel und die Wirtschafterin mit der Lampe zu ihm eintrat, fand er aus seiner träumerischen Verlorenheit zurück.

„Es ist ein Mann draußen, der Euch zu sprechen verlangt", sagte sie, das mitgebrachte Licht auf den Arbeitstisch stellend.

„Hat er seinen Namen genannt?" fragte Ökolampadius, den Kopf zu ihr aufhebend.

„Nein", entgegnete die Wirtschafterin. „Er sagte mir nur, daß er landflüchtig sei und aus Nürnberg komme."

„Landflüchtig?" rief Ökolampadius betroffen.

Es berührte ihn seltsam, nachdem er eben seiner eigenen Flucht gedacht hatte. Und ohne Antwort abzuwarten, gebot er der Wirtschafterin, den Fremden zu bitten, draußen im Gang seine regendurchnäßten Kleidungsstücke abzulegen. Dann möge sie ihn hereinführen und zugleich dafür sorgen, daß ihm im Nebenzimmer ein warmes Abendbrot gerichtet werde.

Solche Vorsorge möge wohl zu weit gehen, wehrte die Wirtschafterin ab. Man wisse ja nicht, was den Fremden überhaupt herführe.

Das solle sie seine eigene Sorge sein lassen, unterbrach Ökolampadius aufbegehrend ihre Bedenklichkeiten. Er sei selber einst flüchtig gewesen und bei genau so hündischem Wetter in Basel eingekehrt. Da wisse er am besten, wie es einem Landflüchtigen ums Herz sei und wie man sich seiner anzunehmen habe.

Nicht ganz von seinen Worten überzeugt und ein wenig gekränkt über die ungewohnte Barschheit, zog sich die Wirtschafterin zurück. Ökolampadius hörte undeutlich vom Gang her ihre Stimme und dazu die dunklere, feste Stimme eines Mannes.

Ein wenig später trat der Fremde ein.

„Gott zum Gruße!" sagte er bedachtsam und blieb abwartend an der Tür stehen.

Ökolampadius gab ihm gemessen den Gruß zurück und bedeutete ihm mit einer auffordernden Handbewegung, näherzutreten. Gleichzeitig schob er ihm einen Stuhl zurecht.

Mit einem dankbaren Kopfneigen nahm der Nähergetretene darauf Platz.

Der Schein der Lampe fiel jetzt breit auf sein Gesicht, ein bärtiges Gesicht mit kräftig hervorspringenden Backenknochen und einer hohen, gedankenumwölkten Stirn. Über den dichten Augenbrauen standen zwei scharfe, senkrechte Falten. Sie gaben dem herben, wettergefurchten Gesicht einen trotzigen und draufgängerischen Zug, der Ökolampadius von fern an seinen Freund Hutten gemahnte. Auch die wachen, blitzenden Augen, die offen und ohne Scheu zu ihm herübersahen, in ihrer warmen Tiefe einen kühnen und wissenden Geist offenbarend, erinnerten den Betrachtenden an den verstorbenen Freund. Er hat etwas von einem Magister oder einem Prediger, dachte er abwägend, wenngleich die abgetragene Kleidung eher an einen Landsknecht oder an einen flüchtig gewordenen Ritter denken ließ.

„Ihr seid landflüchtig, wie man mir gesagt hat", begann Ökolampadius aus seiner prüfenden Betrachtung.

„Landflüchtig — ja." Der ihm Gegenübersitzende schnippte verächtlich mit den Fingern. „Der Rat der Stadt Nürnberg hielt es jedenfalls für gut, mich aus seinen Mauern zu verweisen." Er streckte die Beine aus und lächelte düster vor sich hin.

„So seid Ihr in Nürnberg daheim?" forschte Ökolampadius weiter.

Der Befragte schüttelte leicht den Kopf.

„Ich bin wohl nirgends daheim", sagte er leise vor sich hin. „Oder doch", richtete er sich auf. „Ich bin im Wort daheim. Ja", bekräftigte er dann. „Das Wort ist meine Heimat, das Wort, das mich ruhelos macht und umhertreibt."

Ökolampadius horchte auf.

„Ihr sprecht dunkel und in Bildern", sagte er. „Aber wenn ich Euch recht verstehe, sprecht Ihr vom Wort der Schrift."

„Vom Wort Gottes, das sich in der Schrift offenbart", warf der Fremde ein. „Und weil ich ihm anhänge und auf Erden Heimstatt bereiten wollte, damit die Menschen endlich in seiner Gerechtigkeit wohnen, sind die Gottlosen mit dem Zepter der Macht in ihrer Hand gegen mich aufgestanden und verfolgen mich."

Ein warmes Gefühl stand in Ökolampadius auf.

„Ich habe es erfahren", sagte er. „Auch uns hat es flüchtig gemacht und die Herberge der Gerechtigkeit, die wir geschaffen haben, vor der Zeit zu einer Ruine der Klage und Anklage werden lassen."

„Ich weiß es", sagte der ihm aufmerksam Zuhörende. „Ihr sprecht von Eurem Werk und dem des Ritters Ulrich von Hutten, an dessen Grabstätte ich noch vor wenigen Tagen gestanden habe."

„Ulrich von Hutten", nickte Ökolampadius. „Sein Werk liegt offen vor aller Welt. Aber mein Werk?" verwunderte er sich. „Was wißt Ihr von ihm?"

„Ich weiß, daß Ihr dem Wort nachgegangen seid, wie ich ihm nachgegangen bin", fuhr der Besucher fort. „Und ich weiß, was ich einst noch nicht wußte —: daß Ihr, ehe ich selber ein gleiches unternommen habe, um des Wortes willen, das Euch entzündet hat, die Messe in der Sprache der

Deutschen gelesen habt, damit auch das arme Volk das Wort Gottes verstehe."

Ökolampadius sprang erregt auf.

„Wer — wer bist du, Bruder?" fragte er hastig und mit bewegter Stimme.

„Ich bin der Magister Thomas Münzer aus Stolberg", hob der Sitzende sich hoch, „weiland der Botenläufer Gottes, Prediger zu Allstedt und Mühlhausen, nunmehr ein Landsknecht Gottes, getrieben vom Feueratem des Herrn, verfolgt in allen deutschen Landen, wo mein Name genannt wird."

„Bruder Münzer!" rief Ökolampadius und ergriff die Hände seines Gastes. „Willkommen! Herzlich willkommen in meinem Hause!"

„Ich habe viel gehört von dir", sagte er später, als der erste Überschwang sich gelegt und er wieder auf seinem Arbeitsstuhl Platz genommen hatte. „Auch manches von deinen Schriften ist mir bekannt geworden und hat sich mit vielerlei Gedanken in meinem Herzen festgesetzt. Ich bitte dich, sei mein Gast. Bleibe hier, solange es dir gefällt."

Münzer schüttelte den Kopf.

„Das Reich Gottes will zu uns kommen", sagte er. „Ich muß ihm den Weg bereiten. Da ist mir nicht gegeben, an einer Stätte zu ruhen. Ich muß zurück in die deutschen Lande, wo die Herzen des gemeinen Mannes entbrannt sind im Hunger nach der Gerechtigkeit. Zu ihnen muß ich sprechen, ihnen muß ich das Wort verkünden, damit sie stark bleiben und sich nicht erschrecken lassen von der Macht der Fürsten und Gewaltigen. Um ihrer Unruhe willen muß ich selber Unruhe sein."

„Der Winter bricht an", gab Ökolampadius zu bedenken. „Regen und Schnee kommen über das Land. Sie sind für den Heimatlosen und Flüchtigen wie reißende Tiere."

„Sie sollen es sein", erwiderte Münzer hart. „Ich muß alle Ungnade der Vertreibung wiederum neu erfahren, damit der arme Mann mir nicht aus dem Sinn kommt, damit seine Not auch meine Not ist und sein Hunger nach der Gerechtigkeit Gottes auch mein Hunger bleibt, vor dem alles andere gering ist."

„So hat es dich bis nach Basel geführt?" verwunderte sich Ökolampadius und erschauerte vor der hitzigen Leidenschaft, die ihn aus den Worten Münzers anwehte.

„Weiter!" entgegnete Münzer mit einer ausholenden Handbewegung, als wolle er damit all seine Wege umschließen. „Weiter bin ich gewesen. Mit den Brüdern in Zürich habe ich gesprochen und mancherlei Zusagen erhalten. Nun treibt es mich in den Klettgau und Hegau, wo der Bauer aufzustehen beginnt. Zuvor jedoch ließ es mir keine Ruhe, ich mußte den Mann sehen, der vor mir das Wort in der Sprache unserer Bauern und Hirten verkündet hat."

„Du sprichst fast, als wolltest du gleich wieder aufstehen und hinausgehen in die Nacht", versuchte Ökolampadius zu scherzen. „Dabei würde es mir eine große Freude sein, dich wenigstens für einige Tage und Nächte unter meinem Dach zu sehen."

„Ich weiß dir Dank dafür", entgegnete Münzer. „Und ich will deine Gastlichkeit nicht abtun. Aber es kann geschehen, daß mich plötzlich die Stimme Gottes anruft oder daß er in Gesichten über mich kommt und mich zum Aufbruch zwingt."

„Nun", lächelte Ökolampadius über den Eifer Münzers, „dann magst du immer noch gehen. Vorerst aber ruhe dich aus in meinem Hause, damit du gestärkt weiter deines Weges gehen kannst."

Damit stand er auf und legte ihm zuredend die Hände auf die Schultern.

„Ich glaube, du hast heute bei wenig angenehmem Wetter einen langen Weg gemacht", sagte er dann. „Es mag dir gut sein, vorerst etwas zu essen, ehe wir weiter miteinander sprechen; denn mich bewegt mancherlei aus deinen Schriften, worüber ich mehr von dir hören möchte."

Und ohne seine Antwort abzuwarten, zog er ihn mit halber Gewalt hoch und führte ihn in die Stube nebenan, wo die Wirtschafterin inzwischen den Tisch bereitet und das Essen aufgetragen hatte.

Während der Mahlzeit überkam Münzer mit einem Male ein Schwächeanfall, so daß ihm feuchtglänzender Schweiß auf die Stirne trat und er den Löffel, den er zum Munde führen wollte, zur Seite legte. Gleichzeitig ging ein merkwürdiges Zucken über sein Gesicht.

Mühsam und sich mit den Händen schwer auf die Tischkante stützend, stand er auf.

„Du darfst nicht erschrecken, Bruder", sagte er mit einem stoßhaft werdenden Atem und wandte sich dem bestürzt herzuspringenden Ökolampadius entgegen. „Gott hat mich beladen mit der Krankheit seiner Propheten. – Es geht wieder vorüber", sagte er dann ächzend.

Kaum aber hatte er es ausgesprochen, da begannen sich seine Augen zu verdrehen, wie Ökolampadius es bei Sterbenden gesehen hatte; das Weiße quoll daraus hervor, und aus seiner Kehle stieg ein gurgelnder, luftjappender Laut, hoch und spitz, der jäh und wie erschreckt abbrach. Gleichzeitig trat blasenhafter, quirlender Schaum über die zusammengepreßten, bläulichen Lippen, und nach kurzem, taumeligem Schwanken schlug Münzer mit dem ganzen Körper in dumpfem Aufprall nieder zu Boden, den entsetzt zurückfahrenden Ökolampadius in seinem Sturz fast mit sich reißend. Dann wand er sich mit hohl knirschenden Zähnen und zusammengekrümmten, um sich schlagenden Gliedern in wilden Zuckungen.

„Münzer! Bruder Münzer!" beugte sich Ökolampadius nach Abfallen des ersten Erschreckens über ihn und rüttelte ihn. Aber die Mächte, die in dem Geschüttelten, Vergewaltigten ihr Wesen trieben, waren stärker als die Besorgtheit seines Bemühens.

„Sind es Engel oder sind es Dämonen, die jetzt Gewalt über ihn haben?" ging es in banger Frage durch Ökolampadius' Gedanken, als er, das Zwecklose seines Tuns einsehend, sich hilflos wieder aufrichtete. Und eine dunkle Scheu befiel ihn, wie sie schon in alten Zeiten über die Menschen kam, wenn sie vor einem Fallsüchtigen standen, den es in wirren Krämpfen und zuckender Qual zu Boden gezwungen hatte.

Man sagt, daß es Gott selber ist, der den Menschen in diesen Augenblicken heimsucht und ihm prophetische Gesichte bringt, dachte er zurücktretend und legte in stiller

Fürbitte die Hände zusammen. Gleichzeitig mußte er daran denken, wie einst Moses die Stimme des Herrn aus dem Dornbusch erreicht hatte.

War hier Ähnliches? Wand sich der Mensch vor ihm vor dem erbarmungslosen Brand des Dornbusches? Vernahm auch er daraus die furchtbare Stimme des Herrn, so daß er in ein Zittern verfiel, das schon nichts mehr von Menschlichem in sich hatte und aus Tiefen kam, die sonst dunkel und verschüttet blieben?

Ökolampadius begann zu frieren vor dem großen Geheimnis, das hinter nebelnder Undurchsichtigkeit lag und von dem sich im Angesicht des vor ihm in Zuckungen auf und ab fliegenden Mannes ein zaghafter Schleier zu heben schien.

„Gott hilf!" flüsterte er bedrängt und schlich, von einem Alpdruck jäher Angst befallen, mit hängenden Schultern und furchtsam niedergeschlagenen Augen hinüber in seine Studierstube, wo er sich müde auf einen Stuhl fallen ließ.

Hier saß er lange, den Kopf auf die Arme gestützt, und sann über die Sendung des Mannes Münzer nach, der vieles mit ihm gemeinsam hatte und doch in vielem so ganz anders war als er selbst.

Ist es mit ihm selber nicht anders als mit seiner Krankheit? dachte er. Treiben ihn die Engel oder treiben ihn die Dämonen? Kommt das Gewaltsame seines Tuns aus dem Anruf Gottes oder den Einflüsterungen Satans?

Er wußte seinen Fragen keine Antwort zu finden. Nur glaubte er zu erkennen, daß mit Münzer etwas Fremdes und Neues zu ihm gekommen war, das ihn lange noch bewegen werde.

„Herr, du gerechter Gott, laß uns alle Wohnung finden in deiner Gnade!" betete er aus der Bedrängnis seiner Gedanken und stand auf, um wieder nach dem Kranken zu sehen.

Als er nebenan ins Zimmer trat, saß Münzer mit grauem, erloschenem Gesicht an seinem vorherigen Platz. Keuchend und immer noch getrieben von dem überstandenen Sturm hob und senkte sich seine Brust wildbewegt auf und ab.

Die Augen hatten etwas Fernes, Glasiges, und über die Stirn rann in dünnen, krausen Rinnsalen der Schweiß.

„Münzer! Bruder Münzer!" rief Ökolampadius den starr Sitzenden an, der sein Eintreten nicht bemerkt zu haben schien.

Langsam wandte sich Münzer ihm entgegen und versuchte zu lächeln.

„Ich habe dich erschreckt, Bruder", sagte er leise und fast lallend; das Sprechen fiel ihm noch schwer. „Verzeihe mir."

„Es hat nichts zu sagen, Bruder Münzer", stammelte Ökolampadius seltsam ergriffen.

„Ich trage seit meiner Kindheit daran", entgegnete Münzer.

„Ist es vorüber?" fragte Ökolampadius im Näherkommen.

Münzer nickte und wischte sich den Schweiß aus der Stirn.

„Gott ist oft hart zu seiner Kreatur", sagte er langsam und mit weitaufgeschlagenen Augen. „Wie ein gewaltiges Gebirge kann er sich über den Menschen legen, so daß er darunter zu vergehen vermeint. Und er kann ihn in ein solches Brennen werfen, daß er darin zu verbrennen glaubt."

Mitleidig sah Ökolampadius auf den Ausgebrannten, Ausgeleerten.

„Wenn dich nach etwas verlangt, Bruder Münzer", bat er, „so sage es mir. Ich will dir in allem zu Willen sein."

„Ruhen", flüsterte Münzer aus seiner Erschöpfung. „Ich möchte ein wenig ruhen."

Ökolampadius nahm ihn beim Arm und half ihm, aufzustehen.

„Komm", sagte er. „Ich führe dich zu meiner Gastkammer."

Mit einem gepreßten Stöhnen, das noch aus eben bestandenen Gesichten kam, und schwer sich auf den Führenden stützend, folgte Münzer dem Vorangehenden. In der Kammer ließ er sich gleich auf das Bett sinken und es willig und mit geschlossenen Augen geschehen, daß Ökolampadius ihm die Beine anhob, um ihn höher zu legen, und doppelte Decken über ihn breitete.

Zum Schluß strich Ökolampadius dem Liegenden das schweißverklebte Haar aus der Stirn. Münzer aber bemerkte es nicht mehr. Er war schon in einen tiefen Schlaf gefallen.

Ökolampadius sah lange zu ihm nieder. Dann ging er leise und auf Zehenspitzen hinaus, um ihn seiner Ruhe zu überlassen.

An diesem Abend kam er nur wenig weiter in seiner Arbeit. Immer wieder irrten seine Gedanken ab und ließen ihn überdenken, was an Gerüchten über den Gast in seiner Kammer bis zu ihm nach Basel gedrungen und was ihm von seinen Schriften bekannt geworden war.

„Es bleibt so, wie ich es erkannt habe", dachte er schließlich. „Das große Geheimnis, das um seine Krankheit ist, ist auch um ihn selber gelegt. Und nur Gott allein mag wissen, ob – wie bei der Krankheit! – die Engel um ihn stehen oder die Dämonen der Hölle."

Es war weit nach Mitternacht, als er sich endlich von seinem Platz erhob, um sich zur Ruhe zu begeben. Vorher aber wollte er noch einen Blick in die Kammer des Gastes tun.

Mit erhobenem Licht trat er daher an Münzers Lager. Er schlief, ruhig und mit gelösten Gliedern und tiefen, regelmäßigen Atemzügen. Sein Gesicht hatte sich entspannt und trug jetzt den lächelnden Widerschein eines großen Friedens.

„Er wird eine gute Nacht haben", dachte Ökolampadius. „Es mag genügen, wenn ich erst morgen in der Früh wieder nach ihm sehe."

Als er am folgenden Morgen in die Kammer kam, um sich nach Münzers Ergehen umzusehen, fand er jedoch zu seiner größten Überraschung das Bett leer.

Zunächst glaubte er, Münzer sei bereits aufgestanden und befinde sich in seinem Studierzimmer, um dort auf ihn zu warten. Schon wollte er sich umwenden und zum Arbeitszimmer gehen, da bemerkte er auf den ausgebreiteten Decken ein beschriebenes Blatt. Von einer dunklen Ahnung befallen, trat er näher und hob das Blatt auf.

„Die große Unruhe", las er, „läßt mich nicht länger verweilen. Ich muß weiter. In der Nacht hat es mich mit lauten

Stimmen gerufen. Ich muß gehorsam dem Ruf folgen. Bete für das Reich Gottes, auf daß es bald zu uns komme!"

Ökolampadius schüttelte betroffen den Kopf und legte das hinterlassene Blatt wieder zurück an seinen Platz. Dann fügte er betend seine Hände ineinander. Aber in der Wortlosigkeit seiner Fürbitte gedachte er mehr des Mannes Münzer, den es in das über Nacht stärker gewordene Schneetreiben hinausgerufen hatte, als des Reiches Gottes und seiner Niederkunft.

29.

Waffenklang ging durch das Land.

Im Klettgau und Hegau, bis hinüber zum Bodensee, rückten die Bauern zusammen, um sich die Freiheit zu erstreiten. Überall auf seinem Wege stieß Münzer auf bewaffnete Haufen mit der Fahne des Bundschuh, die hinüber zum Hohentwiel strebten. „Brüder!" jubelte er und schloß sich ihrem Zuge an.

Er stand dann mit im großen Heerlager, das sich in Hilzingen unterhalb des Hohentwiels zusammenfand. Hans Maurer – der von den Bauern erwählte Hauptmann – verlas von einem schnell aufgerichteten Gerüst herab mit dröhnender Stimme, immer wieder von brausendem Jubel unterbrochen, die von Weigand von Miltenberg, Wendelin Hippler und anderen Erwählten der Bauernschaft in Heilbronn niedergelegten gründlichen und rechtlichen zwölf Hauptartikel aller Bauernschaft und Hintersassen der geistlichen und weltlichen Obrigkeit.

Sie forderten das Recht der Gemeinde, ihre Pfarrer selber zu wählen und wieder abzuberufen und daß das Evangelium lauter und klar und ohne allen menschlichen Zusatz verkündet werde. Weiterhin verlangten sie Abschaffung des Zehnten bis auf den großen Kornzehnten und völlige Aufhebung des Viehzehnten, gänzliche Abschaffung der Leibeigenschaft, Beschränkung der Jagdrechte der Mächtigen und Freigabe von Jagd und Fischfang auch für den gemeinen

Mann, Herausgabe der den Gemeinden widerrechtlich entrissenen Waldungen, Wiesen und Äcker, Abstellung oder zumindest billige, gerechte Beschränkung des Gilten, der Fronden und sonstigen Zwangsdienste sowie Reform des Gerichtswesens.

„Wenn eine oder gar mehrere der hier gestellten Forderungen dem Willen Gottes nicht gemäß sind", rief Hans Maurer in die aufhorchende Versammlung, „so wollen wir, wo sie uns mit dem Worte Gottes als unziemlich nachgewiesen werden, davon abstehen, sobald man es uns auf Grund der Schrift erklärt. Und wo man schon jetzt unseren Forderungen nachkommt und es befindet sich hernach, daß sie unrecht sind, so sollen sie von der gleichen Stunde an tot sein und für nichts mehr gelten."

Ein Sturm der Zustimmung ging nach seiner Rede über das weite Feld. Die Bauern umarmten einander mit Tränen in den Augen und schworen sich zu, der Sache des gemeinen Mannes als einer Sache der Gerechtigkeit Gottes bis zum letzten Blutstropfen und bis zum letzten Atemzuge zu dienen.

Als der Tumult sich gelegt hatte, bat Hans Maurer noch einmal ums Wort.

Man habe eine Abordnung bestimmt, rief er aus, die nach Wittenberg gehen solle, um Martin Luther die Forderungen der Bauernschaft zu überbringen und ihn um seinen Beistand zu bitten. Zwar gehe die Rede, daß er gesagt habe, der gemeine Mann müsse mit Bürden überladen sein, sonst werde er zu mutwillig. Auch habe er die Leibeigenschaft ausdrücklich gebilligt. Aber dennoch sei man voller Zuversicht, daß er den gerechten und in Übereinstimmung mit der Schrift stehenden Forderungen des gemeinen Mannes seine Zustimmung geben werde.

„Er wird es nicht!" knirschte Münzer ingrimmig. „Seit er mit den Fürsten und Mächtigen in einem Bette schläft, hat er des gemeinen Mannes vergessen. Man muß es ohne und sogar gegen Luther unternehmen!"

Inzwischen werde man mit den Fürsten in Frieden und Güte unterhandeln, ging die Rede Hans Maurers weiter. Bis dahin möge der Bauer sich ruhig halten. Wenn aber die

Stunde es gebiete, solle er bereit sein und seinem Rufe folgen, und sei es in den Tod.

Wieder ging der Sturm über das Feld. Die Fahnen und Feldzeichen wurden geschwenkt, die Trommeln gerührt, und wildes Geschrei übertoste den Platz.

Das Treffen der Bauern war beendet, und man begann allgemach auseinanderzulaufen.

Münzer ließ sich ziellos von dem Gewoge und Gedränge treiben. Seit er gehört hatte, wie sehr die Bauern ihre gerechte Sache mit Luther verbanden, nistete eine bange Sorge in ihm, es möge mit allem kein gutes Ende nehmen. Stärker als zuvor drängte es ihn daher, mit Balthasar Hubmaier Fühlung aufzunehmen.

Als ihm aus einem der Bauerntrupps das Wort Waldshut entgegentönte, horchte er auf. Er erfuhr, daß der sich sammelnde Haufen aus der Gegend nahe Waldshut zu Hause sei und nun dorthin zurückkehre. So schloß er sich denn den abrückenden Männern an.

Auf dem Wege kam er mit dem Anführer in ein Gespräch, in dem sich erwies, daß der Mann, der gleich ihm wenig von einer Verhandlung mit dem Wittenberger hielt, zu der Gemeinde Hubmaiers gehörte. Da gestand Münzer ihm freudig, daß er zu seinem Prediger unterwegs sei.

Nun, meinte der Bauernanführer, da sei er nicht ganz glücklich geführt; denn es sei wenig Aussicht, daß er den Bruder Hubmaier antreffe.

Ob er etwa aus Waldshut vertrieben sei, fragte Münzer erschrocken.

Das nicht, gab ihm der Befragte Bescheid und berichtete ihm, was sich in der letzten Zeit in Waldshut ereignet hatte.

Die Regierung Österreichs, der Waldshut unterstand, so erzählte er, hatte sich mehrfach mit scharfen Drohungen und Verweisen gegen Balthasar Hubmaier und seine Predigten gewandt. Die Waldshuter aber waren ihrem Prediger treu geblieben, zumal ihnen von Zürich her starker Zuzug von waffentragenden Männern gekommen sei. Ja, sie waren ihrerseits zum Angriff vorgegangen und hatten all ihre Forderungen zusammengestellt und in Form von Artikeln dem Statthalter Österreichs vorgelegt. Um nun die zu ihrer

Erfüllung von Hans Müller von Bulgenbach, dem Feldhauptmann Hubmaiers, geführten Verhandlungen nicht zu erschweren, habe Balthasar Hubmaier Waldshut freiwillig für einige Zeit verlassen und sei in die nahe Schweiz gegangen. Aber dennoch sehe es nicht so aus, als ob die billigen Forderungen der Waldshuter erfüllt würden, so daß damit zu rechnen sei, daß man nach der Rückkehr Hubmaiers zur Gewalt greifen müsse.

Was Münzer so auf dem Wege erfuhr, bedrückte ihn. Und als nach mehrstündigem Marsche das heimatliche Dorf der Bauern erreicht war und ihr Anführer ihn aufforderte, für einige Tage als Gast bei ihm einzukehren, war er fast geneigt, der Einladung nachzukommen. Doch dann entschied er sich anders.

Auch wenn er den Bruder Hubmaier vorerst nicht antreffe, ziehe es ihn weiter nach Waldshut, meinte er und nahm mit freundlichen Worten Abschied von den Männern, mit denen er gekommen war.

Waldshut, das nur noch eine gute Stunde entfernt lag, empfing Münzer mit festlichem Schmuck an den Häusern und Kirchen. Bauern-, Landsknecht- und Bürgerhaufen wogten in dichten Reihen auf den Plätzen, und durch die Gassen trummte dumpfer Trommelschlag, gellten die aufrüttelnden Läufe der Pfeifen und dröhnten kriegerische Hornrufe. Fahnentücher knatterten im frostscharfen Wind, und zwischen den Häuserfronten schwangen sich buntbewimpelte Girlanden.

Verwundert über das unerwartete Bild strebte Münzer zum Marktplatz, der einem kleinen Heerlager glich. Hier löste sich seine Verwunderung zu heller Freude, als er auf besorgtes Fragen von einem der umstehenden Bürger in Erfahrung brachte, daß all das bewegte Treiben und festliche Gepränge dem Prediger Balthasar Hubmaier gelte.

Vor nicht ganz einer Stunde, so berichtete der redselige Waldshuter voller Stolz, sei er in feierlichem Zuge, der einer Majestät würdig gewesen, zurück in die Stadt gekommen, nachdem am Morgen seine Wiederkehr bekanntgegeben worden sei. Hans Müller von Bulgenbach, geleitet von einem unabsehbaren Haufen Volks, habe ihn mit einem ausgewählten Beritt Bewaffneter am Laufe der Aare eingeholt und unter Glockengeläut und Böllerschüssen in die Stadt geführt.

Nun seien die Würfel gefallen, beschloß der Waldshuter seinen Bericht. Die Verhandlungen hätten zu nichts geführt. Jetzt sei es Sache des Schwertes, dem gemeinen Manne zu seinem Recht zu verhelfen. Schon morgen, so habe Balthasar Hubmaier nach seinem Einzuge vom Rathaus herab verkündet, beginne die Stadt Waldshut unter seiner eigenhändigen Mitwirkung mit der Errichtung von Schanzwerken und Befestigungsbauten.

Münzer bedankte sich bewegten Herzens für die Auskünfte und fragte sich nach der Wohnung des Predigers Hubmaier durch. Mit offenen Armen nahm dieser den Unerwarteten, der ihm aus langem Briefwechsel und aus seinen Schriften und Kampfaufrufen längst zum Freunde und Mitstreiter geworden war, auf und saß in langen Überlegungen bis in den späten Abend mit ihm zusammen.

Sie kamen überein, daß Hubmaier in der Stadt Waldshut ihre Lehren verkünden, während Münzer die Bauern des Klettgau und Hegau gewinnen sollte. Um dieser Aufgabe willen riet Hubmaier ihm auch, bei einem seiner Anhänger in dem nicht fernen Flecken Grießen im Schwarzbachtal festes Quartier zu nehmen.

Münzer stimmte zu und nahm, von einem Boten Balthasar Hubmaiers begleitet, am nächsten Tage in Grießen Wohnung.

Mit Feuereifer begannen beide dann ihr Werk. Während Balthasar Hubmaier in immer schärferen Worten von der Kanzel herab das Volk aufforderte, die bestehende Obrigkeit als nicht von Gott bestimmt abzusetzen und die Klöster und die Schlösser der Fürsten zu stürzen, wozu er in seinen freien Stunden noch Schanzarbeit an den Befestigungswällen verrichtete oder waffenbewehrt auf der Stadtmauer Wache hielt, durchstreifte Münzer mit seiner zündenden Beredsamkeit das Gebiet zwischen Bodensee und Schwarzwald, um hier die Bauern für den Kampf um die Freiheit aufzufordern. Zugleich sandte er Briefe an Ottilie und forderte sie auf, ihm zu berichten, was in Mühlhausen geschehe und ob Heinrich Pfeiffer wieder in die Stadt zurückgekehrt sei.

Das späte Jahr ging darüber allmählich zu Ende und ließ Münzer voller Hoffnungen in das aufsteigende Jahr 1525 blicken.

In den ersten Tagen dieses neuen Jahres, als er gegen Abend von einem seiner Züge heimkehrte, fand er in seiner Stube zwei junge Männer vor, die auf ihn warteten. Bei seinem Eintritt hatten sie sich erhoben und traten ihm mit einer fast ehrfürchtigen Scheu gegenüber.

„Verzeihe, Bruder Münzer", begann der Wortführer unter ihnen und neigte ein wenig den schmalen Kopf. „Verzeihe, wenn wir ungefordert und dir unbekannt das Wagnis unternommen haben, dich aufzusuchen. Aber schon lange sind uns deine Schriften nah und vertraut. Und seit wir von deinem Wirken hier im Klettgau hörten, litt es uns nicht mehr daheim, wir mußten dich aufsuchen."

„Seid mir willkommen!" entgegnete Münzer und nötigte sie wieder zum Sitzen.

Ob es sie von weit her führe, fragte er dann, sich zu ihnen setzend und das Öllicht zurechtrückend.

„Wir sind Züricher", erwiderte der Sprecher, „und Freunde seit Kindertagen; ich, Konrad Grebel, Sohn eines Züricher Handelsherrn, und Felix Manz, Sohn unseres Nachbarhauses. Es hat uns wunderlich erfreut, daß wir durch deine Schriften in dir jemanden gefunden haben, der eines Geistes mit unserer eigenen christlichen Meinung ist, so daß es uns bestimmt hat, zu dir zu kommen und mit dir zu sprechen."

Mit steigender Anteilnahme hatte Münzer die beiden vor ihm Sitzenden betrachtet. Das Verhaltene, Zuchtvolle, das ihm gleich schon im Gesicht des Wortführers als deutlichstes Kennzeichen seines Wesens erschienen war, stand als ein Gemeinsames beherrschend in beider Züge und gab ihnen etwas Brüderliches. Es verband sich mit einem männlichen Ernst, der als warmer Unterton auch in den gesprochenen Worten mitschwang.

„Sprecht mehr von euch!" bat Münzer. „Wie habt ihr zu dem neuen Glauben hingefunden?"

Konrad Grebel sah nachdenklich vor sich hin.

„Wie soll ich es sagen, Bruder Münzer?" lächelte er schließlich verlegen und wandte Thomas Münzer sein offenes Gesicht, das trotz seiner Jugend an den Schläfen von mancherlei Grübelnächten gezeichnet war, entgegen.

„Ja", bemerkte er dann. „Es war zunächst wohl nichts anderes als eine große Unruhe, die über uns kam und die uns sehnsüchtig machte, mehr von Gott zu erfahren, als es uns bis dahin gegeben war. Diese Unruhe trieb uns von Kirche zu Kirche, von Predigt zu Predigt, um anzuhören, was sie uns zu verkünden hatten, die da im Namen Zwinglis, Calvins und auch des fernen Martin Luther sprachen. Mehr und mehr aber fanden wir heraus, daß es ihnen allen weniger um Gott ging, als um einen Streit von Meinungen, der auf den Kanzeln ausgetragen wurde. Da wandten wir uns von ihnen ab und forschten in einem kleinen Kreise von bescheidenen Handwerkern und in der Stille unserer Nächte gemeinsam oder auch jeder für sich in der Bibel selbst."

„Ihr tatet recht daran!" warf Münzer beifällig ein, als der Sprechende eine Pause machte.

„Aus der Bibel ward uns die Offenbarung", fuhr Konrad Grebel nach kurzem Besinnen fort, „daß mit dem Ende der alten Kirche auch das Ende des Antichrist herbeikomme und daß wir uns bereitzumachen hätten für die Niederkunft Gottes und seine irdische Herrschaft."

„Es soll sein wie in den Tagen der Apostel und der ersten Gemeinden!" reckte sich nun auch Felix Manz mit hellen, verzückten Worten. „Wie einst soll es im irdischen Reich Gottes und seiner Gerechtigkeit keinen Besitz mehr geben, der dem einzelnen zugehörig ist. Alles Eigentum gehört nur der Gemeinde! Und keiner – außer Christus! – kann Herr über die Menschen sein, so daß es in der wahren christlichen Gemeinde kein Amt und keine Gewalt der Obrigkeit mehr geben wird!"

„Man wird euch in Zürich nur ungern so sprechen gehört haben!" lächelte Münzer den eifervoll Erglühten an.

„Man hat uns zunächst verlacht", gestand Konrad Grebel, „und uns gesagt, wie man Calvin hatte verkünden hören, daß es eben umgekehrt sei und daß gerade der in der besonderen Gnade Gottes stehe und zu seinen Gerechten zähle, der möglichst viele Güter sein eigen nenne."

„Ja", fügte Felix Manz bitter hinzu. „Und als wir weiterhin auf dem uns Offenbarten beharrten, gingen sie mit unchristlicher Bosheit gegen uns vor und sagten uns den Kampf an."

Münzer nickte.

„Ich habe es auch an mir erfahren", sagte er. „Aber alle Verfolgung soll uns nicht kleinmütig und verzagt werden lassen."

„Vielleicht wären wir es geworden", wandte sich ihm Konrad Grebel zu, „wenn uns nicht deine und Karlstadts Schriften erreicht hätten. Es hat uns Armgeistige und Verzagte über die Maßen gestärkt und euch als die reinsten Auskünder und Prediger des unverfälschten göttlichen Wortes ausgewiesen. Und wie ihr von den Wittenberger Doktoren, so sind auch wir von unseren gelehrten Hirten verworfen, denen alle übrigen Menschen zulaufen, weil sie den süßen Christus lehren, wie du es in deinem kleinen Büchlein vom entblößten Glauben so klar gesagt hast."

Er hielt nachdenklich inne.

„Bruder Münzer", begann er dann wieder, und seine Stimme zitterte vor heimlicher Verlegenheit. „Es ist aber noch etwas anderes, was uns bestimmt hat, zu dir zu kommen. Nur — es wird mir nicht leicht, darüber zu sprechen."

„Sprich, Bruder!" forderte Münzer ihn auf und spürte eine klopfende Unruhe in sich erwachen.

„Du darfst es mir nicht nachtragen", sprach Konrad Grebel stockend weiter. Zugleich sah er Münzer mit einem flehenden Blick an.

Thomas Münzer hob zuredend eine Hand.

„Wir haben mit Leid vernommen", fuhr der Züricher daraufhin leise fort, jedes Wort behutsam wählend, um den Verehrten nicht zu kränken, „daß du, der du alle Tafeln niedergerissen hast, neue Tafeln aufrichtest, die aus deinem eigenen Gutdünken kommen."

Die Worte seines Anhängers griffen nach Münzer wie eine würgende Faust. Er wollte darunter auffahren und eine heftige Antwort geben. Doch dann war ihm, als seien die vernommenen Worte nicht von dem Gegenübersitzenden, sondern tief aus ihm selber gekommen, so daß er hilflos sitzenblieb.

„Ohne jedes Gebot und völlig ungezwungen sollen die Menschen zur Frömmigkeit finden und Gottes innewerden!" sprach Konrad Grebel gelöster und sicherer weiter. „Du selbst hast es uns so gelehrt. So bitten wir dich inständig, nicht bloß die Bräuche und das Gutdünken der anderen zu verwerfen, sondern dich ebenfalls ihrer zu enthalten. Es ist wider alle Offenbarung, das Evangelium und seine Anhänger mit dem Schwerte zu schirmen und die Fürsten mit dem Schwerte anzugreifen, wie du es in deinen Satzungen forderst. Sage dich wieder los von ihnen und stehe zu der Reinheit deiner früheren Lehre wie ein Held und Kämpfer Gottes."

Thomas Münzer starrte den Züricher an wie eine Erscheinung.

Der da wie hinter ziehendem Nebel vor ihm saß – war er noch der, als der er sich ihm zuerst offenbart hatte?

Trug er mit einem Male nicht die Züge des Humanisten und Patriziers Michael Gans aus Jena? Und seine Worte, diese wie Axthiebe sein Inneres zerspaltenden Worte, klangen sie ihm nicht entgegen wie einst die Worte des Jenaer Freundes vor dem höhnenden Lächeln des Totenschädels?

Und nun – seltsame Verwandlung! – ging sein straffes, demütig ihm zugewandtes Jünglingsgesicht nicht über in das weiche, gelöste Gesicht des Bruder Arnulf? Weitete sich die abendliche Stube nicht zum blütenschäumenden Klostergarten auf dem Petersberg, daraus er einst die Versuchung Satans hatte aufsteigen sehen?

Rührte ihn – er hielt sich fest an seinem Stuhl, weil auf einmal alles um ihn zu schwanken schien! – rührte ihn von fern nicht plötzlich die Stimme der sterbenden Mutter an? „Und das Schwert Gottes bringt zuletzt den großen Frieden!" War es nicht deutlich zu vernehmen?

Eine lautlose, bedrückende Stille stand im Zimmer wie eine schwüle, tiefhängende Gewitterwolke, so daß den einander Gegenübersitzenden bedrängende Schweißtropfen auf die Stirn stiegen.

Thomas Münzer, mit beengter Brust sich zurücklehnend, sah die dunkle Wolke der Bedrängnis nah und greifbar über sich. Und nun — er bog sich erschreckt zur Seite! — nun zischte die grelle Lohe eines erkennenden Blitzes daraus nieder: er war in Versuchung gefallen!

„Satanas!" stöhnte es tief in ihm. „Ich erkenne dich, wie ich dich in den Zügen des Bruder Arnulf erkannt habe!"

„Nein —!" schrie er da endlich mit heiser sich überschlagender Stimme und sprang auf. „Das Schwert! Es muß mit dem Schwerte unternommen werden! Sie wollen des Menschen Sohn in Ketten legen!"

„In Ketten legen!" kam es in dumpfem, gespenstischem Widerhall von den Zimmerwänden zurück.

Es klang nach höllischem Hohn.

Konrad Grebel fuhr betroffen zusammen und sah kurz hinüber zu seinem Freunde, der ihn mit schreckhaft großen Augen aus blutleerem Gesicht anblickte.

„Bruder Münzer!" sagte er dann mit schwerfälligem Ernst. „In jener seiner schwersten Stunde, da man Gottes Sohn in Ketten legen wollte, sprach er es da nicht selber zu dem Ungestümsten seiner Jünger, noch heute unser Ohr erfüllend —: ‚Stecke dein Schwert ein!' Und hat er darüber hinaus nicht gesagt, daß er gekommen sei, den Frieden zu bringen und nicht das Schwert?"

Thomas Münzer wand sich unter den Worten des Zürichers wie unter einer körperlichen Züchtigung. Seine Glieder flogen wie in einem jähen Krampf.

„Ich kann nicht anders!" entbrach es qualvoll seinem Munde. „Gott hat es mir in vielen Gesichten geoffenbart. Seine Sache ist eine Sache des Schwertes geworden!"

Da hielt es den hellen, jugendlichen Felix Manz nicht mehr an seinem Platz. Wie eine steile Flamme schoß er aus seinem Sitzen auf, ein verzücktes Leuchten in seinem Gesicht.

„Nein!" rief er in jubelnder Inbrunst. „Gott ist die Liebe! Und seine Offenbarungen sind Offenbarungen der Liebe, nicht aber des Schwertes!"

Thomas Münzer fühlte, aus Feuer und Blut merkwürdig zusammenschießend, eine gewaltige rote Woge anrollen und über sich zusammenschlagen.

„Versucher!“ schrie er in letztem, verzweifeltem Wehren. „Euch hat der Antichrist zu mir gesandt!“

Und von einem peitschenden Entsetzen gepackt, stürzte er aus dem Zimmer, hinaus in die Dunkelheit der Nacht, die wie mit spitzen Speeren auf ihn niederbrach.

Als er nach langem, ziellosem Umherlaufen, immer wieder laut mit sich redend, mit schleppenden Schritten zurückkehrte, fand er sein Zimmer leer — die beiden Züricher hatten ihn ohne ein Wort des Abschieds verlassen.

Müde und erschöpft, mit zusammengefallenem, aschgrauem Gesicht, sank er auf seinem alten Platz nieder und ließ mit einem seufzenden Stöhnen den Kopf schwer auf den Tisch fallen.

In dieser Nacht, der bittersten seit seiner Mühlhäuser Vertreibung, war Thomas Münzer die Beute vieler Gesichte. Aber sie waren alle ohne Erbarmen und schlugen nach ihm wie mit Ruten.

Am Morgen dann, als er zerschlagen, ausgeleert und ausgebrannt und nur noch ein Schatten seiner selbst, über der Schrift saß, kam ein Botenläufer aus dem Thüringischen zu ihm. Er überbrachte ihm Briefe von Ottilie und Heinrich Pfeiffer, die ihn zurück nach Mühlhausen riefen.

30.

Es war im Fuldaer Turm.

Knechte des Fuldaer Abtes, die auf Anweisung ihres Herrn das Land durchstreiften, da viel landfremdes, aufrührerisches Volk unterwegs war, hatten Thomas Münzer, der sich abgerissen und bettelnd nach Thüringen durchschlug, um die Zeit der Dämmerung aufgegriffen und ohne viel Federlesens ins Verließ geführt, damit er am folgenden Morgen verhört würde. Er fand in dem halbdunklen, vergitterten Raum bereits einen Insassen vor, einen breiten, starkknochigen Landsknecht, der den von den äbtlichen Knechten unsanft hereingestoßenen neuen Gast mit derbem Gelächter und frohem Zuruf begrüßte.

Münzer, noch voller Zorn über die ihm angetane Unbill, erwiderte die begrüßenden Worte mit lauten Drohreden über die Willkür des Fuldaer Abtes, mit denen er bei dem Landsknecht freudiges Echo fand.

So hatten beide sich bald gefunden. Und als der Mitgefangene nach vergewissserndem Hin und Her gestand, daß er allerlei Botschaft vom Bundschuh zum Schwarzen Haufen ins Fuldaer Land getragen habe, stellte auch Münzer alle Bedenklichkeiten beiseite und erzählte von seinen Plänen um das Ewige Reich Gottes, die ihn von Mühlhausen vertrieben und nun wieder dorthin zurückführten.

Über ihrem Gespräch waren sie immer stiller geworden, und nun saßen sie beinahe flüsternd in einer dunklen Ecke des Verließes, in das mit schnell zunehmendem Abend, von dem Schatten des kreuzähnlichen Fenstergitters schwarz durchschnitten, schmal und viereckig bleiches Mondlicht fiel.

Thomas Münzer hatte sehr lange gesprochen, und der Landsknecht hing wie gebannt an seinem Munde.

„Himmel und Hölle!" lachte er auf, als Münzer mit dem Bericht seiner unerwarteten Gefangensetzung schloß. „Wenn der Herr Abt von Fulda wüßte, was ihm da für ein seltener Vogel ins Garn geraten ist! Es würde noch angenehmere Träume aus seiner verfetteten Seele zaubern!"

Spöttisch fiel Münzer in das belustigte Lachen seines Gegenübers ein.

„Nun", höhnte er, „um so schwerere Alpdrücke werden ihn plagen, wenn er es hinterher erfährt und der seltene Vogel ausgeflogen ist!"

„Wie in einem Spektakulum des Nürnberger Schuhmachers Hans Sachs, wie man sie neuerdings auf den Messen zu sehen kriegt!" platzte der Landsknecht lauthals los. „Münzer, Ihr gefallt mir!" begann er dann nach einer Weile, unvermittelt ernst, und schlug seinem Nebenan gutmütig auf die Schulter. „So Kerls wie Ihr tun unsereins gut!" Und aufseufzend, wie in einem Bedauern, daß es nicht so sei, fügte er hinzu: „Wenn Ihr einen Landsknechtshaufen führtet – da möchte ich dabei sein!"

Münzer lächelte befriedigt vor sich hin.

„Es wird wohl nicht mehr lange dauern bis dahin!" meinte er geheimnisvoll.

Der Landsknecht sah ihn groß an und rückte ihm erregt näher.

„Ist das wahr?" fragte er.

Münzer nickte.

„Herrlich, Münzer", fuhr der Fragende daraufhin begeistert auf und reichte ihm seine Rechte hin. „Hier, meine Hand! Ich stehe mit in Eurem Fähnlein! Und Veit Becker versteht sein Handwerk!"

Der letzte Satz kam in einem fast grollenden Baß heraus.

„Ich glaub' es dir, rauher Bruder", entgegnete Münzer und umschloß die ihm hingehaltene Hand mit herzlichem Zugriff.

„Eines nur möchte ich Euch noch sagen, Münzer", begann der Landsknecht das Gespräch wieder und schüttelte bekümmert den Kopf, „wobei ich hoffe und bitte, daß Ihr einer alten Landsknechtsseele die Offenheit nicht für übel nehmt. Ihr redet mir allzuviel vom lieben Gott!"

Münzer mochte Ähnliches erwartet haben, denn er lächelte still in sich hinein.

„Willst du von einem Trommler Gottes etwas anderes verlangen?" fragte er dann zurück. Und ohne eine Antwort abzuwarten, fuhr er mit plötzlichem Ernst fort: „Außerdem wirst du es bald selber lernen!"

Veit Becker lehnte sich gegen die Wand zurück und zuckte gutmütig die Schultern.

„Hm", brummelte er abwehrend. „Scheint mir nicht weit her damit. Dafür hat unsereins wohl zu lange auf dem kalten Stein gelegen. Da verliert sich der Glaube mit der Zeit."

Münzer rückte dem Sprechenden näher.

„Ja, der Glaube schon", nahm er die letzten Worte auf. „Weil er leer und falsch war. Doch nicht Gott, Veit Becker. Hörst du – Gott nicht!"

Als der Landsknecht zu diesen Sätzen nur schweigend mit dem Kopf Verneinung nickte, fuhr Münzer eifernder fort: „Da du Gottes Kreatur bist, muß Gott immer in dir sein! Du weißt es nur nicht. Bis er eines Tages groß und gewaltig aus deinem Herzen herausschlägt!"

Veit Becker verfiel in ein plötzliches Nachsinnen.

Die Worte seines Gegenübers hatten ihn an einer heimlichen Stelle seines Inneren getroffen und ließen eine jähe Wärme in seiner Brust aufquellen, so daß er beunruhigt eine Hand dagegenpreßte.

„Ihr möget recht haben", murmelte er schließlich, fast noch wie in Unwillen.

„Nicht doch!" fuhr er gleich hastig auf, als ärgere er sich über seine eigenen Worte. „Was schwätze ich da nur? Sicher habt Ihr recht!"

Er reckte sich vor und sah gläubig und hingerissen zu Münzer hinüber.

„Kerls wie Ihr haben immer recht, selbst wenn sie den Antichrist predigen! Und darum läßt sich unsereins für Euch auch immer wieder in Stücke hauen!"

Münzer schoß es heiß in die Augen, so sehr erfüllte ihn bei diesen Worten eine unvermittelte Freude.

In schweigendem Dank tastete er nach der Hand des Gegenübersitzenden und drückte sie.

Dann saßen sie, von einer seltsamen Scheu angerührt, lange regungslos und still in der Dunkelheit.

Veit Becker brach als erster ihr Schweigen.

„Also in dem schönen Klettgau und Hegau seid Ihr gewesen?" fragte er nach einem voraufgehenden verlegenen Räuspern.

Münzer bejahte. „Beim Prediger Hubmaier in Waldshut", fügte er hinzu. „In Grießen, überall, wo der Bauer sich anschickt, die große Gerechtigkeit zu erstreiten. Aber auch mit denen in Zürich und den Calvinisten habe ich unterhandelt."

„Und nun geht's zurück ins Thüringische, nach Mühlhausen?" forschte der Fragende weiter.

„Auf schnellsten Wegen!"

Münzer reckte sich unter seinen Worten auf, und wenn er nicht im Schatten der Wand gesessen hätte, würde Veit Becker in seinen Augen ein freudiges Aufblitzen erkannt haben.

„Mich rufen Briefe der Brüder", fuhr Münzer fort. „Pfeiffer ist wieder zurückgekommen. Wie ein bissiger Wolf hetzt er die Lämmer der alten Ordnung durch den Pferch und bereitet alles zur Ernte. Bald werden wir die Fahne Gottes entfalten!"

„Ich bin dabei, Münzer!"

Entzündet sprang Veit Becker auf und schlug sich in klatschender Bestätigung mit der flachen Hand vor die breite Brust.

„Doch genug jetzt des Redens!" fügte er grimmig hinzu. „Es ist nicht eines Landsknechts Art. Ich will lieber zusehen, daß wir hier herauskommen! Und es ist besser, es entkommen ihnen die beiden unbekannten Galgenvögel, als daß sie morgen in Euch den Münzer erkennen!"

Münzer stimmte ihm bereitwillig zu.

„Soll ich dir helfen?" fragte er, als der Landsknecht sich mit erhobenen Armen an den Gitterstäben des Fensters zu schaffen machte.

„Laßt gut sein!" erwiderte der Befragte. „Ich habe mir's vorhin schon genau angesehen, ehe Ihr hier waret. — Das ist alles morsch da oben. Nicht gemacht für Vögel unserer Art. Das hat ein erfahrener Landsknecht mit wenig Griffen ausgestoßen. Ihr braucht mir nur den Schragen mit heranzutragen."

Gemeinsam schafften sie nun das Holzgestell, das wohl als Lagerstatt für die Nacht bestimmt war, unter das vergitterte Fenster. Mit einem behenden Sprung stand der Landsknecht darauf und zerrte vorsichtig an den eingelassenen Eisenstäben.

„Wunderbar, Münzer!" flüsterte er aus lautlosem Lachen. „Wunderbar! Ein Griff — noch ein Griff — da — da habt Ihr den Schlüssel zur Freiheit!"

Mit strahlendem Gesicht reichte er Münzer die rostigen Eisenstücke an.

Münzer griff danach wie im Taumel. „Herrgott!" stammelte er. „Ich zittere vor Freude!"

„Mal zuschauen, wie es draußen aussieht!" meinte Veit Becker gelassen und steckte schnuppernd seinen Kopf durch die Öffnung ins Freie.

„Ein wenig kalt vielleicht – Frost. Aber herrlicher Mond! Hell wie bei lichtem Tag! Da kommen wir gut weiter bis zum Morgen. Und ganz reine Luft! Keine Wache – nichts! Nur weit hinten Hundsgekläff."

Er zog den Kopf wieder zurück und maß prüfend das Fenstergeviert.

„Ist überdies größer, das Loch, als ich geglaubt habe!" stellte er befriedigt fest. „Sieht von unten gar nicht so aus."

„Ihr könnt mühelos durch!" wandte er sich dann zu Münzer. „Und draußen bis zur Erde ist's nicht einmal so tief wie hier drinnen."

Münzer stand immer noch schweigend und von dem Tumult seines Herzens überrauscht am Fußende des Schragens.

„Nun denn!" lachte der Landsknecht aus mondüberglänztem Gesicht. „Nehmt Abschied vom Fuldaer Abt! Er meinte es gut mit Euch!"

„Gott meinte es besser!" entgegnete Münzer, sich aufrichtend. „Er schickte dich als rettenden Engel; denn wer weiß, was er morgen mit mir angestellt hätte."

Dann sprang er ebenfalls auf das Holzgestell.

„Laß sehen!" bat er.

Veit Becker trat zur Seite und machte ihm Platz.

Nach tiefem Aufatmen blickte Münzer lange hinaus in das silberige, mondüberflossene Land.

„Weit und still!" flüsterte er schließlich beglückt. „Der Atem Gottes geht durch die Welt!"

In ergriffenem Schweigen nickte Veit Becker zurück.

Später begann er zu drängen.

„Sehen wir zu, daß wir fortkommen!" stieß er den immer noch versunken hinausschauenden Münzer an. „Am besten geht Ihr zuerst."

Münzer nickte und tat einen abschiednehmenden Blick hinter sich in das Verließ. Dann stemmte er sich an dem offenen Geviert hoch. Sachkundig leistete ihm der Landsknecht dazu Beistand, und kurz darauf ließ er sich jenseits des Fensters langsam zu Boden gleiten. Hier drückte er sich nach spähendem Umschauen in den schmalen Schatten eines Mauervorsprungs, um nicht gesehen zu werden.

Nicht sehr viel später schob Veit Becker sich rücklings durch die Fensterlücke und zwängte sich ebenfalls ins Freie. Mit einem prustenden Atemholen ließ er sich langsam zur Erde hinab; das Entkommen war ihm schwerer geworden als dem schmaleren Münzer.

Als er zu dem Wartenden in den Schatten trat, hörten sie unerwartet die näherkommenden Schritte und Stimmen der Wache.

Veit Becker nahm den bestürzt aufhorchenden Münzer bei der Hand.

„Los, Münzer – wir laufen jetzt um unser Leben!" keuchte er.

„Um Gott!" rief Münzer zurück, und sein Gesicht wurde hart und entschlossen.

Dann begannen sie zu laufen.

Hinter ihnen erscholl Geschrei und dumpfer Trommelton.

Es trieb ihnen ein grimmiges Lächeln in ihre Gesichter und hetzte ihren Lauf zu beschwingter Eile.

Bald darauf schlugen die schützenden Schatten des Waldes über ihnen zusammen.

31.

Als Thomas Münzer mit Veit Becker in den ersten Februartagen des Jahres 1525 in der thüringischen Stadt Mühlhausen einzog, empfing ihn unter dem Jubel der Bevölkerung auch jener Knecht aus der Erzgebirgshütte, den er einst auf seiner Flucht ins Böhmische auf dem Kamm des Gebirges in sein Bündnis aufgenommen hatte. Die Gärung in Mühlhausen hatte ihn hergezogen.

Münzer schloß ihn gerührt in die Arme.

Inzwischen war Pfeiffer mit brennendem Eifer am Werk gewesen und hatte sein Versprechen erfüllt. Die Klöster waren aufgehoben und alle Geistlichen, die das Ordenskleid nicht ablegen wollten, vertrieben.

Gleich in den ersten Tagen nach der Rückkehr riefen die alten Anhänger Thomas Münzers ihn zum Prediger an der Marienkirche aus. Er nahm ihren Ruf an und fand gemeinsam mit Ottilie in der Komturei der Deutschherren, die man der Stadt verwiesen und deren reiche Besitzungen man zum Wohle des gemeinen Mannes eingezogen hatte, Wohnung.

An einem der ersten Abende, da er hier Unterkunft genommen hatte, saß Münzer zu später Nachtstunde noch über den Schriften und schrieb an einer deutschen Liturgie. Ruhig und still züngelte vor ihm auf dem Tisch die Kerze. Plötzlich begann ihr Licht hin und her zu flattern, so daß er einen Augenblick mit dem Schreiben innehielt.

Als die Kerze wieder gleichmäßiger brannte und er sich niederneigte, um seine Arbeit fortzusetzen, rief ihn hinter seinem Rücken laut eine Stimme mit Namen an.

Erschreckt und verwundert zugleich fuhr er zusammen; er hatte niemanden eintreten gehört.

„Wer ruft mich da an, so spät in der Nacht?" fragte er, sich umwendend, in die Dunkelheit hinein und bemühte sich, etwas von dem Eingetretenen zu erkennen.

„Ich, Thomas Münzer!" antwortete die geheimnisvolle Stimme.

Münzer strich sich verwirrt über die Stirn. Ihm wollte vorkommen, als narre ihn ein Spukgesicht.

„Du trittst unhörbar wie ein Wind in mein Zimmer", begann er unsicher und beklommen. „Bist du die Stimme meines Versuchers?"

„Deines Mahners, Münzer!" kam es ihm aus der Dunkelheit entgegen.

Münzer fühlte seine Beklemmung ansteigen.

„Wer bist du, Geheimnisvoller?" fragte er leise. Und wie mit sich selbst sprechend, fügte er hinzu: „Meine Augen sind noch geblendet vom Schein des Lichtes hier über dem Buch. Ich höre nur deine Stimme. Bist du wirklich? Bist du Fleisch und Blut?"

„Fleisch und Blut, Thomas Münzer!" kam es zurück. „Sieh zu!"

Mit diesen Worten löste sich ein schwarzer Schatten aus der Dunkelheit des großen Raumes und trat näher in den Lichtkreis der Kerze.

Thomas Münzer erkannte in dem Näherkommenden eine große männliche Gestalt, die nun, hell vom Licht beschienen, Mantel und Kapuze zurückschlug.

Betroffen sprang Münzer auf. Vor ihm stand in voller Ordenstracht der Franziskaner aus Zwickau.

„Du?!" keuchte er, halb in überraschtem Erstaunen, halb aber in gewaltsamer Drohung.

Der Franziskaner sah ihn mit seinen grauen Augen kühl an.

„Ich!" entgegnete er stark. „Dein Schatten von Zwickau an!"

„Du wagst dich zu mir?" stieß Münzer hervor.

Die grollende Drohung in seinen Worten stieg an.

Der Franziskaner neigte leicht den Kopf und trat noch einen Schritt näher zu ihm hin, so daß Münzer das metallische Blitzen seiner Augen vor sich sah.

„Ich wagte es, weil ich es mußte!" bemerkte der Mönch.

Seine Stimme zitterte ein wenig, als spreche er eine demütige Beschwörung.

Münzer lachte spöttisch in sich hinein.

„Ah, ich verstehe!" rief er. „Du kommst im Auftrag der Kirche!"

Als der Franziskaner daraufhin stillblieb und nur in schweigender Abwehr den Kopf schüttelte, faßte Münzer ihn fordernd bei der Kutte.

„Nun denn", höhnte er. „Was bietet Rom, um meine Stimme zum Schweigen zu bringen?"

Der Franziskaner löste sich sanft von dem Zugriff Münzers und machte eine entschiedene Handbewegung.

„Nein, Thomas Münzer", erwiderte er. „Nichts von allem! Kein Auftrag der Kirche trieb mich zu dir. Nur die Stimme meines eigenen Gewissens hielt mich an, diesen Weg zu wagen."

„Du bist ein gelehriger Schüler, Zwickauer!" höhnte Münzer weiter. „Du weißt deine Worte geschickt zu setzen. Aber solche Fallen fangen mich nicht!"

Die grauen Mönchsaugen irrten für eine Weile traurig über den Höhnenden hin.

„Dein Spott ist bitter, Thomas Münzer", sagte er mit unerwarteter Wärme. „Doch er wird mich nicht zurückschrecken."

„Zurückschrecken?" grollte Münzer. „Wovor sollte es dich zurückschrecken?"

Der Franziskaner sah den Gegenüberstehenden durchdringend an.

„Dich zu warnen, Thomas Münzer!" erwiderte er dann mit leiser Eindringlichkeit.

Münzer durchschnitt mit seiner Rechten die Luft, so daß die Kerze beinahe erlosch und ängstlich zu flackern begann.

„Schon andere versuchten es vergeblich!" sagte er schroff und abweisend.

„Vielleicht, weil sie zu dir aus irdischen Bindungen sprachen!" gab der Franziskaner ihm Bescheid.

Seine Stimme war nach wie vor ruhig und gelassen. Doch dann hob sie sich plötzlich und wurde hart. „Ich aber warne dich im Namen Gottes!"

Münzer verzog verächtlich sein Gesicht.

„Luther gab solches auch vor", erwiderte er geringschätzig. „Doch er fühlte nur die Würde seines neuen Papsttums bedroht!"

„Und dein eigener Weg?" fuhr der Mönch mit brennenden Augen auf. „Wird er nicht auch im Päpstlichen enden?"

„Im Lebendigen, Zwickauer!"

Münzer lächelte wie im Triumph, als er es sagte.

Über die Züge des Franziskaners lief es wie eine schattende Wolke. Verloren sah er hinüber zum Licht auf dem Tisch und schwieg.

Später wandte er sich wieder Münzer entgegen und trat noch näher auf ihn zu.

„Ich weiß, Thomas Münzer", begann er ruhig und mühte sich, seiner Stimme alle Wärme zu geben, die in ihm war. „Ich weiß, die Flamme deines Herzens brennt rein. Aber sie brennt zu ungestüm! Sie wird dich verzehren!"

Das Lächeln des Triumphes war immer noch in Münzers Gesicht.

„Sie wird läutern und große Helligkeit schaffen!" entgegnete er fest und fast heiter.

Der Franziskaner sah ihn groß an.

„So ist es dein Wille", fuhr er fort. „Der Wille jedoch ist aus Menschlichem geboren. Er kann alle Ordnung Gottes zerstören!"

Münzer fuhr widersprechend auf.

„Er muß es sogar!" kam es erregt über seine Lippen. „Ja, er muß es sogar, denn Gott ist nicht Ordnung, sondern Leben!"

Der Mönch blieb ruhig und gelassen wie zuvor.

„Wohl, Münzer", entgegnete er sanft. „Aber durch die Ordnung erst ist er faßbar! Nimm dem Menschen die Ordnung, und du nimmst ihm die Sicherheit und damit auch Gott!"

Thomas Münzer sah den Sprechenden mit heimlich aufbrechendem Haß an.

„Falsch, Zwickauer!" brauste er laut auf. „Nicht Sicherheit ist Gott, sondern Unsicherheit!"

Der Franziskaner senkte den Kopf. „Für dich", begann er dann mit zuredender Langsamkeit. „Für dich, Thomas Münzer. Und in stillen Stunden vielleicht auch für mich." Überlegend hielt er einen Augenblick inne. „Aber die vielen da draußen, Thomas Münzer —? Wie ist es mit ihnen?"

Die Stimme des Franziskaners wurde mit einem Male dringlicher.

„Sie alle müßten vergehen vor Angst und Verlorenheit, wenn sie an der Ordnung nicht Zuflucht und Ruhe fänden!"

Thomas Münzer wollte dem Sprechenden ins Wort fallen, doch mit einer herrischen Handbewegung zwang ihn der Mönch zum Schweigen.

„Sieh an", sprach er mit seiner ruhigen Stimme weiter, „sieh an, was diese Ordnung alles geschaffen hat: ragende Dome, Bildwerke, feierlichen Dienst!"

Thomas Münzer war nicht mehr zu halten.

„Alles nur geschaffen aus der Unruhe und Unsicherheit!" schrie er hitzig zurück. „Damit man Gott fasse und erjage! Nun aber, da ihr ihn darin eingesargt habt, ist seine zeugende Kraft erloschen! Die Ordnung hat ihn getötet!"

Der Franziskaner schüttelte schmerzlich den Kopf.

Münzer aber fuhr nach tiefem Aufatmen fort: „Eben darum ziehe ich mit meinen Haufen seit meiner Rückkehr nach Mühlhausen durch die Klöster und Kirchen und zerstöre die Bildwerke und goldenen Geräte, um ihn zu erlösen von der Totenstarre, die ihr über ihn gebracht habt!"

Der Franziskaner hatte zu seiner Rede den Kopf sinken lassen und starrte lange schweigend auf den Boden.

„Ich weiß, wohin deine Worte zielen", sagte er schließlich, sich Münzer wieder zuwendend. „Und ich mag es nicht leugnen, daß vieles erstarrt ist und unlebendig. Aber, Thomas Münzer" – in seine kühlen Augen kam ein glimmendes Feuer –, „da Gott durch seines Sohnes Apostel Petrus das große Gefäß der Kirche schuf, darfst du nicht aus ihm heraustreten, sondern mußt die Tat deines fordernden Gewissens innerhalb des Geschaffenen tun. Laß darum ab von deinem Wüten und kehre voll Reue zurück in den Schoß der großen Mutter."

Thomas Münzer trat einen Schritt hinter sich und fuhr sich über die Stirn, als müsse er einen bedrängenden Traum von sich abtun.

„Zwickauer!" keuchte er dann, während ihm die Stirnadern zornig anschwollen. „Ich erkannte dich gleich bei deinem Eintritt, du wurdest mir zur Versuchung gesandt!"

Wieder schritt er dicht auf den unbewegt Dastehenden zu.

„So wisse denn, nichts wird mich hindern, das Gesetz des lebendigen Gottes zu erfüllen!" schrie er ihn an.

Der Franziskaner wich nicht von der Stelle.

„Nun, Thomas Münzer", entgegnete er mit einer Stimme, die plötzlich unbarmherzig war, wie seine Augen unbarmherzig waren, „da du verstockt bleibst, wisse auch du, daß die Kirche gewillt ist, dich fressenden Brand auszulöschen! Mit zornigem Herzen sah sie zu, wie du ihre Diener verwiesest, wie du aus Glocken und geweihten Geräten, die du an heiligen Stätten geraubt, Waffen schmiedest, wie du die Heimstätten des Sakraments zu Kriegsunterkünften und Pulverkammern machst und alle Heiligkeit verspottest! Sie sammelte mächtige Gegner! Sie haben die Sache der geschändeten Mutter zu der ihren gemacht und werden nicht eher ruhen, bis sie dich vernichtet haben!"

Münzer lachte auf wie in teuflischer Belustigung.

„Immerzu, Zwickauer!" rief er. „Sammelt sie an zu großen Haufen! Treibt sie uns zu, damit das Schwert Gideons sie nicht zu suchen braucht! Wir werden das Gericht Gottes an ihnen erfüllen!"

Und wieder lachte er hohnvoll auf.

Der Franziskaner sah ihn zur Antwort schweigend an und wandte sich zögernd zum Gehen. Noch auf dem Gang hörte er das Gelächter Münzers hinter sich, so daß er darunter erschauerte.

32.

Bei grauendem Morgen hatte der kurfürstliche Verwalter Johannes Zeys zu Allstedt sein Pferd satteln lassen und war, nur begleitet von seinem Reitknecht, nach Weimar aufgebrochen.

Es war der erste Maitag des Jahres 1525, bereits in der dämmernden Frühe durchklungen von jubilierendem Vogellied. Aber Johannes Zeys, von schweren Sorgen geplagt, hatte keinen Sinn dafür. Immer wieder gab er seinem Gaul die Sporen, so daß ihm schon auf halbem Wege weißer Schaum von den Nüstern flockte und der Reitknecht alle Mühe hatte, ihm zu folgen.

In Weimar, vor dem kurfürstlichen Schloß, sprang der Allstedter Verwalter ab, warf seinem Begleiter die Zügel hin und befahl ihm, die abgehetzten Gäule in den Marstall zu führen, damit sie sich dort von dem anstrengenden Ritt erholten. Dann schritt er hinüber zur Kanzlei und verlangte nach Spalatin, dem kurfürstlichen Geheimkämmerer.

Spalatin sah erstaunt von seiner Arbeit auf, als der Allstedter schon so früh am Morgen bei ihm eintrat. Doch ehe er noch nach dem Grund des so ungewohnt frühen Besuches zu fragen vermochte, bat ihn der Eingetretene mit fliegender

Eile, ihn sogleich zu Seiner Kurfürstlichen Gnaden zu geleiten; er habe ihm Unaufschiebbares mitzuteilen.

Spalatin schüttelte bedauernd den Kopf. Der Kurfürst liege schon seit Tagen mit schwerer Krankheit zu Bett und wünsche außer seinem Bruder, dem Herzog Johann, niemanden zu sprechen.

So müsse er unverzüglich den Bruder Seiner Kurfürstlichen Gnaden sprechen, drängte Johannes Zeys ungeduldig weiter.

Herzog Johann sei im Krankenhaus seines erlauchten Bruders und könne ihm ebensowenig zur Verfügung stehen wie der Kurfürst selber, kam gemessen die geheimrätliche Antwort.

Der Allstedter ließ sich aber nicht abweisen.

„Jeder Augenblick ist kostbar!" bedrängte er den stirnrunzelnden Spalatin. „Jede Stunde mag auch bei uns der Aufruhr losbrechen!"

Spalatin zog ein mißvergnügtes Gesicht und sah den vom Ritt immer noch Erhitzten mißtrauisch an.

„Es ist, wie ich es sage!" fuhr Johannes Zeys unwillig fort. „Thomas Münzer ist wieder am Werk! Gestern vor der Nacht erreichte mich ein Brandbrief von ihm, mit dem er die Allstedter in das überall losbrechende Feuer des Aufruhrs verstricken will!"

Der kurfürstliche Geheimkämmerer erblaßte unter diesen Worten und fand sich endlich bereit, den Allstedter mit seiner bedenklichen Botschaft bei dem Fürsten anzumelden.

Von Unruhe und Sorge gepeinigt, hetzte der zurückbleibende Johannes Zeys in einem stürmischen Hin und Her durch das große Amtszimmer. Es erschien ihm eine Ewigkeit, die er auf die Rückkehr des Kämmerers warten mußte.

Endlich hörte er Spalatin wiederkommen und trat ihm unter der Tür entgegen.

Seine Kurfürstliche Gnaden hätten eine gute Nacht gehabt, berichtete der Zurückgekehrte. Er sei daher geneigt, seinen Allstedter Verwalter zu empfangen und anzuhören. Ob er den Weg wisse?

Ja, er wisse den Weg, wehrte Johannes Zeys ab und war schon zur Tür hinaus.

Friedrich der Weise, in seinem zusammengefallenen Gesicht bereits sichtlich vom Engel des Todes gezeichnet, so daß der zu ihm eintretende Allstedter darüber erschrak, richtete sich ihm aus den Kissen heraus leicht entgegen und versuchte, ihn begrüßend anzulächeln.

Johannes Zeys verneigte sich und trat dann auf eine schweigende Handbewegung des Herzogs Johann, der am Kopfende des Bettes stand, näher.

„Spalatin ließ uns wissen, was dich zu so früher Stunde nach Weimar hergeführt hat", begann der Herzog mit leiser und bedrückter Stimme. „Berichte kurz, was geschehen ist."

„Schon seit Wochen geht in Mühlhausen Gewalt um", begann Johannes Zeys. „Und überall—im Thüringischen, im Eichsfeld, um Frankenhausen, Langensalza und Stolberg — findet der Aufruhr Freunde und Anhang."

„Wir wissen darum", unterbrach Herzog Johann ungeduldig seine Rede. „Was habt Ihr uns aus Allstedt zu berichten?"

„Gestern, bei letztem Licht, kamen Boten aus Mühlhausen herüber und überbrachten Briefe von Thomas Münzer. Die Allstedter werden darin aufgefordert, nicht mehr nachlässig zu sein und den gottlosen Bösewichten, wie es wörtlich in den Briefen heißt, anzuhängen, sondern das Schwert gegen sie zu erheben. Des weiteren enthalten die Briefe mancherlei Drohungen und Beispiele des allgemeinen Aufruhrs."

Friedrich der Weise, der sich müde in die Kissen hatte fallen lassen, richtete sich steif auf und fragte mit hohler, hüstelnder Stimme, wie die Allstedter die Botschaft Münzers aufgenommen hätten.

Johannes Zeys sah ihn kummervoll an.

„Bedenklicher, als Ew. Gnaden es wohl wahrhaben möchten", sagte er verlegen. „Man lief auf den Straßen und Plätzen zusammen und redete und tuschelte, so daß ich Furcht hatte, die Sturmglocken möchten gezogen werden."

„Und was rätst du, was zu machen sei?" fragte der Kurfürst nach einer Weile des Schweigens.

Der Allstedter Verwalter hob sich heftig auf.

„Das, was Allstedt schon einmal vor der Münzerschen Verwirrung bewahrt hat!" entgegnete er bestimmt. „Gewalt!"

Friedrich der Weise seufzte. Dann ließ er sich erschöpft wieder in die Kissen sinken und schloß für einige Zeit die Augen.

Mit hilflos fragendem Blick sah Johannes Zeys hinüber zu dem Herzog. Der aber zuckte nur unbestimmt die Achseln.

„Ich weiß nicht", begann der Kurfürst danach mit seiner umflorten und kaum noch verständlichen Stimme, wobei er den Kopf zur Seite neigte. „Es ist so leicht gesagt, daß man mit Gewalt handeln solle. Vielleicht hat man dem armen Volk zu solchem Aufruhr Ursache gegeben, vor allem mit dem Verbot des Wortes Gottes und seiner Predigt."

Ein Hustenanfall ließ ihn plötzlich abbrechen.

Herzog Johann sprang herzu und stützte ihn.

„Ist es alles Gottes Wille, was da geschieht", begann der Kurfürst später wieder und blickte versonnen zur Decke hinauf, „so wird auch keine Gewalt der Erde verhindern können, daß der gemeine Mann regieren wird. Ist es so aber nicht sein göttlicher Wille, so wird es bald anders werden und aller Aufruhr wird aufhören müssen."

Das Sprechen hatte den Kranken derart angestrengt, daß ihn ein neuer Hustenanfall würgte. Mühsam zwang er ihn nieder und wandte sich an den besorgt zu ihm niederblickenden Herzog Johann.

„Was hält mein Bruder von meiner Meinung?" fragte er.

„Ich möchte Euch nicht widersprechen", erwiderte der Befragte nach einigem Zögern. „Auch mir widerstrebt es aufs tiefste, zur Gewalt zu raten. Zwar weiß ich, welch ein wüstes Wesen sich im Lande aufgemacht hat. Aber dennoch müßte es möglich sein, mit Güte und Verhandlung, wie es immer unser persönliches Bestreben gewesen ist, alles wieder zur Ruhe und Ordnung zu bringen."

Friedrich der Weise hatte zu den Worten seines Bruders zustimmend genickt.

„Es müßte einer zu ihnen sprechen, der bei ihnen Ansehen und Vertrauen besitzt!" meinte er nachsinnend.

„Ew. Gnaden“, warf Johannes Zeys eifrig ein. „Es wäre wohl einer, dem diese Aufgabe gelingen könnte.“

Der Kurfürst sah fragend zu ihm hinüber.

„Es ist Martin Luther, der Wittenberger!“ fuhr der Schösser fort.

Friedrich der Weise nickte Zustimmung.

„Ja, Martin Luther – nur er!“ entgegnete er. „Ich habe selber schon an ihn gedacht.“

„Wir wollen Spalatin zu ihm senden“, wandte er sich an seinen Bruder.

„Es wird sogleich geschehen“, gab dieser Antwort.

„Und was soll in Allstedt geschehen?“ fragte Johannes Zeys nach einer verlegenen Pause.

„Zunächst keinerlei Gewalt!“ entgegnete der Kurfürst mit mühsamer Anstrengung und begann wieder zu husten.

Johannes Zeys dachte an den schlechten Zustand seiner Schloßbefestigung und an das dunkle, bedrohliche Grollen der Volkshaufen, die gestern in Allstedt zusammengelaufen waren. Doch ein Blick auf die zusammengefallene und sterbensbereite Gestalt Friedrichs des Weisen ließ ihn stillbleiben. Er mußte Gott oder seinem Glück vertrauen; von hier aus erwartete ihn keine Hilfe mehr. So verneigte er sich nur und erklärte seine Aufgabe für beendet.

Mit geschlossenen Augen nickte der Kurfürst ihm abschiednehmend zu und entließ ihn.

Müde und unlustig machte sich Johannes Zeys wieder auf den Heimweg, ohne zuvor noch einmal bei Spalatin vorgesprochen zu haben. Kurz vor Allstedt überholte er eine Rotte von schreienden Bauern, die eine hochbepackte Fuhre erbeuteten Klostergutes mit sich führten und in spöttischem Übermut einige geweihte Gefäße im Kreise umgehen ließen, um darin ihre Notdurft zu verrichten.

Obgleich er sich zu den Lutherischen zählte, gab es ihm einen schmerzhaften Stich durch die Brust, so daß er seinem Pferde hart die Sporen gab. Jäh aufbäumend jagte es daraufhin an der johlenden Vorhut des Bauerntrupps vorüber.

33.

Mühlhausen war eine brennende Stadt.

Während Münzer und Pfeiffer unermüdlich an der Stärkung ihres Bündnisses arbeiteten und Boten in alle Teile des Landes aussandten, die ihnen täglich neue waffentragende Anhänger nach Mühlhausen zuführten – aus Allstedt, Langensalza, Eisenach, Mansfeld, Gotha, ja, sogar aus dem Eichsfeld und der alten Münzerstadt Zwickau –, ging das Regiment der Stadt immer mehr in die Hände des Achtmännerrates über. Auf sein Geheiß begann man auch zu rüsten. Fünf waffenkundige, erfahrene Landsknechte, vom Stadthauptmann Eberhard von Bodungen und dem mit Thomas Münzer nach Mühlhausen gekommenen Veit Becker sorgsam ausgewählt, stellten die waffenfähige Mannschaft zusammen und zogen mit ihnen regelmäßig auf das freie Feld, um sie im kriegerischen Handwerk zu unterweisen. Zur gleichen Zeit begann man Glocken und Leuchter einzuschmelzen, um daraus im Barfüßerkloster Kanonen und Hakenbüchsen zu gießen. Dazu richtete man in der Kapelle der Predigerkirche ein Lager des in großen Mengen aus Nürnberg bezogenen Pulvers ein und häufte die Stein- und Bleikugeln zu großen Bergen.

Trotz all dieser Vorgänge war aber immer noch ungewiß, in wessen Händen die ausübende Gewalt sich befand; denn mit den Vertretern des Achtmännerrates waren auch noch zahlreiche Männer des alten Rates im Amt und eifersüchtig bemüht, zu verhindern, daß die ungeteilte Macht ganz in die Hände der Anhänger Münzers und Pfeiffers überging. Es führte in den ersten Frühlingstagen zu einem folgenreichen Zusammenstoß.

An jenem Tage war die ganze bewaffnete Macht Mühlhausens, die einige tausend Mann zählte, mit allem kriegerischen Pomp auf das Wengenwehr zur Musterung gezogen. Nachdem auf Befehl des Stadthauptmanns die Landsknechtsführer ihre ihnen untergebenen Haufen in bester Ordnung aufgestellt hatten, bestieg Thomas Münzer den Gaul des Achtmannes Hanns Schmidt und sprengte in die Mitte der großen Versammlung, um vom Gaul herab eine leidenschaftliche Ansprache zu halten.

Immer deutlicher werde offenbar, rief er aus, daß der Kaiser und die Fürsten die größten Feinde des Evangeliums seien, so daß es um der reinen Lehre willen zu einem Kampf auf Leben und Tod zwischen dem gemeinen Manne und seiner Sache der göttlichen Gerechtigkeit sowie der kaiserlichen Majestät und den ihm anhängenden Fürsten als den Mächten des Antichrist komme. Im Süden habe der Kampf der Waffen bereits begonnen, stehe das Volk geschlossen gegen seine Widersacher. Es werde ein Kampf ohne Gnade sein, denn Kaiser Karl der Fünfte, der Habsburger und Papist, habe seinen stärksten Gegner, Franz den Ersten von Frankreich, vor kurzem in der Schlacht bei Pavia geschlagen und gefangengesetzt, so daß er nunmehr unumschränkter Herr Europas sei. Was das für den gemeinen Mann bedeute, möge sich jeder selber sagen. Gerade habe Karl der Fünfte aus Madrid, wo er – welch ein Widersinn! – als Kaiser der Deutschen regiere, einen haßentflammten Brief an seinen Bruder, den Erzherzog Ferdinand, geschrieben und darin verkündet, daß er nunmehr all seine Macht aufbieten werde, um die Sekte Luthers und die aufstehenden Bauern zu unterdrücken. Es gehe hinfort um Leben oder Sterben. Er fordere daher alle, die hier zusammenstünden, mit der ganzen Kraft seines Wortes auf, einen Eid zu schwören und einen Finger zum Schwur zu erheben, zum Zeichen, daß sie bei dem Worte Gottes bleiben und um seinetwillen auch bereit zum Sterben seien.

Eberhard von Bodungen, auf seinem Gaule neben Münzer haltend, hatte während der Ansprache ein immer unwilligeres Gesicht gezogen. Und als Münzer kaum mit seiner Rede zu Ende gekommen war und auf die Antwort der lebhaft aufeinander einredenden Versammlung wartete, gab der Stadthauptmann seinem Feldhornisten ein Zeichen, damit dieser ein Signal blase, um die in dem Heerhaufen entstandene Unruhe zum Schweigen zu bringen. Dann hob er sich im Sattel auf und widersprach der Münzerschen Forderung mit lauter Heftigkeit.

Wozu es eines neuen Schwures bedürfe, rief er aus. Man habe schon mehr als genug geschworen und verfüge bereits über einen ganzen Korb voller Eide. Niemand von ihnen allen, dessen sei er gewiß, werde so unvernünftig sein, vom Worte Gottes abzufallen. So lehne er für seine Person ein neues Gelöbnis ab.

Es kam zu erregten Aussprachen, welche im Für und Wider bis zur letzten Rotte gingen, so daß man schließlich, ohne sich für das eine oder das andere zu entscheiden, voller Unlust und gekränkter Gefühle die Heerschau abbrach und zurück in die Stadt zog.

Auf diesem Heimwege bemerkte einer der Haufen, in dem vor allem die Männer von Sankt Nikolaus zusammengefaßt waren, mit Unmut und Befremden, daß im Brückenkloster als dem jetzt einzigen Kloster der Stadt immer noch die Nonnen ihr altes Leben weiterführten. Unlustig und kriegerisch zugleich, wie man gestimmt war, verschwor man sich, diesen letzten Hort klösterlichen Lebens zu beseitigen, und brach gleich auf, um in einer wüsten Hetzjagd die Nonnen aufzuscheuchen und zu verjagen.

Einer der Männer aus dem also tatendurstigen Haufen, der eine nahe Verwandte seiner Frau unter den Nonnen wußte, löste sich nun beim Einzug in die Stadt von seiner Rotte und lief eilends zum Rathaus, um den Stadthauptmann flehentlich zu beschwören, die schutzlosen Nonnen vor dem Wüten der Verschwörer zu schützen.

Eberhard von Bodungen, in seinem Inneren dem alten Rat mehr noch zugetan als dem ihm bedenklich erscheinenden Ungestüm der neuerungssüchtigen Eiferer aus dem Anhang Münzers und Pfeiffers und überdies voller Ärger über die Begebnisse auf dem Wengenwehr, darin er einen Vorstoß der Münzerschen sah, sich der allgemeinen Gewalt zu bemächtigen, raffte eine Handvoll Stadtknechte zusammen und begab sich sogleich zum Brückenkloster.

Er kam allerdings zu spät. Als er das Kloster erreichte, hatte man die Nonnen, welche lange schon fluchtbereit waren, bereits ausgetrieben und war mit johlendem Geschrei dabei, die Zellen zu zerschlagen und sich an den vorgefundenen Kostbarkeiten aus Küche und Keller gütlich zu tun. Bodungens wütender Befehl, sofort mit dem ungesetzlichen Tun ein Ende zu machen und das Kloster zu räumen, fand nur ein höhnisches Gelächter als Antwort. Und als er einige Männer von Sankt Nikolaus, die eben dabei waren, ein Faß Bier aus dem Keller zu rollen, mit groben Worten anherrschte, davon abzulassen und das ihnen nicht gehörige Gut zurückzuschaffen, ließen die Mutwilligsten unter ihnen ihre Hosen herunter und wiesen ihm – von ihren Freunden mit dröhnendem Beifall bedacht – ganz einfach ihre blanken Hintern.

Voller Zorn, seine völlige Ohnmacht über die entfesselte Masse erkennend, kehrte Eberhard von Bodungen zum Rathaus zurück, wo er mit ingrimmigen Worten und wütendem Aufstampfen sein Amt niederlegte und wieder in die Hände des Rates gab.

Von dieser Stunde an tobte der Kampf um die städtische Gewalt mit aller Heftigkeit. Immer drohender forderten die Vertreter des gemeinen Mannes, daß der alte Rat abtrete – viele Stimmen verlangten sogar danach, seine Mitglieder einfach aufzuhängen! – und daß nach den Vorschlägen Münzers und Pfeiffers endlich der Ewige Rat gewählt werde. Der Rat wiederum, sich immer enger zusammenschließend, widerstrebte diesem Ansinnen mit aller ihm noch gegebenen Gewalt. Schließlich hingen sich die von Sankt Nikolaus in die Seile und zogen die Sturmglocken, nachdem man durch einen um das Rathaus gelegten Ring von Belagerern den Rat von jeder Verbindung mit der Stadt abgeschlossen hatte. Gleichzeitig berief man die gesamte Bürgerschaft in die Marienkirche, um hier endgültig über die Absetzung des bisherigen Rates Beschluß zu fassen.

Unter Münzers und Pfeiffers Wortführung entschied man sich nach wilden Wortgefechten, den Ewigen Rat auszurufen, und gab damit den Männern des Bündnisses die unumschränkte Herrschaft über die Stadt.

Indessen kamen nach wie vor Botenläufer des Bundschuh nach Mühlhausen und brachten die Kunde, daß überall im Süden der Aufstand ausgebrochen sei und siegreich nach Franken und dem Odenwald hinübergreife.

Es trieb Münzer noch leidenschaftlicher an, sein Bündnis über ganz Thüringen auszubreiten. Und von seinen ergebenen Anhängern getragen, fraßen sich die Flammen des Aufruhrs immer weiter in das Land und führten bereits in Salzungen und Eisenach zu ersten Aufständen.

Mühlhausen war das leuchtende Fanal. Nach ihm strebten alle, die sich zu der neuen Ordnung bekannten, um sich hier zu sammeln. Gleichzeitig liefen hier die ersten beginnenden Hilferufe ein, mit denen aufständische Ortschaften, die sich plötzlich von den zur Gegenwehr rüstenden Fürsten bedroht fühlten, Verstärkung anforderten. Besonders dringlich wandten sich die Schmalkaldener an Thomas Münzer. In einem ausführlichen Sendschreiben suchte er sie zu trösten und ihnen Mut einzureden. Er hatte den Knecht Johannes dazu ausersehen, den Brief an die Schmalkaldener zu überbringen.

„Es ist kein leichter Weg, Bruder", gestand er ihm, als er mit ihm die Stufen vor dem Portal der Marienkirche hinabschritt. „Man wird vielleicht hart zu dir sein, weil du statt des geforderten Beistands nur Worte bringst. Aber wir müssen all unsere Kräfte hier zusammenhalten; denn der Tag des großen Kampfes darf uns nicht schwach finden."

Johannes wehrte ab.

„Keine Besorgnis!" entgegnete er. „Ich werde es willig tragen und ihnen deine Worte in die bedrängten Herzen hämmern, daß sie mehr Gewinn davon haben, als von allem Beistand."

Münzer blieb stehen und sah den Freund dankbar an.

„Johannes, guter und getreuer Bruder", sagte er mit heimlicher Rührung. „Ganz früh schon, auf meiner Flucht von Zwickau nach Prag, gabest du mir Hoffnung und Kraft. Und als ich nach hier zurückkam und plötzlich auch dich unter den Freunden antraf, war es mir wie ein sichtbares Zeichen Gottes, daß er hier sein und mein Werk vollenden werde!"

Über das Gesicht des Knechtes lief eine blutrote Welle.

„Du machst mich stolz, Bruder Münzer", erwiderte er verlegen und in demütiger Scham.

„Ich machte mich und dich nur stolz in Gott!" rief Münzer mit strahlenden Augen. „Und wir dürfen es; denn er hat in der jüngsten Zeit unsere Arbeit sichtbar gesegnet!"

Unvermittelt fiel er dann in Nachsinnen, und eine kummervolle Falte spannte sich dabei über seine Stirn.

„Noch etwas an die bedrängten Brüder in Schmalkalden", fuhr er nach einiger Zeit aus diesem Nachsinnen fort, und sein Gesicht hellte sich wieder auf. „Sage ihnen, die Grafen von Hohenstein und Schwarzburg seien zu der Sache des gemeinen Mannes gestoßen und stellten uns Pferde und Truppen. Es wird sie ermutigen. Und sprich ihnen vom Ewigen Rat, den wir erwählt haben, und daß Mühlhausen somit die erste Stadt ist, die Gott auserwählte, seine Ordnung der allgemeinen Gerechtigkeit aufzurichten. Es mag ihnen ein Ansporn sein, dem Willen des Herrn nachzueifern – auch gegen eine Welt von Widerstand."

Johannes nickte freudig mitgerissen zurück.

„Ich werde nichts davon auslassen", entgegnete er.

Er wollte in seiner inneren Ergriffenheit noch mehr sagen, doch heranschwellendes Johlen und Schreien ließ ihn innehalten.

„Was ist das für ein ungewöhnliches Lärmen in den Gassen?" fragte Münzer erstaunt und hob horchend den Kopf.

„Es hört sich an, als ob es die von Sankt Nikolaus seien", meinte der Befragte nach kurzem Lauschen.

„Die von Sankt Nikolaus?" fragte Münzer weiter. „Was ist mit ihnen?"

Der Knecht Johannes lächelte.

„Sie fingen heute morgen einen Barfüßer ein", berichtete er. „Er war in der Frühe in die Stadt gekommen und hielt an ihrer Kirche Bußpredigten. Da zogen sie ihm die Kutte aus und trieben ihn im Hemd zurück in die Felder. Dann fertigten sie einen Strohwisch, dem sie die Kutte überhingen, und ziehen nun mit diesem strohernen Mönch durch die Stadt und treiben ihren Mutwillen damit."

Der Lärm war inzwischen lauter geworden und nähergekommen, und mit einem Male drängte sich von der Gasse her ein wüster Volkshaufe auf den Kirchplatz, die Mönchspuppe auf einer hohen Stange vor sich herführend.

Beim Anblick Münzers kam ein fanatischer Eifer über die Menge, der sich in schrill ansteigendem Geschrei Luft machte. Zugleich kam der Anführer der Belustigung, ein rothaariger Bursche mit breiter, aufgeworfener Nase und einem hinterhältig verkniffenen Gesicht, mit dem strohernen Mönch auf Münzer zu und blieb dicht vor ihm stehen.

„He, Mönchlein!" schrie er mit heiser gröhlender Stimme zu der Puppe empor. „Erweise dem großen Prediger des lebendigen Gottes deine Ehrfurcht!"

Unter dem Gejohl, Gekreisch und Gelächter des umstehenden Volkshaufens senkte er daraufhin einige Male die Stange vor dem erhöht stehenden Münzer, so daß es den Anschein erweckte, als komme die Puppe seiner Aufforderung nach.

Es riß die Volksmenge zu begeisterten Zurufen hin.

„Gut so, gut so, gelehriger Schüler!" rief der Rothaarige anerkennend in den Tumult hinein. Dann ließ er die Puppe zu sich herab, umarmte sie wie zum Lohne und schob ihren Kopf einem in der Nähe stehenden Weibsbilde hin, daß sie ihn küsse.

Es geschah dann auch, und das Volk jauchzte dazu in kreischendem Gelächter.

„Noch einmal, Mönchlein!" schrie der Rothaarige und vollführte gleichzeitig mit der haltenden Stange ein solches Spiel, daß es aussah, als ob die Mönchspuppe sich voller Widerwillen schüttle und gegen solche Aufforderung wehre, was das brüllende Vergnügen der Umstehenden noch mehr entfesselte.

„Was muß ich sehen?" rief der rothaarige Spaßmacher wie in wildem Zorn. „Du willst nicht, Mönchlein?"

Und als er die Puppe zu diesen Worten verneinend nicken ließ, tobte er in gespielter Wut los: „Nun denn – so fahre zur Hölle, du Knecht Satans!"

Unter dem schreienden Jubel der Zuschauer zerschmetterte er daraufhin die Puppe an der Erde und trampelte auf ihr herum, daß die Fetzen flogen. Und die Umstehenden taten es ihm begeistert nach, so daß bald nichts mehr von dem strohernen Mönch zu sehen war.

Münzer hatte mit brennenden Augen dem Spiel zugeschaut.

„So ergehe es allen, meine Brüder!" rief er, von dem Zerstörungstaumel mitgerissen, in den tobenden Haufen hinein. „So ergehe es allen, die sich dem wahren Willen Gottes in den Weg stellen!"

Mit einigen hastigen Schritten sprang er auf die oberste Treppenstufe und erzwang sich mit einigen herrischen Handbewegungen Ruhe.

„Brüder!" begann er mit leidenschaftlicher Stimme. „Dies war ein Spiel, Brüder, das ihr triebet. Aber nur wenige Zeit noch, dann wird der Herr euch ganz fordern. Bereitet euch vor auf den Tag! Hämmert es eurem Herzen ein — morgens, wenn ihr aufsteht; abends, wenn ihr zu Bett geht! Gott will den Menschen frei!"

„Frei!" toste es unter ihm auf. Und viele Hände reckten sich fordernd zu ihm empor.

Mit erregtem Atmen ließ er den Tumult verklingen.

„Gott will den Menschen frei!" begann er dann erneut, und in seiner Stimme klang es wie das unterirdische Drohen von Gewittern. „Von ihm aus sind wir alle frei, und niemand ist zur Herrschaft über den anderen geboren. Nur bei der Gemeinde, nie beim einzelnen kann die Gewalt und die Herrschaft ruhen! Und die Herren und Fürsten dürfen nach dem Willen Gottes nur Diener der Gemeinde sein, nichts anderes!"

Jubelnde Zustimmung überschwemmte seine Worte, so daß er eine ganze Zeit innehalten mußte, ehe er weitersprechen konnte.

„Da nun die Herren und Fürsten", begann er dann wieder seinen leidenschaftlichen Aufruf, „diese göttliche Aufgabe um des Eigennutzes willen vergessen haben, wie auch die kirchlichen Fürsten sie vergessen haben und immer obenan sitzen wollen, müssen wir selber ausziehen, um das Reich Gottes in seiner paradiesischen Reinheit wiederherzustellen! Wo aber die Obrigkeit diese unsere Aufgabe Gottes nicht anerkennen will und sich dem Schwerte des Herrn in den Weg stellt, muß sie hinweggefegt werden wie Spreu aus dem Weizen!"

„Hinweg!“ kam es in fanatischem Geschrei aus den Mündern der Zuhörenden zurück, und wieder reckten sich zahllose Arme zu dem Eifernden auf.

„Vergeßt es niemals und zu keiner Stunde, meine Brüder“, überschrie Münzer mit seiner mächtigen Stimme das tobende Geschrei unter sich. „Wir kämpfen nicht für uns, sondern nur für die Gerechtigkeit Gottes!“

Gleich einer Springflut rauschte jetzt der Beifall zu ihm empor und überbrandete ihn. Wie Trunkene und Torkelnde stürmten die Versammelten die Stufen des Portals hinan, hoben Münzer wie in unwiderstehlicher Besessenheit auf die Schultern und zogen im Triumphzug mit ihm in die Stadt.

34.

Auf den Dächern des Klostergutes Schlotheim stand züngelnd der rote Hahn, und dicke Rauchwolken wälzten sich schwadend zum nächtlichen Himmel auf, so daß die Sterne darin ertranken.

Im Widerschein der brennenden Gebäude saßen die aufrührerischen Bauern im Viereck des großen Hofes vor aufgeschlagenen Wein- und Bierfässern und tauschten Beutestücke miteinander aus. Ihre Stimmen waren laut und von Trunkenheit erhitzt, und ab und zu kam es zu händelsüchtigen Wortgefechten, die aber von den Umsitzenden immer wieder geschlichtet werden konnten.

Abseits des großen Haufens, auf einem umgestürzten Ackergerät, mit dem Rücken gegen den rötlichen Feuerschein, saß Thomas Münzer. Im Laufe des Tages hatten ihn Botschaften erreicht, die ihn unruhig machten.

Zunächst brachten sie eine Kunde, die ihm nach dem erfolglosen Zug, den er – um die entflohenen Mühlhäuser Ratsherren Rodemann und Wettich in seine Gewalt zu bringen – mit einem Teil seines Anhangs gegen Langensalza unternommen hatte, mit Freude erfüllte. Erfurt war ihm zugefallen und hatte den Aufständischen die Stadttore geöffnet. Auch die Bauern von Frankenhausen waren aufgestanden. Aber dann war auf schweißflockendem Gaul ein Abgesandter von ihnen gekommen, der um Zuzug von einigen hundert Bewaffneten ersuchte, da sich die Frankenhauser von dem dicht bei ihnen auf seinem festen Schloß Heldrungen zum Gegenschlag rüstenden Grafen Ernst von Mansfeld bedroht fühlten.

Auch die übrigen Fürsten, so berichteten die Boten weiter, schickten sich an, Truppen zusammenzuziehen, um den allgemeinen Aufstand niederzuschlagen.

„Es ist an der Zeit, ihnen entgegenzuziehen!" sann Münzer.

Voller Grimm gedachte er des Grafen Ernst von Mansfeld, seines alten Widersachers. In ihm vor allem sah er den Anführer und Zutreiber des gegnerischen Widerstandes.

„Wie diese Burg des Antichrist", so dachte er voller Haß, „so muß auch Heldrungen, sein festes Schloß, in roter Glut in den nächtlichen Himmel geschickt werden!"

Mitten in seine brütenden Gedanken legte sich unvermittelt — wie aus dem Dunkel herauswachsend — mit schwerem Druck eine Hand auf seine Schulter.

Erschreckt und überrascht fuhr Münzer um und sah vor sich im Abglanz des niederfallenden Brandes einen großen, schmalen Mann in zerlumpter Bauernkleidung stehen, das Gesicht geschwärzt von Rauch.

„Im Namen des lebendigen Gottes!" kam es halblaut von den Lippen des fremden und im Schatten eines breiten Hutes unkenntlichen Gesichts.

Thomas Münzer spürte im Tonfall der ihn derart begrüßenden Worte so etwas wie ein leises Höhnen, so daß er davon betroffen ward und keinerlei Antwort gab.

Über das rauchgeschwärzte Gesicht seines Gegenübers flog ein verstecktes Lächeln.

„Nun, Thomas Münzer", begann die fremde Stimme wieder. „Ist es nicht auch ein Götzendienst, den die betrunkenen Priester deines lebendigen Gottes mit ihrem Rauch- und Brandopfer hier aufführen?"

Münzer, von den spitzen Worten des Unbekannten wie von schmerzenden Peitschenhieben getroffen, wollte zornig aufspringen. Doch die schwere Hand, die immer noch fest auf seiner Schulter lag, drückte ihn an seinen Platz zurück.

„Nennst du dieses Tun hier Gott erlösen von der Totenstarre, die über ihn gekommen ist?“ tönte die Stimme dicht vor Münzer, und das Gesicht des Fragenden beugte sich zu ihm herab, so daß er aus dem Rauchgeschwärzten das Weiß der Augen aufblitzen sah.

„Franziskaner —?!“ stöhnte er in jähem Erkennen.

Der vor ihm Stehende nickte.

Als Münzer daraufhin erregt auffahren wollte, verschloß der Mönch ihm mit schnellem Zugriff den Mund.

„Laß!“ sagte er kurz und bestimmt, sich näher an sein Ohr neigend. „Ich habe mit dir zu sprechen und benötige dazu keinen von deinen angetrunkenen Baalspriestern als Zeugen!“

Münzer stieß die Hand von seinen Lippen zurück.

„Ich könnte dich in die Flammen werfen lassen!“ keuchte er drohend.

„Du kannst es, ich weiß“, entgegnete der Franziskaner und lächelte schmerzlich in sich hinein. „Es ist manchen meiner Brüder so ergangen, seit der Tumult durch das Reich geht.“ Die Stimme wurde bestimmter. „Aber du wirst es dennoch nicht können, Thomas Münzer, selbst wenn ich es gewaltlos hinnehmen würde!“

Münzer starrte betroffen vor sich hin. Es gebrach ihm tatsächlich an der Kraft, seine Drohung erfüllen zu lassen.

„Was könnte mich daran hindern?“ fragte er schließlich verlegen ausweichend. Und es war ihm dabei, als richte sich diese Frage viel mehr an ihn selber als an den Franziskaner.

„Was dich daran hindert, Thomas Münzer? Ich will es dir sagen — weil mich der heiße Atem des Herrn ergriffen hat und ich in ihm einhergehe wie in einer schützenden Wolke!“

Der Franziskaner sagte es leise, ohne jede Hast oder Schärfe.

Münzer sah ihn groß und beinahe scheu an. Er fand sich in dieser Antwort nicht zurecht.

„Du wirst daran zweifeln, Thomas Münzer“, fuhr der Franziskaner fort. „Und ich mag deinem Zweifel nicht mit Worten widersprechen. Eines Tages aber wird es dir wie Schuppen von den Augen fallen, und du wirst erkennen, wie wahr ich heute zu dir gesprochen habe.“

Münzer fühlte sich wie gelähmt. Nur mühsam vermochte er den Kopf zu schütteln.

„Was willst du von mir?“ stieß er endlich hervor.

„Ich möchte dir den Frieden bringen, Münzer!“ kam wie zuredend die Antwort.

Thomas Münzer versuchte, überlegen zu lächeln. Doch es gelang ihm nicht.

Der Franziskaner wies mit erhobenem Arm hinter sich auf den lärmenden Bauernhaufen.

„Was hast du zu schaffen mit all jenen da?“ fragte er ernst. Und ehe der Befragte eine abwehrende Antwort geben konnte, fuhr er voller Wärme fort: „Keiner unter ihnen dürfte dich besser verstehen als ich, Thomas Münzer. Denn — ich will es dir offen gestehen — auch in meinem Herzen brannte es einmal so wild und maßlos wie in dir. Und wie du, so wollte auch ich Gott nah und lebendig unter uns wissen. Aber, Münzer — ich erkannte, was auch du erkennen mußt —, Gott läßt sich nicht zwingen. Wie einst Moses sah ich den Dornbusch vor mir brennen, so gewaltig, daß ich nieder zur Erde fiel. Doch die Flammen brannten sich in mir ein, so daß aller Hochmut meines Herzens darin zu Asche wurde. Wären nicht die Gnade und der Frieden der Kirche zu mir gekommen, ich würde zu ewiger Verdammnis verurteilt sein.“

„Franziskaner!“ wehrte Münzer sich gegen die Eindringlichkeit des Gegenüberstehenden. „Ich sagte dir schon einmal, daß du mir zur Versuchung gesandt wurdest!“

„Und ich sagte dir“, kam gelassen die Stimme des Antwortenden zurück, „daß ich dir zur Warnung gekommen sei. Ich sage es dir heute noch einmal. Denn daß ich in dieser Stunde zu dir gekommen bin, in dieser Vermummung und unter Gefahr meines Lebens, geht gegen alle meine Aufträge. Aber mein Herz ließ es anders nicht zu. Ich mußte ein letztes Mal zu dir sprechen, weil ich aus aller Verwirrung und allem wüsten Brand die heiße Inbrunst deines Glaubens erkenne. Ich beschwöre dich, Thomas Münzer — laß ab von deinem Wüten; denn du wütest nicht gegen die Kirche, du wütest gegen den Ewigen! Er selber setzte das große Gefäß ein. Er selber richtete alle Ordnung auf. Was gibt dir das Recht, ihn selber zu berennen?"

„Der Ruf des lebendigen Gottes, Franziskaner!"

Zornig rief Münzer es aus. Er hatte plötzlich alle Lähmung überwunden und fühlte einen immer stärker werdenden Groll in sich aufsteigen.

Der Franziskaner sah ihn mit schmerzlicher Wehmut an.

„Dir ist nicht mehr zu helfen, Thomas Münzer!" flüsterte er aus beengter Brust. „So muß sich das Gericht erfüllen."

Dann wandte er sich um und war nach wenigen Schritten spurlos im Dunkel der Nacht untergetaucht.

Münzer aber sprang auf und schrie die Bauern mit heiser verkrampfter Stimme an, von dem niederbrennenden Klostergebäude keinen Stein mehr auf dem andern zu lassen.

35.

Mit betäubender Fülle lag jubilierendes Vogellied über den Wällen des Heldrunger Schlosses. Wie Schnee hing die Maienblüte über den Bäumen und lief in unbändigem weißem Wogen über das zarte Grün.

Nachdenklich stand der Franziskaner an einem der offenen Fenster des großen Rittersaales und starrte verloren hinaus in das Aufbrechen des Frühlings. Immer wieder stieg vor seinen Augen aus dem Frieden der Landschaft der Anblick des brennenden Klosters auf. Und immer wieder sah er den unbeugsamen Trotz in Münzers Gesicht, wie er es zuletzt im Abglanz des Feuers gesehen hatte.

Bedrückt seufzte er auf. Er hatte getan, wozu sein Gewissen ihn getrieben, weit über alle Aufträge hinaus. Nun gab es keine Brücken mehr.

Plötzlich fuhr er in seinem Sinnen aufgeschreckt zusammen; hinter seinem Rücken war die Tür gegangen.

„Entschuldigt, Bruder", ertönte gleich darauf die Stimme des Grafen von Mansfeld, „entschuldigt, daß ich Euch einen Tag lang warten ließ."

Der Franziskaner wandte sich dem Eingetretenen entgegen.

„Ich hätte Euren Eintritt fast überhört", sagte er, immer noch verwirrt und an seine Gedanken verloren. „Die Vogelpredigt da draußen spann mich tiefer ein, als es gut sein mag."

Ernst von Mansfeld hob nähertretend in scherzhafter Warnung seine Rechte.

„Ihr vergaßet darüber doch nicht etwa den Münzer?" fragte er mit leichtem Lächeln.

Über die Züge des Franziskaners ging eine kummervolle Abwehr.

„Gäbe Gott, daß ich ihn vergessen dürfte!" seufzte er. „Aber noch ist er mir eingebrannt wie ein feuriges Eisen. Selbst aus dem harmlosesten Vogellied tönt mir seine eifernde Stimme entgegen, so daß mich ein Schauder anfällt vor der Verwirrung eines solchen Herzens."

Der Mansfelder sah ihn aus schräggestellten Augen prüfend an.

„Kein Mitleid, Bruder!" entgegnete er, beinahe verweisend und mit schlecht verhohlenem Vorwurf. „Er forderte die gerechte Strafe des Himmels heraus, sie soll ihn jetzt auch treffen!"

„Wird sie ihn treffen?" Der Franziskaner schüttelte, wie zweifelnd, den Kopf. „Ich bin voller Sorge, seit nun auch die Mächtigen abtrünnig werden und ihm anhängen", fügte er bitter hinzu.

Ernst von Mansfeld stieß heftig den Atem durch die Nase.

„Ihr sprecht so, weil die beiden Grafen von Schwarzburg und Hohenstein seinem Bündnis zugelaufen sind?" fragte er zurück.

Der Mönch nickte und sah leidvoll zu ihm auf.

„Nicht nur sie", sagte er dann. „Ich denke viel mehr noch an Euren eigenen Vetter, den Grafen Albrecht von Mansfeld."

Der Mansfelder lachte spöttisch und überlegen zurück.

„Seid unbesorgt!" entgegnete er heiter. „Es wird Euch nicht lange mehr bedrücken."

Auf das fragende Aufblicken seines Gegenübers fuhr er erklärend fort: „Die beiden Grafen von Schwarzburg und Hohenstein werden schwer bedrängt vom Landgrafen von Hessen. Sie sandten schon Reiter mit drängenden Hilferufen um Beistand nach Mühlhausen. Wir fingen sie ab. Und Albrecht, mein Vetter, den es nur aus Furcht zu ihnen trieb, ist indessen schwankend geworden. Gerade um seinetwillen mußte ich Euch um einen Tag warten lassen. Ich ritt noch bei ihm vorüber und sprach ihm mit aller Ausführlichkeit vom Bund der Fürsten, der sich gegen den Aufstand gebildet hat. Es machte ihn unsicher und wird ihn zurückhalten, sich weiter auf das Münzersche Unwesen einzulassen."

Der bekümmerte Ausdruck im Gesicht des Franziskaners hellte sich trotz der zuredenden Worte des Grafen nicht sonderlich auf.

„Meine Besorgnis bleibt!" erwiderte er voller Bedenken. „Wäre der Aufstand nur in Mühlhausen, gewiß, er würde bald gelöscht sein. Aber vergeßt nicht — das ganze Eichsfeld, ganz Thüringen brennt. Soeben auch mußte Graf Botho von Stolberg den Bauern schwören, alle Beschwernis von ihnen abzutun, bei ihnen und ihrem Bündnis zu stehen, sich aller Titel zu entäußern und sich nur noch Bruder heißen zu lassen. Von Schmalkalden rückt der schwarze Haufen heran. Dazu gehen dauernd Boten mit den siegreichen Heeren der süddeutschen Erhebung. Sie schütten noch Öl und siedendes Pech in das ausgebrochene Feuer."

Ernst von Mansfeld legte dem Besorgten beschwichtigend eine Hand auf die Schulter.

„Fürchtet nichts mehr davon!" sagte er. „Schon dämpfte der Landgraf von Hessen den Aufstand in seinem eigenen Lande und besetzte die Thüringer Pässe, so daß keine Boten mehr durchkommen. Außerdem schlug Herzog Georg von Sachsen die ersten Aufrührer bei Sangerhausen und rückt allmählich gegen das Eichsfeld vor. Dann drängt von Langensalza her Heinrich von Braunschweig heran. Ihr seht also, Bruder — es wird eine harte Klammer werden!"

„Allerdings!" atmete der Franziskaner befreiter auf. „Das alles sind tröstliche Nachrichten, die hoffen lassen."

Es war eine Weile still.

„Aber was ist in Mühlhausen?" begann der Mansfelder das Gespräch wieder. „Seit ich um des Fürstenbundes willen unterwegs war, hörte ich nur wenig von dort."

Der Franziskaner lehnte sich gegen den Tisch.

„Wie es im allgemeinen um die Stadt stand", berichtete er, „wißt Ihr aus meinen Briefen —: die Klöster sind aufgelöst, die Prediger, die nicht das Kleid des Herrn abzulegen gewillt waren, wurden ausgewiesen, die Kirchen hat man ausgeraubt und zu Heerlagern gemacht."

Ernst von Mansfeld nickte.

„Eure Briefe sagten es mir bereits", bemerkte er. „Aber berichtet weiter — wann verließet ihr die Stadt?"

„Vor wenigen Tagen", fuhr der Befragte fort. „Kurz nach der Ausrufung des Ewigen Rates, der die allgemeine Gleichheit verkündete. Als Bauer verkleidet, zog ich mit einem ausrückenden Haufen gegen das Kloster Schlotheim, das ausgeraubt und niedergebrannt wurde."

Er hielt einen Augenblick inne und überlegte, ob er dem Grafen von seinem letzten Zusammentreffen mit Münzer vor dem brennenden Klostergebäude berichten sollte. Doch dann hielt er es für gut, nichts davon zu sagen.

„Weiter!" drängte der Zuhörende ungeduldig. „Was geschah sonst?"

„Von Schlotheim aus wollten Münzer und Pfeiffer mit ihren Haufen nach Langensalza, um dem Aufstand der evangelischen Bruderschaft unter der Leitung des Schuhflickers Melchior Weigand zur Hilfe zu kommen. Ich hieß daraufhin Eure beiden Spione mitziehen und machte mich nach hier auf den Weg. Gestern nun, spät am Abend, kam bereits einer der Zurückgelassenen mit ersten Botschaften."

„Was wußte er zu vermelden?" fragte Ernst von Mansfeld, erregt nähertretend.

„Langensalza ließ die Aufrührer nicht ein, berichtete er. So mußten sie unverrichteter Sache wieder zurück. Es sammelte sich daraufhin Wut und Erregung in der Masse, die viel auch auf Beute gerechnet hatte. Die Klöster Homburg und Volkenrode mußten es entgelten. Sie wurden geplündert und übel zugerichtet. Dann stieß ein großer Heerzug von

Eichsfelder Bauern zu ihnen. Sie führten schwer befrachtete Wagen voll Beute aus niedergebrannten Klöstern mit und wollten nach Mühlhausen. Münzer begrüßte sie als christliche Brüder."

„Mordbrenner!" fiel der Mansfelder dem Berichtenden zornig ins Wort.

Der Franziskaner nickte in schmerzhafter Bejahung.

„Die vereinigten Haufen", berichtete er dann weiter, „zogen zum Kloster Ebeleben. Danach kam es zum Streit zwischen Münzer und Pfeiffer. Pfeiffer wollte mit dem Troß weiter zum Eichsfeld, wo die Bauern reiche Beute erhofften. Münzer jedoch predigte einen Kreuzzug gegen Euch, gnädiger Herr."

Ernst von Mansfeld fuhr mit einem haßvollen Lachen auf.

„Er weiß sehr wohl, wo er seinen erbittertsten Feind zu suchen hat!" höhnte er. „Er hätte kommen sollen!"

„Sein Vorschlag drang jedoch nicht durch!" fuhr der Berichtende fort. „So mußte er wider seinen Willen den Plänen Pfeiffers folgen. Man zog zunächst nach Heiligenstadt, das sich aber wehrte und die Stadttore verschlossen hielt. Pfeiffer erreichte nur, daß Münzer allein und ohne Anhang in die Stadt durfte, um hier eine Predigt zu halten. Dann ging es auf Umwegen wieder zurück nach Mühlhausen."

Aufseufzend hatte der Franziskaner seinen Bericht beendet.

„Ich sehe, Ihr seid bedrückt?" bemerkte der Mansfelder fragend.

„Verwundert es Euch nach alledem, gnädiger Herr?" erwiderte der Mönch. „Meine Seele ist voll unnennbarer Trauer, wenn ich an die Not und Drangsal denke, denen meine Brüder und Schwestern im Herrn ausgesetzt sind."

„Euer Schmerz ist auch mein Schmerz", gab ihm Ernst von Mansfeld mit leidenschaftlich ansteigender Stimme zur Antwort und faßte ihn tröstend bei der Hand. „Seid darum auch mit mir getrosten Mutes — wir werden das Teufelswerk bald ausgerottet haben!"

Der Franziskaner schlug eindringlich das Zeichen des Kreuzes.

„Unser allergnädigster Herr und Heiland möge es geben!" flüsterte er wie im Gebet. Dann trat er versonnen und schweigend ans Fenster.

In die eingetretene Stille ertönte mit einem Male ein nachdrückliches Pochen gegen die Tür. Auf einen einlaßgewährenden Zuruf des Grafen wurde sie geöffnet und der verwachsene Schreiber trat ein.

„Wichtige Botschaft aus Wittenberg, gnädigster Herr!" rief er mit erregter Stimme und hob eine gedruckte Schrift hoch.

„Was ist?" fragte Ernst von Mansfeld überrascht und trat auf ihn zu.

„Eine Schrift Luthers!" gab der Schreiber mit vorgerecktem Hals zur Antwort und reichte dem Grafen die Schrift an. „Wider die räuberischen und aufrührerischen Rotten der Bauern!"

„Eine Schrift Luthers? ‚Wider die räuberischen und aufrührerischen Rotten der Bauern'?!" wiederholte Ernst von Mansfeld in zweifelnder und erstaunter Frage und hielt die Druckbogen in der Hand.

„Lest selbst, gnädigster Herr!" erwiderte der Schreiber aufgeregt. „Luther fordert die Herren und Fürsten auf, die Bauern niederzuschlagen, zu stechen und zu würgen!"

„Welch ein Haß —!" dachte der Franziskaner aufgescheucht und glaubte zu taumeln.

„Das sind Worte, wie sie not tun!" lachte Ernst von Mansfeld. „Hört, ehrwürdiger Bruder, das ist unser Sieg!"

Der Franziskaner, der wie erloschen gegen die Wand lehnte, sah ihn mit großen Augen voll heimlicher Trauer an.

„Ja", murmelte er schließlich mit blaß gewordenen Lippen. „Sieg ist es wohl. Ich glaub's. Aber unser Sieg —?"

Ein schüttelndes Schluchzen durchlief seinen Körper, und sein Gesicht bog sich mit einer schmerzhaften Verzerrung nieder in seine gefalteten Hände.

36.

Thomas Münzer stand an seinem Arbeitstisch und siegelte einen Brief an die Brüder in Sangerhausen, um ihnen Mut zuzusprechen. Ihr Hilferuf lag noch ausgebreitet vor ihm über einem Wust von Papieren.

„Dem würdigen, in Gott dem Vater getreuen Thomas Münzer, freundlich geschrieben", überlas er noch einmal ihr Schreiben. „Wir armes Landvolk der Dörfer von Sangerhausen haben samt Rat und Hauptmann einen Bund in der Liebe Gottes geschlossen und bei Gott und dem heiligen Evangelium geschworen, Leib und Leben dafür zu lassen. Wir bitten im Namen Gottes, einzusehen, daß wir uns in großer Bedrängnis befinden. Unsere Weiber und Kinder müssen in Furcht vor der Obrigkeit Tag und Nacht im Feld und im Holze liegen."

Mit einer heftigen Handbewegung schob Münzer den Brief der Sangerhauser zur Seite. Ernst von Mansfeld – er war es vor allem, der sie bedrängte! Und er selber konnte ihnen als Beistand vorerst nichts als Worte senden. Aber was half es? Er mußte seine Truppen zunächst nach Frankenhausen führen, wo die ganzen aufständischen Bauernhaufen sich sammelten.

„So!" sagte er aus seinem Überlegen heraus und winkte dem Troßbuben, der bisher demütig wartend an der Tür gestanden hatte, um ihm den soeben gesiegelten Brief anzureichen. „An die Brüder in Sangerhausen abzuliefern."

Der Angeredete, der mit behenden Schritten herzugekommen war, nahm den Brief entgegen.

„Gib acht", ermahnte Münzer ihn besorgt, „daß du den fürstlichen Reitern nicht in die Hände fällst. Sie möchten höchst unsanft mit dir verfahren."

„Seid ohne Sorge, Bruder Münzer!" strahlte ihn der Bursche aus freudig gerötetem Gesicht an und schob den Brief mit einer geschwinden Bewegung vorn an der Brust unter sein Hemd. „Ich schleiche mich durch wie eine Raubkatze."

Mit einigen jungenhaften Sprüngen war er wieder an der Tür.

Hier wandte er sich noch einmal um und lachte den Zurückgebliebenen mit unverkennbarem Stolz in den Augen an.

„Vielen Dank auch, daß ich ausgewählt wurde, den Brief zu überbringen!" rief er beglückt.

„Bist ja ein eifriger Streiter des Herrn", lobte Münzer ihn. „Nur immerzu! Doch nun lauf los und schick mir Veit Becker herein ... Und vergiß nicht, daß wir zur Nacht ins Frankenhauser Feld ziehen!" rief er ihm noch nach, als er zur Tür hinaushuschte.

Dann war er allein und horchte einen Augenblick auf den Lärm der hallenden Amboßschläge und des kriegerischen Treibens, der vom Hof des Johanniterhofes durch die offenen Fenster zu ihm drang.

Sinnend begann er auf und ab zu gehen. Schon seit der Morgenfrühe rätselte er an einem Traumgesicht, das ihn in der letzten Nacht heimgesucht hatte.

„Nein!" dachte er, seine unruhige Wanderung beendend. „Es kann kein Zweifel sein! Ich kann das Gesicht nicht falsch deuten! Da war der Stall, ganz voller Mäuse, und ich kam herzu und vertrieb sie. Das Bild ist deutlich – zu deutlich fast!"

In gläubiger Gewißheit legte er die Hände zusammen.

„Herr, ich danke dir, daß du deinem gehorsamen Knecht deinen Willen offenbar gemacht!"

Laut sprach er diese Worte und mit inbrünstiger Stimme.

Dann ließ er sich am Tisch nieder und begann an den Grafen Albrecht von Mansfeld einen Brief, der ihn an die versprochene Hilfe erinnern sollte.

Als er mit gekrauster Stirn an seiner Niederschrift saß, trat der von dem Troßbuben herbeigerufene Landsknechtsführer ein.

„Du verlangtest mich zu sprechen, Thomas Münzer", sagte er von der Tür her.

Münzer legte die Feder zur Seite und stand auf, um ihm entgegenzugehen.

„Lieber Bruder", sagte er, „ich bin voller Ungeduld. Ließest du die Trommel durch die Stadt gehen?"

Veit Becker bejahte.

„Heute früh und um Mittag noch einmal", fügte er hinzu. „Es fand sich fast alle Mannschaft ein."

„Und hast du ihnen gesagt, daß wir gegen Mitternacht ausrücken ins Frankenhauser Feld?" fragte Münzer weiter.

Veit Becker schlug sich klatschend gegen die breite Brust mit dem Lederkoller.

„Konnte ich anders?" lachte er fröhlich zurück. „Da mir das Herz vor Freude bis in den Hals pocht?!"

Münzer erwiderte sein Lachen.

„Endlich die entscheidende Feldschlacht!" fuhr der Landsknecht mit erlöstem Aufatmen fort. „Du wirst kaum wissen, was das für unsereins ist! Das mit den Klöstern ist auf die Dauer doch nicht das Rechte."

„Ich glaub's, Veit Becker!" gab Münzer ihm zur Antwort. „Aber auch das mußte sein."

„Hätten wir nur mehr Glocken mitnehmen können!" kam es bedauernd von dem Gegenüberstehenden zurück. „Noch manche Hakenbüchse mehr hätten unsere Schmiedeleute dann anfertigen können."

„Wohl wahr, Bruder", entgegnete Münzer, von dem Eifer des Freundes freudig angerührt. „Vergiß aber auch nicht, daß Gott vor allem unser Wehr und Waffe ist."

„Es macht Büchsen und Hellebarden nicht überflüssig!" murrte der Landsknechtsführer in sich hinein.

„Immer der Alte, Veit Becker!" lachte Münzer belustigt auf.

„Es ist schließlich mein Beruf!" verteidigte der Angegriffene seinen vorherigen Einwand. „Ich hab' es eben nicht anders gelernt. Und dann sind sie alle auch nicht so im Waffenhandwerk zu Hause wie wir Landsknechte."

Münzer schlug ihm anerkennend auf die Schulter.

„Nun", meinte er begütigend. „Ich glaube, das mit dem Handwerk hast du ihnen wohl beigebracht."

„Soweit es bei ihnen zu machen war!" erwiderte der Landsknecht mit nachdenklichem Gesicht. „So werden sie wohl mit leidlicher Kunst einem schweren Angriff standhalten."

Münzer horchte auf.

In den Worten des Freundes klang etwas auf, was ihn unruhig machte.

„Mir will vorkommen, als bedrücke noch anderes dein Gemüt“, forschte er mit einem prüfenden Aufblicken.

Veit Becker blieb ihm jedoch die Antwort schuldig und starrte nur verlegen vor sich auf den Boden.

„Nun“, drängte Münzer weiter. „Heraus damit! Was hast du mir noch zu sagen?“

„Ja“, seufzte der Bedrängte nach einer Weile hilflos. „Wenn ich nur wüßte, wie ich es loswerden soll —!“

„Sag es schon!“ drang Münzer in ihn.

„Weißt du“, begann Veit Becker erneut und sah ihn mit einem flatternden Blick an. „Da ist so mancher unter ihnen, der billig und gern nach Beute sucht. Bei den Klöstern war es ein einfach Werk. Aber jetzt, wo's statt Beute ums Blutvergießen geht, werden sie verzagt. Das ist's.“

„So werden wohl nur wenige sein“, erwiderte Münzer, stärker betroffen vom Klang der Stimme Veit Beckers.

„Nein!“ richtete sich der Landsknecht nach einem kurzen Räuspern auf. „Ich hab's nicht richtig gesagt. Es ist anders damit!“

Münzer verspürte ein plötzliches Frieren auf seiner Haut.

„So verkrieche dich doch nicht immer!“ drängte er besorgter. „Sag mir, was bekümmert dich?“

„Herrgott, wenn es so einfach wär'!“

Veit Becker fuhr sich mit der flachen Hand über die Stirn, als perle ihm dicker Schweiß darauf.

„Manchmal fällt einem Kerl wie mir das Reden wirklich sauer“, wütete er. „Da schlüge man sich schon lieber mit einer ganzen Kumpanei von seinesgleichen herum!“

Münzer faßte ihn zuredend beim Arm.

„Du folterst mich, Bruder!“ sagte er mit vorwurfsvoller Stimme.

Der immer mehr in die Enge Getriebene fuhr sich ein zweites Mal schwer aufatmend über die Stirn.

„Nichts für ungut, lieber Bruder!“ stieß er dann mühsam hervor. „Aber da hat der Wittenberger einen hundsföttischen Schrieb losgelassen.“

„Ich weiß!" fiel Münzer ihm hart ins Wort. „‚Wider die räuberischen und mörderischen Rotten der Bauern!'"

Erbittert schlug er mit der Faust auf den Tisch.

„O dieser gleisnerische Bruder Wohlleben!" schrie er zorngeschüttelt los. „Dieses sanfte Fleisch von Wittenberg! Hat ganz und gar vergessen, aus welchem Stall er selbst zum Licht der Welt gekrochen! Nun er mit den Fürsten in einem Bette liegen kann, glaubt er die Gerechten Gottes lästern zu können!"

Immer noch von der Welle seines plötzlichen Zorns übertost, ging er mit erregten, stapfenden Schritten auf und nieder.

Veit Becker sah ihm hilflos zu. Schließlich hielt er ihn an.

„Thomas Münzer", begann er dann mit gepreßter Stimme. „Ich muß es dir sagen – diese Schrift des Wittenbergers ist heimlich unter den Bauern verteilt worden und hat viel Angst über sie gebracht."

Jäh sich verfärbend, sah Münzer den Freund an. Mühsam rang er um Luft.

„So krächzt dieser schwarze Kolkrabe auch schon in meinem Lager?" schrie er endlich voller Wut und Haß, und sein Gesicht verzerrte sich dabei zu einer Grimasse.

Veit Becker legte dem Aufbegehrenden begütigend seine Arme um die Schultern.

„Hör zu, Thomas Münzer", sagte er mit zuredender Eindringlichkeit. „Es wäre gut, du sprächest noch einmal Mut in ihre Herzen, ehe wir hinausziehen. Sie werden dann alles wieder vergessen."

Thomas Münzer nickte zu seinem Vorschlag schweigend Bejahung.

„Nur eins, Thomas Münzer", fuhr Veit Becker fort. „Du darfst vor ihnen nicht zugeben, daß du etwas davon weißt, daß die Schrift unter ihnen verbreitet ist."

Münzer blickte finster vor sich hin.

„Recht, Bruder", sagte er schließlich, sich gewaltsam zur Ruhe zwingend. „Ich werde zu ihnen sprechen. Sofort. Gleich hier vom Fenster aus. Rufe sie mir nur zusammen."

„Im Augenblick –!"

Befreit atmete der Landsknecht auf und trat hinüber an das geöffnete Fenster.

„Heda, Landsknechte! Brüder!“ rief er hinab in den Hof, so daß sich aller Augen zu ihm hinwandten. „Thomas Münzer wird jetzt zu euch sprechen im Namen Gottes!“

Sein Aufruf löste tosende Zustimmung aus, und lärmvoll begann man sich unter dem Fenster zu sammeln. Als Münzer dann herzutrat, wuchs der Lärm zu begeistertem Geschrei an.

„Ruhe, meine Brüder!“ rief Münzer laut und hob gebieterisch einen Arm.

Und dann, in die schnell eintretende Stille, begann er mit gewaltsamer Stimme zu sprechen.

„Freut euch mit mir, Streiter des Herrn! Der Tag der großen Ernte ist endlich gekommen! Schon neigen sich die Halme in voller Reife! Wir ziehen aus, sie abzusicheln und reiche Frucht einzubringen in die Scheuern des Herrn! Wer wollte den Gerechten Gottes widerstehen?!“

Mitgerissen jubelten die Männer ihm zu.

„Brüder!“ fuhr Münzer fort, als der Beifall sich gelegt hatte. „In unsere Herzen selbst senkte Gott das Samenkorn des heiligen Willens ein, tapfere Landsknechte seines Streites gegen die Gottlosen zu sein. Aber es erging ihm wie jenem Manne in der Schrift, der da ausging und guten Samen säte. In der Nacht jedoch kam der böse Feind und säte Unkraut unter seinen Weizen. So hat auch Gottes Gegnerschaft Unkraut und Gift unter den guten Samen des Herrn geworfen und will, daß es aufgehe und die reine Frucht ersticke. Seid daher wachsam, ihr Brüder, daß dieses Unkraut des teuflischen Aberwitzes nicht auch in euren Herzen Wurzeln schlage. Rottet es aus! Werft es auf den Dunghaufen der Vergänglichkeit! Denn unvergänglich und ewig ist nur der Wille Gottes! Verzaget auch nicht, wenn sie große Worte machen und euch drohen mit allen Strafen des Antichrist! Gott selbst geht euch voran, ihm müßt ihr folgen! Und wenn eurer nur drei allein sind in der Sache und Ehre des Herrn, so vermögen euch Tausende nichts anzuhaben! Auf also, im Namen Gottes! Der Sieg gehört uns!“

„Der Sieg gehört uns!“ kam es beifallsüberrauscht aus dem zuhörenden Haufen zurück.

Münzer hörte es lächelnden Gesichts.

Er wußte, daß er mit der Macht seines Wortes des Wittenbergers Schrift niedergezwungen hatte.

37.

Durch das Frankenhauser Lager zwischen Hainleite und Kyffhäuser ging dumpfer, eintöniger Trommelschlag. Im gespenstischen Flackerlicht der Fackeln strebten die bewaffneten Bauern zur allgemeinen Versammlung vor die Wagenburg. Nur gedämpft sprachen die Männer zueinander, als liege eine Wolke von Beklemmung über ihnen.

Im großen Zelt der Hauptleute war Thomas Münzer als einziger zurückgeblieben. Simon Hoffmann, der Anführer des in Frankenhausen versammelten Bauernheeres, hatte mit den übrigen Hauptleuten das Zelt verlassen, um draußen die nächtliche Aufstellung zu leiten. Erst wenn der Ring seine Ordnung hatte und die Gefangenen hineingeführt waren, sollte Münzer herzugerufen werden.

Nun saß er, die Arme schwer auf den Tisch gestützt, regungslos auf seinem Feldstuhl und sah mit abwesenden Blicken vor sich hin. Der dumpfe Trommelton aus dem Lager klang nur noch fern zu ihm ins Zelt und erstarb schließlich ganz. Auch die raunenden Stimmen der zur Wagenburg Strebenden und der verdeckte Hall ihrer Waffen erstarben allmählich und gaben einer bedrängenden Stille Raum.

Die Kerzen im Zelt, bis auf die an Münzers Arbeitsplatz, waren erloschen. Allmählich begannen auch diese letzten Lichter unruhig zu werden und angstvoll zu zucken. Münzer bemerkte es nicht, wie er auch nicht darauf achtete, daß sie kurz danach mit einem hastigen Aufflammen gänzlich in sich zusammensanken und ihn in einer drohenden Finsternis zurückließen.

Eine lastende Bangnis beschwerte ihn.

„Der Bote des Kurfürsten!" dachte er wie rufend. „Wenn er doch noch eintrifft? Wenn er sich nur verspätet hat oder vom Wege abgekommen ist?"

In schwerfälligen Überlegungen tasteten seine Gedanken sich zurück in das Gestern und Vorgestern. Vier Tage waren vergangen, seit er mit seinen Mühlhäusern in das Lager eingeritten war, von lauten Zurufen begrüßt.

Aber schon die ersten Stunden hatten ihm viel von seinen großen Hoffnungen genommen. Das war kein kampfbereites Heer von Freiheitsstreitern, das er antraf, brennend darauf, seinen Unterdrückern entgegenzutreten; das waren nicht Lodernde und Brennende wie er. Das waren beutelüsterne, aber kriegsunerfahrene Haufen, die zu zittern begannen, wenn sie vom Herannahen der fürstlichen Truppen hörten; das waren Verzagte und Kleinmütige, die nichts von einer Sendung wußten und die schon begannen, sich heimlich davonzustehlen und mit den beiden Mansfeldern — mit dem Grafen Ernst, dem tödlichsten seiner Gegner, und mit dem Grafen Albrecht, dem Abtrünnigen und Heuchler! — zu unterhandeln.

Einen Augenblick befiel ihn verzweifeltes Entsetzen. Aber dann riß er sich zusammen. Wieder einmal mußte er Flamme und lodernder Brand sein, um das herabgebrannte Feuer in ihnen neu zu entzünden, Prediger mit dem Hammer. War ihm nicht das Schwert Gideons in die Hände gegeben? Es durfte am Kleinmut und an der Dumpfheit der Unzulänglichen nicht schartig und stumpf werden.

So ließ er denn für den Morgen des nächsten Tages eine allgemeine Versammlung einberufen.

Wie ein Sturmwind kam er dabei über sie, als er — auf einem aufgeschütteten Steinhaufen stehend — zu ihren dichtgedrängten Scharen sprach. Zunächst duckten sie sich zwar, erblaßten und stießen sich tuschelnd an, als er es höllische Feigheit nannte, teuflische Memmenhaftigkeit, vor den Fürsten, vornehmlich aber vor den Mansfeldern, Furcht zu empfinden. Dann jedoch reckten sie sich, kam Licht in ihre Augen, als er die Fürsten — die Mansfelder wieder vor allem! — satanische Bösewichter und Werkzeuge des Antichrist nannte, welche ihnen, die sie im Auftrage und Willen

Gottes hier zusammengekommen seien, nichts anzutun vermöchten. Und als er zum Schluß die Forderung stellte, die beiden gottvergessenen Mansfelder bei den schrecklichsten Drohungen vor ihr bäuerliches Gericht zu laden, damit sie sich hier verantworteten für alle Greuel, welche sie den Bauern mitsamt ihren Weibern und Kindern zugefügt, hoben sie jubelnd ihre Fäuste und Morgensterne zu ihm auf, und sie beschlossen wie ein einziger Mann, seiner Forderung zu entsprechen.

Noch glühend vom Brand seiner Ansprache, schrieb Münzer die Briefe an die beiden Mansfelder, die sie mit herrischen Worten vor das Gericht der Bauern forderten, und ließ sie ihnen durch Boten zutragen. Zugleich setzte er durch, daß Botschaften an alle verbündeten Bauernhaufen und an die adeligen Anhänger ihrer Sache gingen, welche ihnen auftrugen, mit Verstärkungen in das Frankenhauser Lager zu rücken.

Und dann war der dritte Tag gekommen. Die Briefe an die Mansfelder Grafen blieben ohne Antwort. Und die ausgesandten Boten an die Verbündeten aus dem bäuerlichen und adeligen Lager kamen mit leeren Versprechungen oder mit kühlen und oft gar feindseligen Absagen, vor allem der Adeligen.

Da durchlief plötzlich eine große Bewegung das Lager. Einer der Bauernhaufen hatte auf eigene Faust Briefe an Ernst von Mansfeld geschrieben. Dieser nun, eine Verschwörergruppe in den Unterhandelnden wähnend, hatte sogleich zwei Abgesandte, den Kaplan Matern von Gehofen und den Bauern Georg Buchner, in das Frankenhauser Feld geschickt, um durch sie dem Haufen genaue Anweisungen und Ratschläge zu geben, wie sie abfallen und ihren Brüdern heimtückisch in den Rücken fallen könnten. Durch eigenes Ungeschick waren die auf heimlichen Pfaden in das Lager Eingedrungenen an den falschen Haufen geraten und als Gefangene zu Simon Hoffmann geführt worden.

Gleich darauf ging der Trommler mit dem Kalbsfell durch die Lagergassen und rief den großen Bauernrat zusammen.

Mit gebundenen Händen und niedergeschlagenen Augen standen die beiden Eingebrachten vor den Zusammenberufenen, als Simon Hoffmann den großen Rat eröffnete. Er fordere von Thomas Münzer, so rief er mit leidenschaftlichen Worten, daß er die Gefangenen zum Tode verurteile; denn sie seien nicht, wie sie zu ihrer Rechtfertigung vorbrächten, als Herolde des Mansfelder Grafen zu ihnen gekommen, sondern als hundsgemeine Spione und niederträchtige Aufwiegler zu Abfall und Verrat.

Thomas Münzer zuckte zusammen, als er die Worte des Feldhauptmanns vernahm.

Es war das erste Bluturteil, das von ihm gefordert wurde, das erste Bluturteil überhaupt, das – im Gegensatz zum Tun der Fürsten – von den thüringischen Bauern vollstreckt werden sollte. Gewiß, sie hatten in ihrem Zorn Klöster und Schlösser niedergebrannt und ausgeplündert, Blut aber klebte bislang noch nicht an ihren Händen.

Fahl wie die beiden Männer, deren Häupter Simon Hoffmann soeben von ihm gefordert hatte, stand Thomas Münzer in dem ausbrechenden Tumult, der sich nach den Worten des Bauernanführers erhoben hatte und nichts als wilde, einmütige Zustimmung bedeutete. Er fühlte ein hilfloses Zittern in seine Knie schießen und senkte gelähmt den Kopf.

Mühsam, mit Worten, die sich ihm im Munde klumpten, begann er schließlich in die erwartungsvoll eingetretene Stille der Versammelten hinein zu sprechen, so daß er kaum zu verstehen war und erregte Zurufe aufklangen, die nach Deutlichkeit verlangten.

Thomas Münzer brach verstört ab und wischte sich den ausgebrochenen Schweiß aus der Stirn. Er sah kurz hinüber zu den beiden Gefangenen, die mit stummem Flehen ihre angstvoll geweiteten und vorgequollenen Augen auf ihn gerichtet hielten.

„Ich kann nicht!" bäumte es sich in ihm auf, und seine Hände krallten sich schmerzhaft ineinander.

Ja, rief er da mit Aufbietung aller Kräfte in die Versammlung, es sei ihr volles und unabdingbares Recht, die eingebrachten Spione zur Hinrichtung zu führen. Aber er halte es dafür, ihr Leben als Pfand zu behalten und Boten nicht nur an ihren Herrn, den Grafen von Mansfeld, sondern zugleich auch an den Kurfürsten Johann von Sachsen zu senden mit dem Anerbieten, beiden Gefangenen das verwirkte Leben zu schenken, wenn die Fürsten den begonnenen Feldzug gegen ihren christlichen Haufen innerhalb der nächsten vierundzwanzig Stunden einstellen würden. Erst dann, wenn die Fürsten sich hierzu nicht bereit finden sollten, erst dann möge das Urteil endgültig gesprochen werden.

Nach einer leidenschaftlich erregten Aussprache war es Münzer gelungen, seinen Vorschlag zur Annahme zu bringen und zu erreichen, daß sogleich Boten an die von ihm genannten Fürsten gingen und das letzte Gericht über die beiden Gefangenen erst am späten Abend des folgenden Tages zusammentreten sollte.

Den ganzen Tag über war er in fiebriger Erwartung gewesen. Die ausgesandten Boten, früh schon am Morgen ins Lager zurückkehrend, wußten nichts zu berichten. Man hatte nur ihre Briefe, die Münzer selber entworfen und geschrieben hatte, angenommen, sie aber ohne weiteren Bescheid wieder entlassen.

Der Nachmittag kam, der Abend – kein Beauftragter der Fürsten meldete sich.

Mit spöttischen Bemerkungen hatte Simon Hoffmann Münzers Erregung belächelt und ihm in plötzlich aufbrechendem Mißtrauen sogar Halbheit und Schwachheit vorgeworfen, so daß Münzer an sich halten mußte, um ihm nicht mit zurechtweisenden Worten entgegenzutreten.

Ob er immer noch glaube, daß die Fürsten geneigt seien, um des Lebens zweier erbärmlicher Kreaturen willen, die sie für ihre dunklen Pläne gedungen, den Kampf aufzugeben, höhnte der Feldhauptmann am Abend, als die den Fürsten gesetzte Frist abgelaufen war. Ob er vergessen habe – gerade er, Thomas Münzer, der Prediger mit dem Hammer, das Schwert Gideons! –, daß die Fürsten die Bauern zu Hunderten und Tausenden meuchelten, da es um die Erhaltung ihrer gottlosen Macht gehe? Ob er nicht wisse, daß die Kirche sogar dafür bete und Luther ihnen den Himmel dafür versprochen habe?

Münzer zuckte nur hilflos die Achseln.

Da war Simon Hoffmann hinausgegangen und hatte die Trommeln durch die Lagergassen geschickt, um den großen

Bauernrat für das endgültige Gericht über Matern von Gehofen und Georg Buchner einzuberufen.

Nun saß Thomas Münzer fröstelnd und aufgewühlt in der Finsternis des Zeltes und wartete darauf, daß der große Rat ihn abhole, damit er den Gefangenen das Urteil spreche.

Näherkommender Waffenklang ließ den Sinnenden bedrückt zusammenfahren. Dann wurde die Decke des Zelteingangs zurückgeschlagen und rötlich – als ob es schon getränkt sei vom Blut der beiden Hinzurichtenden – fiel das Licht einiger Fackeln zu Münzer hinüber, so daß er zusammenschrak und für einen bangen Atemzug lang die Augen schloß.

Beklommen raffte er sich schließlich auf und ging mit schwerfälligen und beinahe schwankenden Schritten hinüber zu den Bewaffneten, die ihn zum Gericht holten, als gehe er zu seiner eigenen Hinrichtung.

Eine unheimliche Stille empfing Münzer, als er in den Ring der Versammelten trat. Die Gesichter der Bauern – unter den flatternden Schatten der vielen bereitgehaltenen Fackeln hart und unbarmherzig wirkend, als seien sie maskenhaft erstarrt – folgten jedem seiner Schritte, die er in die Mitte des Ringes machte, mit atemloser Spannung.

Nun stieg das hölzerne Gerüst auf, das man errichtet hatte, damit Münzer von erhöhter Stelle aus den Spruch über die Todgeweihten verkünde. Langsam, fast stolpernd, stieg er die wenigen Tritte zu der Plattform hinan. Auf der obersten Stufe zögerte er ein wenig, ehe er in den kanzelförmigen Bug trat. Dann machte er den letzten Schritt und hielt sich mit den Händen an der hölzernen Umfassung, weil sich die zahllosen Fackellichter unter ihm plötzlich zu drehen begannen.

Gleich darauf hatte er seinen Schwächeanfall überwunden und sah atemholend hinab in die Versammlung. Sein Blick traf zunächst den von einer Gruppe Fackelträger umgebenen Richtblock, hinter dem – rotgewandet, das breite, ungefüge Hinrichtungsschwert in beiden Händen – der Henker bereitstand. Neben ihm – die Hände mit einem Strick auf dem Rücken zusammengebunden, taumelig und schwankend, jeweils von zwei Bewaffneten gehalten – standen die

Gefangenen, mit einem langen hanfenen Hemd bekleidet. Verwirrt irrten Münzers Blicke weiter und blieben an Simon Hoffmann haften. Trotz der Entfernung glaubte er zu erkennen, wie des Feldhauptmannes Gesicht sich spöttisch zusammenzog. Nun vermeinte er sogar zu sehen, wie seine Lippen sich hoben und wie er auf ihn einzusprechen begann.

Da fiel mit einem Male von der Hainleite herab das schmelzende und schluchzende Schlagen einer Nachtigall über das Lager, so daß alle – seltsam angerührt, auch die beiden Gefangenen! – die Köpfe hoben und lauschten. Nur an Münzers Ohr drang der sehnsüchtige Gesang nicht. Er vernahm nur, was Simon Hoffmanns Lippen auszusprechen schienen: „Schwachheit! Halbheit! Prediger mit dem Hammer! Schwert Gideons!"

„Herrgott!" stöhnte er da aus seiner wirren Bedrängnis. „Um des gerechten Kampfes willen!"

Und mit lauter, fremder Stimme, die gar nicht mehr zu ihm gehörig schien, in das jäh endende Lied der Nachtigall, rief er das „Schuldig!" über die Gefangenen aus. Das Todesurteil solle sofort vollstreckt werden.

Mit einem einmütigen Schrei der Zustimmung nahm die Versammlung es entgegen. Das bange Stöhnen der Verurteilten ging darin unter – auch das wiederum auftönende Liebeslied der Nachtigall.

38.

Die Glocken vom Eckartsberg läuteten festlich und friedsam den Sonntag ein, als Herzog Georg von Sachsen auf dem Zuge von Langensalza nach Frankenhausen zu seinen Truppen in das Feldlager einritt. Unter den Wartenden, die seinem Kommen mit Ungeduld entgegengesehen hatten, befand sich auch der Franziskanermönch, der bereits in der Mittagsstunde eingetroffen war.

Herzog Georg ließ ihn gleich als einen der ersten zu sich in sein Zelt bitten.

„Man ließ mir sagen, ehrwürdiger Bruder“, wandte er sich ihm nach einem flüchtigen Kopfneigen entgegen, „daß Ihr mir Botschaft des Grafen von Mansfeld zu überbringen habt.“

Der Franziskaner verbeugte sich.

„Zunächst lassen Euch seine Gräfliche Gnaden dieses zur Kenntnis übermitteln“, sagte er dann und zog aus den Falten seiner Kutte einen Brief hervor, den er dem Sitzenden auf den Feldtisch legte.

Georg von Sachsen nahm den Brief mit einer hastigen Bewegung an sich und begann ihn zu lesen. Zunächst spiegelte sich ein unmutiges Befremden in seinem Gesicht, dann jedoch flog eine belustigte Heiterkeit darüber hin.

Mit einem spöttischen Auflachen legte er den Brief schließlich wieder hin und sah zu dem Franziskaner auf.

„Immerhin!“ sagte er aus seinem Lachen heraus. „Wenn der Magister Thomas Münzer die Waffen mit der gleichen Gewalt zu führen versteht wie das Wort, so dürfte uns wohl noch ein schwerer Kampf bevorstehen!“

„Was sagen Ew. Herzogliche Gnaden sonst noch zu dem Brief?“ fragte der Franziskaner leise zurück.

Georg von Sachsen wog den Brief eine Weile schweigend in der Hand. Dann überlas er ihn noch einmal, Wort für Wort.

„Wenn ich es recht bedenke“, meinte er dann, „so könnte man so etwas wie ein Bündnisangebot daraus lesen. Allerdings ein verstecktes und ungewöhnliches Bündnisangebot, mit sehr viel gewaltsamen Drohungen durchsetzt, wie wenn ein Mächtiger des Schwertes es an einen kleinen Vasallen gerichtet hätte.“

„Und welche Antwort würden Ew. Herzogliche Gnaden einem solchen Schreiben geben?“ fragte der Mönch weiter.

Der Befragte pfiff böse durch die Zähne und schlug mit der flachen Hand klatschend auf den Tisch.

„Daß er schon um dieses Briefes willen gestäupt zu werden verdient!“ entgegnete er daraufhin. „Von allem anderen abgesehen! Oder nicht einmal dies. Ich würde den Brief zerreißen und gleich mit dem Schwert Antwort überbringen.“

„Graf Ernst von Mansfeld hat sich ebenso entschieden!" bemerkte der Franziskaner. „Überdies ist er nicht der einzige, der solch herrische Befehle Münzers erhielt", fügte er nach kurzer Pause hinzu.

Der Herzog sah den Sprechenden erstaunt an.

„Nicht der einzige?" fragte er.

„Der Vetter des Grafen – Albrecht von Mansfeld – erhielt den gleichen Drohbrief", fuhr der Mönch fort. „Selbst unser allergnädigster Kurfürst blieb nicht davon verschont."

„Der Kurfürst auch?" verwunderte sich Georg von Sachsen und zog zweifelnd seine Stirn in Falten.

„Ja", bestätigte der Franziskaner. „Münzer forderte ihn auf, seiner und der Bauern Sache unverweilt mit Truppen beizustehen. Für den Fall jedoch, daß er es ablehne, der an ihn gerichteten Aufforderung nachzukommen, oder den Kampf gegen die Bauern nicht aufgebe, war dem Sendschreiben eine gewaltsame Drohung beigefügt."

„Weiter, Bruder!" fuhr der Herzog begierig auf, als der Sprechende eine Pause eintreten ließ.

Der Franziskaner neigte sich zu dem Fragenden herüber.

„Münzer ließ mitteilen", gab er mit eindringlicher Betonung zur Antwort, „daß er in solchem Falle Matern von Gehofen und Georg Buchner, zwei in seine und seiner Haufen Hände gefallene Boten des Grafen von Mansfeld, diesen fürstlichen Ungehorsam entgelten lassen und sie mit dem Schwerte zu Tode bringen werde."

„Teufel!" fuhr der Herzog auf. „Und was geschah?"

„Vor zwei Abenden wurde beiden Gefangenen das angedrohte Urteil gesprochen und in der gleichen Stunde an ihnen erfüllt", berichtete der Mönch mit bekümmerter Stimme.

„Himmel und Hölle!" tobte Georg von Sachsen los und schlug erbost mit der Faust auf den Tisch. „Es ist an der Zeit, allem ein Ende zu machen!"

„Aus eben diesem Grunde sandte Ernst von Mansfeld mich zu Euch in das Lager", erwiderte der Franziskaner. „Er läßt Ew. Herzogliche Gnaden bitten, unverweilt auf Frankenhausen zu rücken. Landgraf Philipp von Hessen und

Herzog Heinrich von Braunschweig befinden sich mit ihrem Fußvolk und ihren Geschützen bereits auf dem Wege."

„Wir werden nicht zögern!" entschied Georg von Sachsen aus kurzem Überlegen. „Wollten wir erst kommenden Montag in der Frühe weiterziehen, so mag uns nach diesen Nachrichten bereits morgen der Sonntag auf dem Wege sehen."

„Der Graf von Mansfeld hätte Euch sonst darum bitten lassen", bemerkte der Mönch. „Er rechnet damit, daß Ew. Herzogliche Gnaden bereits am Vormittag des Montag mit dem ganzen Heerzug im Frankenhauser Feld eintreffen."

„Seine Rechnung wird aufgehen!"

Der Herzog, immer noch voll innerer Erregung, stand von seinem Feldstuhl auf und ging sinnend auf und ab.

„Und Ihr, Bruder?" fragte er, vor dem Franziskaner stehenbleibend. „Was werdet Ihr machen?"

„Ich werde mich Eurem Zuge anschließen, wenn Ihr gestattet", antwortete der Befragte. „Ernst von Mansfeld erwartet mich mit Euch vor Frankenhausen."

Georg von Sachsen neigte zustimmend den Kopf. Dann lachte er unvermittelt spöttisch auf.

„Es wird ein erbarmungsloses Jagen werden!" sagte er aus diesem Auflachen zum Franziskaner hinüber.

„Ein erbarmungsloses Jagen!" flüsterte dieser zurück und schlug mit grau gewordenem Gesicht das Zeichen des Kreuzes.

39.

In der Morgenfrühe des fünfzehnten Mai 1525 krochen zwei bäuerische Späher durch das dichte Gestrüpp und Unterholz des unteren Hausberges im Norden der Stadt Frankenhausen. Sie hatten sich bei erstem Licht und auf eigene Faust vom großen Heerhaufen der aufständischen Bauern entfernt und suchten nun—teils in uneingestandener Sicherung ihrer eigenen Person, teils aber auch aus allgemeineren Gründen — auszukundschaften, wie weit der für heute erwartete Angriff der rings um Frankenhausen zusammengezogenen fürstlichen Truppen dem Bauernheer Gefahr bringen könne.

Der erste von ihnen, seinem Begleiter um ein gutes Stück vorauf, hielt in seinem Kriechen mit einem Male inne und sah angespannt hinunter in das Tal.

„He, Bruder – hierher!“ wandte er sich mit halblautem, erregtem Rufen an den Nachkommenden.

Hastig kroch der Angerufene ihm näher.

„Was ist?“ fragte er, vorsichtig den Kopf erhebend.

Der Befragte wies mit seiner Rechten hinab in die Talsenke.

„Da unten! Fürstliche Reiterei!“ rief er verhalten zurück.

Und wieder spähend vorgebeugt, starrte er durch das junge Maiengrün der Büsche talabwärts.

Der Nachkriechende war inzwischen nahe herbeigekommen.

„Fürstliche Reiterei?“ fragte er in herzklopfender Unruhe und duckte sich dichter an den Boden.

„Da unten!“ gab ihm der Beobachtende mit heiserer Stimme Auskunft. „Hinter dem Waldstück, am Bach vorbei!“

„Bei Gott!“ entfuhr es schreckhaft dem Nachgekommenen.

„Zehn! Zwanzig! Immer mehr!“ begann er dann aufgestört zu zählen.

„Da!“ packte ihn der erste mit einem Male jäh beim Arm. „Ein Geschütz! Und Fußvolk, große Haufen!“

Sie sahen sich beide, wie auf Verabredung, aufgescheucht an und hatten blasse, unruhvolle Gesichter. In ihren Knien spürten sie ein seltsam niederdrückendes Ziehen und wagten vor lauter Angespanntheit und Erschrecken kaum zu atmen.

Schweigend sahen sie dann wieder hinab in die Senke, durch welche in immer dichterem Zuge fürstliche Söldnerscharen zogen. Zu hören vermochten sie bei der weiten Entfernung nichts, aber gerade die Lautlosigkeit des schnellen Vorüberziehens hatte etwas Unheimliches und Gespenstisches an sich, so daß ihnen ein flatterndes Frieren über den Rücken flog.

„Bruder“, begann der zweite schließlich mit tonloser und aufgerührter Stimme, „mir will scheinen, sie haben den Sack zugebunden! Nun sitzen wir drin!“

„Und weiter nach Osten?" fragte der erste mit bebender Stimme, den Blick immer noch starr in das Tal gerichtet.

„Im Osten steht der Braunschweiger!" kam verzagt die Antwort.

Der Fragende richtete sich halb auf und sah den Niedergekauerten an seiner Seite mit angstvollen Augen an.

„Sie hätten also nun das ganze Lager in der Schlinge?" fragte er in einer Mischung von besorgtem Zweifel und aufdämmerndem Entsetzen.

„So könnte man es wohl sagen!" lachte der andere erbittert auf.

„Sie brauchten also nur zuzuziehen?" stammelte der erste fassungslos.

Sein Gegenüber nickte.

„Jawohl, sie brauchen nur zuzuziehen, und – krrr! – ist's aus mit der ganzen Herrlichkeit und dem ewigen Reich Gottes!" gab er in angreiferischem Hohn zur Antwort, wobei er mit einer unzweideutigen Bewegung seinen Hals umschloß.

Eine Zeitlang blieb es still zwischen ihnen, und ihre Blicke sahen wieder hinab auf die durch den Talgrund ziehenden Truppen.

„Verdammt!" fluchte der erste, als endlich die letzten Reiter hinter dem Waldstück verschwunden waren. „Daß ich mich von diesem Schwätzer Gottes um meine Vernunft bringen ließ!"

Der neben ihm im Gebüsch Liegende sah ihn mit verschlagener Boshaftigkeit an.

„Hast wohl auch geglaubt, es ging wieder gegen die Klöster, als wir aufgebrochen sind?" fragte er in spöttelnder Nüchternheit.

„Wohl möglich!" lachte der Fluchende dumm.

Sein Nebenan zog eine niederträchtige Grimasse.

„Ist uns diesmal danebengegangen!" höhnte er. „Jetzt gibt's Blut statt Beute und blankes Eisen!"

„Tod und Teufel!" fluchte der Angehöhnte aufbrausend zurück. „Stieße doch einer dem Münzer die Hellebarde durchs Gekröse!"

Sein Gegenüber griente ihn spöttisch an.

„Kannst ja zurück ins Lager und es selber besorgen!"

„Daß ich mit unter den großen Haufen gerate und mit zusammengestochen werde von den Fürstlichen?"

„Nein", lachte er dann tückisch auf. „Da sorge ich besser, daß ich meines Vaters Sohn ohne ein Loch in der Haut heimbringe!"

Mit verständnisvollem Lachen nickte der nebenan Liegende Bejahung.

„Hör zu, Bruder", flüsterte er dann. „Ich weiß noch einen gedeckten Pfad zum Kyffhäuser hin. Wir wollen sehen, ob er noch frei ist."

„Komm!" griff ihn der zweite mit begierigem Drängen bei der Schulter. „Komm, ehe es zu spät ist!"

Und in vorsichtigem Weiterkriechen machten sich beide wieder auf den Weg.

40.

Seit die Truppen der verbündeten Fürsten einen immer engeren Ring um das Feldlager der Bauern gezogen hatten, waren die bäuerlichen Haufen erheblich lichter geworden.

Thomas Münzer sah es mit stiller Erbitterung, doch ohne sonderliches Erschrecken. Erst als feindliche Botenläufer ins Lager drangen und den Bauern im Namen der Fürsten scheinheilig alle Freiheit versprachen, wenn sie ihnen Münzer ausliefern und die Waffen niederlegen würden, kam der Zorn über ihn, und er hielt es für angebracht, den zweifelnden und übergabebereiten Bauern offen mit der Wucht seines Wortes entgegenzutreten.

Während Veit Becker mit der zuverlässigsten Mannschaft das Lager gegen einen unvermuteten feindlichen Angriff zu decken unternahm, berief Simon Hoffmann im Namen Münzers den großen Haufen zu einer allgemeinen Versammlung in die Wagenburg der Mühlhäuser, darüber die Kriegsfahnen des Bauernheeres mit dem Zeichen des siebenfarbigen Regenbogens flatterten.

Als Münzer in den Ring der Versammelten trat, lief eine allgemeine Unruhe durch die Reihen. Nur wenige begrüßten ihn mit lautem Zuruf. Die übrigen blieben still und sahen beinahe haßvoll auf den mit schnellen Schritten in ihre Mitte Tretenden. Es machte Münzer etwas verstört, fachte aber auf der anderen Seite seinen trotzigen und aufbegehrerischen Grimm an.

Mit eckigem, entschlossenem Gesicht, darin es gewittrig auf und ab zuckte, trat er vor dem Feldbanner seiner Mühlhäuser mit dem gestickten Regenbogen auf den Rand einer aufrecht gestellten Trommel.

„Meine Brüder!" begann er mit eindringlicher, zornerfüllter Gewalt und reckte sich blitzenden Auges auf. „Laßt euch nicht betören durch die fürstlichen Zuträger, die sich heimlich in unser Lager eingeschlichen haben. Laßt euch nicht betören durch all ihr Geschwätz und all ihre Versprechungen. Ihr habt es mit eigenen Augen gesehen, daß unsere Feinde und Tyrannen bereit sind, euch zu erwürgen. Nun wir ihnen gegenüberstehen, haben sie Furcht und schicken Boten ins Lager, die süß daherreden, ihr solltet abziehen, weil ihr arme Narren wäret, und eure Anführer solltet ihr ihnen ausliefern gegen Kopfgeld."

Einzelne unwillige Zurufe wurden laut.

Münzer erhob seine Stimme darüber noch lauter.

„Ihr alle, meine Brüder, wißt es genau, daß ich diese Sache nicht aus mir begonnen habe, sondern nur im Auftrage des Herrn! Ich bin all mein Leben kein Krieger gewesen, nur immer ein williges Werkzeug des lebendigen Gottes. Was aber sind sie, diese Fürsten?!"

Ein erstes beifälliges Murmeln durchlief die Reihen.

Es stärkte Münzer und trieb ihn in jähe Wildheit.

„Nichts als Tyrannen sind sie!" tobte er auf. „Sie schinden den gemeinen Mann, wo sie nur können! Unser Gut und Blut vertun sie mit unnützer Pracht, mit Buben und Huren!"

Stärker klang Beifall auf und erhitzte ihn mehr.

„Gott hat uns geboten", schrie er mit gewaltiger Stimme, „es soll der König keine große Pracht führen und täglich das Gesetz in Händen haben! Was aber tun sie?! Sie hören keinen gemeinen Mann an, sprechen nicht Recht, strafen keinen Frevel und Mutwillen, verteidigen nicht Witwen und Waisen, helfen nicht den Armen zu ihrem Recht, fördern nicht den reinen Glauben, sondern verderben die Armen mehr und mehr mit neuen Beschwerden!"

„Hinweg mit ihnen!" gellte eine leidenschaftliche Stimme auf. Und zahllose Münder im Kreise riefen es ihr nach.

Aufatmend wischte Münzer sich die Stirne frei von dem Schweiß, der darauf stand.

„Weiter, meine Brüder!" begann er erneut. „Sie brauchen ihre Macht nicht zur Erhaltung des Friedens, sondern zu eigenem Trotz, damit jeder über den Nachbarn triumphiere, wo wir doch alle eines Volkes sind; verderben Land und Leute mit solchen unnützen Kriegen, rauben, brennen und morden!"

Empörte und haßergriffene Zurufe brandeten zu ihm auf, so daß er vor dem Tumult einen Augenblick innehalten mußte.

„Das also sind die fürstlichen Tugenden!" rief er dann in die verklingende Unruhe hinein. „Denkt nicht, daß Gott länger solches leiden wolle! Wie er einst die Kanaaniter vernichtet hat, so wird er jetzt die gottlosen Fürsten vernichten!"

Lauter und einhelliger umtoste ihn nach diesen Worten der zustimmende Beifall.

„Seid also getrosten Mutes!" fuhr er fort. „Tut euren Dienst Gottes und vernichtet die unzüchtige Obrigkeit! Denn was hülfe es euch, wenn wir Frieden machten mit ihnen? Sie würden ja doch nur fortfahren, uns nicht freizulassen und uns zur Abgötterei zu treiben. Darum sind wir es Gott schuldig, lieber zu sterben, als in ihre Abgötterei einzuwilligen. Gott aber wird uns beistehen in diesem Kampf und uns den Sieg geben. Er hat es mir so offenbart und mir befohlen, alle Stände zu einer neuen Ordnung zu bringen. Und, meine Brüder, vergeßt es nicht, es ist nicht das erste Mal, daß der Herr wenig Ungerüsteten den Sieg gibt wider viele Tausende! Und es müßten eher Erde und Himmel vergehen, ehe wir von ihm lassen würden!"

Erschöpft hielt er inne, während die Hörer vor ihm – mitgerissen von seinem Wort – von einem Taumel ergriffen, aufsprangen und ihm zujubelten.

Mit verzückten Augen, von dem Tumult seines Innern selber überbraust und aufgewühlt, sah Münzer über sie hinweg. Und wie ein Blitz durchfuhr es ihn und ließ ihn zitternd schwanken, als er plötzlich im Widerschein eines fernen Gewitters über sich im Blau des Himmels einen Regenbogen aufsteigen sah, das Zeichen ihres Kampfes, gestellt in den Himmel selbst.

„Herrgott!" stammelte er, wunderlich ergriffen, und fühlte Tränen in die Augen schießen.

„Ihr Brüder!" rief er schließlich mit ausbrechendem Jubel aus der ihn schüttelnden Aufgerissenheit seines Herzens. „Laßt euch nicht erschrecken durch ihre Worte! Greift sie kühn an und fürchtet euch nicht vor ihren Geschützen! Seht ihr denn nicht, daß Gott auf unserer Seite ist und uns ein sichtbar Zeichen schickt!? Seht ihr nicht den Regenbogen im Himmel?!"

Seine Stimme überschlug sich fast in zitternder Hast.

In die Zuhörer aber fuhr es wie ein jäher Schrecken: sie sahen in der Richtung der ausgereckten Hand ihres Predigers den Regenbogen satt und farbig gegen die Bläue des mailichen Himmels gestellt, und es griff wie ein Zeichen und Wunder des Göttlichen selbst nach ihren Herzen, so daß sie beklommen schwiegen, von wirren Schauern überwallt.

„Brüder!" jubelte Münzer mit aufgewühlter Stimme und stand steil wie eine aufschießende Flamme. „Gott richtet nunmehr das gleiche Zeichen am Himmel auf, das wir auf unseren Fahnen führen, das Zeichen des neuen Bundes! Das bedeutet nur eins: daß er uns helfen will und daß er den mörderischen Fürsten Gericht und Strafe ansagt! Seid darum ohne Furcht und stellt euch zur Wehr! Ihr seht es ja selbst, Gott will nicht, daß ihr Frieden macht –!"

Aufatmend hielt er inne. Schweigend, in hilfloser Ergriffenheit und mit starren, verzückt geweiteten Augen sahen die Haufen der Bauern das Zeichen ihres Kampfes strahlend über die Erde sich wölben.

Ein Wunder! Ein unfaßliches Wunder!

Da hob sich mit einem Male eine Stimme auf, zitternd noch und unsicher, dann aber aufsteigend zu gläubiger Inbrunst:

„Komm, du Tröster, heiliger Geist!
Aus deines Lichtes Brunnen leihst
Du uns leuchtend hellen Strahl."

Münzers Pfingsthymne, einst in einer Nacht der Bedrängnis niedergeschrieben – nun tönte sie aus der Kehle eines bärtigen, alten Mannes im Frankenhauser Lager.

Zaghaft fielen weitere Stimmen ein:

„Komm, ein Vater du der Waisen,
Hilf uns hier auf unsrer Reisen
Durch das große Jammertal!"

Jetzt riß es auch Münzer selbst mit in den Gesang. Laut und mitreißend schwang seine tönende Stimme über den Stimmen der anderen.

„O du allerhöchster Trost,
Den Seelen wohl ein süßer Gast,
Eine süße Arzenei.
In der Arbeit unsre Ruh,
In stürmisch Wetter gut uns tu,
Im Elend dich zu uns neig!"

In immer größerer Zahl sanken sie nieder auf die Knie, die Hände betend zusammengelegt, jäh aufquellende Tränen in den Augen.

„O allerseligstes Licht,
Der Menschen Herz aufricht,
Die im rechten Glauben sein.
Ohn dein Hilf und Hulde zwar
Ist im Menschen ganz und gar
Andres nicht denn Schuld und Pein."

Und nun schwoll es an zu mächtiger Gewalt, eine große, gewaltige Orgel unter siebenfarbigem Himmelsbogen.

„Wasche, was da unrein ist,
Kühle, was erhitzet ist,
Heile, was verwundet ist,

Beug zurecht, was streit't und strebt,
Deck zu, was in der Kälte bebt,
Bring zum Wege, was verirrt ist,
Gib den Auserwählten dein
Siebenmal Gewärtigsein
Deiner Gaben milden Schein.
Gib der Tugend ihren Lohn,
Der du selber bist gar schon –
Mach aus uns dein Himmelreich!"

Da, in das letzte Verklingen des frommen Gesanges hinein, setzten überraschend die ersten feindlichen Geschütze ein. Wie ein anhaltender Donner rollte es über die Hänge des Kyffhäusers, so daß der taumelig aufgewühlte Bauernhaufen zusammenfuhr und angstvoll zu lauschen begann.

„Drauf und dran!" schrie Münzer hitzig und mit ekstatisch aufgereckten Armen von der Trommel herab. „Die Schlacht hebt an! Los – schlagt sie! Gott ist mit uns und unseren Waffen!"

„Gott ist mit uns!" kam es aus zahllosen Mündern zurück, und in wirrer Begeisterung rannten die meisten planlos und schreiend in das Feld hinein, als bedürfe es nur dieses Schreiens, um die fürstlichen Angreifer in wilder Flucht davonzujagen.

Mit weit aufgerissenen Augen sah Münzer ihnen nach. Der unvermittelt einsetzende und schnell näherrückende Lärm der Schlacht rührte ihn an wie der Tubaton des Jüngsten Gerichts.

Nun schlugen auch die ersten Stückkugeln ein und erstes Aufschreien und Stöhnen der Getroffenen durchzitterte die Luft.

„Betet, Brüder! Betet!" rief Münzer den Zurückgebliebenen, die sich angstvoll um ihn drängten, zu und sprang hinab auf die Erde.

„Herr, allmächtiger Gott!" begann er dann mit leidenschaftlicher Inbrunst, während ihm fiebrige Schauer über die Haut flogen. „Wie Mosis reiße ich meine Hände in heißem Gebet empor und lasse sie nicht eher sinken, bis deine Feinde in den Staub gesunken sind!"

Er sank auf die Knie, die Hände starr erhoben, zitternd wie in einem schüttelnden Krampf, und stammelte mit bebender Stimme unverständliche Wortfetzen, den Kopf nieder zur Erde gebogen.

Das immer mehr heranziehende Kampfgetöse warf verzückte Bilder von Gericht und göttlicher Niederkunft über ihn, darin alles andere unterging. Auch als die ersten entsetzten Schreie der Flüchtenden an sein Ohr drangen, blieb er unbetroffen. Erst dann, als immer dichtere Haufen zurückdrängten und ihn in ihrem Wirbel fast überwogten, fuhr er, wie erwachend, auf.

Mit heißem Erschrecken und plötzlicher Klarheit sah er das weite Rund angefüllt mit flüchtenden Massen, in die erste Vorhuten der feindlichen Reiterei einbrachen.

„Bleibt, Brüder! Bleibt!" schrie er den Flüchtenden entsetzt zu. „So bleibt doch!"

Aber sein Wort hatte jetzt über die Verstörten alle Gewalt verloren. Wie ein Strom, der seine Ufer überflutet hat, trieben sie an ihm vorüber.

„Abtrünnige Gottes, bleibt!" kam es in letztem beschwörendem Schrei und zornigem Aufbäumen über Münzers Lippen. Doch er sah nur in schreckhaft aufgerissene Gesichter, die ihn wie einen Ausgespienen und Gezeichneten ansahen und rücksichtslos weiterdrängten.

„O allmächtiger Gott!" stöhnte er und fiel in schluchzendem Weinen zusammen.

Plötzlich riß ihn eine zupackende Faust gewaltsam daraus auf.

„Lauf, Münzer, lauf!" schrie ihn eine verzerrte und heisere Stimme an.

Aufblickend sah er in das erhitzte und von einer Blutrinne überlaufene Gesicht Veit Beckers.

„Veit Becker, auch du?" rief Münzer stammelnd, als klaffe vor ihm der höllische Abgrund.

„Alles ist auf der Flucht!" keuchte der Landsknecht mit atemverschlagener Stimme und versuchte, den Widerstrebenden mit sich zu ziehen. „Die Schlacht ist verloren! Lauf! Es gilt das Leben!"

Mit einem wilden Ruck machte Münzer sich von dem Zugriff des Keuchenden frei.

„Nein —!“ brüllte er schmerzgetroffen auf, während ihm zugleich heiß das Blut in den Kopf schoß. „Hörst du, nein! Sollen sie mich erschlagen wie einen tollen Hund —!“

Veit Becker blieb unbarmherzig und griff Münzer wieder zerrend bei dem entrissenen Arm.

„Lauf, Münzer!“ beschwor er den Abwehrenden. „Nicht um dein Leben, um Gott, Münzer! Lauf um Gott, Münzer! Ich decke dich!“

Münzers Kopf sank schwer auf die Brust. Mühsam und fast gewaltsam ging sein Atem.

„Um Gott, Veit Becker!“ stöhnte er schließlich mit ersterbender Stimme. „Nur noch um Gott!“

Und nach einem schmerzlichen Umblicken auf das jetzt ganz von Fliehenden angefüllte Feld wandte er sich um und ließ sich mit dem Strom der Flucht forttreiben — auf Frankenhausen zu. Hinter ihnen hetzte die mordgierige Soldateska der Fürsten und hieb zu wimmernden, vergehenden Klumpen nieder, was ihr über den Weg lief. Und als die Nacht endlich den begütigenden Mantel der Dunkelheit über das Feld und die Stadt des Grauens deckte, hatten die Fürstlichen ohne einen Mann Verlust an die fünftausend Bauern erschlagen, erstochen und enthauptet, und der Bach, der vom Hausberg hinab nach Frankenhausen fließt, war dunkelrot von Blut.

41.

In einer Bodenkammer zu Frankenhausen hatte Thomas Münzer Versteck gefunden. Hier hatte er sich in einer dunklen Ecke unter einer Schütte Stroh verkrochen. Und von hier aus hörte er, wie die mordlüsterne Jagd der Fürstlichen in den Straßen und Gassen Frankenhausens weiterging, hörte die Todesschreie der auf der Flucht Niedergeschlagenen, hörte die schrillen Entsetzensschreie der Frauen und Mädchen, denen man Gewalt antat, hörte das trunkene, mordgierige, fleischlüsterne Gröhlen der Landsknechtshaufen. Über allem aber stand der grausame Schrei einer knabenhaft hellen Stimme. „Herr Jesus, nicht sterben!" schrie sie auf. „Ich bin ja noch so jung und hab mich all mein Leben noch niemals satt gegessen!" Dann ging sie unter in viehischem Gelächter.

„Verfluchte Gottes!" wimmerte Münzer und krallte die Hände in das harte Holz des Fußbodens.

Da stampften plötzlich schwere Schritte durch das Haus. Laute, wütende Stimmen schrillten auf, Türen wurden eingetreten, dumpfe Schläge polterten. Und nun – Münzer kroch noch enger zusammen und preßte seinen Leib dichter auf den Boden! – nun kamen die Schritte und Stimmen näher. Krachend splitterte die verschlossene Kammertür unter derben Fußtritten – dann stürzten sich zwei Troßknechte des Mansfelder Grafen in den halbdunklen Raum, einen eingefangenen Bauern mit einem von mißhandelnden Schlägen geschwollenen und blutverschmierten Gesicht bei sich führend.

„Wieder nichts –!" knurrte der erste der Eingedrungenen nach flüchtigem Umherblicken enttäuscht und stieß den Bauern unwillig mitten in die Kammer. „Du führtest uns irr. Das Haus beherbergt keinen Münzer!"

Der zweite Troßknecht war weniger gnädig. Unsanft setzte er dem Gefangenen die harte Faust in die Rippen, so daß dieser gequält aufstöhnte.

„Der Mansfelder folgt uns auf dem Fuße!" schrie er den Mißhandelten an. „Er wird dir das Schwert durch den Leib rennen, wenn du ihn belogen hast. Dann ist es aus mit der versprochenen Freiheit."

Der Bauer rieb sich schmerzhaft die Seite.

„Bei allen Heiligen –!" jammerte er weinerlich. „Er muß hier zu finden sein. Mit eigenen Augen habe ich gesehen, wie er in das Haus hineinlief. Sucht – ihr müßt ihn hier aufscheuchen!"

Fluchend und drohend machte man sich ans Suchen.

„Teufel!" rief einer der Mansfeldischen überrascht und triumphierend. „Teufel! Ich glaube, ich habe ihn!"

Und damit zog er den Gesuchten unter dem aufgeschütteten Stroh hervor.

„Los, sag ich! Laß los!" keuchte der widerstrebende Münzer und versuchte, sich der Faust des Landsknechts zu entwinden.

„Immer sanft —!" hohnlachte der Mansfelder und setzte dem sich wild zur Wehr Setzenden die Knie auf die Brust, während der herzugesprungene zweite Landsknecht sich daranmachte, dem Niedergehaltenen die Hände auf dem Rücken zu binden.

Als er endlich — ein ohnmächtiges Bündel! — vor ihnen an der Erde lag, trat der Bauer dem Gefangenen mit haßvollem Gesicht näher und gab ihm einen verächtlichen Fußtritt.

„Nun", spöttelte er dabei zu dem Liegenden hinab. „Wo bleibt jetzt die Hilfe Gottes, die du uns verkündet hast?"

Münzer wandte sein verzerrtes Gesicht schweigend zur Wand.

„Er wird wohl mit seinem Beistand verziehen, bis wir ihn hängen!" gab statt seiner der zweite Troßknecht auflachend zur Antwort.

„Vielleicht fertigt er im Augenblick einen besonderen Galgen an, an dem er ihn baumeln sehen will, so daß es ihm an der Zeit fehlt!" fuhr der andere Landsknecht fort und schüttelte sich vor hohnvollem Lachen.

Münzer hob sein Gesicht von der Wand weg und sah die Höhnenden starr an, so daß sie unter der zwingenden Gewalt seiner Blicke einen Augenblick verlegen schwiegen.

„Daß euch Gottes Zorn vernichte, ihr Auswurf des Teufels!" fuhr Münzer sie dann voller Ekel an.

Die beiden Mansfelder duckten sich zunächst unter diesem unerwarteten Ausbruch.

„Was sagt er, der Bauernverführer?" brüllte der erste schließlich voller Wut auf.

„Er beschimpft uns, der Hund!" gab der zweite zur Antwort und trat drohend auf Münzer zu.

„Hast es nötig, du Sündenschwein und Antichrist!" fuhr im gleichen Augenblick der Bauer auf den Gefangenen los und spie ihm verächtlich ins Gesicht.

„He – ich meine, das ist nicht die rechte Art, mit christlichen Landsknechten umzugehen!" tobte der zweite Landsknecht weiter in seiner Wut und trat dem Wehrlosen in den Leib, so daß er mit einem ächzenden Wehlaut zusammenfuhr.

Und wieder spie ihm der Bauer voller Haß ins Gesicht.

„Fingt ihr ihn?" ging da unerwartet hinter ihrem Rücken eine aufgeregte, atemlose Stimme.

Ernst von Mansfeld, von den Anwesenden unbemerkt, hatte die Treppe erstiegen und stand nun in voller Kriegskleidung im Türrahmen.

Der erste Landsknecht, seine Stimme erkennend, wandte sich lächelnd dem Fragenden entgegen und wies hinter sich auf den Boden.

„Hier – Thomas Münzer, gnädigster Herr!" sagte er. „Der Bauern Heiland."

„Gesegneter Fang!" jubelte der Eingetretene.

„Wir haben ihn!" rief er in das Haus hinab. Dann trat er hastig auf den Gefangenen zu.

Auf seinen auffordernden Wink stellten die Landsknechte Münzer mit halber Gewalt vor ihn auf die Beine.

Ernst von Mansfeld sah den trotzig Aufblickenden eine Weile mit unverhohlenem Haß an.

„Das Reich Gottes ist nahe, Ketzerfürst!" begann er schließlich mit hohngesättigter Stimme. „Bald wirst du himmlische Musik im Ohre haben!"

Münzer schwieg und ließ seine Blicke hinüber zur Wand gehen.

Da trat aus der Dunkelheit des Türeingangs der Franziskaner zu ihm hin.

Betroffen zusammenfahrend, erkannte ihn Münzer, und es würgte in seiner Kehle wie ein Erbrechen.

„Thomas Münzer", begann der Mönch nach kurzer Stille eindringlich. „Ich habe dich gewarnt. Warum hast du nicht Buße getan?"

Thomas Münzer maß den Herzugetretenen mit ablehnendem Haß.

„Halt's Maul, du Baalspriester und Verräter Gottes!" schrie er ihn dann zorngeschüttelt an und wäre auf ihn gestürzt, wenn die gebundenen Hände ihn nicht daran gehindert hätten.

„He –!"

Einer der Landsknechte sprang wütend auf ihn zu und riß ihn zurück.

„Wirst du wohl anders umgehen mit dem Gesegneten des Herrn –?!"

„Das Aufbegehren steht dir nicht mehr an, Münzer!" höhnte Ernst von Mansfeld und stieß dem Zurücktaumelnden die Schwertscheide in die Seite.

Thomas Münzer fuhr schmerzgetroffen um.

„Schweig, du Madensack Gottes!" brüllte er, halb vor Schmerz, halb vor Wut. „Schweig, du Ärgernis des lebendigen Gottes!"

Ernst von Mansfeld erblaßte.

Doch im gleichen Augenblick hatten sich die Troßknechte über den Aufbegehrenden geworfen und steckten ihm unter derben Püffen und Stößen einen Tuchfetzen in den Mund, so daß er beinahe daran erstickte.

„So, du Bestie des Teufels!" knurrte einer der Knechte befriedigt. „Jetzt ist dir das Schandmaul gestopft!"

„Was befehlt Ihr, was wir mit ihm beginnen sollen, gnädigster Herr?" wandte er sich dann an den Grafen.

„Führt ihn hinaus in den Gang!" befahl Ernst von Mansfeld, immer noch blaß, mit eisiger Stimme. „Führt ihn hinaus und legt ihm die Daumschrauben an."

Willenlos und ohne Widerstand ließ Thomas Münzer sich von den Troßknechten und ihren gewaltsamen Zugriffen auf den dämmerigen Gang geleiten, wo ihn ein Trupp Landsknechte aus dem Gefolge des Grafen mit spöttischen Zurufen empfing und in ein höhnendes Geschrei ausbrach.

Ernst von Mansfeld, mit dem Franziskaner allein zurückbleibend, sah, wie dem Mönch bei dem wüsten Lärmen, das im Gang ausgebrochen war, ein schmerzliches Aufzucken über das Gesicht flog. Aufmerkend trat er ihm näher.

„Nun, Bruder", fragte er. „Weht Euch etwa Mitleid an?"

Der Franziskaner sah ihn eine Weile mit seinen grauen Augen an.

„Ich weiß es nicht, gnädiger Herr", erwiderte er dann leise und zögernd. „Ich weiß nicht, ob es Mitleid ist oder Trauer."

„Trauer –?" entfuhr es Ernst von Mansfeld überrascht und erstaunt. „Warum Trauer –?"

Die Augen des Franziskaners, die ihm immer noch zugewandt waren, füllten sich langsam mit Dunkelheit und glitten hilflos von ihm ab.

Ernst von Mansfeld fühlte sein Erstaunen anwachsen.

„Nun, da wir den Antichrist eingefangen haben?" fragte er befremdet und mit heimlichem Vorwurf.

Der Franziskaner neigte bejahend den Kopf. Dann richtete er sich wieder auf und sah den Grafen verloren an.

„Ja", wiederholte er. „Gerade jetzt, da wir den Antichrist eingefangen haben!"

„Warum das, Bruder?" fuhr der Graf auf.

Die grauen Mönchsaugen begannen unvermittelt aufzuglühen, wie von einem plötzlichen Widerwillen entfacht.

„Weil der Antichrist weiterlebt!" stieß er heftig und fast maßlos hervor. „Weil das Blut vieler Unschuldiger vergossen wurde, die nichts anderes wollten, als die große Gerechtigkeit Gottes. Die Mächtigen und Gewaltigen aber werden aus ihrem Siege einen Triumph machen und immer noch weiter abrücken vom wahren Willen Gottes, der in der Gestalt seines Sohnes Leid und Kreuzigung auf sich nahm um der Liebe willen. Und darum auch wird Münzer niemals sterben, und gäbet ihr ihm hundert Tode, sondern immer wieder neu gegen euch aufstehen und die Armen und Unterdrückten aufrufen im Namen der heimatlosen Gerechtigkeit. Erst dann, wenn diese Gerechtigkeit aus der Liebe und dem Gesetz Gottes über die Menschen gekommen sein wird, erst dann werdet ihr ihn für immer überwunden haben. Zuvor aber müßt ihr euch selber überwinden im Namen der gleichen Liebe. Oh, daß ihr es endlich sehen wolltet und selber reumütig würdet!"

Die Worte des Franziskaners klangen so bitter und hart, daß Ernst von Mansfeld sich betroffen abwandte und keine Entgegnung wußte.

In die Lähmung dieses Schweigens klang unvermittelt vom Gang her ein Gelächter auf, so grell und voll unnatürlicher Wildheit, daß die beiden Zurückgebliebenen darunter zusammenschraken und sich von einem Schauder angeweht fühlten.

Mit einem hastigen Sprung trat Ernst von Mansfeld an die Tür.

„Was ist geschehen?" rief er von hier aus in den Haufen seiner Knechte hinein. „Wer lacht, daß man zusammenfährt?"

„Der Bauern Heiland, Herr!" gab ihm eine Stimme Bescheid. „Er will nicht widerrufen!"

„Klemmt ihm stärkere Daumschrauben an!" schrie der Mansfelder, aus seinem Erschrecken in sinnlose Wut fallend. „Und dann in den Stock mit ihm!"

Als er sich daraufhin wieder umwandte und zurück zu dem Mönch in die Kammer trat, klang vom Gang her erneut das ungeheuerliche Lachen des Gepeinigten auf.

„Heilige Mutter Gottes!" stöhnte der Franziskaner mit fahlem Gesicht und bekreuzte sich.

Ernst von Mansfeld aber sprang hinaus auf den Gang und stieß dem Gefangenen in zitternder Wut die geballten Fäuste ins Gesicht, so daß er wie ein gefällter Baum zusammensackte.

42.

Es war weit in der Nacht, als Münzer plötzlich aus fiebrigen Traumbildern auffuhr.

„Wasser!" ächzte er. „Wasser!"

Aber ihm ward keine andere Antwort als das hohle Echo der Wände.

Stöhnend warf er sich auf dem halbverfaulten Stroh hin und her und spürte schmerzhaft, wie ihm bei jeder Bewegung die Eisenringe, mit denen man ihn an die Wand gekettet hatte, in das wunde Fleisch schnitten.

Er sah sich wieder im Hof des Heldrunger Schlosses stehen, von einem Trupp Landsknechte hingestoßen vor die fürstlichen Sieger. Dann tat sich eine Gasse in den Bewaffneten auf, und blaß und wankend kam Ottilie, sein in

Mühlhausen zurückgelassenes Weib, auf die Fürsten zu. Er erkannte sie in heißem Erschrecken und wäre darüber fast taumelig zur Erde geschossen. Sie aber lächelte ihn aus wehem Gesicht an und hob wie zum Trost eine Hand, so daß sich ihm vor Hilflosigkeit und Trauer die Augen mit Tränen füllten. Nur noch hinter Schleiern sah er, wie sie dann auf die Fürsten zuschritt und sich vor ihnen in die Knie fallen ließ.

Er wollte ihr etwas zurufen, einen Gruß, eine Warnung; er wußte selber nicht, was – doch der Hals preßte sich ihm zusammen und nur ein halblautes Röcheln kam über seine Lippen. Die Frau aber, der dieser Ruf gelten sollte, vernahm nichts davon. Sie hatte ihre Hände bittend zu den fürstlichen Siegern aufgereckt und flehte nun mit angstzitternden Worten um Gnade für den Mann.

Heißer stieg es Münzer bei ihren Bitten in die Augen, und das Röcheln in seinem Halse wurde zu einem Schmerz, der zu keinem Ausweg fand.

Die Fürsten hatten mit ungerührten Gesichtern die flehenden Bitten der Frau vor sich angehört. Als sie nun in einem hilflosen Aufweinen endete, sahen sie sich schweigend an. Dann machte Georg von Sachsen einen Schritt auf die Niedergesunkene zu.

„He – Frau –!“ sagte er und berührte die Frau mit dem umgehängten Schwert.

Die Frau richtete sich auf, verhielt in ihrem Weinen und sah den Fürsten mit tränengefüllten Augen fragend und hoffnungsvoll an.

Georg von Sachsen verzog unter diesem Blick sein Gesicht zu einer hämischen Grimasse.

„Ich möchte dich stieren –!“ rief er dann mit einer laut über den Schloßplatz hallenden Stimme und fiel in ein unbändiges Gelächter, das in den Reihen der Fürsten und bei dem Landsknechtshaufen dröhnendes Echo fand und den Aufschrei der Schmach auf den Lippen Ottilie von Gersens erstickte.

Thomas Münzer, der sich mit vorquellenden Augen vornübergebeugt hatte, hörte ihn dennoch aus dem Gelächter heraus.

Er brüllte auf wie ein waidwundes Tier, so daß alles Gelächter jäh erstarb, und riß sich trotz der Ketten, mit denen zwei Bewaffnete ihn hielten, los, um sich auf den so schamlos Höhnenden zu stürzen und ihn zu züchtigen. Doch der Faustschlag eines ihm in den Weg springenden Knechtes streckte ihn zu Boden. Er hörte nur noch einen schrill ausbrechenden Frauenschrei, dann ging ihm alles unter in einem Brodeln und Tanzen feuriger Kreise. Und als er aus dumpfem Schmerz endlich zur Besinnung kam, fand er sich blutend und zerschlagen auf dem fauligen Kerkerstroh.

Stöhnend schloß Münzer die Augen. Der letzte Schrei seines Weibes ging ihm nicht aus dem Ohr. Dann überfiel ihn wieder mit plötzlicher Gewalt das Wundfieber und warf bedrängende Träume über ihn.

Er hatte sich auf nach Wittenberg gemacht. Am Stadttor empfing ihn Philipp Melanchthon. Mit einem abweisenden, verkniffenen Gesicht hatte er ihn angesehen, dann ging er ihm schweigend voran. Münzer ging ihm beklommen nach, bis sie endlich in Luthers Arbeitsgemach standen. Melanchthon verhielt an der Tür und ließ ihn vorangehen, dann warf er hinter ihm die Tür zu und drehte von außen den Schlüssel um, so daß er gefangen war.

Nach einer Weile tönten auf dem Gang feste Schritte auf, der Schlüssel drehte sich erneut, und Martin Luther trat ein. Er trug in der einen Hand eine Bibel, in der anderen ein breites bloßes Schwert. Sein Gesicht war hart und wie eine unerbittliche Maske, darin alles erstarrt schien.

Münzer spürte, wie ihn aus diesem Gesicht eine kalte Furcht anwehte. Betroffen und voll uneingestandener Angst trat er einen Schritt zurück. Luther aber blieb in steinerner Ruhe stehen und sah den Zurückweichenden mit unnatürlich geweiteten Augen, die zeitweilig die dunkle Drohung seines Gesichts verdeckten, lange schweigend an.

Unter diesem Blick kroch dem Angeschauten ein beklemmendes Frieren über die Haut, und er versuchte, dem Blick dieser Augen auszuweichen. Doch es gelang ihm nicht; der Blick saugte sich an ihm fest. Da überkam ihn ein plötzlicher Trotz, und er hielt den Augen Stand.

„Du bist gekommen, aufzulösen!" begann Luther schließlich mit dunkelgetönten Worten, daraus ein gewittriges Grollen aufklang.

Münzer zuckte darunter zusammen und wollte auffahren.

Luther hob daraufhin drohend das Schwert und bedeutete ihm streng, zu schweigen.

„Du bist gekommen, aufzulösen!" sagte er dann noch einmal, und seine Stimme klang dunkler und drohender. Und mit einem schnellen Niederneigen legte er die Bibel zwischen sich und Münzer auf den Boden.

„Das ist das Wort Gottes!" sagte er, sich wieder aufrichtend.

Münzer wollte erneut aufbegehren, doch die Augen seines Gegenübers hielten ihn wiederum klein. Er würgte allmählich wie an einem Krampf. Die Bibel zu seinen Füßen aber wuchs an und stieg vor ihm auf, so daß sie ihm bis zur Schulterhöhe reichte.

„Du vermaßest dich, diesen Berg zu übersteigen!" begann Luther wieder zu sprechen. „Aber er wird stets neu vor dir aufsteigen und unbezwinglich sein. Denn Gott ist das Wort und das Wort ist Gott."

„Du lügst –!" schrie Münzer in verzweifelter Abwehr. „Nicht Wort ist Gott. Gott ist Leben!"

Luthers Gesicht blieb unter diesen Worten starr und gelassen wie zuvor, nur daß seine Augen groß wurden und das Gesicht gänzlich überwuchsen.

„So gab es dir Beelzebub ein!" klang seine Stimme irgendwo hinter diesen Augen hervor. „Weil aber die Schrift befiehlt, daß alles Teufelswerk ausgerottet werden soll, wirst du dem Schwerte ausgeliefert."

Mit diesen Worten nahm er das Schwert in beide Hände und hob es hoch. Und während unsichtbare Fäuste Münzer niederdrückten auf das groß angewachsene Buch, ließ er das Schwert auf ihn herabsinken.

Münzer schrie auf in maßlosem Entsetzen und erwachte darüber. Die Ängstigung und das Grauen des Fieberbildes aber waren immer noch in ihm, so daß er nicht wagte, die Augen zu öffnen. Hilflos aufstöhnend warf er sich auf dem Stroh hin und her.

Und wieder kamen die Traumbilder über ihn.

Er stand vor einem riesigen Feuerbrand. In dicken Schwaden stieß sich der Rauch zum Himmel. Ab und zu flogen feurige Funken auf ihn nieder und brannten sich für einen kurzen Augenblick schmerzlich bis in seine Haut. Er aber blieb gelassen stehen, den Blick immer wieder auf das prasselnde Feuer gerichtet.

Da legte es sich wie eine schwere Hand auf seine Schultern.

Als er sich unwillig umwandte, stand hinter ihm der Franziskaner. Seine Augen brannten im Widerschein des Feuers, und sein hartes und totenhaft eingefallenes Gesicht war geschwärzt vom Rauch.

„Thomas Münzer!" sagte er. „Du bist angeklagt vor dem Gericht des ewigen Gottes, angeklagt des Götzendienstes und der Gewalt gegen seinen göttlichen Willen!"

Er sprach merkwürdig leise, so daß Münzer Mühe hatte, seinen Worten zu folgen. Aber dennoch lag eine drohende Gewalt in ihnen, die ihn erschrecken ließ.

„Verteidige dich nicht!" fuhr der Franziskaner fort, als Münzer sich mit zuckenden Lippen mühte, ihm eine Antwort zu geben. „Das Gericht Gottes hat über dich das Urteil schon gesprochen – du bist verdammt zum Feuer und zur ewigen Hölle!"

Befehlend hob er seine Rechte auf, und aus der Dunkelheit hinter seinem Rücken traten zwei landsknechthafte Gestalten mit struppigen Bärten und rauchverdunkelten Gesichtern. Mit unheimlicher Lautlosigkeit kamen sie näher.

Münzer empfand sie nur schattenhaft und wollte ihnen ausweichen. Doch über seinen Körper war eine Lähmung gekommen, die ihn gebannt hielt wie einen Gefangenen. Auch dann, als die beiden Nähergetretenen die Arme nach ihm ausstreckten, war er unfähig, ihrem Zugreifen Widerstand zu bieten.

Willenlos ließ er es über sich ergehen, daß sie ihn an Händen und Füßen packten, ihn aufhoben und mit gewaltigem Schwung in das Feuer schleuderten. Nur ein hilfloser Schrei stieß sich aus seinem Munde und zerbrach die ihn bannende Lähmung. Da spürte er aber auch schon die glutende Hitze des Feuers, die sich wie ein atemraubendes Kettenhemd fest und immer fester um seinen Körper legte.

Schweißgebadet fuhr Münzer aus seinem Traumgesicht auf. Zum zweiten Male in dieser Nacht wehte ihn der Atem des Todes an, so daß er sich trotz der schmerzenden und fieberbrennenden Wunden nicht zu rühren wagte.

Wie seine Gedanken dann – vom Schmerz der Wunden immer wieder verwirrt und entgleitend – mühselig dem Traumbild nachsannen, fiel er vor Fieber und Schwäche erneut in Schlaf, und zum dritten Male wehte es ihn erschauernd aus der Nächtigkeit des Todes an.

Er befand sich in einem hohen Felsgebirge. Dünn und zittrig wogte bleicher Nebeldunst über dem Weg. Stunde um Stunde schon war er auf ihm emporgestiegen. Schließlich fand er sich auf hohem Grat und wußte kein Weiter und kein Zurück mehr.

„Markus Thomä!" rief er da mit ersterbender Stimme den Namen seines einstigen Schülers und Freundes in das Dunstgewoge, das plötzlich von allen Seiten wie ziehendes Gewölk auf ihn eindrang. Dann horchte er mit vorgebeugtem Kopf, ob sich irgendeine Antwort vernehmen ließe. Doch nur das Echo seiner eigenen Worte fuhr dunkel und kläffend zu ihm zurück. Da griff es kalt zu seinem Herzen hin, und verwirrt hielt er den Atem an.

„Markus Thomä!"

Lauter und dringlicher rief er es in die Einsamkeit hinaus. Doch statt des Echos weckte sein Ruf nur ein unheimliches Gelächter im Gebirge, als ob die Berge Münder hätten wie albische Wesen. Es durchschauerte ihn kälter und trieb ihm zugleich perlenden Schweiß auf die Stirn. Dann überfiel ihn ein schüttelndes, lautloses Weinen.

„Johannes!" dachte er mit einem Male. „Ich muß nach meinem Getreuesten rufen!"

Mit ersterbender Kraft riß er sich zusammen und rief den Namen dieses seines frühen Anhängers in die Einsamkeit von Nebel und brauendem Dunst. Und wie er danach vorgeneigt wartend stand, schien es ihm, als ob plötzlich der Nebel um ihn zurückwiche. Dann schwebte es wie ein dunkler Schatten aus dem Dunst zu ihm her. Doch es war nicht der Knecht Johannes, der da auf ihn zukam. Vor ihm, vom Mondlicht silbrig überglänzt, stand Bruder Arnulf, der ihn einst im Frieden des Klosters zu halten versucht hatte.

„Du?“ stöhnte Münzer, halb verwirrt, halb beglückt.

Bruder Arnulf, groß und in übermenschliches Maß geweitet, lächelte ihn aus schmerzgezeichnetem Gesicht an.

„Ich, Thomas Münzer!“ sagte er.

Danach war es lange still zwischen ihnen.

Münzer empfand es wie ein sanftes Ausruhen und Geborgensein, so daß er aufgescheucht zusammenfuhr, als Bruder Arnulf schließlich mit sanfter und leiser Stimme sagte: „Ich, Thomas Münzer – der Frieden Gottes.“

Münzer nickte befreit zurück und wollte dankbar nach den Händen des vor ihm Stehenden greifen. Doch da wich die Gestalt vor ihm zurück.

„Du bist gekommen, das Schwert zu bringen, Thomas Münzer!“

Die Stimme des Freundes wurde lauter und zitterte wie in einem großen Schmerz.

Dann kam er wieder auf ihn zu.

„Ich aber bin gekommen, dir den Frieden zu bringen, den Frieden des Herrn!“ fuhr er fort und neigte sich zu ihm nieder.

Über Münzer kam ein tiefes Glücksgefühl, und beseligt schloß er die Augen. Doch dann, als er sie wieder öffnete, war die Gestalt des Freundes entwichen, und nur der Nebel wogte grau und undurchdringlich um ihn her.

„Bruder Arnulf!“ schrie er in fassungslosem Entsetzen auf. Aber nur das albische Gelächter der Bergmünder kam als Antwort zurück.

Da begann er zu laufen, blindlings in den Dunst hinein.

Er stürzte darüber hin und schlug sich an den Felszacken blutig, riß sich aber wieder auf und lief weiter, lief mit keuchender Lunge, mit zitternden Knien.

Der Weg unter seinen Füßen wurde rissiger, steiler und glätter. Und wie er, erneut niederstürzend, sich nochmals aufriß und in das Undurchdringliche hinauslief, wich der haltende Boden unter seinen Füßen mit einem Male zurück, und er stürzte hinab in eine abgrundlose Tiefe. Unter ihm aber tat sich breitmäulig und grinsend der Rachen des Todes auf.

So starb Münzer in dieser seiner letzten Nacht drei Tode. Und als ihn in der Morgenfrühe des nächsten Tages die Knechte des Mansfelders hinausholten zum letzten Verhör, war er so fern von sich und fremd, daß er alles gestand und alles widerrief, was man von ihm verlangte. Dann trat er, erloschen und ausgebrannt, nur noch ein schwankender Schatten, den Weg zu seinem wirklichen Tode an.

Einmal noch richtete er sich auf, als er den Kreis der Fürsten durchschritten hatte, die sich zu seiner Hinrichtung versammelt hatten, und neben dem Block des Henkers stand.

„Seid gnädig mit dem armen Mann!" rief er mit einer Stimme, die hell und ungebrochen klang wie einst. „Und erkennet mit mir, daß nicht Schwert und Gewalt berufen sind, das Reich Gottes zu bringen, sondern nur die Liebe!"

Dann ließ er es ohne Wehren geschehen, daß man sein Haupt auf den Block legte.

„Herr Gott", betete er. „Nimm deinen Botenläufer in Gnaden auf!" Doch ehe er noch das „Amen!" hinzugefügt hatte, zuckte das Schwert nieder und trennte den Kopf vom Leibe. Auf Geheiß der Fürsten wurde er auf einen Spieß gesteckt und auf dem Schadeberg über der Stadt Mühlhausen aufgestellt, den Krähen zum Fraß, lange Monate ein erschreckender Anblick, bis einer seiner Anhänger in dunkler Nacht den beinernen Schädel herabholte und in geweihte Erde bettete.